U0099285

小型報刊實務

Small Newspaper Production

彭 家 發 著

學歷：國立政治大學新聞系畢業
　　　美國南伊利諾大學碩士
經歷：香港星島日報記者
　　　經濟日報記者及駐香港特派員
　　　投資月刊主編
　　　香港珠海書院新聞講系師
現職：國立政治大學新聞系副教授

三 民 書 局 印 行

小型報刊實務

© 小型報刊實務

著作人　彭家發
發行人　劉振強

印刷所　三民書局股份有限公司
　　　　地址／臺北市復興北路三八六號
　　　　郵撥／〇〇〇九九九八一─五號

門市部
　　　　復北店／臺北市復興北路三八六號
　　　　重南店／臺北市重慶南路一段六十一號

初版　中華民國七十五年三月
三版　中華民國八十四年三月

編號　S 89012

基本定價　捌元

行政院新聞局登記證局版臺業字第〇二〇〇號
著作權執照臺內著字第三八二一三號

有著作權‧不准侵害

ISBN 957-14-0620-1 (平裝)

賴　序

　　彭家發先生著「小型報刊實務」一書，洋洋三十餘萬言，得能在出版之前拜讀，誠有「先睹為快」之樂。

　　彭先生執教政大新聞系，除講授新聞課程外，還負責指導學生出版「柵美報導」周報；在這之前，他曾擔任北市經濟日報的記者，一度受派為香港特派員。這本書的寫作，可以說是他精研新聞理論與驗證實務的結晶。

　　國內社區報紙曾在七十年代前後蓬勃一時，迄今仍有三十餘家繼續發行，只是似乎未受到讀者應有的支持與重視；但展望未來，仍令人充滿樂觀：

　　一、是近年國內新聞教育日形發皇，已有九所大專學校設立新聞傳播科系，學生人數遽增。只要研習新聞的年輕人，秉懷服務鄉梓的宏願，及拓展新聞事業的雄心，則社區報紙的人力資源，即不虞缺乏。

　　目前全國日晚報卅一家，人才需求常感飽和。新聞傳播科系學生就業非易，因而，回過頭來在社區報紙中求發展，也應是值得開拓的一條出路。

　　這一情勢，使社區報紙開發深具潛力。

　　二、是都市「大報」限於篇幅，新聞報導以大事為尚，與社區人民生活動態日形疏離。這給社區報紙提供生存發展的機會。

　　美國的社區報紙，有的竟能與都市大報發行相競爭，主要即在於掌握社會變遷與都市發展的步調，而與社區人民的生活相結合，需求相呼

應。

　　我國現代化建設正加速朝工業化、都市化邁進，「大報」與社區人民生活疏離情形，將行加強，這給予社區報紙開創發展以有利的背景。

　　彭先生的大作際此時會出版，確是一件高興的事。全書於社區報紙實務，自印刷、編輯、標題製作、新聞採寫及經營運作，都有詳盡敍述，並介紹「柵美報導」的組織與有關規程，提供社區報紙實習、經營的實例。凡有志經營社區報紙的人士及研習新聞傳播的大專學生，從書中可覓得門徑與獲致啓發。

　　此外，國內討論社區報紙實務運作的書籍，還十分罕見，彭先生的大作出版，相信有助於提昇社區報紙的經營與品質。

　　　　　　　　　　　　　賴　光　臨

　　　　　　　　　　　七十五年二月廿五日

自　序

當社區周報在臺灣「造成時勢」的時候，我蝸居在香港擔任文教工作，只能心嚮往焉。不想十年之後，却參與了由徐師佳士親手策劃、創立的「栅美報導」社區報刊工作行列。

為了教學相長，我開始編寫講義，作為政大新聞系實習同學的補充讀物。而在收集和研究現階段臺灣地區小型周報的過程中，時常令我深深的感覺到，要提升小型報刊的水準，或者給予辦報者一些編印上更為完備的常識，一本類似編印要覽的手冊，似不可或缺。這就是本書敢於付印的一個主要構想。

本書主要分為兩部份。第一部份以社區報紙為例，綜述小型周刊的編、印、採、寫及營運的一種總體規劃，第二部份則以栅美報導之運作為實例，說明一個社區報紙的組織及運行範例；希望透過書中章節的鋪陳，能摘要而簡明地，提供讀者一些應行了解的概念。書中內涵，固有著者一己的經驗及研習、實證心得，但更多的是前人的學說、著作和經驗。這些精髓，歷久彌新，所以本書在若干章節上，將「傳統」法則，仍作扼要的條列，供讀者的參考。

國立政治大學新聞系的僑生，不但人數眾多，歷年來在海外的表現，也十分傑出；他們畢業回僑居地後，多半把在校時的「栅美報導精神」帶回去。所以，本書不但談到冷排貼版，也介紹海外仍然流行的鉛字熱排。基於同一緣故，為了方便僑生在海外的就業，將在本書最末一篇，加上「英辭中釋」，使他們在編排術語上，能適應當地夾用口頭英

語的習慣。

聯合報系已應用電腦排版，而電腦排版公司之開設，正方興未艾，這是一個新潮流。我在經濟日報任職期間，曾參觀了電腦排版室數次，也聽講了若干次，約略有些印象。因此本書也一併作簡要介紹，希望新聞科系同學，對最新排版趨勢，有所了解。

對於為柵美報導奉獻了「最美好」十年的趙師嬰，我由衷的佩服。當然，我所嘗試的努力，比起系主任賴師光臨對柵美報導所付出的心血和期望，是萬不及一的。我感謝他對我的教導、鞭策和支持，並為此書賜序。

我感謝政大新聞系同學給我的「腦力激盪」，沒有他們的「刺激」，這本書根本不可能從講義中整理出來。

我要謝謝剛滿七歲的小女筆華，在星期假日，不會因為我不帶她去萬芳社區散步而吵鬧不休。內人汪琪在教學、研究、寫作和主編光華之餘，，午夜夢醒，猶不忘「衝」下樓來，把我的桌燈「強行」關掉；嘀咕之後，還是感謝她關心我的健康。

本書重在舉隅，其中大部份資料，來自書後的參考書目，讀者如果想一窺全豹，可以從這些書目中，選其數本，作更深入研究。國外新聞學系，早已開設社區周報課程 (Community Newspapering)，甚願國內新聞科系亦見賢思齊，早日培養社區周報的全能人材。

本書只求拋磚引玉，個人才疏學淺，未逮之處，尚祈大雅先進賜教為感。

彭　家　發

民國七十五年一月二十三日書于綠漪山房

小型報刊實務　目次

賴序

自序

第一部份　社區報紙 • 編印採寫及營運

第一篇　緒　論 ·· 1

第一章　社區報紙之可能源起 ······························· 1

第二章　社區報紙的特性、功能和任務 ····················· 7

第三章　社區報紙的生存條件 ······························· 11

第四章　現階段臺灣地區社區周報概況 ····················· 13

　第一節　設備和人才 ··································· 13

　第二節　廣告、張數、發行量和版面分布 ··············· 14

　第三節　經營理念和方式 ······························· 17

　第四節　新聞政策 ····································· 19

第五章　我國新聞局對社區報紙的輔助 ····················· 23

第六章　我國社區報紙面臨的問題 ························· 27

第七章　我國社區報紙發行的展望 ························· 31

第八章　社區報紙的公共關係活動 ························· 35

第九章　我國社區報紙創刊年表 ··························· 41

第二篇　印務常識淺詮……………………………………51

　第一章　印房六寶…………………………………………51

　　第一節　新聞紙…………………………………………51

　　第二節　印　墨…………………………………………54

　　第三節　鉛字及鑄字機…………………………………57

　　第四節　活字字盤與字架………………………………58

　　第五節　組版器材………………………………………59

　　第六節　印刷機…………………………………………59

　第二章　印刷的基本概念…………………………………61

　　第一節　凸版印刷………………………………………61

　　第二節　平版印刷………………………………………61

　　第三節　凹版印刷………………………………………62

　　第四節　孔版印刷………………………………………62

　第三章　小型周報的印刷方式……………………………67

　　第一節　活版印刷過程…………………………………67

　　第二節　平版印刷過程…………………………………68

　　第三節　網點和網線……………………………………71

　　第四節　銅版和鋅版……………………………………75

　　第五節　簡單彩色印刷原理……………………………77

　　第四章　電腦排版與檢排展望…………………………85

第三篇　版面概說………………………………………105

　第一章　版面的形式結構…………………………………105

　第二章　版面字數計算法…………………………………111

第三章　版面規劃通則⋯⋯⋯⋯⋯⋯⋯⋯⋯⋯⋯⋯ 113

第四章　小型報刊的版面⋯⋯⋯⋯⋯⋯⋯⋯⋯⋯⋯ 125

　第一節　報頭和報眉⋯⋯⋯⋯⋯⋯⋯⋯⋯⋯⋯⋯ 125

　第二節　版面和篇幅⋯⋯⋯⋯⋯⋯⋯⋯⋯⋯⋯⋯ 129

　第三節　版別析論⋯⋯⋯⋯⋯⋯⋯⋯⋯⋯⋯⋯⋯ 132

第四篇　編輯實務⋯⋯⋯⋯⋯⋯⋯⋯⋯⋯⋯⋯⋯ 141

第一章　識字篇⋯⋯⋯⋯⋯⋯⋯⋯⋯⋯⋯⋯⋯⋯ 141

　第一節　鉛活字⋯⋯⋯⋯⋯⋯⋯⋯⋯⋯⋯⋯⋯⋯ 142

　第二節　中文打字⋯⋯⋯⋯⋯⋯⋯⋯⋯⋯⋯⋯⋯ 147

　第三節　照相排版（植字）⋯⋯⋯⋯⋯⋯⋯⋯⋯⋯ 148

　第四節　字之不同各如其「型」⋯⋯⋯⋯⋯⋯⋯⋯ 153

　第五節　版前當布景、版內作萬能膠的鉛件⋯⋯⋯ 156

第二章　標　題⋯⋯⋯⋯⋯⋯⋯⋯⋯⋯⋯⋯⋯⋯ 173

　第一節　標題的作用⋯⋯⋯⋯⋯⋯⋯⋯⋯⋯⋯⋯ 173

　第二節　標題的各部分名稱⋯⋯⋯⋯⋯⋯⋯⋯⋯⋯ 173

　第三節　直式標題的欄數⋯⋯⋯⋯⋯⋯⋯⋯⋯⋯ 176

　第四節　直式標題的行數⋯⋯⋯⋯⋯⋯⋯⋯⋯⋯ 179

　第五節　橫　題⋯⋯⋯⋯⋯⋯⋯⋯⋯⋯⋯⋯⋯⋯ 186

　第六節　變化題⋯⋯⋯⋯⋯⋯⋯⋯⋯⋯⋯⋯⋯⋯ 189

　第七節　分、插題⋯⋯⋯⋯⋯⋯⋯⋯⋯⋯⋯⋯⋯ 198

　第八節　題與文之配合⋯⋯⋯⋯⋯⋯⋯⋯⋯⋯⋯ 201

　第九節　標題放置的位置⋯⋯⋯⋯⋯⋯⋯⋯⋯⋯ 201

　第十節　標題美工⋯⋯⋯⋯⋯⋯⋯⋯⋯⋯⋯⋯⋯ 206

第三章　標題製作⋯⋯⋯⋯⋯⋯⋯⋯⋯⋯⋯⋯⋯ 215

第一節 製題通則……………………………………………… 215

第二節 技術上的枝節………………………………………… 216

第三節 製題要領……………………………………………… 218

第四節 落（下）題的程序…………………………………… 220

第五節 主題的表達…………………………………………… 220

第六節 非新聞標題的製作…………………………………… 221

第七節 標題紙上的舞臺……………………………………… 228

第四章 闢欄的變化…………………………………………… 235

第一節 闢欄的種類…………………………………………… 235

第二節 闢欄的高度和寬度…………………………………… 240

第三節 橫欄的寬度…………………………………………… 241

第四節 變化欄的計算………………………………………… 242

第五節 闢欄的版面位置……………………………………… 244

第五章 檢排、組版與貼版…………………………………… 251

第一節 檢 字………………………………………………… 251

第二節 組 版………………………………………………… 251

第三節 冷排貼版……………………………………………… 253

第四節 如何劃版樣…………………………………………… 257

第六章 編輯守則……………………………………………… 261

第一節 社區周報編輯政策…………………………………… 261

第二節 一般新聞與重大新聞之處理………………………… 262

第三節 編輯工作要覽………………………………………… 264

第七章 新聞攝影與圖片……………………………………… 267

第一節 攝 影………………………………………………… 267

第二節 新聞攝影……………………………………………… 269

第三節　圖片編輯……………………………………… 270

第四節　圖與文的拍攝………………………………… 278

第五節　構圖法則與圖片排列………………………… 280

第六節　新聞版其他圖表……………………………… 282

第八章　校對概述……………………………………… 295

第一節　校對符號……………………………………… 295

第二節　編輯符號……………………………………… 302

第五篇　地方新聞類別及採訪 ……………………… 307

第一章　採訪政策……………………………………… 307

第二章　地方新聞分類………………………………… 309

第三章　地方新聞之採訪……………………………… 313

第四章　衡量社區新聞的三個準則…………………… 319

第五章　十三度關卡苦了記者………………………… 323

第六章　報導出了問題該怎麼辦?…………………… 333

第六篇　寫作結構提要 ……………………………… 337

第一章　一般寫作……………………………………… 337

第一節　新聞報導……………………………………… 337

第二節　新聞評論……………………………………… 342

第三節　特　寫………………………………………… 347

第四節　專　欄………………………………………… 352

第二章　導言與內文寫作……………………………… 355

第一節　導　言………………………………………… 355

第二節　內　文………………………………………… 358

第三章　該如何在稿紙上作「秀」‧‧‧‧‧‧‧‧‧‧‧‧‧‧‧363

第七篇　經營與運作‧‧‧‧‧‧‧‧‧‧‧‧‧‧‧369

第一章　周報廣告‧‧‧‧‧‧‧‧‧‧‧‧‧‧‧369

第一節　廣告的定義‧‧‧‧‧‧‧‧‧‧‧‧‧‧‧369

第二節　報紙廣告的特性‧‧‧‧‧‧‧‧‧‧‧‧‧‧‧370

第三節　社區周報廣告的特點‧‧‧‧‧‧‧‧‧‧‧‧‧‧‧371

第四節　社區周報廣告製作‧‧‧‧‧‧‧‧‧‧‧‧‧‧‧372

第五節　周報廣告設計的構成要素‧‧‧‧‧‧‧‧‧‧‧‧‧‧‧373

第六節　周報的分類廣告‧‧‧‧‧‧‧‧‧‧‧‧‧‧‧375

第七節　周報廣告的版面計算法‧‧‧‧‧‧‧‧‧‧‧‧‧‧‧383

第八節　柵美報導週刊廣告處理規則‧‧‧‧‧‧‧‧‧‧‧‧‧‧‧391

第二章　社區報紙之發行‧‧‧‧‧‧‧‧‧‧‧‧‧‧‧407

第一節　發行部門的組織及工作‧‧‧‧‧‧‧‧‧‧‧‧‧‧‧407

第二節　報紙的訂價‧‧‧‧‧‧‧‧‧‧‧‧‧‧‧408

第三節　發行業務管理‧‧‧‧‧‧‧‧‧‧‧‧‧‧‧410

第四節　發行推廣‧‧‧‧‧‧‧‧‧‧‧‧‧‧‧418

第五節　與發行相關之郵政法規‧‧‧‧‧‧‧‧‧‧‧‧‧‧‧419

第六節　最適中發行基數之計算‧‧‧‧‧‧‧‧‧‧‧‧‧‧‧425

第三章　印刷費估價單‧‧‧‧‧‧‧‧‧‧‧‧‧‧‧431

第四章　簡單會計報表‧‧‧‧‧‧‧‧‧‧‧‧‧‧‧437

第五章　資料檔案的建立‧‧‧‧‧‧‧‧‧‧‧‧‧‧‧445

第二部份　柵美報導及其他

第八篇　柵美報導的運作 …………………… 455

第一章　總則和組織系統 ………………………… 455

第二章　實習專業精神守則 ……………………… 461

第三章　小螺絲大貢獻 …………………………… 467

第四章　編印時序表 ……………………………… 485

　第一節　柵美報導編輯室編印時序 …………… 485

　第二節　雜誌編印作業時序表舉隅 …………… 487

第五章　實習報告之寫作方式舉隅 ……………… 491

第六章　工作績效的獎勵 ………………………… 499

第九篇　認識社區環境 …………………… 503

第一章　木柵地誌及相關資料 …………………… 503

　第一節　地　誌 ………………………………… 503

　第二節　相關資料 ……………………………… 505

第二章　景美地誌及相關資料 …………………… 509

　第一節　地　誌 ………………………………… 509

　第二節　相關資料 ……………………………… 511

第十篇　信條、法規與附錄彙編（摘要） …… 515

第一章　社區周報的申辦及變更登記 …………… 515

第二章　新聞工作者信條 ………………………… 521

第三章　與出版物有關之法規節要 ……………… 525

　第一節　出版法 ………………………………… 525

　第二節　著作權法 ……………………………… 532

第三節　刑法與民法…………………………………… 541

第四節　新聞記者法…………………………………… 546

第五節　醫藥、化粧品、食品廣告法規……………… 551

第六節　國立編譯館連環圖畫審查標準……………… 557

第七節　中華民國新聞事業廣告規約………………… 560

第八節　新聞紙類印刷物郵遞規定（摘錄）………… 563

第十一篇　編印、廣告英辭中釋…………………… 569

參考書目……………………………………………… 605

第 一 部 份

社區報紙・編印採寫及營運

第一篇 緒 論

第一章 社區報紙之可能源起

以事件發生之區域遠近來說，新聞原可分爲「地方新聞」(Local News),「國內新聞」(National News),與「國際新聞」(International/ Foreign News) 三類。社區新聞之濫觴，肇始於地方新聞之發展，迨無異議。故美國新聞學者威廉士 (Walter Williams, 1924:18-9)，早在二十年代，即將美國報紙分爲城市出版者，鄉區出版者與具有特殊性者。其時，社區報紙數目已爲數甚衆。

社區報紙最簡單的一個解釋，係在社區內編印，以發行所在地新聞爲主的報紙，發行間隔，由兩日至一星期不等。因此，社區報紙之形式，與「周報」(weekly newspaper) 有密切不可分割之關係。

周報之源起亦甚早。十六世紀末葉，歐洲郵政驛站制度創立，郵件每周可送達一次，促成了定期周刊的誕生。早期歐洲之著名報紙，都是周刊。例如——

(1) 一五九○年創刊，一六○九年在德國奧格斯堡定期發行之「觀察周刊」(Avisa)。

(2) 一六一五年，德國報業之父莫爾 (Egenolph Emmel) 所創辦的「法蘭克福新聞」(Frankfurter Journal)。

(3) 一六一六年創刊之德國「法蘭克福郵報」(Frankfurter Postzeitung)。

(4) 一六二二年，英人鮑爾尼(N.Bourne)及艾克爾 (T.Archer)，於倫敦發行之「英國新聞週刊」(Weekly News)。

(5) 一六二六年，於德國馬德堡發行的 「 馬德堡新聞 」 (Magdeburgische Zeitung)。

(6) 一六三一年，由法國「 報業之父 」 倫諾道特 (Theophraste Renaudot) 於巴黎發行，最初爲周刊，後改爲半周刊的「法國公報」(Gazette De France)。

(7) 一六四一年，於西班牙巴塞隆納發行之「公報」(Gazeta)。

(8) 一六四三年，於瑞典斯德哥爾摩發行之「大衆郵報」(Ordinarie Post-Tidende)。

(9) 一六五六年，於荷蘭海勒姆發行之「新聞報」(Courant)。

(10)一六六〇年創刊之德國「來比錫新聞」(Leipziger Zeitung)，最初仍爲周報，後改爲日報，再改爲周報，一六六五年於英國牛津發行之「牛津公報」(Oxford Gazette)， 則爲半周刊，而 「報紙」一詞 (Newspaper)，自後正式登場。

(11)一六九〇年， 於英國烏斯特發行之 「 烏斯特郵差報」(Worcester Postman)；此是英國最早之一份「地方周報」。

(12)一七〇四年「英國報業之父」狄福 (Daniel Defoe) 於倫敦發行之「評論雜誌」(The Review)，起初爲周刊，後改爲雙日刊。同年四月，美國波士頓郵政局長康培爾 (John Campbell)，亦在波士頓創辦「波士頓新聞信」周報 (Boston News Letter)，爲美國最早一份定期周報 (李瞻，民六六: 六一九)。

社區報紙之在美國滋衍， 亦以周報之形式出現。 溯自十八世紀初

期，美國尚處於殖民地農、牧時代。其時，現代形式之大都市雖尚未普遍出現，但在鄉落各處，已有專門報導地方新聞的「鄉村報紙」(Country newspaper)。此類報紙通常每周發行一次，以配合村民星期天上教堂作禮拜與購物習慣；因此，這類報紙，又通稱為「鄉村周報」(Country weekly)，或「農村周報」(rural weekly)。厥後，這種報導當地人、事、物的印刷品，又在人口約一萬五千人的小城鎮中風行起來；因此，又有「小鎮報紙」(Small town newspapers) 之稱，以與「大城市報紙」(Metropolitan newspapers) 相對。

及布萊德福 (Andrew Bradford)，在一七一九年十二月底，於美國費城 (Philadelphia) 發行「美洲信使周報」(American Weekly Mercury)，「周報」一詞，正式在美國本土流行。不過，第一份具備現代典型的「社區周報」，當推一七二七年，尼蘭 (Samuel Kneeland) 在波士頓 (Boston) 所辦的「新英格蘭周報」(New-English Weekly Journal)。

「新英格蘭周報」，是尼蘭在詹姆士・佛蘭克林 (James Franklin) 所創辦的「新英格蘭新聞報」(New-England Courant) 停刊後所創刊的。

尼蘭除了繼承詹姆士所倡言以文藝及富有趣味，幽默的娛樂文字為社會服務外，為了「投合多數保守分子的興趣」，更設有「通訊記者」(Correspondant)，從「熟悉」(Familiar)、「常態」(Normal) 與「共通」(Commonplace) 的角度，搜集鄉村新聞並加闢專欄，報導地方上婚喪、喜慶與嬰孩出生消息，給人一種「我們的家鄉」(our town) 的感覺。因此，嗣後又有「家鄉報」(Home town press/paper) 之稱。

美國拓土初期，民眾多以農牧為主，但邊域遼闊，居民聯絡困難，一份能提供農牧知識，並有人事報導之「草根報紙」(Grassroots press)，

廣受區內民衆歡迎，是可以想像的。

迨至工業革命之後 (Industrial Revolution, 1760)，平民大量湧向都市，時勢所趨，一分錢之「便士報」(Penny Newspaper)「新報業」(New Journalism)，遂應運而生❶。便士報的評價雖然仁智互見，但它注重地方與人情趣味新聞的宗旨，不但一直左右著美國新聞界採訪和處理新聞的原則，而「地方主義」的新聞色彩，更刺激了美國社區報業存在和蓬勃。

及後，這種所謂的「小衆媒介」，迅速在美國鄉村、都市、市郊、小鎮甚至工商業集中地流行❸。由於這種媒體，是在較小的特定社區內，服務較爲少數的衆人，提供接近地的新聞，或作各項服務，「社區報紙」(Community newspaper) 之名，遂不脛而走。(但與七十年代針對某一特定羣衆，或某一特定目的而發行的「地下報」"Underground Newspaper" 有所不同。)

不過，百餘年前美國社區報紙的新聞，指的顯然是來自社區外的消

---

❶ 一八三三年九月三日，由班哲明・戴 (Benjamin H. Day) 在紐約創辦之「太陽報」(The Sun)，是第一份成功的便士報。但一八二九年，史密斯 (Seba Smith) 在緬因州波特蘭(Portland) 所辦的「使者日報」(Daily Courien); 一八三○年，華特 (Lynde M. Walter) 於波士頓所辦之「傳錄報」(Boston Transcript); 一八三一年，格林 (Charles G. Greene) 創辦之「波士頓晨郵報」(Boston Morning Post); 與一八三三年，斯利普 (John S. Sleeper) 創辦之「商務日報」(Merchantile Journal)，報費平均爲每年美金四元，可算便士報的前身。

❷ 例如，從前美國「費城星期報導」(Philadelphia Sunday Bulletin) 在招攬廣告時，它的文案曾經這樣寫過：「是什麼使得費城星期報導與衆不同？」「如果不是本地的(廣告)，不登！」(What makes the Philadelphia Sunday Bulletin Magazine different? If it isn't local, forget it!)(李瞻，民七三: 六二)

❸ 刊期則分日刊 (daily)、雙日刊、三日刊 (semiweekly)、周刊 (weekly)、雙周刊 (半月刊) (biweekly)、三周刊 (triweekly)、月刊 (monthly)、雙月刊 (bimonthly) 和季刊 (quarter)。

息。因爲「社區」的範圍狹窄，住民早已「知道」區內發生了什麼事情，社區報紙也樂得因襲成規，只將外地報紙剪下或重印新聞、評論後即行出版。這種現象，直到十九世紀末葉才得以改善，「社區報紙」開始加強本地新聞和人情趣味故事的報導。嗣後，「社區報紙」並且在美國「一城市報」(One-daily City) 的特有環境下，成功發展之重要傳播媒體。

所以，英國報紙大王北岩勛爵 (Lord Northcliff) 於一九〇三年創辦小型四開之「每日鏡報」(Daily Mirror) 時，曾稱「小型報」爲：「二十世紀的報紙」。

第 二 章

社區報紙的特性、功能和任務

大體上來說，社區報紙具備大報難以兼顧的三大特性：(1) 臨近性（報導社區內所熟悉的人、事、物）；(2) 服務性（以服務地方為鵠的，隨時反映地方意見、問題和解決之道）；(3) 集中性（集中全力來敎導某事或作出各項服務）。

因此，社區報紙的典型功能，除了報導區內新聞之外，還應成為地區上的啓迪者；使當地住民瞭解該區處境，產生「歸屬感」(Identification)，提昇區內住民精神、理念和行為（楊孝濚，民七一：一），進而促使「社區意識」的建立。

因為擔任美國科羅拉多 "Littleton Independent" 周報而聲名大噪的休斯頓 (Houston waring)，曾就社區周報所擔負的功能，評列了十三條辦社區報的「公式」（王石番，民六一：四三八～九）摘要引申如下：

(1) 以廣告來促進社區的經濟繁榮。

(2) 以讀者投書和談話方式，准許民意的自由表白。〖(反應民意)

(3) 要有督促決策的功能，令每個公民對某些問題，採取適當的立

場。(激發住民參與社區發展，協助地方建設。)

(4) 要有商討現狀功能。(發掘地方問題，填補大報死角。)

(5) 令社區領袖熟悉其他社區領袖活動。(告知消息。)

(6) 幫助讀者了解他的環境。例如，讓區民知道何時納稅，在什麼地方送孩子入學，如何得到駕駛執照之類。

(7) 如果環境有改變，報紙能幫助市民促成改變。

(8) 反應公衆對政策的意見。(溝通輿情，彌補代議制度缺點。)

(9) 強化住民的道德決心。(因地制宜社會教育。)

(10)應爲一項娛樂、嗜好的媒介。

(11)花費多些篇幅，報導體育新聞。

(12)注意「徵求」廣告，爲住民解決失物招領、房屋和雇用等問題。

(13)給住民一種「歸屬感」(Sense of identity)。

我國「小型報」雖發展甚早❹，但正式倡言社區報紙功能的，則晚至民國四十六年六月，名報人姚朋（彭歌）在「報學半年刊」創刊號上爲文撰述，始露端倪。姚朋在該篇題爲「論鄉村的報紙——反攻後我國報業努力的一個方向」一文中，極力鼓吹反攻勝利之後，應在大陸各個鄉野，發展鄉村報紙。他認爲我國大陸上，幅員遼潤，交通不便，報業大一統局面不易實現，而縱然大部分報業都能夠及時下鄉，但因爲城市和鄉間生活有異，知識水準亦不一致，仍難引起鄉民閱讀興趣。因此，唯有受過訓練的報人，順應當地風俗民情，創辦風格獨特的鄉村報紙，方才容易受到農民歡迎。

在實際運作上，鄉村報紙的功能，尚可以：(1)（運用當地情勢）實際解決鄉民切身問題；(2) 成爲農民服務機關、鄉村社區的公益團體，以領導或襄助社會事業；與及 (3) 與當地教育機關配合，成爲「成

人補習教育」的教材。

　　再就媒介的社會功能來說，社區報紙除了如一般大眾媒介所擁有的

---

❹　上海應爲我國最早創辦四開「小型報」的地方。一八九七年（清光緒二十
　　三年）六月，李伯元辦了一份「遊戲報」；同年十二月底，德人雷敦又創
　　辦「奇聞報」，都是報名橫排，文字直排的小型報。翌年孫玉聲（海上漱
　　石生）用紅報紙印刷，開辦「采風報」，開以有色紙張印刷之先河，並曾
　　在上海流行一時。庚子（一九〇〇年）以後，李伯元另外再辦「世界繁華
　　報」，孫玉聲又增辦「笑林報」，廣東人李平先則創辦「寡言報」。爲了在
　　上海競爭，這些小報又各出副刊，刊登長篇小說，來吸引讀者。當時孫玉
　　聲所寫的「仙俠五花劍」，李伯元所寫的「官場現形記」，因爲通俗有趣，
　　大受讀者歡迎。爲爭取某些特定讀者，李伯元更常寫「庚子國變」、「鳳雙
　　飛」等彈詞唱本。這些小報大都是每隔三日出版一次。一九〇四年，彭翼
　　仲（貽孫）在北京創辦「京話日報」，爲北京小報的始祖，不久卽風行一時。
　　一九〇五年陳樹人、鄭貫公等人辦「有所謂報」（「唯一趣報」）。一九〇六
　　年陳樹人與謝英伯又辦「東方報」。
　　民國肇基後，上海戲院、遊藝場所多如雨後春筍，因此出現了專談遊藝的
　　小型戲報。如一九一六年，鄭正秋編的「新世界報」，孫玉聲編的「大世
　　界報」，王瀛洲編的「天韻樓報」，郁慕俠編的「新舞臺報」，「苦海餘生」
　　編的「勸業場報」等等。惟這些小型戲報，只是各戲院、遊藝場所的宣傳
　　品，後來刊行的「羅賓漢」、「戲世界」與「雙報」之類，才是專門談戲的
　　小報，有類六十年代初時，在香港發行，專刊影藝消息之「明燈日報」。
　　早期上海的小報館館址，大都設在辦報人自己的住處，由辦報者一人包辦
　　記者、編輯、校對、廣告、甚至發行等任務。此時報刊分爲白話與文言兩
　　大類，白話報，卽係「小報」，文言報則爲「大報」。民國六年，北京「羣
　　強報」幾乎人手一紙；至民國十二年，主張「大報小型化」的名報人成舍
　　我，在北平創辦「世界晚報」，深獲民衆喜愛，才改變此一形勢。此報發
　　行至抗戰軍興方始停刊。「世界晚報」之後，北平又陸續出現「實事白話
　　報」、「時言報」等小型報。民國十六年，成舍我又在南京創「民生報」，
　　民二十四年在上海辦「立報」。「立報」在民國二十七年燬於八一三戰火，
　　民國二十七年，在香港復刊，至民國三十年香港淪陷爲止。二次大戰前，
　　香港「臨時報」每隔三日附刊之「探海燈」，亦曾盛極一時。
　　抗戰時，大都市報紙內遷，成爲地方報紙。這些報紙，爲迎合一般人口
　　味，大都採取小報格式，重視里巷瑣聞。如「新民報」、「新新新聞報」。
　　程慶華（民四一：四六）從小型報發展過程中，大力肯定其存在價值，並
　　極力主張「小報學術化」，以提昇小報價值。就臺灣地區來說，已故文學
　　家楊逵，亦曾於民國三十四年，發行過「一陽周報」（中國時報，七十四年
　　三月十三日，副刊）。目前在臺北發行的小型日報，則只有「國語日報」
　　一張。

「報導新聞、娛樂讀者、影響讀者」的三個功能外，更可以達到(1) 加強直接民權的行使；(2) 普遍推行社會教育；(3) 促進地方各項建設；(4) 強化新聞事業的力量——對大報產生抗衡作用，提高報導水準等社會動力效果❺。

若就社會的人際關係加以分析，則社區報紙在大眾社會中的角色（role），更是資訊的回饋者，可提供互動 (interaction) 的基礎，滿足個人的社會需求，伸延人際關係❻，維持區內安定，避免小社區關係的社會衝突。

由於臺灣地區各大報章，以往一向習慣於走國內新聞的路線，留下了鄉鎮新聞的死角，社區報紙既能填補大報的不足，則其在傳媒所產生的互補效果上，自不言而喻。

---

❺　見民六十九年三月十七日，由東吳社會學系中國社會學社主辦的「臺灣地區社區報紙的發展方向座談會」會談紀錄。
❻　美國行聯邦制也是促成地方報紙成功的一個主因。蓋其地幅員廣大，一般報紙固不能涵蓋各地大小新聞；而某一地方政府的措施或環境變遷，其他地區可能就無關痛癢，形成了住民的社區意識。

第三章　社區報紙的生存條件

　　因爲社區周報側重報導旣存的機構（institution）與當地事務的「共識層面」（consensus aspect），所以美國社會學家認爲，此類報刊，較能在小而且比較同值性（homogeneous）高的社區裏生存。

　　社區學家賈諾維斯（Morris Janowitz）指出，在讀者心目中，社區報紙必須具備四個因素（楊孝濚，民六七：一）：

　　(1) 是日報的補充刊物（非與之競爭）；

　　(2) 並非是商業化的傳播媒介；

　　(3) 不含政治意味，不屬於任何黨派；

　　(4) 達成讀者個人與社會接觸的延伸。

　　就臺灣地區而言，要維持社區報紙存在的條件雖多，例如，地點選擇、地緣關係、經濟情況、教育與人力資源、本身技術及管理能力等，但最重要的，似乎仍在於區內「社區意識」（Community Consciousness），或者居民本身對社區「歸屬感」的建立。其中因素，迨由於臺灣社會地區狹小，交通方便，都市報紙容易在各地發行，一般住民只存有「大社區」觀念，缺乏「小社區」的意識，社區報紙發展（尤其是大都市邊緣

的小社區）自是受到限制❼。

另一方向，由於經濟急速、高度的發展，我國社會正面臨「轉型期」。舉國上下，都刻意於追求經濟發展，忙碌、競爭、私利，使得人際關係趨於冷漠，而少顧及社區事務。

經濟發展，又帶動了人口的遷徙，使社區成長之後，「異值性」變大，有「雙和」條件的地方，已不多見，像東勢住民有八成為農民的社區，更屬難求❽。

政大教授徐佳士，曾針對上述難題，提出縮小社區報導範圍，使發行地域，不致於太過廣闊、複雜，以解決社區「異值性」過高的情形❾。

所以徐佳士主張發行於木柵、景美的「柵美報導」，應該集中在「木柵報導」上，以應付報導區內資訊的出產和需求的增加❿。此外，他又認為如果財力許可，也可針對各地域的特性，採行大報「分版」報導方法。至於解決財力問題，則可嘗試「臺南一週」的途徑，由動機單純的企業家來投資出刊⓫。

❼　見「『柵美報導』十年」，慶祝柵美報導十週年紀念特刊，民七十二年十二月三日。臺北，柵美報導雜誌社。社區意識泛指區內人士共享相同價值觀（values）、信念（beliefs）、目標（goals）、規範（norms）與情感（feeling of" We-ness"）。

❽　見紀惠容（民七三）：「走馬全省看社區報」，時報雜誌，第二六四期（十二月十九日）。臺北，時報雜誌社。頁六十二、七十。

❾　同上。

❿　同註七。徐佳士：「木柵更需要社區報」。

⓫　同註八，頁七〇～一。

第 四 章

現階段臺灣地區社區周報概況

第一節 設備和人才

目前除了「臺南一週」在企業化經營下，擁有一部新臺幣四十多萬元的「直立式製版照相機」、「文山報導」購有折報機之類「貴重器材」外，大多只有標題照相排版機、中文打字機，或只有貼版的簡單工具，而讓編輯以外的工作，交由印刷廠和製版公司去處理。

大多數社區報紙由三至十人負責，人力十分精簡，發行人大多數為回家鄉服務的新聞相關科系畢業生。例如❷：

△「文山報導」發行人何其慧（夫婿謝春波世居於文山），世界新專畢業。

---

❷ 已停刊的「美濃週刊」，發行人黃森松為高雄縣美濃人，政大新聞研究所碩士；「臺北一週」發行人吳駿，為政大新研所碩士；前「新泰豹」發行人林裕源，為輔仁大眾大傳系畢業。吳、林兩人並非當地人士，而是根據客觀環境，選擇辦報地點。

△「雙和一週」有十位人員負責編務：社長林守俊（韓國僑生），政大新聞系畢業。

△「屏東週刊」有專職人員十人，發行人何美惠（屏東人），政大新聞系畢業。

△「山城週刊」負責人吳鎮坤，東勢人，文化大學新聞系畢業；搭擋吳國城亦爲文大新聞系畢業。

△「豐原一週」三人合作出版，創辦人林祚堅爲豐原人，文大新聞系畢業。

△「南崗週刊」賴金聰，「南投一週」蕭敏惠，「八卦山週刊」柯恭平，「霧峯一週」陳鴻章，均爲世界新專畢業。

第二節　廣告、張數、發行量和版面分布

(1) 廣　告

除了少數報份之外，幾乎所有社區報紙都飽受廣告不足之苦。廣告較穩定的有「柵美報導」、「文山報導」、「山城週刊」、「豐原一週」、「臺南一週」和「屏東週刊」等報。

(2) 張　數

通常爲單張（四版）發行，如「柵美報導」、「文山報導」，有發行兩張（八版）的，如「屏東週刊」，也有發行四張（十六版）的，如「臺南一週」。

(3) 發行量

發行量在報業經營單位來說，或多或少總帶點「保密」色彩，但在各社區報「號稱」的發行數字中，還可「得知」一般社區報紙的發行量，由千餘份至萬餘份不等。例如高雄美濃「月光山雜誌」（十日刊），

一千四百多份；「豐原一週」，三千多份；「山城週刊」，三千五百份；「新泰豹」（停刊後復刊），五、六千份；「文山報導」，八千多份；「雙和一週」、「屏東週刊」，一萬二千份；「臺南一週」，一萬八千份。

(4) 版面分布

有「周報先生」(Mr. Weekly Newspaper) 之稱的已故美國明尼蘇達大學新聞學院教授巴哈特教授 (Prof. Thomas F. Barnhart)，只將周報分成：(A) 小城的周報，亦卽常被稱之爲「鄉村周報」，或「農村周報」；(B) 郊區的周報和 (C) 社區的周報三種類型（王石番，民六一：四三）。但按目前臺灣地區社區周報種類而言，詳細分起來，應有七種類型的社區報：

(A) 學校發行的社區報紙，如「柵美報導」（政治大學新聞系）、「北海岸」（淡江大學大傳系）與計劃出刊的、「中山橋」（中國文化大學夜間部大眾傳播系）。

(B) 發行於農、漁村社區的社區報，如「山城週刊」、「中港溪一週」。

(C) 發行於市郊的社區報，如「雙和一週」、「陽明山週刊」。

(D) 發行於城鎮的社區報，如「桃園一週」、「基隆一週」。

(E) 發行於都市 (metropolitan) 的報紙，如「高雄一週」、「臺南一週」。

(F) 發行於社區的社區報，如「臨溪報導」、「東吳社區雜誌」。

(G) 發行於特殊商業地區的社區報，如「民生一週」（已停刊）。

社區報內容，應視社區的型態決定——都市型態的社區，可能較爲「冷漠」，應以消費路線爲起點，農村型態的社區，可以多報導精神層面的事物，而屬於市郊型的社區，則應兩面兼顧。

目前各社區周報的版面各有其型態上的特色，例如：

　　△「柵美報導」第一版爲要聞「綜合版」（要聞）（獨家報導柵美民
衆所關懷的人、事、物、時、專題或專訪），第二版爲區內各機構的「
地方版」（包括風土人情），第三版爲「特寫版」（知識、文化、生活、
娛樂層面的深度報導），第四版爲「文教版」（包括文藝副刊）。

　　△「文山報導」則有「新店市政」與「農會通訊」兩個農業專題版
面⓭，以及報導社區消息的「焦點新聞」、「讀者投書」、「言論廣場」（
社論）、「地方通訊」、「文藝百彙」（藝文副刊）、國小及國中教育。

　　△「山城週刊」闢有「農業版」，訪問老農，報導轉作、栽種、施
肥、噴射農藥和改良品種等農家知識，也刊登果菜公司水果拍賣行情。

　　△「豐原一週」第一版爲地方、社團人事消息；第二版，「潭子通
訊」；第三版，「神岡通訊」；第四版，地方史料綜合報導。

　　△「臨溪報導」內容，包括報導社區內及與社區有關的重要新聞，
專題與專訪，副刊（由住民投稿），社區理事會的會議、計劃、活動，以
及有關各機構中的新聞和人物。

　　△「臺南一週」闢有「經營管理」、「消費指南」等版面，特別注重臺
南小人物、社團和機關行號的報導；其他版面內容，則有：本週焦點、
南市要聞、社區末微、藝文活動、南縣要聞、南縣社區、農業、婦女天
地、學生園地、社團活動、言論廣場和新知觀念等報導，因爲版面的關
係，內容最爲多樣化。

　　已停刊的「美濃週刊」，則曾有過「專題報導」、「新聞菁華」（包括農
業新知）、「學府風光」與每週一文（一書）等版面。

　　就目前臺灣省的情況來說，一份理想的社區報，似應包括下面四類
版面──

⓭　「新店市政」版面由新店市公所支持，期刊分贈送給一千多位里、鄰長；
　　「農會通訊」版面由農會支持，期刊分贈給三千多名農友會員。

（A）第一版爲「綜合報導版」: 發掘、選擇全國性（甚至國際性）新聞，就其對本區的地方意義爲改寫的角度，予以進一步的分析和闡述，然後加以報導，爲本區居民擔負守望和教育工作。

（B）第二版爲「地方新聞版」: 報導區里百事、地方瑣聞以及居民動態與育樂活動。

（C）第三版爲「特寫與評論版」: 倣效外國報章之「評論版」(editorial page)，令住民都有發表意見機會。在特寫方面，可以「環境報導」爲報導主要取向。

（D）第四版爲「文敎與副刊版」: 報導文敎活動，並令居民有發表、創作的機會。

此外，更可不時利用調查報導、精準新聞等方式。設計問卷訪查區內環境及住民民意供當局參考，促進社區建設。

第三節　經營理念和方式

不同地區、性質的社區報紙，自有不同的經營理念。例如，「柵美報導」曾在「報耳」上，揭櫫「爲木柵景美服務的社區報紙」，「山城週刊」則將「我愛家鄉、家鄉愛我」，與「爲建設東勢區五鄉鎮而努力」兩句標語，印在刊頭上; 已停刊的「雙和一週」的工作目標，在於「建設社區」、「服務社區」，故有「字字句句都爲雙和事」的豪語。綜而言之，各社區報紙大多以服務鄉梓，爲營運最高目標。

但與任何企業一樣，社區報紙要生存，就得在盈虧上著眼、掙扎，因此不得不講求企業化專業經營的技巧。在這一方面，傳播學者與社區報紙負責人的看法，大致上是相同的。

姚朋就曾針對經營社區報紙的技巧，曾經提出下述四個做法: （1）

鄉村報紙設立地點，應在腹地深廣，交通便達；當地文化水準稍高，而在經濟生活上，又與附近村鄰發生密切關係者。(2) 設置之初，應該與當地文化機關配合(特別是學校)。(3) 報紙本身器材設備，應盡量求其簡單實用。(4) 可以「兼營副業」，例如，舉辦「代書處」；或者配合當地的風俗節令，鼓勵正當娛樂。這樣做法，不但可補助報紙經濟，同時可以增強報紙的信譽。

吳駿在「臺北一週」停刊後，也認為社區報紙在經營上的做法，首先要選好辦報的地點。例如，人口密集，教育程度高，而又經濟繁榮的地方。出版之初，則應先行掌握足夠的廣告客戶，以應付經費開支。另外，則應配合獅子會、婦女會等一類社團的活動，作為經濟來源的後盾。

民國七十年一月，「臺北一週」、「雙和一週」、「臺中一週」、「臺南一週」和「高雄一週」，由南至北五大都市型態的社區報，曾聯合成立「廣告聯營中心」，每週出版五張（二十版），其中一張（四版）為共同版，各發行三萬份，希望能穩定廣告來源，並普及廣告之效果。實行結果卻是走上了虧蝕的無底深潭，使得「臺北一週」、「臺中一週」與「高雄一週」相繼停刊。

度過「危機」的「臺南一週」，以後即強調發行業務重於廣告收入，叫出以讀者訂閱的錢來維持，而不是靠拉廣告來貼補的口號。

目前「屏東週刊」的訂戶收入，據說已大過廣告收入，報刊開支方面，訂戶費用已經產生穩定作用。而「雙和一週」在創刊之初，亦採訂戶訴求政策，在經過一段時間送報後，方要求贈報戶訂閱，結果訂戶數目湧至。

不過，其他社區報紙，則沒有「臺南一週」那麼幸運，有三位熱心而又「賠得起」的老闆支持；大多數社區報，除了拉廣告、推廣發行

量，尚得經營相關業務。例如，文山報導社，除了發行「文山報導」之外，尚兼營代人打字、影印和印刷刊物等業務，故能作長期維持。

今後，臺灣地區社區報紙要生存，兼營地區性打字、影印、印刷、文具、書刊等相關「副業」，以充裕經費來源，似乎不能或免。

第四節　新聞政策

雖然隨著社會的變遷，社區報紙的讀者羣也變得異值性高、混雜、又經常有所變動——這些讀者羣可能是零售商、農夫、主婦、工人、教師、學生、醫護公務人員和年老住民不一而足；但是社區報紙擔負領導作用，成爲「本土意見塑造者」(Grass-roots opinion maker)的理想，不應因而褪色。當社區內任何一組成員出現了問題，社區報紙更應集中注意力，促請大眾注意，或以不偏不倚的態度，公開爭論之眞相，共商解決之法。

目前大多數社區報負責人的編採方針，都在強調要走與社區民眾生活上有關的人、事、物等一些可在飯桌上，可談、可笑、可論的東西，而不宜過度專業化。

一直希望「社區報」能作政府與民間橋樑的新聞局，則希望社區報紙能多注意地方建設的報導，不捲入地方派系，以愛鄉心情，增進地方的團結與和諧。

徐佳士和陳世敏更肯定的指出，「社區報」不應再與大報紙、電視競逐那種「垂直式的新聞」，而應多報導「橫向式的新聞」。多報導諸如身邊的人、事、物等「鷄毛蒜皮」的「小事」和社區活動。這樣，一方面可令社區民眾，從「社區報」裏，知道社區裏的事情，並據而安排自己的生活和休閒。另一方面，這種報導的取向，可以在「不完全避開地方政

事」的原則下，將報導重心稍微轉移，而不致產生太尖銳的衝突。

徐、陳兩人的說法，與「豐原一週」創辦人林祚堅的作法，有異曲同工之處。林祚堅主張「社區報」在評論時事時，應採取從「夾縫常求生存」、「縮小打擊面」的原則，亦卽打擊少數，來爭取多數的方法，方能實現理想。

「社區報」一定要成爲「親切的報紙」(The Intimate Press)，應無異議，而在編輯政策上，則尚應有七項取向——

(1) 新聞報導，應保持社區色彩，或以全國性新聞，而將之地區化；關注讀者，取信讀者，以一個普通居民的立場去設想和思考。

(2) 社論範圍，特重本地事務的評論和建言。

(3) 特重多樣性專題的深入報導，並提供讀者育樂及風土文物資料與專業知識，提供發表意見的場地。

(4) 報導應配合公益活動的鼓吹，加強服務觀念，使社區報紙與民衆息息相關，採用漸進和平方式，帶動民衆，提昇社區現代化水準。

(5) 以「學府人事」、「商業圈」、「柵美婦女」一類特定內容，提點地方上小經濟、小政治人物對地方的影響力，並藉以吸引社區內不同的讀者羣，並使之明瞭地方商情的變化。

(6) 從人情味細節（如好人好事）、小幽默、小趣事的角度，報導區內人士的婚、生、壽、喪、旅外鄉情等消息，培養互相關懷的社區意識。

(7) 歡迎其他刊物轉載，並視之爲報導上一項成就。

社區新聞屬地方新聞，就全國性綜合報紙的版面區分來說，選擇地方新聞，必須從三個層面考慮：一、新聞內容，有否涉及「外在」因素，如有「外在」因素，則縱使發生在當地，也可能不是地方新聞。例如，「李惠堂盃分齡足球賽」，縱然在臺中舉行，亦屬全國性新聞。（但

若全國足協臺中分會，在臺中舉行足球賽，則屬地方新聞。）二、新聞
發生之後，對其他地區是否產生影響？不發生影響的，方屬地方新聞。
假設臺南市決定闢作自由貿易區，這一經貿政策，影響及全臺灣省及世
界通商各國，便不應列為「地方新聞」來處理。（但這一政策對臺南市
的影響，則可當作地方新聞。）三、所發生的新聞，如繼續發展、昇級，
便不屬於地方新聞。假設木柵福德坑與興建垃圾掩埋場受到住民反對，
如果只是個別現象，不致有嚴重後果，則可列作地方新聞；但若住民行
動昇級，掩埋場可能無法動工，便非地方新聞了（荊溪人，民六七：二
二八）。

　　地方新聞的特質，重在親切和富有人情趣味，因此在新聞價值上（
newsvalue／newsworthiness)，亦應特重「臨近性」（locality／
proximity）與「人情味」(human interest)。多取材與地方人士有
關連新聞問題，以及地方上大事故(尤其地方上之重大建設)。其次，則
為事件的「重要性」(importance／significance)，與人物「突出性」
(prominence)。再後方為「趣味性」(interesting)、「時效性」(time-
liness／newness／freshness)與「奇特性」(unusualness／novelty
／strangeness)。但「奇特性」應解釋為地方上之特殊性，而非為色
情、劫殺、犯罪之「反常」新聞。

　　由於地方新聞，有濃厚之「參與」、服務色彩，故在編輯態度上，應
優先著意於「量」的容納，再求質之取括；亦卽在編排上以「平衡、精
編主義」為主，「重點、詳盡主義」為輔。

　　另外，社區報紙屬深入各方、接近大眾的「通俗報紙」(Popular／
Vulgar newspaper)，故在編輯方針上，應恪守「通俗、趣味主義」
(但非激情 "Sensational")，而不一定非要走高水準的「質報」(qual-
ified newspaper)，或「嚴肅主義」不可，但在處理新聞和版面時的

態度，仍應謹愼行事，絲毫不能馬虎。

　　通俗報紙的版面，固不應過度「保守」，但亦不可過分「新奇」，而應顧及活潑、高雅、易讀悅目和有條理、系統。此外，在版面處理上，仍應「新聞重於廣告」，新聞亦必須與廣告分開，避免「新聞式廣告」維持一份有風格報紙。因爲地方報導取向，社區報紙廣告，仍應注重本區廣告特性，作地緣性、親和性的廣告服務。目前在臺灣社區報紙中，最成功的莫如發行於臺中縣東勢鎭一帶的「山城週刊」。東勢鎭一帶主要爲農耕地，而該報的廣告，則純爲農具及肥料，說服效果甚大。

第 五 章

我國新聞局對社區報紙的輔助

　　按我國出版法第一章總則第二條之規定，凡刊期在七日以上，三個月以上者爲「雜誌」；又因臺灣地區發行報紙「限證政策」，不再增加報紙家數（楊肅民，民七三：十二）。因此所有社區報紙，事實上是以「地方報導類」的雜誌名義登記❹。

　　社區雜誌在臺灣的發展，第一張與社區報理想十分接近的周報，應屬名報人成舍我先生在民國五十四年元月所創辦的「小世界」周報。此類原擬以「文山區」爲報導發行範圍，但其後由於報紙名稱未符合社區化，而所刊內容，又大多數不屬於社區範圍，結果很快便轉而走上學生實習的校內刊物路線。

　　民國六十二年十月二十日，國立政治大學新聞系「學生新聞」在系主任徐佳士，以及該系潘家慶、林懷民、趙嬰和楊孝濚等教授鼓吹、策劃下，正式更名爲「柵美報導」（周刊）。在報耳上揭櫫「爲木柵景美服務」的鵠的，是全中國第一份眞正社區性報紙，開日後臺灣地區社區報

❹　所以發行所並不名之爲□□報社，而是「□□報導（一周）雜誌社」。

業先河，發行至今已有十三年歷史，是歷史最悠久的一份社區報。

　　當時正在國立政治大學新聞研究所就讀的黃森松先生，受到教授們熱心鼓勵，終於六十三年七月十六日，在美濃鎮大專青年聯誼會四十多位大專生協助下，「試驗性」地開辦「今日美濃」周刊，並以此為實例，完成了碩士論文寫作。

　　「今日美濃」出版了八期（兩月）後，宣布停刊。六十四年八月，發行於文山的「文山報導」❶，在謝春波、何其慧夫婦，與世界新專學生合力下創刊❶。

　　楊孝濚轉職東吳大學社會系之後，在其指導下，「臨溪報導」又在同（六四）年十一月十二日，於臺北市士林區問世（但其時未辦登記）。

　　六十六年，黃森松服役完畢，於二月十三日，將「今日美濃」復刊❶，同年八月十七日，易名為「美濃週刊」。

　　因為政治情勢而暫時停止雜誌登記發行的權宜措施，終於在六十八年三月一日取消。「雜誌解禁」後，適值兩次能源危機已過，本省經濟漸次復甦，出口貿易轉盛，民生安定，投資意願高漲；而資訊時代腳步已近，民間普遍提高了求知的欲望，卽鄉野之地，住民亦對其外存環境，較前更感關切，加以政府大力推展基層及地方文化建設，社區報紙之紛紛出現乃如雨後春筍。同年五月廿六日，當時新任新聞局長宋楚瑜❶，在「中華民國雜誌事業協會第五屆第一次會員大會」中，首次提出我國政府對社區報紙的鼓勵態度。他指出當時申請登記發行的雜誌，（全省）

---

❶　文山是舊稱，包括木柵、景美、新店、坪林、烏來、深坑、石碇等鄉鎮。
❶　謝春波、何其慧同是世界新專畢業，為木柵世家，當時兩人均任職於中國時報。
❶　「美濃週刊」又於七十年三月，在黃森松覺得「社區報沒有前瞻性」、「推展社區報無展望」之下停辦。其後，則由「月光山雜誌」（十日刊）接辦。
❶　宋楚瑜現職為文化工作會主任。

已有一千五百餘家，但是「雜誌數量多，但不能肯定雜誌水準素質的提高。因此，今後政府應輔導雜誌事業循正當的途徑發展，如專業性雜誌、鄉村社區雜誌。」宋楚瑜並在致詞時透露，該局已在重新研擬獎助條例，「希望能夠完成立法程序，對於出版事業的獎助全面加以檢討，除了予以精神獎勵外，並在財務上能有實質的支持。」❶⑨他的這番話，不但表明政府當局，並沒有疏忽大眾傳播媒介所經常忽略的鄉鎮，注重國民精神生活，肯定社區報紙的存在價值，而且已在採取行動當中。

　　宋楚瑜所謂「已在重新研擬獎助條例」，事實上指的是交由黃森松代為規劃的「報導社區報紙發展草案」。

　　照黃森松當時的構想，是將全省劃分為五區，每區設一個「社區報紙聯營發展中心」，各自負責社區報紙所需的編輯、採訪的訓練，指導報紙的印刷、廣告與發行等營運工作，並逐年輔導二十家的社區報紙成立，由學者專家擔任顧問，評核各項工作的成果。

　　這個草案雖然因各項因素而遭受擱置，但六十八年新聞局正式提出「輔導社區雜誌發展方案」。在該年申請發行登記的社區報紙，約有「雙和一週」、「屏東週刊」、「山城週刊」、「板橋週刊」、「海山週刊」（臺北縣板橋市）、「陽明山一週」（沒有受新聞局輔導）、「港邊報導」（屏東縣林邊鄉，但沒有發行）、「新泰豹」（臺北縣新莊，於七十三年停刊後復刊）、和「臺北一週」（已停刊）等八家。

　　六十九年行政院新聞局國內出版處成立「社區報紙輔導小組」，大力推展、鼓勵新聞相關科系畢業生，回鄉辦社區報，在草創之際，新聞局資助每家報紙新臺幣十五萬元，希望創辦的人服務鄉梓，宣導政令，不

---

❶⑨　宋楚瑜這番話，很可能受到黃森松的研究所影響。黃森松在論文的結論中提到中文成本較高，一般人恐怕無法單獨擔負一份小眾媒介的創辦經費。因此他提議由政府予以貸款與輔導，讓社區報紙在鄉村生根。

牽涉到地方派系，或作爲政治工具。在該一輔導政策下，該年創刊的社區報有「今日臺東」、「高雄一週」、「中壢週刊」、「山林週刊」（高雄縣路竹鄉）、「大路竹週刊」（高雄縣路竹鄉）、「基隆一週」、「嘉義一週」、「中港溪一週」（苗栗縣）、「南投一週」、「花蓮一週」、「豐原一週」、「北門區報導」（臺南縣，七十一年十月易名爲「南瀛一週」，已停刊）、「淡水一週」、「鐵砧山」（臺中縣）、「美濃週刊」（屏東市，七十三年三月停刊）、「臺中一週」及「八卦山週刊」（彰化市）等十七家。自始之後，社區報之出現風起雲湧，但因財務支持不住而停刊者亦多，其中亦有因故爲新聞局註銷登記的。

據「中華民國七十三年出版年鑑」統計，臺灣地區共有社區雜誌三十三家（當時新泰豹已停刊，故實數應爲三十二家）❷，但估計能持續出刊者，則通常只有二十餘家而已。

爲了促使各地區報紙能彼此交換辦報經驗和心得，民國六十九年十月，在新聞局輔助之下，又組成了「全國鄉鎮社區雜誌聯誼會」（召集人爲「文山報導」發行人何其慧女士），希望藉著意見交流、廣告與發行的協調、提昇社區報紙的水準。

七十三年，多家社區報競逐新聞局的「出版金鼎獎」（雜誌類），但全部落選。由於性質和內容、營運的不同，新聞局實應從「獎助出版實施辦法」中，另行擬出獎勵辦法。另外，新聞局也應確實考慮補助旅居國外人士訂閱的郵寄費，並爲社區報紙刊登促銷廣告，在國外推介「社區報」。廣告標語或可依舊訂爲：「月是故鄉明，君從故鄉來應知故鄉事。」❷

---

❷ 據統計六十八年臺灣地區共有社區報紙三十九家，爲社區報最多之一年。
❷ 同❽。頁六十九。

第六章　我國社區報紙面臨的問題

　　綜合來說，目前臺灣各地辦社區報紙的困難，除了上述社區意識缺乏，經濟困難兩大因素之外，尚有——

　　(1) 人手不足，人才留不住。社區周報經費短絀，(廣告不足，投下資金，未能回收運用)本來就不能聘用足夠員工，而現有編採人員，又往往因爲薪酬低，工作缺乏成就感而待不住。人員大量流動，嚴重妨礙著社區周報的運作。(據說「雙和一週」在五年裏，編輯的流動量，共有三十多人。)影響成品品質的紙張印刷費用，或經常性之固定開支，不能省減。

　　(2) 地方基層干預以及地方派系競爭激烈，政治氣氛層面複雜，令社區報紙發展，受到相當程度的束縛。

　　(3) 一般人仍舊受傳統新聞角度影響，認爲「大報所報導的，或國家大事才是新聞」，因此普遍輕視「本地新聞」。區內住民對於社區報紙之特性及功能，又缺乏足夠了解；觀念閉塞，缺乏支撐力。某些人士甚至將菊四開 (或四開)「小型」(Tabloid) 社區報，誤以爲昔日與記者行徑不佳、內容鄙俗之「蚊子報」(Mosquito paper) 相同。區內住民的教育水準，參差不齊，也使報份的推廣，受到束縛。

　　(4) 有心辦社區報的人士，雖有愛鄉、服務的宏願，但耐心不足，

受到挫折便心灰意冷，停止出刊。另外，辦報者若非區內住民，則由於地緣關係，所受排斥更甚，尤足令辦報者見而生畏。（新泰豹之所以一度停刊，據云是受區內「有心人士」所辦的「游擊報」所干擾之故。）

上述四項因素，一直使得很多社區報紙，不是「夭折」，就是**斷斷**續續地出刊，眞正上軌道的，並不多見。

此外，尚應再強調的是，辦社區周報要**選擇適當地點**，確爲社區周報之所以能「存在」的一個極重要因素。

以「柵美報導」發行所在地的木柵、景美區域來說，兩地原屬臺北縣，民國五十七年劃歸爲臺北市郊。由於臺北市不斷成長，來自臺灣各地民衆，陸續湧向臺北市；但爲了解決住的擁塞，則又自北市向近郊地區逐步擴展。這種情形，使得柵美漸次開發，也令得柵美住民的工作、教育、娛樂和經濟，都與臺北市的關係日漸密切。所以，「屏東週刊」創辦人鍾振昇認爲，臺灣的社區報實在是「跨社區報」、「都市報」、甚至是「跨都市報」了。

這樣的一個社區，會有兩種不利於社區報紙存在的「負功能」：

(1)「外人」入住，原住民他遷，社會流動性高，區內住民只是居住或在其中工作，「社區意識」受到考驗。

(2) 支持社區報紙的「社區廣告」，不易得到較大的突破。住民沒有利用廣告的習慣，在消費行爲上，除了瓦斯、米、鹽、果菜與一些民生日用品，得向附近雜貨店及市場購買外（這些商品又十分「雷同」），但又缺乏大型購物中心，令其他消費，大多會在臺北消費中心進行；而各類消費商店的廣告，又多集中在幾份「大報」手裏。社區報紙如果想得到「地方商店廣告」，則只能從商品特性、地緣，或特殊團體、羣衆方面用人情來爭取，但又得面臨區內海報、宣傳車、招貼紙和紅紙的廣告「競爭」。

要稍微和緩、改善這些「負功能」，在理論上是可以達到的。例如，多辦些能加強社區意識的推廣活動；一方面為社區服務，一方面則藉以提高本社知名度。英國早期的「點滴」雜誌(Tit-Bits)，在創刊之初，創辦人喬治·牛恩斯 (George Newnes, 1815—1910)，即曾以「鐵路交通安全保險」、「挖寶運動」、「贈送別墅」、「聘為編輯部雇員」等方式推廣，成效十分卓著（李瞻，民六六：一四六～七）。

在廣告方面，則可與區內團體取得協調，並依霍斯頓·華寧 (Housten Waring) 辦法，集中開拓「需求廣告」(Wanted Ad)，增闢「失物招領」、「房屋出租」、「臨時人員雇用」等「分類小廣告」(Classified Ad)，為區民服務。

至於學生辦社區報，似尚有下述有待克服的困難：

(A) 由於教育、實習的導向，產生了制度上的弱點；「志願參與」的組織不易組成和動員。

(B) 專職人員缺乏，實習學生依實習期限輪調，經驗不足，事權傳遞困難，且大多學生並非來自社區住民，對地方事務，未有充份了解；且中間仍有語言上之困擾。

(C) 社區內組織單位，對學生重視程度不夠；不但採訪時往往未獲得充分合作，即欲發起社區服務，亦缺乏足夠支持力。

(D) 學生課業繁重，一般未能全心全意投入，以致報導常流於膚淺；某些老師的不體諒，亦令實習同學，處在兩難的矛盾邊緣。

(E) 推廣報刊、招攬廣告，不一定能獲社區充分支持，實習同學經驗未足，每多妄自菲薄，缺乏接受磨練的勇氣。

(F) 資料收集未能完善，缺乏足夠參考資料。

(G) 學生程度及專業的熱誠，嚴重左右著報刊內容和品質，或發生「填塞版面」的現象，易受到某些社區人士「輕視」。

（H）發行或編務行政工作未能落實，常有誤失。

（I）本身沒有印刷器材，印務工廠技工又往往缺乏協同輔導學生的意願。

（J）美工、攝影、和廣告設計人才的不穩定。

（K）在學學生多屬年輕氣盛，職位之分派及運作，不易順利進行；各類職位，由學生負責，以「學生督導學生」、「事」「人情」混淆，績效欠佳。

近年來，臺北專業性雜誌，不斷創刊，而各大報章更逐漸注重「分版」(Sectioning /section Organization) 的效果，加強發展地方版，刻意報導地區新聞；並在內容上尋求更多新的娛樂性的軟性題材，吸引年青的讀者羣，提供消費、購物指南的「超級市場報導」(Supermarket Journalism)，以及運用圖表、彩色印刷等做法，都給予社區報紙不少壓力。㉒

㉒　將「雙和一週」辦得有聲有色的中央日報總經理吳駿，卽認為臺灣各大報的地方版，辦得越來越好，等於是變相的社區報。但社區報每週才出版一次，在時效性上無法與每日出版的日報相比；另外，他認為臺灣地區不大，對地區性小衆傳播的需要，亦不迫切。因此，他的結論是：臺灣社區報的前景，並不樂觀，但將來回到大陸之後，「小衆傳播的趨勢，也會興盛」。見政大新聞系「新聞學人」九卷，一期（民國七十四年十二月號），政大新聞系創系五十週年特刊，「本期專題」，頁八十。

第七章　我國社區報紙發行的展望

　　我國傳播學者對社區報紙能否存在這一問題，態度一向是積極而樂觀的。雄心勃勃而辦社區報的創辦人，也是充滿信心，並且敬業樂羣。因爲:

　　——社區報紙雖然是美國環境下的獨特產物，但就國內情而言，它的存在不獨可以撫拾良好的意見，並且可令住民有暢所欲言的機會。

　　——服務鄉梓是一種滿足。

　　——能與區內住民，熟悉的朋友一起參與活動。

　　——能從報導中，洞悉社區事務。(選舉期間，社區報紙備受重視。)

　　——採訪的腳步，走進區內每一家庭，可以廣交朋友; 好的文章、好的活動，更能得到立卽的尊重。

　　在傳播科技極端發達的今天，手排、貼版的小型周報依然「存在」，似乎有點令人覺得不可思議。

　　但是，每當有人對它的存在而質疑時，傳播學者經過一番研究之後，又周而復始的呢喃著: 社區周報不曾有過「危亡」的「結論性證明」(conclusive proof)，只能說，它的功能和範圍，可能處於變動之中。

就臺灣的社區報而言，自民國六十二年十月廿日「柵美報導」之創刊，至新近發行之「陽明報導」，十三年間，社區報紙雖然波濤不斷，但至目前為止，不論如何批評，三十餘家社區報紙，仍然在照常出版，幾與每日出版之日、晚報家數相同。這個事實，證明臺灣地區需要社區報紙，而社區報紙也能「活」下去。

停刊的社區報紙發行人（如今日美濃、新泰豹），在停辦的時候，並不承認生存條件有極大困難，「要辦，還是可以辦下去的。」只是他們大多數因為得不到住民的支持和鼓舞、因為得不到回饋，而感到心灰意冷。

國內傳播學者，因此希望社區報紙發行人，「以傳教士精神來辦報」。

曾於一八七八年擔任「卡太努格時報」(Chattanooga Times) 發行人兼編輯，而後以「本報新聞皆適合刊登」(All the news that's fit to print) 的崇高新聞政策、詳盡的新聞資料、獨立公正評論、乾淨美觀的印刷、大眾化售價和高度專業精神等辦報方針，使「紐約時報」(New York Times) 名聞國際的美國報業巨人奧克斯（Adolph S. Ochs），曾經提議，小城周報的編輯和發行人，應是多才多藝的人。他應是腳踏實地的出版家、商人和具有紳士風度的學者。奧克斯認為，編輯應免于財務糾纏，不私情偏袒，積極建言，但不忘以禮讓的態度，善待意見不同的人。經過了一個世紀後，這些箴言，尚有凜然之色；對真正想促使社區和諧的社區周報編輯而言，實在是金石良言。

民國六十八年，本省雜誌登記恢復後，與社區周報同步萌芽的，是所謂「政論性雜誌」之蠭起。根據統計，民國六十八年年底，登記為此類雜誌的有十一本，六十九年七本，七十年十本，七十一年七本，七十二年五本。亦即在此五年間，共有四十本政論性雜誌登記發行，與社區周報數目相若。不過，除去停刊和依法查禁，目前仍繼續出版的，已降

為十三本（李銓，民七三：二四）。但是，社區報紙的家數，就一直保持較為穩定的狀態。據此而論，尤可顯示社區報紙之存在價值，與讀者的接受性——它為何沒有「生存」的信心呢？

二次大戰之後，主張由國會、政府代表、地區人民代表與專業團體代表（如教育、律師、醫生、工商界）共同經營的「公益報紙」（Public Newspaper）觀念，又再度引起廣泛興趣。就某一層面和作用上，社區報紙與公益報紙的某些理想是重疊的。一份理想的「公益報紙」內容，至少應做到下列六點（李瞻，民六七：一〇～二）——

(1) 綜合、充分而意義地報導新聞，使讀者充分瞭解他們所生存的世界；

(2) 讓讀者盡量發言，建立意見自由市場，服務民主政治；

(3) 盡量刊登科學新知，擔負教育責任，提高人民文化水準；

(4) 透過廣告與農、工、商業之知識報導，促進經濟生產，提高人民生活水準；

(5) 供給高尚娛樂，維護人民之身心健康；

(6) 正確、平衡而有系統的報導各國之正常發展，促進彼此瞭解，保障世界和平。

目前我國仍處於報紙登記「限證」政策時期，報紙未能更新發行，社區報紙既可在此空隙中，分擔「公益報紙」的任務，並彌補某些政論性雜誌缺點，則它的存在與發展，非唯有志之士，應戮力以赴，卽政府有關單位，亦應作主動積極的扶持。能如是，則社區報紙的前景，是十分樂觀的。我國「公共電視」（Public Television）已於民國七十三年中開播，「公益報紙」是否能以社區報紙的型態出現，政府的決策，實為最重要因素。㉓

● 本篇前七章，除參閱本書後附之參考書目外，尚參閱下列各中文書刊：

(1)王業崴（民五三）：報紙與新聞寫作。臺北：僑民教育函授學校。

(2)「文山報導發展史」（民六九）：臺北：文山報導週刊社編印。

(3)宋仰高（民四一）：「小型報紙的前途」，報學，第一卷第一期（元月）。臺北：中華民國新聞編輯人協會。

(4)宋漱石（民四三）：「發展農村及邊疆報紙」，報學，第一卷第六期（七月）。臺北：中華民國新聞編輯人協會。

(5)苗瓊文等（民七五）：「應運而生的小衆媒介」，新聞尖兵，第十七期（元月號）。臺北：政治作戰學校新聞系新聞尖兵社。

(6)潘家慶（民七十）：「報業的成長與前瞻」，人與社會，第八卷第四期（十月號）。臺北：人與社會雜誌社。

(7)黃猫庵（民四五）：「上海的小型報」，報學，第一卷第十期（十二月）。臺北：中華民國新聞編輯人協會。

(8)楊孝溁（民六五）：「社區報紙與社區發展——以臨溪報導爲例」，報學，第五卷第七期（十二月）。臺北：中華民國新聞編輯人協會。

(9)劉一樵（民六三）：「社區小型報的經營」，報學，第五卷第二期（六月）。臺北：中華民國新聞編輯人協會。

(10)賴國洲（民七一）；「社區雜誌與社區發展——臺灣地區社區報紙的發展」，東吳人，第八期（三月號）。臺北：東吳大學社會系系刊。

(11)葉國超、張妮秀（民六九）：「『美濃週刊』讀者調查」，報學，第六卷第五期（十二月）。臺北：中華民國新聞編輯人協會。

(12)劉豁公（民四三）：「談上海的小型報」，報學，第一卷第六期（七月）。臺北：中華民國新聞編輯人協會。

(13)鍾山（民七十）：「屏東什麼時候才有社區報紙」，屏東週刊，第一〇二期（五月三日），第二版。屏東：屏東週刊雜誌社。

第八章 社區報紙的公共關係活動

(1) 社區釋義

社區 (Community) 一詞的解釋，牽涉到很多層面，最簡單的意義，乃是一羣人生活在一起，受治於共同的政治組織，分享共同的文化及歷史傳統；社區內，任何人與組織機構皆互相依存。又或者推衍爲：「社區乃交互作用之機構所存在的地方；必賴此項作用而形成居民互助、合作、共同努力，而協調一致之態度及作法。」(王洪鈞，民七二：一九七)

愛德華·林德曼 (Edward E. Lindeman) 認爲社區一詞，起碼有三個中肯的定義：

(A)鄉、鎮和城市的傳統「社區」，指的是住在某一個特殊地區的人們，可以意識到的一個有組織的集合體。該一集合體可以行使有限度的政治自治，維護學校、教堂等基礎機構的存在。

(B)含蓄的社區定義，乃是社會交互影響過程。該項過程會激起互相依賴、合作和聯結更廣泛的態度和執行。它不著重在地理區域 (regional) 或人羣的分野，而是著重在該地理區域，或人羣活動狀態的過程；也是人們學習如何彼此聯繫，以發展互助合作，共存共榮的生活過

程。

(C)「功能社區」(functional community)，包括地理區域上的人羣。這些人羣，在生活之中，分享共同的功能和利潤（王石番，民四五：四二一～二）。

(2) 公共關係釋義

公共關係的意義，若從不同角度或特定問題去推衍，亦有許多不同的見解。但就簡明、概括而言，崔寶瑛（民五五：三四）的解釋，允為恰當：「公共關係是某一個人，或某一個機構團體，與其各有關大衆，建立良好關係的技術。在所有決策中，須以大衆利益為前提，在推行時利用傳播媒介，以眞誠而良好的態度，經常與社會大衆保持相互間聯繫，向大衆提供眞實報導，努力使個人或制度的利益與態度，與大衆的利益與態度相合為一體。」

(3)「社區公共關係」的形成

「社區公共關係」（Community relations），指的是在區內各成員交互影響之下，企業組織與所在地的一種「好鄰居關係」（Good Neighborliness）。企業組織，通常為所在社區提供就業機會、財務利益，支持慈善及文化活動，並在各方面達成社區「企業公民」（Corporate Citizen）的責任。就社區內部而言，則為企業提供資本、技術勞力及各種人才，甚且購買企業之產品或勞務。至於社區內之政府單位，則又提供安全保障和工作便利。

根據美國歷史學者研究，美國社區報紙在礦區繁榮、地價高漲的年份，都曾扮演過重要角色。例如，在社區報紙上刊登本地公告，擔負特殊廣告的功能，撰寫有意義的社論，以及適切地處理地方新聞等，都卓有成效，可和社區與社區報紙在利益上之息息相關。

要推行社區公共關係，一般而言，是依下述四點綱要進行——

(A) 了解社區的狀況，尤其是社區的民意構成過程

一般而言，社區民意之構成力量約有：(甲)意見領袖。(乙)區內主要成員，例如，大衆傳播機構之編輯或主筆、教師、地方官員、工商業界代表，(丙)各種組織及團體。例如，福利、慈善機構、青年團體、宗教組織、學校、文化及政治團體、大企業行號、金融機構和醫療組織等等。(丁)孤立份子或壓力團體。

(B) 分析社區的需求

社區的需求，不外於：商業繁榮，對宗教的支持，每人的工作機會，足夠的教育設施、法律、秩序、及安全人口成長、適當的住所及公用設施、各種文化及康樂的設施，有能力的市政府，好的社區名譽等十二項食、衣、住、行、育、樂、醫、治安等民生目標（王洪鈞，民七二：二○二～三）。

(C) 確定社區需求之先後秩序，訂定與社區共存共榮的公關政策，與社區分享利益。

(D) 運用傳播活動、內部刊物，志願服務（如社區捐血、濟貧運動）、捐款（衞生、教育基金）、參與福利計劃（如借出設備），甚或其他途徑（如招待參觀、座談會等特別活動），讓區內住民瞭解企業存在，可以獲得互助互賴的好處。

(4) **報紙的公共關係**

一張報紙的「公衆」(newspaper's public)，約可分爲六類：(A) 雇員；(B) 讀者；(C) 廣告客戶；(D) 一般大衆（包括非讀者羣）；(E) 商人和 (F) 政府官員。

因此，報紙除了必須是一張好報紙外；尚要與雇員融洽相處；爲讀者與廣告主眞誠而盡力地服務；在同行之中保持著好名譽，並成爲附近住民的好鄰居。

根據研究，報紙舉辦或參與、支持公關活動，一般而言，有下面各種途徑：△籌款（如爲紅十字會、救世軍及醫院等籌募款項）△體育活動（如舉辦訓練課程與各類比賽）△幫助社區成長△舉辦青少年活動△舉辦音樂、演唱和節目活動△發行週年紀念特刊和小册△在新聞週開放參觀△贈送孤兒聖誕禮物△協助改進民防△督責地方政府單位△贊助婦女機構活動△推廣土壤保持△與電臺合辦活動△舉辦美容、時裝講座△舉辦植樹活動△雇員關係的促進△廣告策劃△社區守望相助計劃之促成△與學校合辦活動△致力於如「不准吸煙條例」的通過△提昇對政府政策的了解△對廣告主的建議△撰寫能引起大衆矚目的「地區特寫」。

(5) 社區報紙的公共關係

由於地緣關係，社區報紙的編採人員，往往爲大衆所知悉，而不期然存在某種相熟和親切感。因此，推行社區報紙的公共關係，必須從公正、詳盡的有建設性的地方報導和地區活動著手。良好的報導，可獲得社區人士的支持和尊敬；能激發羣衆的地區活動，例如社區美化、教育、衞生與康樂、青少年活動及文化工作之類，則能培養社區和諧意識。

楊藍君（民七一：五七～八）曾就「社區報紙在促進社區發展功能效果」上出發，提議由社區報紙：（A）成立社區發展委員會，由各界代表參與，集思廣益，發展社區。（B）多辦座談會，了解各階層問題，設法解決。（C）設立意見箱、服務電話（甚或有回函的意見表），供住民投書、投訴，並代爲解決困難，或代轉有關單位處理。（D）以抽樣或電話訪問、主動做意見調查（Survey），反應住民對問題意見。這四項服務社區報紙之服務，實亦社區報紙推行公共關係的重點所在。

另外，社區報紙亦可藉張貼報紙，設置「戶外看板」(billboard)、「招牌」等方式，推行「公共關係廣告」。而廣告內容，則可依不同時

效，推出不同主題，例如——

(A) 以商譽為主題：陳述社區報紙之創立、主張及沿革、最初報社地點及規模、最初報紙型態、報社的奮鬥經過，成長及發展遠景，以及人員的變動。

(B) 以公共服務為主題：協助解決地區（甚或全國性）的社會問題。例如，防止罪惡、交通安全、防止山火、清潔運動、籌集公益款項、推銷公債等。

(C) 以經濟為主題：解釋一個社會的經濟制度，使區民了解這種制度優點，並且明白某類工業在整個經濟發展中，所佔的地位（如種植洋菇、養鰻），因而對區內工業，加深一層了解、

(D) 以人事為主題：以建立報社與社區人士間的情感為主。必要時應配合「人際關係」（personal relationship）的交互影響，使某項提議或活動，蔚成輿論，造成決策。

近年來臺灣社區報紙，所推行過之公關（益）活動，摘要來說，大致有地方建設座談、登山、書畫展等文娛社教活動，例如：

△「柵美報導」：「兒童健行」、「多氯聯苯義演籌款晚會」。

△「雙和一週」：「多令救濟活動」（詳細報導瓦窰溝氾濫情形，引起當時李登輝主席注意，而解決水患問題。）

△「文山報導」：中國結班、演講會。

△「山城週刊」：詳盡報導「東勢幸福社區」下雨時，雨水倒灌缺點，促使商人加以改善。

△「豐原一週」：詳盡報導潭子鄉栗林村農田，被一家工廠廢水污染，促使工廠撥款添設污水處理設備。

△「臺南一週」：與「臺北一週」一起發起「爸爸回家吃晚飯」運動、為臺南「瑞復益智中心」籌募遷校基金、鼓吹「美化臺南」、舉辦

「幼兒親子活動」、企管、行銷講座; 並成立讀者俱樂部, 提供讀者休閒、約會和求知的場所。

△「屏東週刊」: 推動「鼓勵國中畢業生留在屏東升學」運動。

△已停刊的「美濃週刊」, 曾幫助美濃籌建「農業圖書館」, 邀請「雲門舞集」到美濃演出; 「臺北一週」、除與「臺南一週」發起過「爸爸回家吃晚飯」外, 尚提出過「早安晨跑」及「坦克車基金籌募」運動。

△「花蓮一週」及「嘉義一週」曾舉辦民歌演唱, 而「高雄一週」則更舉辦過「愛心銅」活動。

第九章　我國社區報紙創刊年表

　　茲試以創刊年次先後，介紹臺灣地區社區周報之大致發展經過：

　　(△)「小世界」，民國五十四年元旦創刊，發行人成舍我，發行於景美、木柵、深坑、石碇、新店、烏來及坪林之「文山區」，不久改爲「教育文化學術類」之週刊。現時發行人爲老報人徐詠平，全年訂閱費爲二百元（新臺幣，下同）。社址：臺北市木柵溝子口木柵路一段十七巷一號，世新編輯部。電話：（○二）九三六八二二五。

　　(△)「中原一週」，民國五十六年六月創刊，發行人謝樹新，發行於苗栗市。一年訂閱費六百元。社址：苗栗市中山路三三一號。電話：（○三七）三五二一九○。

　　(×)「臺灣一週」，民國五十七年創刊，發行於雲林縣，雖被列爲地方報導類別，但因早已停刊，資料不全。

　　(1)「柵美報導」，民國六十二年十月二十日創刊，原爲創刊於民國四十五年十二月五日之政治大學 (National Chengchi University) 新聞系學生對外發行之實習刊物──「學生新聞」。創刊時，由當時政大新聞系主任徐佳士教授任發行人，目前發行人爲系主任賴光臨教授。因發行於木柵、景美兩地，故名爲柵美報導。全年五十期訂閱費一百六

十元，半年八十元，零售每期四元。編採、廣告及發行，全由政大新聞系學生負責。社址：臺北市木柵區指南路二段六十四號政治大學新聞系。電話：（〇二）九三九三七六一，郵遞區號：11623。

（×）「今日美濃」，民國六十三年七月十六日創刊，同年九月三日停刊。創辦人爲正在以社區報紙爲題材寫碩士論文的政大新研所研究生黃森松。在四十多名美濃鎮大專青年的參與下，在高雄縣美濃鎮，完成了八期實驗。

（2）「文山報導」，民國六十四年八月二十日創刊，發行人爲何其慧，發行於「文山區」七個地點。每月訂閱費三十元。世界新專編採科

學生，參與實際編採工作。社址：臺北市木柵區指南路二段五十二號。電話：（○二）九三九一八七四。

　　（△）「臨溪報導」，民國六十四年十一月十二日創刊，但一直未辦理登記。由臨溪社區理事會發行，發行範圍亦僅止於臺北市士林區之臨溪社區。東吳大學社會系學生，在創刊時，曾給予編採、廣告及發行上的協助。民國六十九年四月，臨溪社區理事會自行接辦。

　　（×）「美濃週刊」，民國六十六年二月十三日，役畢回鄉的黃森松，又將「今日美濃」復刊；但同年八月十七日，改名為「美濃週刊」。民國七十年三月再度停刊。

　　（3）「雙和一週」，民國六十八年四月二十日創刊，發行人蔡榮泰，發行於臺北縣中和、永和兩市。零售每期十五元。社址：臺北縣永和市民生路二十九號。電話：（○二）九四六九二三一。

　　（4）「屏東週刊」，民國六十八年五月一日創刊，發行人何美惠，發行於屏東市。一年訂閱費四百八十元。社址：屏東市民享路十九號。電話：（○八）七二二二四五四。

　　（×）「陽明山一週」，民國六十八年七月七日創刊，發行於臺北陽明山、士林及北投，幾度易主後，於民國六十九年十二月四日停刊。

　　（5）「山城週刊」，民國六十八年七月十五日創刊，發行人吳鎮坤，發行於臺中縣東勢、新社、和平、石岡及卓蘭等地。零售每期六元。社址：臺中縣東勢鎮福隆里東坑街一○六號。電話：（○四五）八七七五○

七。

(6)「荖濃週刊」，民國六十八年八月創刊，發行人梁明和，發行於屏東市及九如、里港、高樹及鹽埔等地。零售每期十元。社址：屏東市信義路二○五號。電話：（○八七）三二三四二五。

(7)「海山週刊」，民國六十八年九月十五日創刊，發行人陳漢琿，發行於臺北縣板橋、土城、鶯歌、三峽與樹林等地。零售每期十元。社址：臺北縣板橋市漢生東路三十三巷十六號。電話：（○二）九五九五九五七。

(×)「臺北一週」，民國六十八年九月廿八日創刊，發行於大臺北市，已停刊。

(△)「鐵砧山週刊」，創刊於民國六十八年，但正確日期不詳（局版臺誌二四一二），發行人王振民，發行於臺中縣大甲、大安及外埔等地。售價不詳。社址：臺中縣大甲鎮光明路九十三號二樓。電話：（○四六）八七二七六六。

(×)「今日臺東」，民國六十九年三月廿九日創刊，發行於臺東縣市，已停刊。

(×)「高雄一週」，民國六十九年六月一日創刊，發行於高雄市，未幾即停刊。民國七十年一月十日，再由羅文坤復刊，後又停刊。

(8)「中壢週刊」，民國六十九年六月五日創刊，發行人趙百川，發行於桃園縣中壢、平鎮、楊梅、龍潭、觀音及新屋等地。零售每期十二元。社址：桃園縣中壢市中正路七十六號。電話：（○三三）三七九一九二。

(×)「山林週刊」，民國六十九年六月廿四日創刊，發行於高雄縣之阿蓮、田寮及岡山等地。民國七十年二月廿二日停刊，同年五月卅一日復刊，現又停刊。

(9)「大路竹週刊」，民國六十九年七月十二日創刊，發行人蘇財福，發行於高雄縣路竹、湖內、茄萣等鄉。一年訂閱費三百元。社址：高雄縣路竹鄉大社路五六三號。電話：（〇六四）八六一一六七。

(×)「南屏週刊」，民國六十九年七月十六日創刊，同年八月廿三日，因違反發行旨趣，被主管單位處以停刊一年行政處分後，卽未復刊。

(10)「嘉義一週」，民國六十九年七月二十日創刊，發行人許博一，發行於嘉義市。一年訂閱費五百元。社址：嘉義市中山路七十七號二樓二室。電話：（〇五）二二四六八三一。

(11)「桃園週刊」，原爲一般綜合雜誌，於民國五十三年十二月十五日創刊，發行人趙百川。至六十九年七月七日，改爲地方報導型態，發行於桃園、大溪、復興、八德、龜山、大園、蘆竹等地。零售每期十二元。社址：桃園市中央街一一一號。電話：（〇三三）三七九一九二。

(×)「中港溪一週」，民國六十九年七月廿六日創刊，發行於苗栗縣的南庄、頭份、三灣、竹南及造橋等地，已停刊。

(12)「南投一周」，民國六十九年八月二日創刊，發行人謝志岳，發行於南投縣全境包括南投、埔里、草屯、竹山等地。零售每期六元。社址：南投縣南投市崇文里中山街五十五號。電話：（〇四九）二二二七七五。

(×)「花蓮一週」，民國六十九年八月二日創刊，發行於花蓮、吉

安、新城及秀林等地。已停刊。

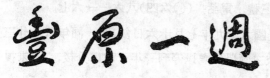

FOR BETTER TOMORROW

臺原一週

爲建設葫蘆墩區四鄉市而服務

發行人兼社長：林祚堅
社址：豐原市三村路30巷1弄28號
分社：三臺路449號(豐原國中校門口)
電話：(045)227104
承印：豐原一週文化事業中心
訂費全年三百元郵政劃撥02136820豐原一週
中華民國69年8月3日創刊
新聞局出版事業登記局版台誌字第2424號
中華郵政台字第4561號登記准作雜誌交寄
中華民國74年3月18日第212期

（13）「豐原一週」，民國六十九年八月三日創刊，發行人林祚堅，發行於臺中縣豐原、潭子、神岡和后里。一年訂閱費三百元。社址：臺中縣豐原市三村路三十巷一弄二十八號。電話：（○四五）二二七一○四。

（×）「淡水週刊」，民國六十九年八月四日創刊，發行於臺北縣淡水，已停刊。

（×）「北門區報導」，民國六十九年八月四日創刊，發行於臺南縣佳里、學甲、溪港、北門、七股及將軍等地，停刊後，又在七十一年十月，易名爲「南瀛一週」，設址於臺南縣佳里鎮忠仁里一○六巷三十六號。此刊又再在七十四年十月底停刊。

（×）「三重傳播」，民國六十九年八月八日創刊，發行於三重，同年十月十四日停刊。

（×）「臺中一週」，民國六十九年八月廿九日，發行於臺中市，已停刊。

（14）「新泰豹」，民國六十九年九月八日創刊，發行於臺北縣新莊、泰山兩地，於民國七十三年年底停刊，又於七十四年中易人後復刊。社址：臺北縣新莊市中正路三百三十號之三。電話：（○二）九○二三八二○。發行人：林裕源。

（15）「八卦山週刊」，民國六十九年十月十八日創刊，發行人柯恭平，發行於彰化縣八卦山。零售每期十元。社址：彰化市介壽南路七十

五號。電話：（〇四七）二四七八五五。

（16）「臺南一週」，民國七十年一月創刊，發行人楊明迭，發行於臺南市，零售每期二十元。社址：臺南市臨安路二段三二一號。電話：（〇六）二二九〇二一八。

（×）「民生一周」，民國七十年五月九日創刊，發行於臺北市松山區內的民生社區。於同年八月間停刊。

（×）「南崗一週」，民國七十年七月十八日創刊，發行於臺南、崗山，已停刊。

（×）「霧峯一週」，民國七十年七月廿五日創刊，發行於臺中縣霧峯，已停刊。

（×）「苗栗一週」，民國七十年七月廿五日創刊，發行於苗栗一帶，已停刊。

（17）「基隆一周」，民國七十年九月創刊，發行人謝茂堂，發行於基隆市。零售每期十元。社址：基隆市愛二路七十八號十樓。電話：（〇三二）二八三一六六。

（18）「東吳社區雜誌」，民國七十年十月創刊，發行人爲私立東吳大學（So Chow University）社會系系主任楊孝濚，發行範圍，以臺北市士林區東吳大學爲中心，擴及遠近之臨溪、芝山、大直、梅林及內湖五處。零售每期五元。社址：臺北市士林區東吳大學社會系辦公室。電話：（〇二）八八一九四七一～三一九。

（△）「月光山雜誌」，民國七十一年三月創刊，發行人邱智祥，爲十日之旬刊，發行於高雄縣美濃鎮，因創刊目的是繼承「美濃週刊」，故以美濃鎮最高之月光山命名。一年訂閱費三百元。社址：高雄縣美濃鎮永安路一八二號。電話：（〇七）六八一三四二三。

（19）「諸羅周刊」，民國七十一年五月創刊，發行人孫義村，發行於

嘉義市。一年訂閱費二百四十元。社址：嘉義市中山路七十七號。電話：（〇五）二二五〇二五〇。

(20)「城大龍一週」，民國七十一年九月創刊，發行人謝有恆，發行於臺北市城中、大安和龍山區。零售每期十元。社址：臺北市忠孝東路一段一四〇號二樓。電話：（〇二）三九六八八七三。

(21)「鹿港一週」，民國七十一年十月創刊，發行人許志欣，發行於彰化縣鹿港。一年訂閱費五百元。社址：彰化縣鹿港鎮景福里景福巷三十四號。電話：（〇四七）七七四三五二。

(22)「彰南一週」，民國七十一年十一月創刊，發行人周森牆，發行於彰化縣南部、員林等地。一年訂閱費五百元。社址：彰化縣北斗鎮西德里河溝巷一號。電話：（〇四八）三四〇九九五。

(23)「花蓮週刊」，民國七十二年七月創刊，發行人朱肇輝，發行於花蓮市，零售每期五元。社址：花蓮市福祥路四十八號。電話：（〇三八）三三七五五七。

(24)「臺中週刊」，民國七十二年十一月創刊，發行人張登亮，發行於臺中市，零售每期十六元。社址：臺中市大雅路九十巷五號。電話：（〇四）二二〇八七二六。

(25)「新竹週刊」，民國七十三年一月創刊，發行人王英萱，發行於新竹市。一月訂閱費一百元。社址：新竹市水源街二十二號。電話：（〇三五）七一五七三二。

(26)「臺中港周刊」，民國七十三年三月創刊，發行人劉盛斌，發行於臺中港鄰近鄉鎮。一年訂閱費六百八十元。社址：臺中縣梧棲鎮安仁里民生街十三號。電話：（〇四五）六六三六七二。

(27)「欣風一週」，民國七十三年三月創刊，發行人沈宋濱，發行於臺南縣新營。社址：臺南縣新營市三民路四十六號。電話、售價不詳。

　　(28)「新莊一週」，民國七十三年四月創刊，發行人姜曼莉，發行於臺北縣新莊市。售價不詳。社址：臺北縣新莊市永寧街三十七巷一號三樓。電話：（〇二）九九三三三八九。

　　(29)「陽明報導」，民國七十三年四月創刊，發行人謝仁傑，發行於臺北市士林、北投區。一年訂閱費三百元。社址：臺北市中山北路六段一六一號。電話：（〇二）九三九六七〇〇。

　　(△)「雲農雜誌」，民國七十三年四月創刊，發行於雲林縣。社址：斗南鎮文昌路四十號。電話：（〇五五）九七四一〇一。爲一旬刊，售價不詳，發行人爲唐厚。

　　(30)「大三重報導」，民國七十三年六月創刊，發行人孫加龍，發行於臺北縣三重市。一年訂閱費三百元。社址：臺北縣三重市文化南路十五巷七十八號。電話：（〇二）九七二九八六三。

　　(31)「大新莊報導」，民國七十二年十月創刊，發行人王介民，發行於臺北縣新莊。一年訂閱費爲三百元。社址：臺北縣新莊市中正路三一七號。電話：（〇二）九〇六九八八八。

　　七十三年發行之社區報型態的報紙，尚有在四月由銘傳商專大傳科畢業班創辦之「大士林區報導」，和在一月間由淡江大學大傳系創辦之「北海岸」，但兩報皆取用新聞報方式，且爲不定期之雙周及三周刊。七十四年年底中國文化大學夜間部大衆傳播系則計劃發行「中山橋」社區報。

✕說明: (1)、(2)……表示仍在發行之社區報,(✕)表示已停刊,(△)表示型
態有些特殊,例如並非為周刊形式。此處是以目前發行之社區報紙排
列,至於其立場、內容水準則不在考慮範圍。無可諱言,目前我國社
區報水準參差極大,「品質」有待大幅提升;例如,有些社區報紙,或
多或少走上「激情」內容取向。此外,發行於臺北市之「臺北市政週
刊」,發行於宜蘭之「宜蘭週刊」,發行於臺中縣霧峰鄉之「總贏雜
誌」,發行於臺南市之「大千快訊」與發行於高雄市之「鄰里週刊」,
雖屬地方報導類,但其內容顯未與社區報刊相符,且資料不詳,故本
章未予提列。

附錄　香港的社區報紙

　　就香港而論,凡設有新聞或傳播科系的大專院校,大都開設「報刊
實務」課程,並出版實習周刊或月刊,但甚少對外發行。例如,香港中
文大學出版「新沙田月刊」,珠海書院出版「珠海新聞」(月刊),浸會
書院出版「新報人」(雙週刊),樹仁書院出版「傳仁」,信義宋書院出版
「信訊」,但均非純粹對外發行之社區報。

　　自國內社區報紙蓬勃後,也有若干新聞科系香港畢業生,在香港、
九龍及新聞界等地創設社區報紙。這些報紙幾乎全靠區內大百貨公司的
廣告來支持,例如刊登大公司減價折扣消息,附印贈卷等等。每期發行
千餘份,由兩、三人全職或兼職地負擔一切工作,並免費派發給區內選
定住戶,或放置於茶樓等公眾場所,由住民自由取閱,不受費用。住民
的閱讀態度,則嚴重影響著區內商店的廣告支持。

　　由於觀念之尚未普及,香港社區報紙,向成此起彼落情形,目前約
有三十餘份社區報紙,而較能站穩陣腳者,要算九龍塘與荃灣區內公屋
所發行之社區報紙,如彩坪、美新。澳門也曾經有過一份類似社區報紙
的刊物,惜只是曇花一現。近年來香港星島日報社頗致力於社區報紙之
推行,估計有十六、七份社區報紙,是由該報社印行。

第二篇　印務常識淺詮

第一章　印房六寶

第一節　新聞紙

「新聞紙」(Newspaper Printing/ News Print)，通常指的是用百分之七十至八十的碎木漿 (Ground Pulp, GP)，與百分之二十至三十的化學木漿 (Chemical Pulp)——一般用亞硫木漿 (Sulphite Pulp,SP)，混合在新聞造紙機 (Paper Machine) 上，高速製成的紙張。施膠量不多，基本上分為「粗面」或「滑面」兩種。滑面新聞紙在紙張成型後，再以「壓光機」作壓平處理，而粗面新聞紙，則只經由造紙機的「砑光部」(Calender Part) 砑光。製成的新聞紙按三一四三規格，縱切 (Slit)，由「捲筒包裝機」(Packing machine) 捲成五千張全版「捲筒（新聞）紙」(Roll Newspaper)。因為是尚未印上文字的空白紙張，所以又稱為「白報紙」。新聞紙的重量，以三一四三紙的批發單位來說，一「令」(Ream) 為五百張，重約五十磅❶，英美紙則常以一千張三一四三全版紙稱為「令」，故又稱作「大令」，以示其別。國內紙廠則合五令為一「連」，並將四百八十張三一四三全版紙稱為「

小令」，又將一百張紙，稱爲一「刀」。

---

❶　三一吋乘四三吋的新聞紙，就叫「三一四三紙」。把大紙切小時，都是順著紙紋（纖維的排列方向）來切的。但如果施印雜誌時不小心，一頁用直紋，一頁用橫紋，則由於直橫紋理受壓、遇熱或溫水後的脹度不同，便會產生對印不準，套色（印）歪斜，訂裝困難，紙頁起皺，書本屈曲等毛病。印紙紋理不一致的毛病，應由印刷廠負責。驗測紙紋，以明責任之法很簡單：將紙輕輕對折（一定要輕輕的），如果折處屈曲不皺，則與折紋成直角的方向是直紋；如果折紋是平滑順暢的，則折紋方向便是紙紋方向。如圖所示：

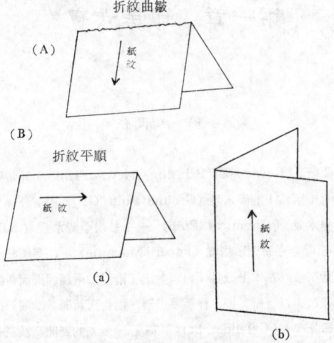

折紋曲皺

（A）　紙紋

（B）

折紋平順

紙紋

(a)

紙紋

(b)

歐美報紙，爲了保護視力，所用印報紙張，都以「藍白色」(Blue White)爲主。

31″×43″ 爲標準「正度紙」。紙商又將 22″×34″ 稱爲「二號紙」，而將 35″×47″稱爲「大度紙」。大度紙之開數則加一「大」字，以別於正度紙，如大十六開，大八開，大三十二開之類。大度紙重量單位，仍按正度紙稱呼，如五十磅、六十磅，但它實際重量，當然會比正度紙重。計算大度紙的重量，可用下列方式爲之（二號紙亦然）。

(1)先求兩者面積比例：$\dfrac{35″×47″}{31″×43″}=\dfrac{1645}{1333}\approx 1.234$

(2)因爲大度紙之面積爲正度紙之 1.234 倍，故一令六十磅大度紙之重量爲（餘可照此計算）：

$$60(p)×1.234=74.04(磅)\#$$

　　新聞紙的選擇，一般要求爲紙質均衡，厚度一致、平滑、表面張力強、富伸縮性、印墨受容性好、潔淨，抗水性適度，紋理一致以及不易皺紋等爲要件❷。目前國內社區報紙，爲了成本的考慮，大都採用國產紙張之「文化用張」，如模造紙、印書紙 (Wood-free Paper) 與道林紙等印刷。印書紙，係一種不含磨木漿、光滑淡黃的化學紙，分滑面與粗面兩種。重量自每令五十磅起，常用的約有六十、七十、八十、一百、一百二十與一百五十磅等幾種。價格比新聞紙貴，與黑色油墨比對並不強烈，閱讀時也不刺眼，但若套色印刷，則色彩效果欠佳。模造紙色較白，吸墨力強，宜於套色。道林紙色白質細，硬度也高，除作內頁外，較厚的亦可作封面用紙，但要在八十磅以上，才夠厚度。臺灣本省，因爲處於亞熱帶，樹木纖維短，所造成的紙張拉力不夠，故作大量高速印刷時，往往得向加拿大等地購買紙張；因爲寒帶植物，纖維較長，輔以較先進的造紙技術，紙張的拉力就十分良好了。至於其他紙類，常用的有①粉紙(銅版紙) (Art/coated Paper)。②充粉紙 (Imitation Art Paper)。③充書紙 (Mechanical Printing)。④石印紙 (Litho Paper)。⑤柯式紙(Offset Paper)。⑥凹版紙 (Photogravure Paper)，卽影印寫版紙，其尺寸大小自成系列，如 A1、B4。

　　粉紙光滑、不起毛、純白、伸縮性高，油墨反射率高，宜印精美圖片的雜誌，硬度大的更可以作封面；充粉紙則宜於印黑白網版。充書紙含高度的磨木漿，有滑面與糙面兩種，是印製雜誌的理想紙張。柯式紙有白色、奶白、禾黃色等多種，專供柯式機印刷之用。紙張的類別繁多，如西卡紙、白版紙等一類工業用包裝卡紙，亦已成了生活必需品了。

---

❷　林啓昌（民六七年：六一三～廿五）等編著：新聞編印技術。臺北：五洲　　出版社。

第二節 印 墨

從技術上的意義來說，油墨是令版面內容表現在新聞紙上的媒介。因此，在選擇油墨時，要注意與紙張配合，務求快乾、色澤好，以及不易脫色。一般新聞紙表面，多數粗糙無光，吸墨性強，故可以選用價格較廉的不乾性油墨。不乾性油墨是用石油、松香、瀝青和顏料等製成的混合物。這些混合物在空氣中不能氧化而留下「墨膜」(Ink film)，只能藉紙面纖維的毛細管作用，把油墨中的水份吸收，使墨膜自然在紙面上形成。不過有時為了使印刷後，印刷品乾得快，油墨裏仍會加上乾燥劑。墨膜薄、黑度適中的印墨，方為良好的新聞印墨 (Newsink)。新聞印墨屬於凸版者，稱為「高速輪轉凸印墨」。屬於平版者，稱為「高速輪轉平印墨」。屬於凹版者，稱為「高速輪轉凹印墨」。

近年來油墨的發展，一日千里，種類繁多，對油墨的挑選亦越來越嚴謹。油墨除了日漸提高適印性外，在社會環境方面，尚得要求無公害油墨，並且要求容易脫色，俾在舊報紙翻新時，容易處理。合於上述要求的油墨，目前有熱硬化性、紫外線硬化、電子線硬化與觸媒硬化性等無溶劑油墨（林啓昌等，民國六七年：六九六）。另外，面對「電子印刷時代」的新印刷方式，粉質油墨的「調色劑」(Toner) 的使用量，亦日漸普遍。一般說來，目前社區刊物所用的國產印墨，墨色和黏度 (Poise) 尚差強人意。不過檢查印刷時仍應注意受墨色污染之「散印」(Set off)，和墨色過深，以致影響紙張背面之「透印」(Strike/print through) 或「過影」(Show through/running) 等弊病，以避免版面污損 (Scumming/Tinting)。

圖　一

(1) 粗面新聞紙纖維的吸墨較強

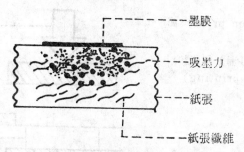

(2) 滑面新聞紙纖維的吸墨力較弱

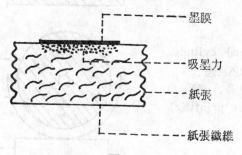

圖　二

傳統墨輥（Ink roller）將油墨印上版面的簡單過程

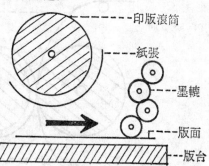

說明：當滾筒靠近版面時，墨輥「搶先一步」將油墨塗於版面上，然後「功成身退」，讓滾筒壓印版面。

圖三 加壓形態不同的凸版印刷機種類簡圖

1.平壓機 (platen press) 簡
單印刷原理
俗稱「短版（少量）印刷」
(Short-run printing)

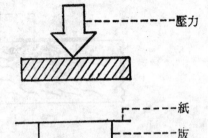

壓力

紙
版
版台

2.圓壓機 (flatbed cylinder
press) 簡單印刷原理
俗稱「長版（大量、高速）印
刷「(Long-run printing)

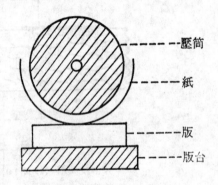

壓筒

紙

版
版台

3.輪轉機 (rotary press) 簡
單印刷原理

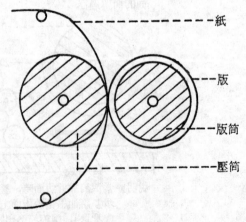

紙

版

版筒

壓筒

第三節　鉛字及鑄字機

　　一般承接小型刊物的工廠，其常用的中文鉛字，大約只有三千來個，有缺字時，通常得向鑄字行購買。每套字（font）都有大小不同的字族（Type family）。稍具規模的傳統印刷廠，則常備兩、三部鑄字機（Typesetting Machine/Composing Machine），一、兩臺照相排字機（Phototype Setter）來鑄字（Casting）。不過，一般除了五、六號基本字體外，三號以上的字體，或許需要向鑄字行購買「快速鑄字」（Instant lettering）（有時甚至以木刻章來應急）。一間印刷廠，通常有若干噸鉛以供鑄字的需要❸。

　　排版技工在排字房（composing room/backshop/backroom）用手工排字成為「毛坯」之「欄版」，印刷完畢後，即行拆版，並將用過鉛字收集在字筒（hellbox），以便熔化重製❹。

　　一般印刷工廠所用的機械鑄字排印機，大約係英文萊諾排鑄機（Linotype）、英文蒙諾排鑄機（Monotype）、中文全自動蒙諾排鑄機和日本寫眞研究所照相排字機（Phototype setting）等類。英文萊諾排鑄機是利用銅模（Matrix, Mat）和鑄模（Mould）整行將字排鑄（Slug Casting），組版速度快，行間又不用插鉛件作欄線，但改版較難（故只宜用於繕打後，不需重排文稿）。行式排鑄機在排鑄標題方面，多

---

❸　一磅重的鉛合金，大約只能鑄造百來個新五號活字，一家每天排十萬字的印刷廠，約需要三分之一噸重的鉛字。若一星期熔鑄一次，起碼要二、三噸鉛合金方足以應付。

❹　用手工逐粒鑄造的鉛字（Foundry type/Hand type），質料較諸機械式排鑄機所鑄造的字粒或字條來得堅硬。因此用畢後，可還回字架，以供下次使用。惟自「萊諾排鑄機」普及後，此種鑄字方式，已甚少採用。

用逸魯排鑄機(Ludlow Typograph) 排鑄。英文蒙諾排鑄機則係逐字單一鑄造，故易於重組版面 （故宜用於排印有表格、 方程式文稿）。此機由一臺「字鍵打孔機」(Keyboard Machine) 與一臺鑄字機(Caster) 組成。另外，又有數表用蒙諾排鑄機。中文全自動蒙諾排鑄機，則是以孔帶鑄字 (perferating) 爲主， 鑄造和扎孔效率因機種與技工熟練程度而異。

　　照相排字機係利用幻燈片的原理， 以照相負片 (Negative film) 作爲字模版。 一片字模板可儲存二百七十字左右， 包括常用與備用單字、各種符號及英文字母。字模版藏於「文字框」內，每一「文字框」可儲存二十八至三十五片字模版。只要調整鏡頭的焦距，即可以將陰字放大或縮小，然後沖洗定影，攝製成正片或負片文字。此外又可利用二十來種透鏡的變化❺， 將同一字體變化爲扁體、 長體、 斜體和各類花式。打字快速，沖顯的時間亦甚短， 十分方便， 又不會有倒空字。惟一的缺點是因爲將整版文字在感光紙上晒出，故改版困難，挖補移動，費時費力。照相排字機通常分爲內文寫用機和標題寫用機兩種。第一世代照相排字， 每秒可打三至十個字； 第二世代則打五至五十字； 第三世代則更爲快捷得多。此外，照相排字機與電傳打孔機相結合，更可作遙控製版。照相排字的製版，又可分爲「一般相紙印字法」，「透明印相紙法」、「軟片印字法」和「自動正片法」四種。

第四節　活字字盤與字架

　　放字的字盤 (galley)，用木材製成。盤內再分成許多小格,分別放

---

❺　變形字體的鏡頭，其「變形率」有縮小百分之十之 No. 1 (平一、長一，餘類推)，百分之二十之 No. 2, 百分之三十之 No. 3 等變化。

置各類大小「常用」、「次常用」與「備用」的活字。中文的排列，是按部
首與筆劃的次序，逐個向上倒置。字架則係放置字盤的木架，每一架上
放多少字盤與字盤的排列方式，各印刷廠均依自己需要和習慣而定，極
不統一，此係一向長久困擾中文鉛活字排版的問題。手排的英文活字，
字母亦分上、下兩格放在字盤內。

第五節　組版器材

(1) 記號盤內乾坤

放在「記號盤」之記號材料 (Sign)，大致上有:

句號（，），圈點（。），下黑點（·），中黑點（•），單引號（「」），
雙引號（『』），小括號（()），中括號（〔〕），圓括號（【】），數字
記號（＋－×÷±干＝），英文記號（·，：；§），商用記號（＄£¥
＠％），分數記號（½⅓¼），阿拉伯數字（Ⅰ Ⅱ Ⅲ Ⅴ Ⅹ），白文字（❶❷），
附標數字（N^3H_2），量標（asterisk）（＊——），其他貨幣記號（＄）、
宗教記號（卍）等等。

(2) 組版硬體

主要有組版臺 (Composing frame)、組版盤 （版框"Chase"）、
手盤、檢字盒，和空鉛類等。

第六節　印刷機 (Press)

印刷機係印刷房最貴重和最重要的硬體，沒有印刷機便不能稱之為
印刷廠。從不同的用紙方式來分，印刷機可分為「單張給紙印刷機」
(Sheet-fed press) 與使用捲筒紙的「輪轉機」(Web-press) 兩種。

若從不同機種的加壓印刷形態來分，則可分爲(1)平壓：用平面加壓來印刷平面版面的「平壓機」(平版印刷機)(flat-bed/platen)。(2)圓壓：用回轉圓筒 (revolution) 加壓來印刷平面版面的「圓壓機」(Cylinder Press)，一般活版印刷機爲此型。(3)輪壓：用圓壓筒 (Impression cylinder) 在輪轉中加壓來印刷「圓版」(滾筒) 的輪轉機 (rotary/perfector Press)。(見 56 頁圖三)

一般印刷廠，通常會分別具備每小時能印刷千五至二千餘份報紙類刊物的鉛活版印刷機和平版印刷機三、四臺,以應付印刷營業的需要。❻較具規模而擁有自己印刷體系的社區周報，通常會擁有自己的中文打字機、標題照相排字機甚至小型的折報機。民國六十九年以降，臺北大報社更紛紛購置電子分色掃描機 (Electronic Color Scanner)，與高速捲筒紙彩色平印機等高級印刷設備，使國內印刷水準，往前邁進一步。以目前臺北中國時報來說，已擁有每小時印速六萬份之美國海利斯八四五型 (Harris-845) 彩色印刷輪轉機，每小時印速十二萬份之海利斯一六六型雙幅大機器，每小時印速五萬份的美國高斯公司奧本耐型 (Goss Urbanite) 彩印輪轉機，以及雷射光電子掃描等精良機械。

---

❻ 當然也會視規模之大小，而具備若干噸鉛、字模及小型鑄字機，以便鑄造內文鉛字。足量的印墨也是必需的。油墨通常由四部份混合煉製: (1)舒展劑 (Vehicle): 如松香油、凡立油 (Varish), (2)顏料 (Pigments), (3)乾燥劑 (Driers): 如銅、鐵、鋅之類, (4)填充劑(Filling up): 如氧化鎂，作用在增加濃度。

第二章 印刷的基本概念

所謂印刷 (Presswork)，其「運作定義」(Operational Definition)，是指將「印版」(Printing Plate)，裝在印刷機 (Printing Machine) 上，施以印墨 (Printing ink)，對被印物 (Printing object) 印刷的工程。進行印刷的方法，依所用的版式來區分，通常有下列四類──

第一節 凸版印刷 (Letterpress Printing)

裝上印刷機進行印刷工程的「印版」，係由「印紋」(著墨) 與「非印紋」(不著墨) 兩部份構成。「凸版」是指印紋部成陽文高起著墨，凹陷非印紋部份則不附印墨。這類印版主要有鉛版 (平鉛版及圓鉛版)、彩色凸版、鋅凸版、網目凸版和電鑄版；而以此種版式著墨後直接壓印的方式，稱之爲凸版印刷。因爲通常以鉛活字排版來直接印製，所以又稱之爲「活版印刷」(Typography) 或「鉛印」。

第二節 平版印刷 (Lithography)

平版版面並無凹凸表狀，印紋與非印紋同在一平面上，但印紋部份，因為經過酸類化學藥劑的處理，故能「吸墨拒水」，而非印紋部份，則「吸水斥墨」，因而達到印刷的目的。這類印版版材主要有石版、鋅、鋁金屬之普通平版和兩種以上金屬合成之多層平版（多用鋅、鋁作底鍍銅或鉛）。金屬平版和多層平版的印刷，主要係用平版間接印刷的方法，以橡皮筒濕潤系統壓印。多層平版的印紋形狀，凸出者，名之為平凸版，凹入者為平凹版 (Deep-Etch plate)。

平凹版印刷 (Planographic printing)，又稱為「柯式」印刷 (Offset lithography printing, offset)，製版簡易，效果精美，是目前應用最廣的印刷方式。平凹版在印刷時，先將「印像」由印版轉印在橡皮布上，然後由橡皮布轉印到紙張上。

第三節　凹版印刷 (Gravure)

所謂凹版，是指印版的印紋部份，呈凹陷狀的陰文，而非凸出，印刷施墨時，整版著墨然後再用「刮墨刀」(Docton knife) 作平面式抹拭，使印墨只留存在印紋處，繼而以很大的壓力印過紙張，令印墨附在紙上，達到印刷的目的。常用的凹版印刷有以「蝕刻法」製成原版，再製成複版印刷的雕刻凹版 (Intaglio printing process)、影寫版 (Photogravure)，以及使用照相製版，用輪轉印刷的照相凹版 (Rotogravure)。

第四節　孔版印刷 (Foraminous Printing)

孔版的印紋部份透穿，印墨由透穿部份滲出，顯現於紙張上完成圖文複製。常見的孔版有油印騰寫版(mimeographic printing/stencil)

和用刮墨板印刷的「絹版」(silkscreen　printing)。大家熟知的油印機 (Mimeograph)，卽爲孔版印刷的最早期器材之一。

　　另外，在打字版紙上，用打字機印字，並以輪轉式孔版印刷機印刷的方式，稱之爲「打字孔版」。孔版耐印力雖差，但有手藝性的表現，可作爲有特色的印刷品印刷方式。

　　一般說來：

　　1.以原稿存眞性來說，凸版優於凹版，凹版優於平版；

　　2.以對紙的適用性來說，平版優於凹版，凹版優於凸版；

　　3.以印刷速度來說，凹版優於平版，平版優於凸版；

　　4.以製較大的版來說，平版優於凹版，凹版優於凸版。

　　茲再將製版與印刷的關係，用下表歸納說明：

版別 比較	凸　　　版	凹　　　版	平　　　版
優 … 點	①墨色深濃，色調強，印刷物存眞性高，宜於印刷以文字爲主的精美、高級的印刷品。 ②腐蝕進行時，仍可修正階調，最富彈性。	①可用高速輪轉機大量印刷，印墨光彩，階調豐富，色彩最美。 ②特宜於特殊印刷品的印刷。	①可印各種紙張和製成大版，反覆印製，成本低製版簡易，最爲經濟。 ②宜用於一般性變化較少的印刷物。
缺 … 點	①要用高級銅版，印刷機速度較低，不宜大量印刷。彩色圖片效果不理想。 ②耗量多，不易乾燥。	①色調、製版皆不易維持穩定。 ②無色校正，不易發現版調缺點。	①印墨光澤不易顯現，彩色效果亦較差。 ②因係間接印刷，版中黑白點常不易均衡。

圖四　印版種類

1.凸　版

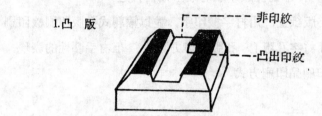

非印紋

凸出印紋

2.平　版

非印紋

平面印紋

3.凹　版

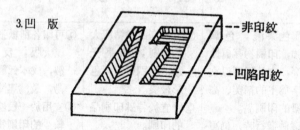

非印紋

凹陷印紋

4.孔　版

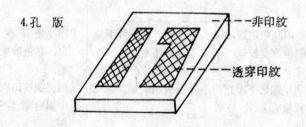

非印紋

透穿印紋

圖五: 平版間接印刷機印刷示意簡圖

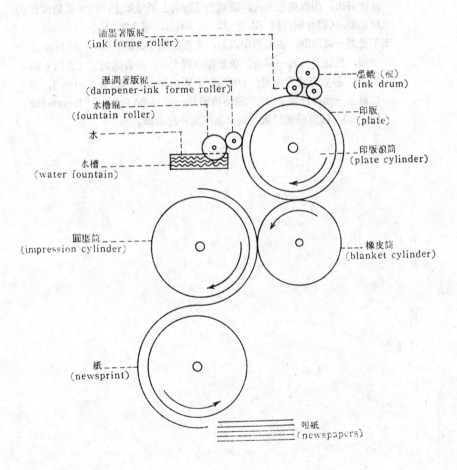

油墨著版屜
(ink forme roller)

溼潤著版屜
(dampener-ink forme roller)

水槽屜
(fountain roller)

水

水槽
(water fountain)

墨帳（輥）
(ink drum)

印版
(plate)

印版滾筒
(plate cylinder)

圓壓筒
(impression cylinder)

橡皮筒
(blanket cylinder)

紙
(newsprint)

報紙
(newspapers)

附釋: (1)美國俄亥俄州企業家甘布林，利用染色方法，已成功製造出不會從紙
上脫落、而形成汚染的油墨，供美國印刷界使用。甘氏唾棄「著色」的
傳統方法，而以染色方式，讓顏色「附著」紙纖維上，而成功製成此
種油墨。（聯合報，民 72 年 12 月 10 日，第 3 版。）

(2)不管那一類印刷，在開機印刷前，先要經過「裝版」（imposition）
手續，也就是將每一單版，依照印刷機大小，按頁碼組成「大版」的
工作。裝版方式有兩種：(a)翻版（Work-and-turn Form），卽
當紙張一面印好後，將紙翻轉再印另一面；(b) 套版（Sheetwise
Form），卽用兩塊印版，對紙張兩面一起套印。

第三章　小型周報的印刷方式

印刷原體，是指組版、印版與印刷三環節而言，通常分為活版印刷和平版印刷兩種，茲分述如後。

第一節　活版印刷過程

活版印刷過程，因係一種使用熱熔鉛合金(六百度高溫)，來鑄造字型與印版的排印方式，因此又稱為「熱排」（Hot type/Hot metal composition）或「熱系統」（Hot type system, HTS）。原稿（original）收集後，它在印刷廠內的印刷過程大略是這樣的：

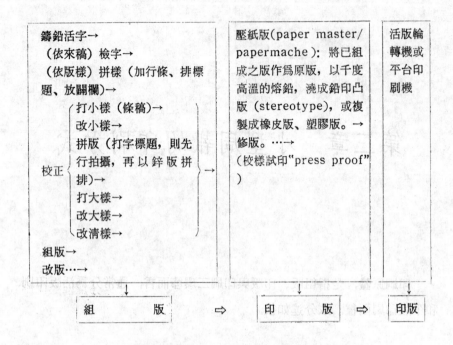

第二節 平版印刷過程

在平版印刷的過程中，非但工作環境要保持二十度以下的低溫，並且在版樣攝影、沖洗時尚需使用冷氣來保持底片的靈敏度，因此稱為「冷排」（Cold type/composition, CTS）。又因其「檢字」的方式，有用打字的方法，按字鍵將字樣打在薄卡紙上，故又稱之為「敲擊式排字」（Strike-on composition），原稿整理後，它的簡單印刷過程是這樣的：

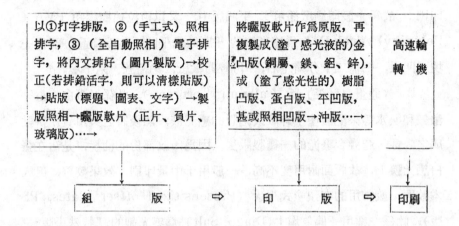

說　明：

(1)「製版照相」係將原版稿件，以照相的技術拍攝「負片」(Negative film)，或沖成「正片」(positive film) 的過程。報紙印刷的製版照相，可以分爲文字和黑白圖片的黑白照相，與彩色新聞照片和插圖的乾版分色照相 (color seperation photography) 兩種。亦卽文字部份，採黑白之濕版線條照相 (line photography)，黑白圖片採網目照相；若係彩色圖片，則用分色機將原稿先作分色處理，再製成Y、M、C、BK 四色網片。分色又分爲「透射分色」和「反射分色」兩種。

(2)曬（製）版的方法，常用的有——

A. 平凹版，亦卽將原稿拍成負片，再沖印成正片．拼成大版後，和塗了感光液的鋅、鉛版疊合曝光製版，令有印文部份凹陷。沖版之後，用酸液腐蝕凹陷的印紋，再在版面上塗上粘墨漆料與顯像油墨，並將之浸入溫水中，脫去無印紋部份的感光光版，再塗上拒墨膠劑和膠水，使印版上有印紋部份，能吸墨排水，沒有印紋部份，則吸水斥墨，製版工作卽告完成。平凹版由于印紋凹陷而吸墨，故墨色濃厚，印刷效果極佳，雖然製作過程複雜，成本偏高，但可作五萬份以上的彩色

印刷，故爲一般印刷廠採用。平凹版中，又以阿拉伯樹膠和 PVA（Polyvinyl Alcohd）作爲感光液的「腐蝕式平凹版」最普遍。製作一塊平凹版，約需二十分鐘左右，一份普通報紙，約需五、六十塊。

B. 普通蛋白（平）版（albumin process），此係以蛋白、重鉻酸銨和氨水等來配製塗于鋅版或鋁版的感光液，然後將之與用負片拼貼成之版樣一起疊合曝光的一種製版法。因爲印紋部份的油墨，是沾在蛋白感光膜上，故版面耐用度不高，一般用于中量印刷，效果較差，但成本較廉。較常用的有預塗式平版（Presensitized offset plates, PS版）。此係一種用「偶氮塩」（Diago Salt）爲感光劑的「特殊平版」。塗于版材上的感光膠膜，可保存一年，耐印力非常之高；並且在製版作業上，只需露光、顯影和塗膠達簡單過程，免除磨版、腐版與塗布感光膜的手續，以機器製版尤爲快捷，每版只需三分鐘卽可完成，故爲一般報社所樂于採用。此種版材，負片與正片所用的 PS 版並不相同。負片 PS 版的感光劑，除偶氮塩外，另外尚要加入「酚樹脂」（phenol resin）爲感光液，塗于鋁版上作爲光膜。其他版材，尚有蛋白玻璃版（濕版）、乾片蛋白版（乾版）與快速印刷平版等類。乾版是用照相底片拍攝原稿，直接覆蓋在塗了蛋白感光液的鋅、鋁版上，來曝光製版價錢較貴，但效果好。濕版則是用玻璃版負片來攝製原稿，過程簡便，成本低廉。但玻璃版拼版不易，藥膜附著力弱，容易脫落，網版亦不易均勻，印刷效果並不理想。乾版雖較濕版易于處理，但印刷量亦只能在萬份左右。至于快速印速平版，雖然成本更廉，但印刷量更低。❻

(3)玻璃版，又名「珂瓏版」（Collotype），係以墨膜厚薄，來表現

---

❻ 平凸版的製版方法，和平凹版稍有不同。它是在將原稿拍成負片後，卽拼成版樣，再和塗了感光液的鋅、鋁版疊合曝光，使有印紋部份凸起，其他過程則大致相同，優缺點亦相差不多，但一般印刷廠在習慣上，較喜採用平凹版。

畫面光暗深淺，傳眞度高，但耐印度低，專供千餘份之碑帖、書畫等美術用品的印刷。其法係于厚毛玻璃片上，塗以重鉻酸鉀感光膠，烘乾後，將負片放于其上曝光，再用清水顯影卽可。

所以，在一般報社裏，一份稿件的流程，會經過四個主要關口：

⑴編輯部（採訪、編輯、校對）→⑵檢排廠→⑶製版廠→⑷印刷廠。

上述每一個關口，都要準時接受和完成工作，否則便會形成連鎖式的遲誤，而躭誤出報時間。

另外，在上列流程中，除編輯部外，要算檢排廠的組織最爲龐大。以中國時報目前規模來說，除了廣告檢排技工外，新聞檢排組編制，有「發稿」兩人，（純）「檢字」一百人，「做題」（包括做鋅版技工）十七人，「盤文加框」十三人，「加（鉛）條」八人，「配樣」十人，「改樣」二十二人，「打小樣」技術生十三人，「打大樣」技術生八人，「拼版」二十二人，共二百一十五人。（時報社刊第十九期）

第三節　網點和網線

一幅黑白照片的影像之所以令人會有立體的感覺，原因在於其灰色調影像的構成，是依光的濃淡變化，由淺（明）入深（暗），連續無間地透過照片的銀粒表露出來之故。這樣的一張照片，一般稱之爲「連續調原稿」（Continuous tone copy）。而在印刷上墨時，由於油墨的濃淡一致，故不能顯示出縱深，使得連續調的原稿，不能直接用來製版印刷，否則「漆黑一片」。

因此，若要將照片在印刷品上顯示出來，也就只好利用印墨在印刷品上「非黑卽白」的特性，以明暗面的「半色調」（halftone）作爲比對，產生視覺效果，令照片「看得見」。換言之，如果要將黑白照片印

刷出來，則在照相製版時，在技術上，要加上一道「半色調處理」(tint laying) 的「過網」手續 (screening)，將「連續調原稿」轉換成「半色調」網點，再予曬版印製而成。

過網手續，是一種「網紋效果」(Screen Effects) 的應用。方法是將「點網」(Dot Screen) 或「網線玻璃」(網目屏)(tint screen)，擺在底片的前面，使自連續調原稿反射攝入鏡頭的光波，先經過網紋，再透射于感光紙上。投影在底片上的影像，因受網紋上面黑紋隔斷的關係，原稿深淺部份，便因光的強弱，變成疏密粗細不一致的「網點」(dot)，因而顯現出圖片透明、半透明和不透明的部份。印刷時，印墨則依網點的濃密程度而附墨，因而再顯現出影像原有的深淺●。此法基本上係線條製版，但被線條鈎劃之部份，可以加網著色來顯示色調。此

● 照相製版原則上包括三大過程：即 (1)原稿整理，(2)製版照相（複照，"photography for graphic arts"），與(3)照相製版。玆略將此三個過程列表說明如下：

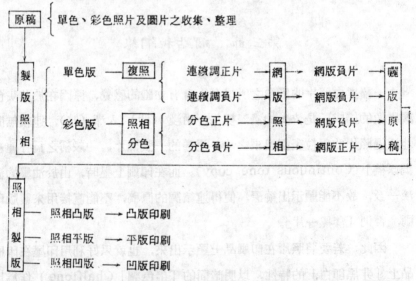

說明：彩色照片又分為「反射原稿」(Reflection Copy)，如圖畫，「透射原稿」(Transperency Copy)，如幻燈片，與(黑)複頁(Dupe)三種。

一集鋅、銅版製法大成之方式，爲美國人戴氏(Benjamin Day)所率先使用，故俗稱爲「加底」（Ben Day），或「本特過程」（Benday process)。

　網目屏的應用，可加強圖片的效果，但網紋的種類繁多，用于正片、負片，直接分色和間接分色，都有不同的網目屏。依網紋的形狀來分，可以分爲「規則網紋」和「不規則網紋」兩種。「規則網紋」有方點(square)、菱形點(Elliptical)、母子點(Raspi dots contact screen)、圓點 (Round) 等類別，而呈特殊形狀的（special effect）綫網（straight line)，更有平行線、十字線 (cross line)、同心圓、波浪形（Wavy lines screen）和砂目狀、磚紋與截線等等。規則的網紋，因具有規則的次序和方向，故可用于多色印刷品，但使用時因有角度之分，故在雙色或四色印刷時，要特別留意，否則便會出現「錯（撞）網」(moire) 的情形。

　「不規則網紋」，常用的有沙網 (Grain Screen)(有細、中、粗三種)；「特殊網」(Texurl)則有麻、棉、綢與帆布等布形網，以及銅刻、鐵線等金屬網。不規則網紋，因爲網紋不規則，故在翻印或套印時，比較不易「錯網」。

　網紋的選擇，以適合畫面效果與特色爲宜。同一個畫面，可以用兩種或多種網紋混合使用，例如點網與線條網混合使用，使照片美觀突出。

　「過網手續」，在使用上實則爲「放網（粗網）效果」，一般以一平方英寸有多少線條(行／吋，"line/inch")，來表示須使用的網線疏密。網線數目，有從 32 線至 400 線等二十餘種之多。常用的則有 100 線、133 線、175 線、200 線、300 線等數種。網線高者，網目屏小；網線低者，網目屏大；黑線比白線大者，網目屏變大。一般凸版印刷約採用 65～85 線；平版印刷，採 100～175 線；凹版印刷則可印至 200～300

線。理論上，製版時網線超密，印出來的成品越傳眞，越淸晰。但在實際使用上，除了刻意使用特殊效果外，網線應視印刷紙張、油墨和印刷機的精密度而作整體配合。

例如，白報紙的紙質粗糙，如果網線過密，反使墨漬凝聚一起，照片便模糊不淸。因此，一個使用的「手指法則」是：印光滑的紙，用細密的網線；印粗糙的紙，用較粗疏的網線。比如在一般凸版印刷中，一般新聞紙可用五十網紙，較好新聞紙用六十五網紙，印書紙、上等新聞紙用八十五網紙，光面書紙用一百網紙，充書紙用一百二十網紙。除紙質外，使用網紙時尙應注意照片的粗細、光暗對比與印刷方式的配合。

在目前的報社中，圖片的處理有美工 (art editor) 或專人負責。不過，一般編輯，亦可就其構想，指定「報紙用色調」(newstone) 所用的網線。

新聞報紙上常用的網線準則，大略如下 ❸：

紙　類	照　片　狀　況	輪　轉　印　刷	平　版　印　刷
台製紙張	淸　　　　楚	45　線	60　線
	略　　　　暗	80　線	100　線
	過　　　　暗	60　線	80　線
進口紙張	淸　　　　楚	60　線	80　線
	略　　　　暗	100　線	120　線
	過　　　　暗	80　線	100　線

新聞照片以原照製版爲佳，如係剪自其他刊物，則因圖上已有網

---

❸　荆溪人（民六七年）：新聞編輯學。台北：台灣商務印書館。頁二四三。

線，製版時又要加上一層網線，效果當然欠佳。至于印刷物網線檢查，則可使用「網目線數儀」（Half-tone Screen Detecton）來進行。

有時爲了達成色調效果，往往在使用網線之同時，加上一層「淡網效果」。不管是黑白、複色或彩色的圖片，通常是以畫面最深、最暗的部份爲基準，使深暗部份的「濃度」，降爲理想的淺度，一般以百分比來計算，由 10% 至 80% 不等。例如 50%，卽係表示將照片色調，降至本身最深處色澤之一半。由于科技進步，「淡網效果」目前已可作局部和漸進式的淡化了。

第四節 銅版和鋅版

一、銅版（Halftone Engraving）

有網線版的照片，若係採用冷排方式，則通常以酸類腐蝕銅片之平面來製版，故稱之爲銅版。此法係英國人所發明。銅版腐蝕（爛版）的時間較短，通常在一小時左右，所以在拼版工作完成前一小時內，尚可以發照製版，這也是爲何要以銅版來製作有網線版照片的原因之一。如在銅版面上加上一層抵抗酸類的蠟，摩上樣紋，然後用雕刻針依「樣紋」刻劃，使銅面露出，再以酸液蝕版印刷，卽成爲雕刻板。一般鈔票、郵票和股票，大都以此一方式製版。

二、鋅版（亞鉛版）（Zinc Halftone/Line Engraving）

插圖（例如刊頭）、漫畫等，以線條構成，但不分深淺的平面圖樣，通常都以鋅版來製版。其法是將原圖攝成底片，把鋅版塗上感光液，然後把底片套在鋅版上感光，再以硝酸液將鋅版腐蝕（etch），使沒有線條的部份被蝕凹陷，有線條部份（圖樣本身）成爲凸出。此方法係法人發明。因爲腐蝕的部份較多、較深，所以爛版的時間也較長，（通常要

圖六　印刷網紋及淡網及網線樣本擧隅

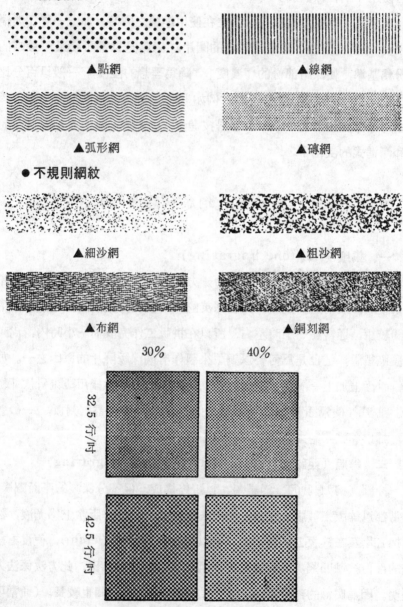

● **規則網紋**

▲點網　　　　　　　　　　▲線網

▲弧形網　　　　　　　　　▲磚網

● **不規則網紋**

▲細沙網　　　　　　　　　▲粗沙網

▲布網　　　　　　　　　　▲銅刻網

30%　　　　40%

32.5 行/吋

42.5 行/吋

兩個多小時）。製造鋅版的圖樣，應用黑色，　否則攝製底片時，感光力差，不能製版或效果欠佳。由于技術的進步，鋅版已可替代銅版，加上各種網線來製版（但仍習稱銅版）。為了增加版面美觀，熱排式的報刊標題，已多用照相打字。此等標題用標題打字機排出字體後，亦得製成鋅版後，方能拼版印製。鋅版每易與空氣中"酸"產生化學變化逐漸腐壞，故不宜久放。

第五節　簡單彩色印刷原理

單用紅、黃、藍三色中任何一個顏色來印刷，稱為「套色」（spot color），用其中兩色疊色印刷，稱為「雙（複）色套印」（register），此時要利用一個「十」字線為「套色準則」（register marks）。用紅、黃、藍三色疊色印刷，則稱之為「三色印刷」（three-color），用此三色再加上黑色來印刷，即係所謂之「彩色印刷」。將黑色配以任何一色來印刷，稱為「兩色印刷」（two-color, TC）。黑白單色印刷只需一塊印版，彩色印刷則需三原色版三塊，和黑色版一塊，以便照相分色時使用。故若一面外頁版為彩色，二、三內頁版為單色，則需製成五塊印版，方能印刷。在印刷機上之套色裝置，則名為 "run-on-paper"。一部報紙印刷機，通常有三至六個印刷單位。在經濟和時間條件的許可下，社區週報全張（full page）或部份用彩色印刷，並非係遙不可及之事。目前台北有若干社區報紙，如南投一週、基隆一週，已作套色或雙色套印。彩色三色印刷的變化及原理，也不難了解。

單色黑白版製版照相，因為印刷僅為黑色之單色，所以不論其原稿為黑白之單色或彩色，製版時只須以黑白照相即可。不過，如係彩色照片，則因為光色的影響，除了要用網版之外，尚要加入一道（電子）「

分色」(Color Seperation) 手續，用濾光(色)鏡分色機，製成光原色的負片，再以三色印刷方法，在印刷時用彩色油墨印刷，將原色還原。

(一)、光的原色及變化是這樣的——

A、光的三原色為：紅 (Red)、綠 (Green) 與藍 (Blue)

B、三原光色的組合（加色，Additive process）會有如下加色光 (Additive Color) 變化：

紅光＋綠光＋藍光＝白光　　紅光＋藍光＝洋紅光

紅光＋綠光＝黃光　　　　綠光＋藍光＝青光

彩色圖片，因為要「分色」之故，不管間接或直接分色，製版時間較長，故應盡早交給製版公司（製版房）或印刷廠；如果等交清樣時方才一併附交，萬一配合不上，便會耽擱出版日期。彩色版上圖片以外地方，可以隨意選用三原色和黑色。貼版時不需再附貼「色樣紙」，但要註明是那一個原色（或黑色）。

(二)、三色印刷原理——

A、顏料的三原色 (Primary Colors) 為：

洋（玫瑰）紅 (Magenter, M)、（檸）黃 (Yellow, Y) 與青灰（鮮藍，一種介於綠與藍之間的顏色。）(Cyan, C)。

B、三原色每兩色配組，會得出紅(Red)、藍(Blue)、綠(Green) 和黑 (Black, BK) 四色——

洋紅色＋黃色＝紅色　　　黃色＋青灰色＝綠色

洋紅色＋青灰色＝藍色　　洋紅色＋黃色＋青色＝黑色

(三)、間接分色（濾色）過程是這樣的——

在鏡頭後置紅、綠、藍三色的濾光鏡 (Color/Light Filter)，攝時——插入紅色版（藍、紫、綠光被吸收，紅、黃、綠光通過）→曬藍版負片。

插入綠色版（紅、黃光被吸收，綠色光通過）→曬紅版負片。

插入藍色版（黃、綠色光被吸收，藍、紫、紅色光通過）→曬黃版負片。

㈣顏料的顏色，也可吸收部份白光而反射其餘顏色（如紅色吸收藍、綠光、反射紅光）。所以在白紙上印刷時，實際上是「減色」（把白色紙面的反射顏色減少）。例如，在白色紙面上塗上青（白減紅），再塗上洋紅（白減綠），可以得出藍（白減紅再減綠）。所以多色印刷(poly color printing) 除了使用加色法、套色法外，更常用複色法 (multi-color method)，以色光加色法 (additive color mixing process)，使彩色原稿分解爲「原色分色版」，再用「顏料減色法」(subtractive color mixing process)，令原色版重印於同一被印物上，而完成印刷過程。

㈤、在進行彩色分色印刷的當中，爲避免錯網，因而除了平網之外，每一色版均設定一定的「網片角度」(screen　angel)。這四個角度是: 紅版: 75°，黃版: 90°，藍版: 105°，黑版: 45°。

所以爲了方便分色的進行，分色原稿，最好能標明原稿特性如正常 (normal)、高明調 (highlight) 或暗調 (shadow); 與原稿種類，如 Ektachrome. Kodachrome 之類。

不過，目前分色作業，已改良爲直接方式，先作好一張掩色片，再和彩色原稿重疊，用不同濾色鏡，直接過網成四色不同角度的網片，然後製版，成品快速而精緻。在決定色調時，應該因應需求效果，先決定「主色版」(Key plate)，然後再輔以其他顏色，例如，「Y60(％)＋C40＋B40」之類。「％」是表示用墨量比例，其總和量不受 100％ 限制。

油墨量總和越高，印刷品的適性會相對降低，或者出現「偏色」、「套印」不準等不安穩情形。因此，目前歐美先進國家，已流行以「綜

色去除」技術 (ICR, Intergrated Color Removal)，來達到更佳效果，此即所謂之「消色製版」印刷 (Achromatic Reproduction)。又因為所「去除」的是「底色」之故，所以又稱為「底色去除法」(UCR, Under Color Removal)。因為在四色印刷中，每一顏色，都可由紅、黃、藍任兩色加上黑色而得到；亦即每一顏色，都是「三色」印刷。「底色去除法」就是利用分色機來自動計算色墨量，並以最大的黑色來作取代，使彩色套印中，三原色的某一色完全消除，即使其中的「灰色級數」(Gray Scale)，也完全由黑墨來代替，產生 100% UCR 效果。這樣做法，可以降低墨量總和，減輕成本，控制成色。

網調的應用，尚有許多特殊效果，例如——

(A)「線調效果」(Tone Line Effect)：將照片的底片和照片本身重疊，在版面上同時感光，產生浮雕式效果。

(B)「色調分離效果」(Posterization)：在分色時，將照片複製成「高反差」(Extreme Contrast)，消除照片裏細膩部份，以強調主題。「反差」是照片或底片上，明亮與陰暗處的明、暗差別，分有「正常反差」及高、低反差三種。此法用在黑白照片上，同樣可以利用黑白「二色調」(Two Tone)，或黑、白、灰「三色調」(Three Tone)等方式，而得到畫面上明顯的層次效果。

(C)「雙（複）色效果」 (Duotone Effect)：方法是將黑白照片(a)用黑、灰兩色套印，(b)製成不同網點（或網紋）的底片轉網套印，或(c)用不同明度的照片和底片相互套印，增加色層的細膩效果。如果將黑白照片，舖上一層有彩度的平網，也同樣可以產生雙色效果，但此種方式，一般稱為「假雙色效果」(False Duotone)。

(D)用高明調印刷，以期獲得金屬物（例如汽車）的色澤效果。

(E)「變形效果」：利用電子掃瞄分色機將照片全部或局部變形。

(F)「電腦組合效果」：利用電腦功能產生蒙太奇的合成效果。

半色調（此與用一字為基點之電腦照相原理相同）

不同網目線數可使圖片有不同的變化與效果

65 行/吋

100 行/吋

133 行/吋

150 行/吋

200 行/吋

250 行/吋

（圖由張良綱先生提供）

特殊網目在圖片上的效果

十字線網目屏

平行線網目屏

砂目狀網目屏

同心圓網目屏

（圖由張良綱先生拍攝）

第四章　電腦排版與檢排展望

　　宋代畢昇發明了活字印刷術，傳至歐美造成麥克魯漢（Marshall McLuhan）所謂的「谷騰堡星雲」（The Gutenberg Galaxy）之後，隨著傳播科技的步伐，編印程序的改進是令人難以想像的。六十年代末期，執世界傳播科技牛耳的美國，仍流行一般傳統的編排：

　　撰稿者用打字機撰稿，編輯用紅鉛筆改稿和作標題，之後將原稿和標題送到排字房。然後用人工逐字檢排，或打成有孔的紙條，經由自動萊諾排鑄機排出成行鉛字，或以照相打字方式排印。

　　不想七十年代初期，除了製版體系不斷改進外，「光瞄字元閱排機」（Optial Character Recognition, OCR）與「有線電傳視訊顯像終端機」（Video Display Terminal, VDT）等系列科技產品，相繼出現，一舉打破了傳統的檢排方式，而邁入「電腦組版」（Pagination）、「電腦直接製版系統」（Direct Computer-to-Plate System）、「個人電腦作業」（Networking with Personal Computer），及「電腦彩色組頁系統（Color Pagination System）的「電子編輯」紀元。據一項調查所顯示，目前全美只有百分之十二的報紙及印刷廠尚有使用熱鉛系統

鑄排❾。

採用 OCR 的報社，記者可以在電動打字機上，直接將原稿輸入
OCR，經過電光掃瞄，即可轉變爲電腦符碼，推動排字機排印。VDT
則除了能直接在終端機的鍵盤上撰稿外，尙可以編稿，和對已排好稿件
作最後控制。許多報社並且將用 OCR 與 VDT 並用的方法：撰稿者
將原稿直接輸入 OCR，利用電腦將原稿顯示在 VDT 的螢光幕上，然
後由編輯在幕上編稿。

一九八〇年，美國哈斯德公司 (Hastech Inc.) 已製成「全頁組版
機」(Page Pro) 問世。編輯可以在終端機上把版全頁組好，再由排字
機排出。未來學者更認爲，利用電腦控制，把稿件「噴射」在報紙上的
「再見谷騰堡」時刻，已爲時不遠。

當然，在未來的發展中，傳統「報紙」這種「東西」究竟是否仍
然存在，已經引起仁智之爭。有些人認爲，由於有線電傳視訊系統（
Videotex System）的快速發展，電腦終端機的螢光幕，或者類似電
腦報表 (Print out) 的「電子報紙」（Electronic Newspaper）極
有可能變成報紙的替代物❿。然而對傳統媒介發展有深刻研究的人則相
信，一種新媒介的出現，只是「迫」使相關的傳統媒介以另一種「姿
態」呈現出來。這些「舊」媒體並非「消聲匿跡」，而只是化個粧，換
一個角色而已。

---

❾ 見　「傳播拼盤」（民七三：廿一），新聞會訊，第五期。臺北：國立政治大
　　學新聞系，校內刊物。
❿　電傳視訊系統有兩種型式。一種稱爲「有線電傳視訊」(Viedotex)，視
　　象裝置是由電話線路、或有線電視電路與電腦連線 (On Line)。用戶可
　　先在螢光幕上尋找索引，找到所需的資料後，再接接收器上的鍵盤，指令
　　電腦將資料顯現在螢光幕上。另一種則稱爲「無線電傳視訊」(Teletext)。
　　此係利用電視掃瞄訊號未使用的部分，來傳遞資料，而不必直接與電腦連
　　接。

按目前一日千里的科技進展而言，由於有線、無線電傳視訊系統的日漸普及，「電托邦」(computopia) 的來臨，似乎「指日可待」。這種趨勢，無疑將給「目前」稱之爲「印刷媒體」(printed media) 這種「東西」，帶來極大震撼和改革。不過倘若認爲這種「東西」壓根兒不復存在，則恐怕尚言之過早，甚或牽涉到定義上的問題。

以祖宗發明印刷術而自豪的炎黃子孫，九百年來由於科技之後繼「乏力」，在排版的工技上，一直未能突破傳統作出改革⓫。近百年來，雖有有志之士，曾經研究以幻燈機將字模照片排版（極似照相排版），甚至發展「紙活字」來排印，終因人力、財力與科技之限制，而功虧一簣⓬，講排版，仍不得不靠由「印刷廠學徒」(Printer's evil/evil) 出身的排字技工。歐美電腦傳播科技震撼全球之後，各國莫不將之列爲「現代化」所追求的重大目標之一。

利用電腦排版，在歐美已行之有年⓭，日本「朝日新聞」在七、八年前，亦已在東南亞地區率先使用，創造了全自動化的「報紙新式編排體系」(NELSON, New Editing and Layout System of Newspapers)，不但能作全頁底片輸出，尚且可利用數據傳眞，將整版資料往外輸送；甚而不須經過暗房工作，就能製出負片、自動裝到製版機上，完成鋁版感光作業，再經輸送帶直接上機印刷。爲我國中文報業電腦化理想，跨出雄壯、結實的一步的，是在臺灣地區擁有龐大發行數字的聯合報。

⓫　光是中文鉛字字盤、字架的問題，不知費盡多少人心血。

⓬　例如，國人桂中樞氏，曾深研以幻燈機原理來「影文排字」；港人蕭祿煒於一九八一年間曾開設紙字（片）排版公司，好處是先校對後印稿，但未成氣候卽因虧損而倒閉。

⓭　在臺灣地區發行之英文「中國郵報」(China Post)，亦早已應用英文電腦排版。「電腦排字機」，已發展至第三代。第一代爲機械式的鉛排字機。第二代爲「照像光學式」(Photographical Opitical) 的電腦排字。現時仍在迅速發展的第三代電腦排字機則爲「數位掃瞄式」(Digital Scanning)。

該報於民國七十一年（一九八二）九月十六日，正式啓用 IPX「中文電腦新聞編排系統」，打出了中國報業史上第一塊「電腦版」，並電傳至美國「世界日報」及法國「歐洲日報」採用，令中文報紙的編排，正式邁入現代化的起步。其後，中國時報，也曾採用日本寫研（Sha-Ken）電腦排版系統，排過中國時報美洲版（現已停刊）。

社區刊物雖受發行規模、經費來源等條件限制，除非「電子編輯公司」之快速成立，否則要達成電腦排版理想，似乎尚待一段時日。不過民國七十三年（一九八四）夏天，臺北「紀元電腦排版公司」（Epoch Computer Typesetting Co. Ltd）之成立，採用日本森澤・連諾 (Morisawa-Linotype)電腦排版系統營業，已為此一理想，露出曙光，使一般刊物，亦能在經濟能力範圍內，嘗試新科技的好處。

「中文電腦排版」（Computerized composition computer typesetting），是由「文稿輸入機」和「文字組版機」兩個次系統組成。簡單的說，是利用電腦磁碟 (disk) 的快速「文字處理」（Word Process)功能，透過「機器語言」(Machine Language)，執行文稿、圖片的輸入 (in-put)、校正、清除、（purge）、排版和輸出 (out-put: 印字、印圖、製版) 的編排作業，能集檢、排、編、改於一機。它的性能及特色，有下述各點:

一、就一般情況來說——

(一)**節省人力**: 檢字、打字與照像排版等程序，可由電腦系統一次處理完成，正楷打字輸入，每分鐘最快可打六十字，每小時三千六百字，比人工檢字每小時約一千二百字的速度，快了三倍。

(二)**格式更換快速**: 有文字草稿，即可輸入磁碟儲藏待用，等定稿後，如要更換稿或更換格式，再加入組版「指令」(Instruction)，予以控制更換即可，縮短排版時間，消除排字位置、字體與大小等顧慮，可

以任意分章 (Chaptersplit) 和分段 (Paragraph)，並且不會排錯❶。

（三）**資料可以保留**：有記憶鍵可記憶排打之文字，經處理過之資料，同時、或重新使用，不必重打；而儲存在「資料庫」(Data Bank) 的文稿，可以隨時修改其組版指令，加以組合、刪增，甚而將選定之外界文件 (External Copy) 抄入，而印出使用，不必再次檢排組版。

（四）**工作環境改良**：節省廠房空間，避免鉛毒污染，工作場清潔高雅，全部電腦周邊設備與主電腦連線，可直接傳遞資料。

（五）**推行標準國字**：可自創執行程序，採取「字型劃一，字體分立」原則，統一標準印刷字體，擺脫日本漢字銅模異體字的筆誤。

二、就版面編輯的優點來說❶

（一）**字體與版面變化多**：

①「文字符號」從四•五點到七十二點以二分之一點來增減，輔以長度和寬度的改變，共有一百三十六種變化。

②聯合報現已完成有中明（宋）、粗明體、楷體及中黑體四種「字體」，將來的字體應更多。

③可做十二度左傾或右傾的「傾斜字」(oblique)，以配合直排與橫排。

④直排、橫排、橫直混排皆可。

⑤可劃出十種寬度之「直劃和橫線」。

⑥可作齊左 (Left Alignment)、齊右 (Right Alignment)、齊

---

❶ 為了趕時間，鉛活字「偶然」也會「邊寫邊排」，但這只能在緊急時「偶一為之」，既狼狽又易出錯。

❶ 摘自「紀元電腦排版公司」印行之「全電腦自動排版系統中文輸出樣本」。另外，鉛活字、中文打字及照相排版不及電腦排版之處，除了笨重、儲藏不易，沒有足夠字數、字體、字體大小及字形的變化，又要更換字盤、剪貼，及改正困難外；排版速度均不及電腦排版的快，並且沒有記憶系統，相同的工作及程序，均需一再重覆，浪費時間。

中 (Centering Alignment)、小數點對齊 (Decimal Point Alignment) 以及文件中，某段落自動內縮編排 (Indent) 等處理。

⑦可編排「附注文字」，如英文加注、中文加注和注音符號加注。

⑧可做花邊及私名號、書名號等「底線」，亦可加單線、雙線、虛線、書名號及做此四種線條之雙邊加線。

⑨自動捲字 (Automatic Word Wraparound)：即英文字在字尾排不完時，自動移至次列編排。

⑩一頁可套用一種格式時，可作左右邊界及定位 (TAB) 處理。

(二)校稿改版快速方便：

①表格或中英對照之書籍，可以「中英混排」。

②可以預留圖片位置「空位」。

③在十二吋寬以內，可做「多欄式組排」。

④校訂時，可不限字數，「插入」(Insert) 所漏打之文字或指令。亦可將前後文字或段落對調。為便於快速「搜尋」(Search) 到所要修改之文字，若在五個字內可指令電腦「找字」，並且可以「換字」。例如：

校訂時若文章內之「臺銀」兩字，均要改為「臺灣銀行」，可指令電腦代為「自動找字」(臺銀)並換字 (臺灣銀行)，但限為五個字。

⑤可於每頁終了後，自動「編加頁碼」及次頁之書眉。

電腦排版系統的組成，又可分為硬體和軟體程式兩部分。

甲、硬體結構：

包括電腦主機系統直接輸入鍵盤的連線 (on line) 方式系統和造字系統。連線作業方面，包括四個主體部分：

(一)鍵盤終端機（輸入機），包括更正（校對）終端機；

(二)中文對稿印字機；

(三)（輸出）主機；

(四)電腦排字機；

造字系統則包括主機、硬式磁碟及螢光幕三部分。

電腦排版之基本原理是這樣的：

將文字及各種指令資料，以輸入機（或校對機）輸入，編校後錄于磁碟中⑯，然後將磁碟移至輸出機，以陰極射線管（cathode ray tube, CRT）依磁碟中所記錄之文字及編排位置，直接投射於感光紙或底片上（35mm），將版樣冲洗後，即可貼版，而完成編排作業。

玆將主要機件功能，概略解說於後：

(一)鍵盤終端機：

鉛活字由排字技工用手從字架的字盤上檢字，中文打字是由打字員以手按動字鍵（input keying），利用打字機之活動桿（Bar），在機上的字盤檢字；照相排版則是由打字員以鏡頭對準「玻璃字盤」來「攝字」。電腦排版則係由操作員（operater），在輸入終端機（Terminal）的中文鍵盤上（Keyboard Machine），以手按鍵將文稿作快速的「盲目輸入」⑰，或按文稿上編輯指示，對文稿執行刪字、刪句與刪段的工作（均以段爲單位）。中文鍵盤、控制機與主機，是以「非同步傳輸線路」（Asynchronous Line）連接。更正（校對）終端機則除中文鍵盤外，尚有中文顯像螢幕，可作文稿輸入，又可將已輸入主機的文稿調出，顯現在螢幕上作刪改和校正、改錯等編輯工作（加上英文打字鍵盤，可打英文字）。

聯合報系所用的中文鍵盤，係由「微處理機控制」，屬於「平面觸壓式面版」。每一「面版」，等於一「字盤」，稱之爲「頁」。每頁有一百

---

⑯　每個八吋磁碟，可儲存十一萬字左右。

⑰　中文輸入終端機並沒有顯像螢幕（display），故曰「盲目」。

六十個「字羣鍵」， 每一字羣鍵又有十五個中文字； 因此每頁共有中文字二千四百個 （160×15＝2,400）。 目前聯合報系所用的字頁， 共有八頁，亦卽在電腦主機上共有一萬九千二百個字 （2,400×8＝19,200）， 包括二十個標準符號， 並區分為常用、次用與罕用字三類（前四頁為常用字， 另四頁為備用）⑱。另外， 尚設有最常用的： ①二十字以內的固定與臨時建立的片語及新聞詞彙， 並依使用性質（如政治、經濟）歸納分組 （例如行政院、物價指數）， 列於第一頁字表中央。 ②輸入文稿時，先選字羣鍵， 將字羣選出， 再按編號一至十五的選字鍵， 將字羣鍵中所需之字選出卽可。

終端機上各類功能鍵共有二十五個， 英文、日文、拉丁文字及特殊符號、圖案等， 都有專用鍵。運用功能鍵指示， 文字可作直排、橫排；將文字分段、 刪字、 排字、 調動文字 （Block Move）、 捲頁 （**讀**）（scroll） 等功能⑲。

(二)中文 （對稿）印字機：

印字機與電腦主機以同步傳輸線路連接， 利用光纖(optical fiber/ fiberoptics） 管電子掃描方式印字， 可供校稿之用。 此系統包括「微處理機」、 硬式磁碟和印字機械；「字種」經「造字系統」 產生後， 便

---

⑱ 不過， 目前只描繪修正一萬一千多字。常用字依照部首、筆數分列於第一頁字表上端。「次用字」和「罕用字」 則於第二頁及第四頁字表上，分別排列。

⑲ 紀元電腦排版公司之鍵盤上， 每一字羣鍵有十二個中文字， 電腦主機則共有六千一百五十六個字， 亦分常用、次常用與罕用三類字。另外， 在主機附機上， 有四千三百二十字， 為罕用字區， 主、附機合共有字一萬零四百七十字。另外， 為了排植經常重複的文字， 主鍵盤上， 有五十七個「記憶鍵」， 合共六百八十四個記憶位置 （57×12＝684）， 全部可記四千一百零四字。
又因為終端機螢幕大小有限， 故若文稿過長時， 卽須 「捲頁」。亦卽將文稿 「下移」 （scrolling down) 以看上段，「上移」(scrolling up) 以看下段。

由主機將之傳輸至磁碟儲存，當主機接收到印字之「字碼」時[20]，便可直接從單頁普通字張印出。所印之點字由 32×32 點陣組成，大小約爲 4.6mm×4.6mm（約等於五號字）[21]，但可放大或縮小一倍，一頁最多可排四千中文字，排印調整空間爲半個字（十六點），十五秒卽可印畢一頁[22]，一分鐘可印四頁，並可印出「合成文字」[23]。

(三)電腦主機 (Master/host Computer)

目前聯合報電腦主機可容納多組終端機，容量爲一百萬個元組 (bytes)，記憶體周期時間爲 $800×10^{-9}$ 秒。（每字掃描後，平均需要300 Word 來儲存，約爲150 byte，字型愈複雜、愈大，所佔word亦越多。）

(四)電腦排字機

將磁碟中之資料（文字及圖案之類），直接以 CRT 掃瞄於電腦相紙上（亦可先於螢幕上檢視再行印出），每秒可印一百字以上[24]。

至於「造字系統」的「造字」，是將欲納入系統的字體，先攝製成底片，然後讀入掃瞄並顯現於螢光幕上，經修正後，再存入磁碟備用。「字種」(Master font) 拍攝於底片時的大小，卽掃瞄後「字種」大小。所造成的字種，於排字時，約可放大原字體至四分之一，或縮小至四分之三。例如，六號字原爲八點，造字時之掃描，可爲十三點，印刷時再縮爲八點，以增加清晰、美觀的「視覺品質」。「造字系統」不與其

---

[20] 「字碼」nibbecode 是根據「頁」、「行」及字鍵「位置」編成。

[21] 一點之大小約爲 0.144 mm，但「點陣」之「點」非鉛活字之「點數」。

[22] 紀元電腦排版公司系統之文字輸出，是由 24×24 點陣組成，大小約爲 3.45 mm×3.45 mm，每秒可打十五個字。

[23] 據聯合報所擬「印刷標準字」，曾致力於部首與聲符系統的確立。例如「話」、「活」部首作「舌」(ㄍㄨㄚ)，與「甜」、「舔」之部首「舌」(ㄕㄜˊ) 在字型上分成兩個系統。又如「吞」、「忝」與「妖」、「笑」則分成「天」與「夭」兩個部首。

[24] 紀元電腦公司所使用之感光紙，最大爲十二吋，排版最大寬度約爲十一吋半，每小時可印十萬字。

他設備連接，所輸出的「字型」，除宋體32×32點之「點陣式」外（供校核文稿小樣用，每行字數固定為32字），尚有印於二校後輸出的相紙上，供直接剪貼、製版照相之「劃線式字型」，密度高達100×100點以上（14.4mm×14.4mm），字號自六號至五行宋均有，且具有規格性（如三分二、全二）。

乙、軟體結構

軟體結構包括「控制結構」(Control structure) 和「新聞編排功能」(News Composition Functions) 兩部份。

(一)控制結構主要為「資料流程」和「安全控制」兩個「流程控制」(flow of cortrol) ——

(1) 資料流程：亦即以一篇文稿為資料基本單位的電腦排字排版程序。這些程序等同傳統的編輯作業，包括發稿——「電腦排字」(加框、關欄)、標題照相打字——打樣——校對——改校對樣(清樣)——貼版等工作，所不同的是，除經由人工核對外，其餘作業均由電腦程式執行❷。

流程由文稿輸入電腦主機為起點，之後再傳輸至「資料檔」(database) 比對差誤，再傳輸至「中文印字機」印出校對小樣，經人工在小樣上校對後，又由電腦主機調出同篇文稿，顯像於「更正終端機」的螢幕上，依已校正的小樣校正，再傳回主機資料檔，最後依文稿格式之指令排列，由電腦排字機「排印」(typesetting) 出電腦相紙母稿 (Master Copy)，而完成電腦自動排字系統的作業 (Front-end system)。

「資料檔」是將「文稿檔」和「索引檔」並行使用。「文稿檔」紀錄每篇文稿的內文，依輸入的先後順序排列；「索引檔」則在紀錄文稿時，按文稿的邏輯順序排列。文稿更新，它在「索引檔」內的位置，也隨之更動。

---

❷ 電腦程式是由一主要程式控制各個執行程式，各個程式則以不同步方式，獨立執行不同指令。

(2)「安全控制」：旨在修理故障。局部故障，僅需令某一執行程式恢復運算 (Recovery) 即可，不影響其他程式的執行（因為是非同步運作）；周邊系統故障，則會自行排除，不影響整體作業；若遇上重大故障，以至損及文稿，則可調用「索引檔」文稿資料。

(二)新聞編輯的功能

新聞編排的功能，包括程式指令與禁則要求。

(1) 程式指令包括——

(A) 內文處理

　　(a) 排版樣式——直排／橫排（從右至左／從左至右）／橫直混排

　　　　　　　　—變形字體（長／平／斜）／字首字體變化（嵌字）

　　　　　　　　—不同字體／大小混排

　　　　　　　　—字距（字間空格）／行距／行高／欄高／某行低若干字／某段空幾行／標題留空

　　　　　　　　—問答形式

　　　　　　　　—文字齊左／齊右／齊中處理

　　　　　　　　—文內留空白／表格、文字劃線／轉文（如全二轉短、全三轉短、短行、全二、全三、全四等）

　　　　　　　　—多欄（破欄）式組排（如 2/3、2/4、2/5　3/8、4/10）

　　　　　　　　—預留圖片位置

　　　　　　　　—一行中加入兩行注釋文字

　　　　　　　　—文字上下加線

```
                        ┌─文字加注音符號
    (b) 禁號處理─────┼─行首行末避頭點
                        ├─文字禁止分離
                        └─解除禁號❷
```

```
    (c) 英文排版樣式───┬─多欄式組排
                          ├─中英混排字間自動調整
                          ├─版面齊頭尾整理（卽若有捲字時，移字後
                          │   所剩餘之空白，自動平均分布在該列中）
                          └─自動分音節處理
```

```
(B) 表格形式───┬─橫、直排表格／表格放大
                 ├─表格劃線處理／框線處理（如四邊加框、三邊加
                 │   框、上下加線）／半圓圖形／十字線標示
                 └─無線表格處理
```

```
(C) 特殊處理樣式──┬─文中指定符號用半格處理
                    ├─文字密排
                    ├─中英混排英文自動下移
                    ├─照片與刊頭（如文內包圖）
                    └─多份複印
```

```
(D) 版面處理───┬─標題（橫題／直題／大小寬狹／位置（如題右
                 │   上、題中、題中上、題左下等））
                 └─（套色）十字線、頁碼、書眉
```

---

❷　「禁號」爲一組爲求版面美觀而施用的特殊指令。例如，禁止「!」、「?」
之類標點符號出現每行第一個字（點頭），一旦遇上，則將此標點移至前
一行的最後一個字；如果兩個符號相連，則由前一行移一個至本行。被移
動各行，會自動作全行美觀空間調整，不需如鉛法字排版法，加上空鉛或
運用 1/2 對開符號調整。

一換段／改頁／調整頁長

(2) 禁則要求，是對「人」的處事而發，包括——

△記者、編輯和改核稿人的字跡，都不能潦草，否則影響打字速度和正確性。

△文稿刪節和整理，必須於輸入前，處理完畢。

△文稿字數，一定要計算準確。

利用電腦編排，通常有下述五個步驟:

(一)編輯於發稿同時，預先計畫編排草樣，以爲貼版之參考。

(二)由編輯填寫「排版控制單」(Control table)，說明文稿刊篇編號、排版格式、稿型、標題位置及圖表預留之空位（位置及高寬）、內文開始等各項資料，給電腦排字排版部門，作爲分稿依據。

(三)由打字員將各類稿件，經由中文終端機輸入電腦，並令文稿的位置、格式、空位等結構，在電腦記憶體內試排。

(四)打出第一次小樣與排版文稿輸入後，卽印出校對用小樣（可打多份參考樣），連同「排版控制單」之資料，一併交給校對改正（打字也有手民之誤）。校對好之小樣，卽交回電腦操作員，由操作員將文稿自主機「調出」，顯示於校正終端機螢幕上。經更正後，再傳回電腦主機儲存。

(五)編輯在校正機螢幕看文稿試排結果，予以調整至滿意爲止；文稿更正後，卽自動印出相紙[27]。再校對無誤後，卽可依計畫編輯的版樣位置，直接將小樣條稿剪貼在紙版上[28]。貼滿全頁，等同拼版完工。俟

---

[27] 文稿校正後，如電腦查出「排版控制單」資料有誤，而不能排字時，則不印製「文稿相紙」，而再印出「錯排小樣」，並指出錯誤所在。（錯排小樣之校正，如第一次小樣的校對步驟。）

[28] 如標題仍多用照相打字，則由排版技工（或美工）貼內文，編輯幫忙貼標題。

總編輯校對無誤，簽「付印」後，卽可以照相製版付印。

聯合報系的硬體系統，是向美日購買，而軟體則自製發展。該報系電腦化作業，預算分三個階段進行。

(一)以每篇文稿爲單位，由電腦排字、校正、印字，標題照相排版。印出文稿相紙後，由人工剪貼組版。

(二)以一頁爲單位，並進行標題電腦排字，自動組版，全頁一次印出，但不包括圖片處理❷。

(三)輸入文稿、圖片後，全頁自動在螢幕上完成組版工作，中文電腦新聞編排的目標，至是全部達成❸。

毫無疑問，鉛活字排版，累贅不堪；打字、照相排版的校對和改版，仍有些許多障礙和困難，早日應用集檢排於一機，而又可隨意刪改、「不著痕跡」的電腦排版，確是順應時代趨勢。

根據民國七十四年元月十八日民生報報導(第九版)，光復書局編纂「大英科技百科全書」中文版，是完全以電腦作業，爲國內出版業界以電腦編書之第一次，此種潮流，恐將日盛一日。日後利用國內電信局通訊網路，將磁碟「聯接系統」(off line)，變更爲「線路聯結」(System on line)，則出版業界會更爲稱便，「電腦編輯顧問公司」，大量提供「文件處理」(Word Processing, WP) 服務，自有可能成爲新興行業之一。

無可諱言，現階段中文電腦排版作業，無論採何種系統，仍存有不少共同缺點，如投資成本高，儲字容量不夠，字體種類少而缺乏美感，

---

❷ 目前正從第一階段向第二階段邁進，同一篇文稿的文字和標題，可同時輸入。

❸ 雖然在一九八四年六月中，美國哈斯德公司的電腦組版系統，已可以將圖片包含在「電腦版樣」上，並可以將圖片放大、修剪，甚或利用該系統的「電子噴霧」設備，修飾圖片上的缺點；但目前似尚未有一個公司，能全部輸出全套設備 (Total Environment) 的。

只能拼小版，如用照相打字來作標題，則仍需經過拼貼手續等，都是急待解決的「難題」。但是，以電腦及通訊科技為基礎的印製技術，終必是出版業成長的必經之路。**⑪**

《附錄一》

中文電腦排版，也有應用若干與英文編輯相同指令的，例如：
- Block: 整個區段。
- Cancel: 取消選定區段。
- Copy: 將選定區段文字，抄錄至貼補區段 (Pasted buffer)。
- Cut: 文字經抄錄後，即在原區段內消失。
- Delete: 刪除已選定區段的文字。
- Help: 查看編輯指令說明。
- Overwrite: 將位標所在的字，更改為新字。
- Paste: 將貼補區段文字，插入至某區段。
- Select: 選定欲編輯的文字區段。

---

⑪ 本章尚參考：
(1)呂理哲（民七四）：「雷射印字機連線始末——聯經資訊同仁群策群力」，聯合報系月刊，第三十五期（十一月）。臺北：聯合報社。
(2)劉會明（民七四）：「全面自動化是報業晉階的動源」迎向廿一世紀，中國時報卅五周年社慶專輯。臺北：中國時報社。
(3)鄭逸芝（民七四）：「聯合報電腦編排系統的發展」，報學，第七卷第四期（六月）。臺北：中華民國新聞編輯人協會。

《附錄二》聯合報電腦作業第一階段流程

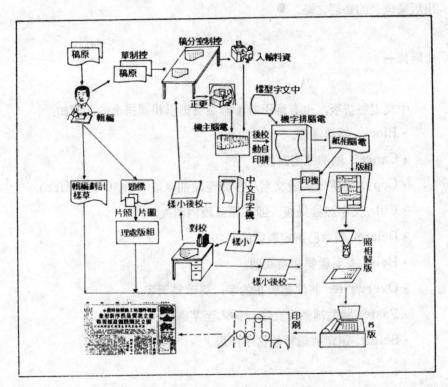

　　取材: 新聞學人第八卷第一期（民國 72 年 6 月）此一編印流程之硬體，除電腦主機外，主要係輸入資料之鍵盤機（Keyboard Machine）與電腦終端機（Terminals）。

《附錄三》電腦排版內文處理擧隅。來源: 紀元電腦排版公司「全電腦自動排版系統中文輸出樣本。」

一欄式直排

● 標題留空
● 書眉編排
● 自動編頁
● 行首行末避頭點

迎春

春迎·

中國人認爲春天是在立春這天降臨人間的，爲了歡迎這個美好的季節，人們在立春的前夕有着「迎春」的禮俗。

迎春的典禮莊嚴而隆重，在京都是由皇帝率領文武百官出東門，到東郊迎接春神（也稱作「句芒神」） 大家穿着青色的衣袍，戴青色的帽子，車駕旌幟也全是青色的。木雕的春神和土塑的春牛由隸役抬着，緩緩自遠方出現，在鼓樂的前導和震耳欲聾的歡呼聲裡，經過這支龐大的青色隊伍，進入城中繞街遊行，家家競拋米豆以示歡迎春神之降臨。最後，春神和春牛被迎入皇宮內臨時搭建的綵棚裡。

到了第二天（立春），春牛被抬到曠地，皇帝親自拿着五彩木棍來打着牛，一方面策勵農耕，一方面也預兆豐年，稱作「打春」。把土牛打碎了，露出牛肚子裡預藏的另一隻小土牛來這時，四周圍觀的百姓就爭着上前搶奪打碎的春牛。據說春牛角的泥土能使農田豐收，牛身的土放在家裡則宜於養蠶，牛眼之土還能和藥治病呢！

《附錄四》電腦排版英文字體舉隅(七～一○○級)。來源：同附錄二。

abcdefghijklmnopqrstuvwxyz
ABCDEFGHIJKLMNOPQRSTUVWXYZ
1234567890 .,;:"'»«&!?
Håmbûrgefönstiv

05447　Bernhard Modern roman/normal/romain　12

abcdefghijklmnopqrstuvwxyz
ABCDEFGHIJKLMNOPQRSTUVWXYZ
1234567890 .,;:"'»«&!?
Håmbûrgefönstiv

61145　Korinna ITC bold outline/halbfett outline/demi-gras détouré　18

abcdefghijklmnopqrstuvwxyz
ABCDEFGHIJKLMNOPQRSTUVWXYZ
1234567890 .,;:°°»«&!?
Håmbûrgefönstiv

00011　Arnold Böcklin　18

abcdefghijklmnopqrstuvwxyz
ABCDEFGHIJKLMNOPQRSTUVWXYZ
1234567890 ..;:"»«&!?
Håmbûrgefönstiv

90271　Copperplate Gothic 31 A-B　12

ABCDEFGHIJKLMNOPQRSTUVWXYZ
ABCDEFGHIJKLMNOPQRSTUV
WXYZ1234567890 .,;:"»«&!?
HÅMBÛRGEFÖNSTIV

《附錄五》聯合報電腦排版作業編輯要填的另一張「標題紙」是這樣的。

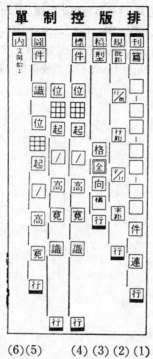

(6)(5)　　(4)(3)(2)(1)

說明:

(1) 刊: 刊物識別; 篇: 發稿篇號; 件: (原稿)裁開後件數; 連: 連號。

(2) 規: 刊物規格。

(3) 稿: 文稿說明; 型: 型態; 格: 邊框格式; 向: 文稿方向。

(4) 標: 標題說明; 件: 件數。①②位: 位置; 起: 起點; 寬: 字寬(?)行; 識: 識別內容。

(5) 圖: 圖片; 件: 件數。①②識: 識別號; 位: 位置; 起: 起點; 高: 高 (?)字; 寬: 寬 (?)行。

(6) 內: 內文開始。

附釋:

電腦校樣因為需用相紙，故成本甚高。而聯合報系已於民七十四年九月，啓用美國 Auto Logic 公司的「整頁影相印字機」(Page Image Printer)，亦卽俗稱的「雷射印字機」(Bit Blaster)，來打小樣，降低成本。雷射印字機主要組件有雷射槍和反射鏡，能把欲印出的圖形（文字），先在記憶體內，組成對映的「整頁影相」(Page Image)，然後再在一般紙張上，印出整頁之影相。

第三篇　版面概說

第一章　版面的形式結構

　　字體、字號、圖片與空白，是組成版面的三大要素。就編輯的角度而言，徐佳士對報紙版面一詞，曾作下述的解釋：

　　版面乃是報紙「結構上」的設計，旨在把全頁的讀材——包括文稿與圖片的擺布、欄行的劃分、標題的形式、鉛字的大小和形式，以及足以影響印刷外貌的其他「形體上的因素」——作適當的安排，藉著形象、光暗、和顏色(彩色)，針對讀者的視覺「和盤托出」，以給讀者一個有利印象，引起讀者的興趣和注意，進而選讀報紙的內容。

　　英式版面，通常有傳統「垂直式版面」(vertical make-up) 與近期頗為流行的「水平式版面」(horizontical make-up) 兩種 (見圖一)。傳統垂直式版面，因為多用於「內頁」(inside page)，故又稱為「內頁版面」(inside page make-up)。在整版構圖上，它又可以大略分為「平衡版面」(balanced make-up)，與「不平衡版面」(un-balanced make-up in the vertical pattern) 兩大類。

　　垂直式版面，比較少有變化，因此國外編輯，多年來卽在欄數方面，希圖有所突破、變化。例如，把欄寬度拉長 (optimiun format)，把原本八欄寬版面，改為「六欄」(six-column)，或「七欄」(seven-

圖一 英文報刊水平式版面劃樣舉隅:

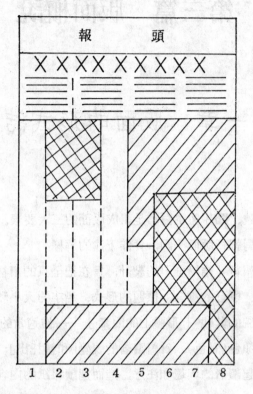

column), 甚而介乎六、七欄之間的 "W-format"。

不過, 這些努力, 似乎不如「水平式版面」之成功。「水平式版面」的特徵, 係將傳統垂直式版面, 作一整體突破, 不按自上而下, 自左而右規律。採用雜誌化編排, 用流線型、對稱、通欄標題, 圖片聳動、突出, 內文作直式, 但跨欄排列, 使之成一扁平塊狀 (有時不能成塊狀者則以短欄補足), 整段一次排畢 (不作轉頁)。標題、欄與圖片, 作橫、直式插放, 以求平衡突出, 並且特別注重下半頁的功能性安排。另有一種「格板式」(panel) 版面 (見圖二), 亦屬「水平式版面」的一種變體。目前國內大報章, 亦已採用這種水平式版面編排方式, 民生報

圖二　英文報刊水平式版面的另一種形式──格板式

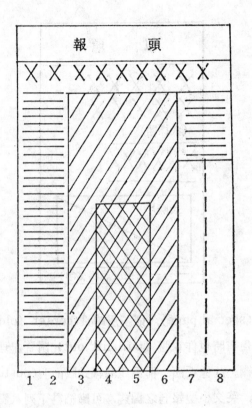

版面即為一例。

　　但國外小型報紙之版面，與一般大報之版面，並不相同。一般來說，這些英文版面之編排，第一版 (front page) 多作雜誌封面的處理 (見圖三)，只將重要新聞頭題 (No. 1 story)、次題 (No. 2 story)標題連同一幅大圖片放在第一版，然後在標題之下，用一粗線指出刊載之頁號 (precede cross-reference/shirt-tail) 讓讀者自行翻閱。而二、三版「內頁」(inside page)，則為第一版之延伸。至於特寫版、體育版 (sport page) 及商業金融版 (business and finacial page) 等

圖三 英文小型報刊第一版劃樣舉隅:

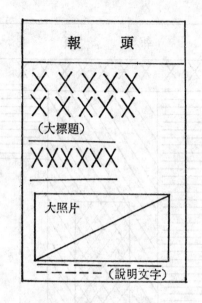

一類專題報導(special page)，則多用跨頁(center fold)方法，以收一氣呵成之效。但有時也作單張 (pull/lift out) 附頁處理，使每一版都是一個完整分欄。此種版面，稱爲「海報式版面」(poster makeup)。

綜而言之，英文小型報刊之編排，可歸納爲下列八點: (1) 多用圖片; (2) 用大號內文文字; (3) 作分欄處理，並加上標題(see-line); (4) 標題簡化，減少行數和附題，字號、字體單純化; (5) 版面注重美工，用彩色，但不強作花俏版面 (circus make-up) 取向; (6) 版面形式顯示新聞性; (7) 各版間風格相調和; (8) 盡量避免轉頁刊載。

要美化國內校園或社區小型報紙的版面，用編排來表現新聞價值，吸引讀者的注意，並幫助讀者易於閱讀，則此等版面的抽象形式，除上述各項外，尚有兩個重點——

一、注意黃金分割律 (Golden rule/section) 在版面分割上的美

感價值。

　　所謂黃金分割律，簡言之，係指一個長方形，它較長的一邊與較短的一邊的長度比例，是 1.618：1 之謂。中文報紙的版面呈正的長方形，亦即較長的一邊係版面長度，較短的一邊，則係報紙的寬度。一份四開報章版面長為十五吋，寬為十吋半，長寬之比為 15/10.5，即亦 1.43：1，已接近黃金分割律之比。因此，在安排闢欄與圖片時，應儘量符合此一分割比例的要求，俾能與版面形狀，作一整體配合。

　　二、依照版面視覺韻律移動 (Gaze motion) 的邏輯（從右至左，從上而下），使版面的編列分布，達到有組織、有重心 (focus)、有系統、對比平衡 (contrast balance)、空白適當、均勻調合、段落分明的要求；但規律中，卻能衍生變化，並能利用線條之美，來顯出圖案的趣味（但並非濫用與亂用）。

　　另外，徐佳士認為(民五七：六～七)，中文報紙版面，尚應減少欄數、簡化標題、統一標題字體，抽去行、欄線(用暗鉛條)、減少廣告套色，少用框、花邊與不必要的線條，以減少版面「噪音」。

　　至於版面的具體構圖表現❶，可以以版面字數的計算與劃版通則，加以解釋。

----

　　❶　本篇尚參考：張覺明（民六九）：現代雜誌編輯學。臺北：商務印書館。

附釋：

彩色印刷在分色照相過程中，常因(1)工作環境，(2)技術失調，如「色溫」(Color Temperature) 不標準，顏色「色度」不好；(3) 感光材料不良，如「感色範圍」與肉眼不一致，對光的吸收、反射或透過不理想等；而使印刷品與原稿產生差距。此時出版者可要求承印廠商以手工 (hand Retouching)、照相 (photographic masking)、或電子 (electronic scanning color correction) 等修整方法，來(1)校正色彩 (color correction)，亦卽除去「雜色」(unwanted color)；(2) 調整版調對比 (proper tone reproduction)；以獲得印刷品之色彩平衡 (color balance)。

第二章　版面字數計算法

以鉛字檢排的柵美報導爲例，計算一個版面大略之字數，通常用下列方法：

(1) 版面總欄數×每欄字數×75％（將標題折合爲25％字數）。如果依此法計算，則柵美報導每版的字數約爲四千七百字(12×520×75％)。不過，這一方法，由於標題字行計算不十分準確的關係，常會有字數不足的現象，故通常應將稿件略爲多發一點；但文稿不應超過百分之八十。

(2) 應用編輯尺，將扣除廣告版面後，所餘的版面字數空間寸數總和，以七乘之（連六分之一新五號字行間在內，一吋可排七行，亦卽五十六字——7×8）❶，所得的積卽爲所需行數。將此行數乘以八，卽爲

---

❶ 除可用編輯尺量出一吋可排七行外，（或一公分爲三行），尚可用算術公式，來計算版口橫度可排列多少行。例如：版口橫度爲一吋，用新五號字六分一（一・五點）的鉛條爲行間隔條，則一吋可排出多少行字？
計算公式如下：

$$\frac{\text{版口橫闊度總點數}}{\text{每排一行活字所佔點數}} = \frac{\text{版口橫闊度(吋)×(每吋點數)+(擬用行條寬度)}}{\text{活字之點數＋擬用之行條寬度}}$$

　　＝版口寬度可排的字數
依公式代入上式，則得：

$$\frac{(1''×72)+1.5}{9+1.5} = \frac{73.5}{10.5} = 7(\text{行})$$

說明：(1) 分子要加上「擬用之行條寬度」（如此例之一・五點），係因爲最末一行沒有間隔，故應將行條寬度加在分子上，以與分母抵銷，計算方能準確。
　　　(2) 雜誌版口橫度，或計算每字加鉛條的標題字數時，亦可用上述公式，依所用字號及行間點數，代入計算。若用照相排字，將級數換爲點數卽可。

所需字數。若要扣除標題字數，可用上法求得。

例如柵美報導扣除廣告版面後（亦可以同時扣除闢欄版面），所剩版面字數面積爲八十五又二分之一平方吋（全版字數總面積一百一十一・四八平方吋——$12'' \times 9.29''$），則所需字數爲四千七百八十八字（$85.5 \times 7 \times 8$）。若按上式計算，則約需三千六百字左右（$4788 \times 75\%$），若略爲多發一點，則有三千八百字卽可。

稍爲一提的是，若廣告版面先不予計算，則柵美報導第一版需扣掉四百八十字的報頭（長五欄，十二行寬——$5 \times 12 \times 8$），另有短評一篇，佔八百五十字（其中內文約七百字，短評刊頭約佔五十六字，標題、空白約佔九十字），實際字數只需四千九百字。再打個七五折，則只需三千七百字左右，是字數較少的一版。

至於稿件之字數是否足夠，則可將稿紙上的總字數相加起來，再依法打個七五折，與版面所需字數比對，卽可知道字數是否足夠，或欠缺多少。

在劃版時，可先將每則稿的字數算出，然後用內文每欄字數（八）去除，就可得知內文所需行數，再用編輯尺在版面上量度，卽可得出其所佔面積的大小及走欄位置。例如：新聞稿爲七百五十六字，用八去除卽可獲知其所佔面積爲九十五行（$756 \div 8$）。闢欄和標題面積計算法，在下章詳述。

第三章　版面規劃通則

審稿(改寫)、標題製作、劃樣拼版是編輯三個重要程序。而在規劃版面時，尙應注意下述通則。語云：「勉爲編輯人，毋作編輯匠。」在可變通之處，而仍墨守成規，是「固執」；有通則而不知運用，以求版面美觀易讀，則是「疏失」。

△新聞版面的排列形式，應按新聞內容性質、重要性與先後程序作系統式的排挿；內容相關的新聞，尤應儘量配置在一起，以求淸晰明確。

△組版時，除非經過美工，否則每一欄均應「斷欄」（break-off the rule），不可出現「通欄（線）」的現象。關欄時，基本欄與變化欄的「小（假）通線」亦應設法避免。

△廣告版面扣除後，所剩新聞版面，應按實際情形，於折疊線（中心位置）較上偏右部分，配一個三欄標題，作爲版面均衡中心。另外每版左下角，可配一個全（統）三，三分二，四分二，四分三等一類的關欄，以與同版三欄或四欄長之頭題，求得對角均衡。至於左上角與右下角之均衡，亦可以全(統)二與二欄圖片等來調節（如圖一）。長而普通新聞，可以用散題走文；長而有價値新聞，可以關欄；短而重要的新聞，

圖 一

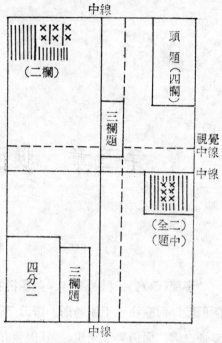

圖 二

說明:

(一)一個版面被注視焦點,「上重于下,右多于左」。

(二)在一個版面中,ⒶⒷⒸ位置,通常被用以放配較重大新聞。

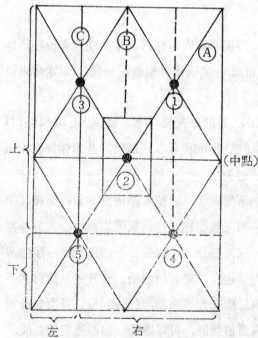

可以加框。理論上來說，一個版面會有五個焦點所在(如圖二)，可將之作爲參考依據。

△全二、全三、全四的「通欄」行題（multi-column heads），要靠在版線或闢欄框線旁。全二字行，以文題連在一起計算，所佔的版面面積，應略小於正方形。全三、全四及其他闢欄，應成「寬比高度爲小」的直式長方形。三分二橫式長方形的闢欄，除特別闢欄外，其橫度應在半版之間，不能過長。以「柵美報導」爲例，此種闢欄，最好在三十三行之間。特別闢欄係指在底欄作通三欄、通四欄或通五欄之處理。因爲版面關係，周報如果在底欄做超過五欄闢欄，卽不美觀，但可整版作一個專題。

△基於「漸層變化」的梯形原則，每版從右上角起始部份，排列較重要的新聞。由五欄、四欄、三欄(中央部份)、二欄等的題次，作梯形排列，然後以一個三欄，或兩個兩欄結束，最爲理想。亦卽五欄題後，應接四、三欄題；四欄題後，應接三欄題；三欄題後，應接二欄題。如果四、五欄題後，全是二欄題，沒有一個三欄題相配合，版面卽不調和。不過，爲走（接）欄方便，可用題一文一之百來字短欄（short/squib/single-column headlines)作爲補白（filler）之用。因一版面中，要有三至五個短欄，方便於題二、題三的銜接。但短欄應均勻分散配置。若數個短欄集中在一起（尤其是左下角），便成「砌牆腳」毛病。梯形層次的版面，以及其受眼睛注視的「過程」大約是這樣的：

英文版面之注目焦點，有所謂「反6字」（the reverse-6），或「反S」（reverse-S）之說。意謂眼睛之移動，由版面左上角移往右邊、右下、左下，再至版面中央，呈反6字或反S「視徑」。若是，中文版面則應爲「正6字」或「正S」。

△闢欄、圖片的大小和位置；標題、圖片的濃、淡應調和悅目。上

下、左右應呈均穩的平衡。按一般經驗法則來說，大號標題（多為頭題或關欄標題）、與圖片、刊頭之間，最好呈等邊三角形，方呈出版面平衡之美，不會頭尾過重，而使得四個角落「活」起來。

△圖片、刊頭最好不要構成一條直線型態，（不論是垂直、水平或

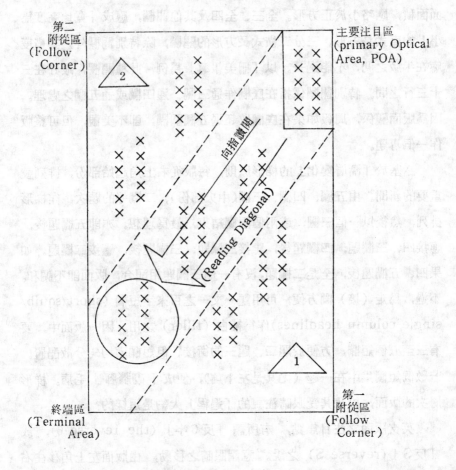

斜線），否則「重心」便很容易失衡。同理，關欄不要「吊腳」，標題與標題之間也不要成齊腳形式。

△大、小標題要分揷得宜。例如：二個三欄題夾一個兩欄題（double-column headlines)，或二個兩欄題夾一個三欄題（three-column headlines)，亦卽作四、三、二、三，或四、二、三、二梯形題式排列，版面會顯出層次的美感，但要注意「夾心餅毛病」(layercake head)。

△在同一版面上，除「短欄」題外，標題不可重疊（頂題）(tombstone)，直對的標題、直題下直對橫題，應有一欄以上的間隔，並起碼有三分之二錯開；但若橫題下直對直題，因橫題下，已有文字相隔，因此可不在此限。（周報橫題寬度，若在一、兩欄之間，則在橫題下，起碼應排三至五個基本字。更大橫題，其下所排內文字數更多。）橫題與橫題也不可集中或連接，並應有二欄以上相隔，否則除頂題外，空間過大，產生英文報章的「排字流空」(rivers) 的毛病。

△標題與標題之間，不能太接近（尤其是三欄題與三欄題），前題與後題兩直題之間，起碼要有三至五行的間隔，若前後兩題，一為直題、一為橫題時，亦應起碼相隔三行，否則便會「奇峰突起」(bump)。

△周報版面橫題不宜過多。在版面上，橫題不宜超過兩則，並應均勻對稱地分布於版面上。周刊橫題，應從右至左排列，在版面許可下，橫題可置於關欄之上或下，與欄之寬度等長。（雜誌則視其版口方向而定，如果版口向右，則橫題自應作由左至右排列。）

△新聞轉接 (break)，應以該文最後一行，轉至下一欄最前一行為準，不能跳欄，不能跳行，亦不能中斷後予以轉接；並且應注意不得與接欄之其他內文糾纏在一起（wrap in/hopscatch)，中心標題之關欄，其字行之轉接，更應特別小心此一毛病。如因新聞過長，版面容納不下，則刪稿時，要在一段的句號後面，或作適當的改寫，關欄字行在分隔時，文意不能中斷。標題後，每則新聞起始，若係由上一欄轉入下一欄，則最上面一欄，起碼要排三行文字，始轉入下面一欄。

△花框之採用，要配合新聞的特性，花框不應並列或重疊。如遇到

邊欄時，花框應改爲上下加線，靠在邊欄旁。花框內，標題應以正楷、仿宋或宋體爲宜，所用字號，亦應較不用花框的同欄數者爲小，標題的長度，不應超過欄數的四分之三，以免過份突出，失去和諧。同一版面不同闢欄，應用不同的框線或花飾；闢欄的字行（變化欄），亦不應相同。（例如：版面內有兩個闢欄，卻同爲五分三之類是。──其中之一個闢欄，起碼應改爲五分二）若將新聞作闢欄處理，則各個闢欄，應在全版作平衡分布，不應過於集中在一處。同一版面中，花框闢欄之採用，應適可而止，最好不要超過三則。闢欄的字行要避免用短行、通兩欄的字行，例如四分二、六分三這一類，容易造成小通欄，用時要特別小心。兩個闢欄若靠近一處，則應起碼有五至八行的距離。除非經過美工處理，否則兩個闢欄最好不要同高低、左右並列。

△文字過長之闢欄，最好有插題。如框內係用「題中」，則最好不用插題，或改爲嵌字題。否則，便會「斧痕鑿鑿」。

△除頭題外，應儘量避免邊題，或以文包題取代之（但一版最多三個，不宜過多）。闢欄邊上，應避免與欄數等長之標題。例如：全三之旁，再接一個三欄題之類是。

△以一個直題作爲頭題，再以一個橫題作爲二題，比較好拼版，所謂「直起橫承」是也。若是「橫起直承」，如果頭題字數不夠長，拼版時就會有麻煩。

△一千字以上的報導（或雜誌文章），應有分題(linked headlines/in-reading heads)，以免「一片字海」(greyness/ponderous block)。分、插題應作有系統的排列，不與其他標題碰撞。分、插題與分、插題間，也應有適當的間隔。不過闢欄新聞，應該爲性質較爲特殊，具有趣味性，或在觀念上有所創新的新聞。

△如遇標題字數過少，空白過多，或許可以考慮在題之上下、左右

(break-box head) 加上線條 （例如文武線）、框線，或加空鉛拉寬標題字間隔（但應注意空鉛突出版面 "work up"），或作特別處理，避免「縮頭吊腳」。如果標頭字數過多，出現「頂天立地」（與上下欄線衝撞）的毛病，則應 (1) 刪字；(2) 重作標題；或 (3) 改為平頭題（若係兩行主題，則兩行主題中間，可加上正線或反線，使成「非」字形狀。）但「加框標題」(hooded head)，因在形式上，給人一種將題文分開的感覺，應該少用，尤其是將標題四面加線 (4-side box head)，最好不用。

　　△較長的新聞，應由版的上半部排入，好使短欄、題二和題三能作密切的聯接。

　　△短欄、分插題，應用五號字五個或四個四號字為基準。若短欄題用上五號字六個，即應排成平頭題。（短欄靠近二欄以上標題時，至少有三行文字相隔。）

　　△在發排全二、全三或全四時，如果在版面上篇幅過大，則應改排短欄。周報由於版面關係，全二、全三的闢欄，最好只各有一個，通常不應在兩個以上。

　　△除短欄外，同高低的標題，不要並排於同高低位置，以免產生下面俗謂的「挑擔竿」（見圖一）的毛病，通欄排文亦然。

圖一　「挑擔竿」的標題

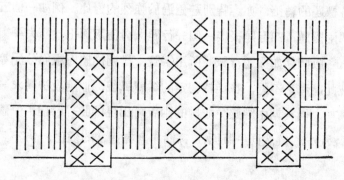

圖二　補救挑擔竿之法，可將其中一題改為橫題。

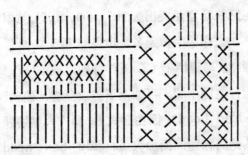

　　△通二欄以上的字行，尤須特別注意點頭、寡行毛病，必要時應增加或刪去若干字，以免空白太多或過於擁擠。

　　△配合新聞的圖片、配合新聞的特寫，應儘量排置在相關新聞的適當位置。為使版面活潑，圖文並茂，每版最好能有一至兩幅圖片作為美化版面的調劑，但不宜佔太多的篇幅（例如超過四幅）。圖片最好趨向中心位置，避免集中於邊緣區域。

　　△全版之中，鄰近標題的排列和字義，應避免諸如悲與喜、生與死等一類尖銳的比對，使版面出現「文不相類」（wild story）情況，無形失掉和諧的氣氛。另外，同一版面各個標題的形式，在樸拙簡明與繁複花俏間，固不應過於懸殊；使版面流於四不像；但如果同一版面，題型相同過多時，應即於調整，或改標題字體，以免版面呆板。

　　各標題的轉接，亦應特別避免過於強烈的對比。例如一個五欄題後接一個兩欄題，四行題後接一個一行題，會使版面上，頓失平衡之感。

　　△各版間諸如標題行數、所用字號、排列位置與版面分配等諸項，理應彼此調和。不過，在維持穩定的編輯風貌，似應設法講求一定的變化。例如，同一期中應避免並排的兩版，出現「同一面目」，使讀者產生錯覺。另外，縱然同一版面，每期亦應有適當的變化，方不致流於呆板。

　△「柔腸寸斷」的疊字斷題，要小心使用，最好少用，使版外觀不至於給人一種「窒礙難行」之感。

　△社區周報重視社區人民之報導，但當人民一大串時，要注意排列上的整齊與美感。

　△謹記「金角銀邊銅肚皮」的組版格言。組版時，依版面大小及形式，先決定邊欄（也卽「拉角」），與新聞圖片的排放位置，再決定新聞的編排形式；亦卽先解決版面上的邊線位置，再控制四個角落、中間及其餘的位置。一個板面能有兩個闢欄，則除比較容易編排外，更可防止通欄的出現。一般而言，有了邊欄和頭題便可部份組版，但要注意往後，會否有所更動。在作業程序上，改作頭題比較容易，換邊欄則十分「困難」。

　△頭題（多爲四欄）和次題（多爲三欄）決定之後，應卽把版面其他三欄題亦安排到版面上（在周報小版面中，三欄題有支柱的作用，並可與其他部分，取得均衡。）之後，就是通欄文字和兩欄題的編排。至於短欄，則可隨時作添補盤接的安排（故有：「字不夠，短行湊」之行語）。

　△題短文長，例如題爲三欄，前文走四欄，後文走一欄，或題長文短，例如，題爲五欄，前文走四欄，後文轉短欄，拼版時易犯「內文離題」（raw wrap）毛病，要特別小心。

　報紙版面的處理過程，是一項綜合的藝術。報紙旣係一種服務，則能爲讀者多作報導，總是好的。因此，在處理版面時，除了注意上述各項之外，對於報導的取捨，內容刪改、字數的多寡，詳編或精編，抑或不按牌理出牌，奇兵突出，藉收意想不到的效果，都是值得編輯思之再三的問題。

《附錄一》

　　若周刊版已排妥，行將就印，所載新聞發生重大變化，需要挖版重排，但時間卻不許可，則應急之法，可挖部分版面：

　　①將新聞（B）與最近事態發展相衝突之內容挖去，或改寫部分內容。

　　②視所挖版面大小，適當地加入新聞最新的發展之新聞（A）。

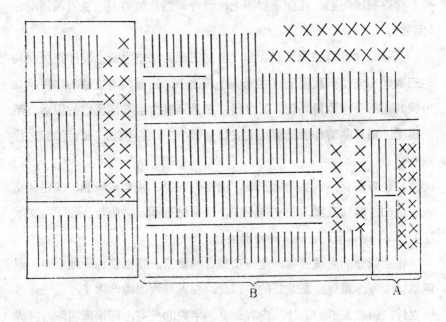

《附錄二》

編輯尺的量法：設一、以新五號字（九點）爲基本字。二、行隔爲六分之一新五號字（一・五點），則每吋等於七行（五十六字），或一公分等於三行（二十四字），而面積則等於（五千一百八十四點）（72點×72點）。若抽去行間鉛條，則可排八行。

學史、加上工地的所心響負點奸育」，高案育認爲的並中
生除。他工考眼光長劉大政成員針對的質不，提新的增學生
讀認、基醫療與慮成長來文贊成，建五人專中而要新基礎課探取
書外爲慮科學法，看甚至研加爲濆育，應課加增基礎課程，點。唯
甚、一加；基學認爲慮科學外，從教育研究所基本考育理商本育所
身影響下教育學生的缺乏的身心考科目生學制研新了科配置培養成

見學員們些各的大大
科目的，涉及科科學
他供大學入學與基
反映學六學六個物
憶學考試三至案地
科度則三五球、化
建議界的問題人專
提了案內論出都想
議得高行中聯考黃
使容位答，是小
現考師長今擬
改變，各易想
在人學門的
之入門考都
建學界在人
議訪者，五人
員各的大大
們些各的大大

附釋:

由編輯尺及鉛字點數，吾人可以演算若干排版上的數學問題，例如:

(1)總字數爲 675 字 (五號)，有版面上會佔多少面積?

計算：$\dfrac{675(字)}{56(字)} \simeq 12$吋

若分五欄排列，則每欄寬 2.4 吋 ($\dfrac{12}{5}$)，亦卽 16.8 行 (2.4×7)。

(2)有 12 吋之版面，內文可排新五號字 (9 點) 幾個?

計算：$\dfrac{12(吋)\times 7(行)\times 72(點)}{9(點)} = 672(字)$

若抽行條密排則可排 768 字 ($\dfrac{12\times 8\times 72}{9}$)。

(3)同理，若有一12 吋版面，要排 672 字，則該用多少點字?

計算：$\dfrac{12\times 7\times 72}{672} \simeq 9(點)$。

(4)內文有 672 字，要排11點之五號字，則起碼要有多少吋版面位置方能排得下?

計算：$\dfrac{672(字)\times 11(點)}{8(吋)\times 72(點)} \simeq 13$吋。

第四章　小型報刊的版面

　　胡傳厚氏（民國五十七年：六二）認為，新聞編輯的業務是：「蒐集資料，彙集在一起，加以鑑別、選擇、分類、整理、排列和組織。」他因此將我國新聞事業中所稱的「編輯」作廣義和狹義的兩種解釋。廣義的解釋，包括了新聞的蒐集和編排（News gathering and news editing）。狹義的解釋，則僅指新聞的編排工作；亦即透過稿件的處理、版面的控制和美工、標題的生動活潑、字號、字型和欄數的運用，以及闢欄的設計等，使新聞突出醒目，版式（Format）美觀大方。本章所述的**編輯實務**，是指狹義的新聞編排而言。

　　擔任新聞編輯的實務，首先要認識版面上的一切內容。

第一節　報頭和報眉

　　每一份報紙，必有「報頭」（Nameplate/flag）❷，其中有橫、直

---

❷ 英文報章分新聞版和社論版（editorial page），因此在報紙首頁的上方，除排列報名外，只標語、圖案和出版年月日，稱之為「報頭」或「外報頭」（nameplate/flag）；而在社論版社論的上方，排印報名、發行人、創刊日期、發行地點、售價（訂閱價），以及發行量等重要資料，稱為「內報頭」或「報社資料欄」（Masthead）。我國報章新聞與社論版不分，故將相關資料排在第一版右上角處，統而名之曰「報頭」。

兩式。社區周報的報頭，多為直式，與日報一樣，置於第一版右上角，如「屏東週刊」、「柵美報導」諸報即是。橫式報頭（置一版上方），則有「豐原一週」、「桃園週刊」諸刊。「基隆一週」報頭，常將該期主新聞重要圖片一幀套印上去，一如雜誌作法，是較為例外的。柵美報導的報頭——如右圖。

中華民國「出版法」第十三條規定，新聞紙或雜誌，應記載發行人之姓名、登記號數、發行年月日、發行所、印刷所之名稱及所在地等七個項目。

依此，柵美報導之發行人，因係由國立政治大學新聞系發行，故按例由歷年系主任擔任當然發行人（Publisher）❸，現時發行人為系主任賴光臨教授。登記證號數為：「局版臺誌第○九四七（號）」。發行年月日為：「（民國）六十二

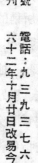

局版臺誌字第○九四七中華郵政臺字四五○號登記執照為第一類新聞紙

臺北市中華路一○四號海天印刷廠承印

柵美報導雜誌社發行

郵政劃撥儲金帳戶第○一○二二一三一四號

原名學生新聞民國四十五年十二月五日創刊

電話：九三九三七六一

六十二年十月廿日改易今名

柵美報導　週刊

---

❸　發行人指「主辦出版品，並有發行權之人」（出版法總則第三條）。按「內政部（52）8.21臺內版字第一二一八三八號代電」所稱，各級公立學校教員（比照一般公務員），除法令別有規定外，不得兼任新聞紙類雜誌出版社發行人、編輯人、特約記者或特約通訊員等職務。但若各級公立學校教員前已核准登記為出版事業之發行人、編輯人者，除地方政府認為不可兼任者外，應就法律不溯既往之原則，暫准維持現狀。
另外，「行政院五十一年五月十日臺五十一人字第二九○七號令交通部」，有更清楚說明：「是公務員之兼任新聞紙類及雜誌發行人編輯人，如係依法令所定而兼任者自不在限制之列。該部所屬機關因業務需要發行之各種刊物，其發行人編輯人如依法令規定應由各該機關職員當然兼任，或由各

年十月廿日」。發行所名稱爲:「柵美報導雜誌社」，社址爲:「木柵政治大學新聞系」(臺北市木柵指南路二段六十四號)。印刷所(printer)名稱是:「□□印刷廠」，印刷所所在目前是:「臺北市中華路□□□號」❹。此外，尚有郵政登記號數 (中華郵政臺字四五〇號)，「登記執照爲第一類新聞紙」❺，臺灣郵政劃撥儲金帳戶(第〇一〇一二一三──四號)❻，

該部所屬機關依職權以命令指定其職員兼任者，與上開司法院大法官會議釋字第六號解釋尙無牴觸。」

另外，「內政部 (53) 臺內版字第一五七二五七號致臺灣省政府新聞處代電」亦補充說明各級公立學校專任教員兼任各校校內出版刊物，各學會或研究團體出版之學術研究性質刊物，或受文化機構之聘請兼任其學術研究性質刊物等之發行人職務者，不在限制之列。

國立政治大學於民國四十三年在臺復校，四十四年恢復設立新聞系，四十五年十二月五日創辦「學生新聞」，六十二年十月廿日，改稱爲「柵美報導」。政大歷任新聞系系主任依次爲: 曾虛白、謝然之、王洪鈞、徐佳士、漆敬堯與賴光臨 (現任) 諸教授。

附帶一提的是，出版法上所稱之編輯人，是指掌管編輯出版品之人 (出版法第五條)。出版機構向主管機關申請登記時，亦應同時書寫編輯人姓名、性別、年齡、籍貫、經歷及住所。

❹ 我國政府爲有計畫供應出版品所需之紙張，並在「戰時節約新聞用紙」起見，故命省政府及直轄市政府調節其轄內新聞紙、雜誌之數量。報紙篇幅受到「禁止加張 (限張)」之限制，原本規定一律不得超過對開之一張半紙，目前已放寬至對開三張；並限定於中華民國國定紀念日及各報社慶，可增出對開特刊一張，平日不得加張，增出特刊。各報因特殊原因，報經新聞局同意，得臨時增出特刊一張，所有增張篇幅之廣告，不得超過增張總篇幅二分之一。平時隨報附送之電影海報、房地產廣告等印刷品，均視同爲變相增張。

另外，政府亦規定，臺灣地區報社的數目，只限於現有的報社及通訊社，不得新設。報紙也須在核准登記之發行所所在地發行，不得利用傳真設備，在臺灣其他地方印刷發行；卽在報社附近地印報發行，亦不予核准。報社欲變更發行所在地亦屬不易，但目前已陸續放寬。此卽報頭須排印印刷所地址的理由。

❺ 我國政府爲獎掖出版事業，除新聞紙、雜誌等刊物之發行，得免徵營業稅外 (出版法第二十四條)，新聞紙之寄費，同時享有低於普通寄費之優待。目前柵美報導寄費，臺澎地區爲兩角；若附有贈卷，則作印刷品處理，每份一元，海外航空寄費爲五元。

❻ 此係方便訂戶劃撥而設，惟基於郵務作業，有時要待訂戶金額累積至某一數，郵局方轉賬通知，或會躭擱訂戶訂閱期次。

電話（九三九三七六一），發行期數❼，零售價格（現時爲每份新臺幣
四元），半年八折收費（八十元），全年八折收費（一百六十元），和「
週刊」字樣等九項附加說明。值得一提的是，這些報頭內容，除發行期
數外，餘皆千篇一律，檢排校正後，不易出錯。不過，一名小心、謹愼
和負責的編輯，每期校對大樣時，仍應小心校視一遍，避免不必要的錯
漏。至於發行期數，因是每期改換累進，應格外小心校閱，務使期數絕
不出錯，貽笑大方。至若校園周報，若不對外發行，自可不必嚴守上述
規定。

---

❼ 出版法第二條規定，新聞紙類細分爲新聞紙與雜誌兩種。新聞紙指用一定
名稱，刊期係每日或每隔六日之期間，按期發行而言。雜誌則指用一定名
稱，刊期在七日以上三月以下之期間，按期發行而言。故柵美報導周刊，
屬雜誌類。
雜誌之形式並無限制，可爲單頁報紙型，可爲開數不同之書版型，但名稱
則不得用「報」、「新聞」、「快訊」或「通訊」等字樣。此外，雜誌社尚有
下述之限制：(1) 不得設置記者、社長、副社長等職銜，不得製發記者
證、採訪證一類證件，亦不得設有兩個以上發行所。在原登記發行所以外
地區設編輯部，亦屬違規。(2) 雜誌篇幅不受限制，但不得發行副刊、號
外或增刊，但經陳准，得發紀念性特刊 (Special page)。(3) 雜誌社不
得兼營介紹業或設立「讀者服務」、「代打文件」、「代撰文稿」、「代編書
刊」一類服務，亦不得設立「某某研究委員會」、「某某發展委員會」等一
類研究組織。(4) 雜誌封面名稱，應與原核准之名稱完全相同，且不得純
以宣傳產品，或輔導學生課業爲主。(5) 雜誌不得以「正辦理申請登記
中」提前發行。(6) 雜誌封面名稱、刊期地址與內容等項目，應以中文刊
行，如要加印外文，應以中外文對照方式爲之，並須於申請登記時，在發
行旨欄註明。雜誌登記後如欲改以中外文對照方式刊行，則必須變更發行
旨趣申請表申請。另外，如因需要，欲以日文刊載，得以欲刊載之確實內
容向行政院新聞局申請，但全部日文，不得超過全篇幅三分之一。(7) 未
經呈准登記，而冒用其他雜誌登記證字號發之之雜誌，依法取締。(8) 雜
誌以兩期以上合刊發行，作一期核算，若超過刊期規定，視同發行中斷。
同一發行人，登記兩種以上雜誌，合併發行者，作發行一種雜誌計算。
(9) 雜誌不得以同一名稱，發行多種內容不同之刊物；亦不得由同一發行
人，同時發行兩種以上內容雷同之雜誌。(10) 雜誌社在其他縣市銷售量
滿五百份時，得檢證向當地主管官署申請，以「某某雜誌分銷處」之統一
名稱，設立分支機構。惟雜誌社在受停刊處分期間，不准設立分銷處。
(11) 雜誌不得印載「名譽發行人」一類名稱。(12) 雜誌刊載連環圖畫，
若佔總篇幅百分之二十以上者，視作連環圖畫册。

報頭兩側，亦卽「報耳」（ear），英文報紙多用以作爲「報頭廣告」、氣象、版次或口號之用。例如紐約時報之報耳卽刊有「全部新聞皆宜於刊載」的口號。國內報章多利用此報頭在面的空間，作爲二、三版重要新聞或其他突發重大事件之索引。柵美報導，亦曾將「爲木柵景美服務的社區報紙」一句口號，置於報耳處。

報眉（Dateline）是指報紙每版版線（天線）上邊的文字，印有報紙名稱（「流水刊頭」，running head）、版名、版別及星期序。報名多用各報的特用標準字體，第一版尚印有農曆日期。報眉皆係自右至左橫排，用標準字（Logotype, Logo），報頭亦然。

柵美報導每版的報眉除報名外，尚有國號、出版年月日、星期序及版別（如「1」、「2」版等）、版名（如綜合、地方一類）等五項，任何一項的內容，絕對不能出錯。

每版下端的版線，稱爲「地線」，上述之柵美報導只加天地線，不加左右兩邊版線。（按中文書本習慣，上邊空白大於下邊空白，英文本則相反。）

第二節　版面和篇幅

目前國內日報的版面，爲基本規格全張的二等分，習稱對開(Folio)的大型報，一般小型校園和社區報紙，則多爲四開（Tabloid）的小型報。常用紙張開本尺寸（Page Size）及分割法，見下面表一、表二兩表。

表一 常用紙張開數 (K) 尺寸舉隅

開(K)數 \ 規格	31″(直)×43″(寬)全版紙		25″×35″ 菊 版 紙	
	英 吋	公 分	英 吋	公 分
1 K	30×42	76×106	24×34	60×86
2 K	30×21	76×53	24×17	60×43
4 K	15×21	38×53	12×17	30×43
8 K	15×10.5	38×26	12×8.5	30×21
16 K	7.5×10.5	19×26	6×8.5	15×21
20 K	7.5×8¼	19×21	6×6¾	15×17
24 K	7.5×7	19×17	6×5.5	15×14
32 K	7.5×5.5	19×13	6×4.5	15×10
64 K	3¾×5½	9×13	3×4¼	7×10

說明：

1.三一四三全版紙爲國際性基本規格（又稱四六版），菊版紙爲敎科本規格，它的長度和寬度約略等於三一四三紙的五分之四。

2.印刷時，因有紙張之「修邊」與及機器夾紙之「咬口」(gripper edge)，所以各邊通常扣除一吋計算。咬口印不到之空白，稱之爲「咬口空白」(gripper margin)；「修邊記號」稱爲 "Trim Mark"。

3.「紙紋」應與中文直排字平行。

4.基於紙張切割方向，十六開、二十四開、三十二開，均宜作爲雜誌開數（尤其十六開）。

表二: 三一四三紙開數的分割取紙法舉隅

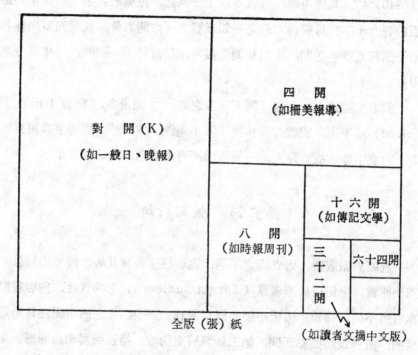

（註: 菊八開又稱爲大度紙如「天下雜誌」; 菊十六開則等於三一四三紙之
　　廿五開，如前時之「中央月刊」是。）

　以柵美報導四開小型周報爲例，分四個版面，每一版口（Type
page）寬約十吋半，高約十五吋（亦卽約等於八開），每期出版一張四
版。外頁爲一、四版（back page），內頁爲二、三版，版口向左，版
的上方有橫條版線（單線），下邊、左右兩邊不用邊線。每版分爲十二
欄，每欄高一吋，以新五號字（九點）爲內文基準字體（Body type/
minion），排八字高。（經專家研究，人類可以「一目九至十一字」）。
版口寬度（borderline）爲六十五行，不印欄線以求清晰（欄線間隔爲
一個新五號字身）。每欄排五百二十字（8×65），如果純以字數計，則

每版約排六千二百四十個字 (12×520)，四版合共二萬四千九百六十字
(6240×4)。其他周報，每版多以十三欄計，每欄七百字（六號字）每
版約刊九千字。行間為六分之一新五號字（六開）❽，框欄四周內外各
留一個新五號字空間。兩則新聞交接處，用直行「分題線」來區分界
限。

倘若文圖過少，會有「開天窗」之處；文圖過多，則會「出血」
(bleed) 排不下，或需跨界排文了。不過除了廣告外，標題字數可抵減
若干內文字數，故實際上，一個版面不可能排滿六千四百二十字。

第三節　版別析論

社區周報版別，因立場之不同，內容往往各異其趣，縱然同屬社區
周報性質，但正由於讀者羣 (Target audience) 之異質性，內容重點
亦有所不同。例如：出紙兩張的屏東週刊（四開），它的版面經常是這
樣的：第一版為要點新聞，第二版為屏東論壇，第三版為市政報導、第
四版為醫藥衛生，第五版為綜合新聞，第六版為文教新聞，第七版為文
藝或專題報導，第八版為工商新聞。除了一、二版外，其他各版，又往
往會作出彈性的調整。例如選情報導、座談等一類版面，就一份社區報
來說，算得是具體而微。此種報紙版面，應按社區的特性、讀者階層
和辦報的理想等三者的混合來表現個性和特色。合乎邏輯的社區周報版
面，起碼應注意下列三點：

---

❽ 理論上，行距大小應與行的長短成正比。亦卽字行短的，行距可以較小，
　字行長的，行距應該較大。內文行距如過於密切，會破壞整個版面美觀，
　並使閱讀困難，因此在「抽行（鉛）條」以增加排字量時，應特別注意。
　另外，現時大多數報章均用六號字（八點），實嫌太小，使人有眼花撩亂
　之感，周報用較大之新五號字，或植字，皆甚為適宜。

（一）除了專題、副刊（Literary page/supplement）和廣告的版面外，　不管是綜合性抑或專業性的版面，（甚至為「特刊」"special issue"），亦不論以直接或間接的形式表達，它重點在追求「經過精確，深入採訪而得的新聞」，並隨時掌握新聞的最新動態。　若只圖抄襲，人云亦云，缺少獨特風格，則很快就會遭受讀者唾棄。

（二）一般報紙為求迎合讀者「先入為主」的閱讀心理，習慣上均以最容易看到的「一版頭題」，視為最重要新聞。　應注意的是，　社區周報所謂的重要版面和題序，皆應與讀者有著密切的關係，否則將削弱其生存競爭的能力。另外，各版的單位內容，就總體來說，亦自應各有其獨特的重點。

（三）版面排揷，應美觀、活潑而不失嚴整。

例如，在大版面上，將頭題放在右上角，主要邊欄放在左邊，次要邊欄放在右邊；亦即把版面分成幾個主要區域，彼此交錯，均衡而不亂，但千萬不能一塊塊地疊起來，活像兩扇大門，而中間卻空著「露風」。

又例如重要而可讀性高的花邊新聞，可以作加框處理；　文獻性新聞，有剪存的價值，最好不要走文。如果「題中」過多，可擇其中一則有意義而可讀性高的的新聞，作個橫題，以為調節，倘若只是「隨便來個橫題」，就沒有意義了。

另外，版面上也不宜用太多瑣碎花樣。例如，左邊一個空心字，右邊來個斜體字，錯錯落落，就顯得沒有風格了。歪放的圖片，若果沒有其他地方與之對稱呼應，就會失眞。

以柵美報導的版面為例，該報共分四版，即第一版綜合版，第二版地方版，第三版新聞特寫，第四版為文教版；各版均有鄰接文稿的凸出廣告版面。

（一）綜合版（要聞）

　　綜合版除了有評論性之「短評」外，主要爲報導重大的新聞。其取材角度包括: (一)木柵、景美地區的重大新聞; (二)經過研擬之專題報導; (三)里區和文敎版的重大新聞; (四)其他國內外之重大新聞，而對柵美地區民衆有著重大意義者❾。

　　下述各版面的取材角度，十分廣泛，幾乎可包括:

　　(1) 政治——內政（行政、立法、司法、考試、監察、選舉）、外交、議會（員）、匪情、國際局勢與軍事、國防等報導或分析。

　　(2) 社會——衣、食、住、行、市政、犯罪、法律、訴訟、警務、消防、救護、人情味（悲歡離合）和醫藥衛生等。

　　(3) 工商——經濟、財稅、工業、產品、市場、金融、工藝、商場與農村（尤其是柵美的茶與稻筍）等。

　　(4) 文娛——音樂、美術、影視、戲劇、文藝、學術演講與各級敎育等。

　　(5) 科學——資訊、自然科學與人文科學報導。

　　(6) 婦幼——家庭、嬰孩、婚姻、烹飪、服飾與化粧等。

　　(7) 育樂——體育活動與體壇人物各種慶典等。

　　綜合版的內容，可以新聞、闢欄新聞、特稿、特寫、專訪等直接或間接的報導形式表現。短評一欄，可爲獨立之評論題材，亦可與周刊內文報導相呼應。例如，一版頭題係報導學童越區就讀的嚴重性，短評亦可據而申論之。

---

❾　周報處於日、晚報的時間壓力下，這四類新聞的採材，頗爲不易。要言之，可依下三點爲憑藉基礎: (一)以大報的報導爲線索，從中擷取具可讀性、重要但漏網的新聞，作爲報導的主題; (二)對柵美地區影響重大的新聞，雖可能與大報有某一程度的重覆，亦予以作必要的報導，或就其事態可能的最新發展，作後續新聞 (follow-up) 處理，亦可以柵美地區的地緣寬義，換一角度，作不同層面的舖敍; (三)設計專題，挖掘重大的獨家新聞與專訪。

(二)地方版

地方版係社區周報之命脈，舉凡區里百事，大小會議及活動，俱可作適當的報導，此係分區逐里與柵美各個政府機構、團體組織、新聞單位的固定探訪路線。為了增加可讀性，該版定期、不定期的闢欄有：人情趣味之「柵美人物」，供區里民眾發表意見，並與當局溝通之「意見橋」，以及解答某些法律疑難的法律信箱。另外，諸如社區就業機會、人事瑣聞、新張喬遷、婚壽彌月、祭祖慶典等服務性新聞將隨時闢欄，作一適當報導。

(三)文敎新聞

文敎新聞指的是在校園與區里發生或有關聯性的各類藝文和教育活動。周報的文敎新聞，通常來說，以靜態為主；亦卽預告性的新聞，較諸動態新聞為多。柵美為文敎之區，考試院、政治大學、臺灣省警察學校、世界新專，工商、高工、職校都在此區，另外，各級幼稚園、國小、國中及高中等亦為數不少，實為校園與社區新聞重點。該版定期與不定期闢欄有：報導各校生活動態之「黌宮鱗爪」、和報導各校教職員人與事之「學府人事」，以及性質屬方塊小品之「我見我思」等。人物專訪一類特稿該版亦甚為重視。

(四)特寫版

特寫版範圍甚廣，而重點則在透過輕鬆有趣的筆調，表達知識、文藝、生活層面、學術、專題與新聞深度報導等內容，以類似副刊篇幅的功能，調節版面，不使過於嚴肅，增加可讀性。特寫版可採用變化欄，例如：(1)將全版分為八欄，每欄排新五號字十二字高；(2)全版分為七欄，每欄排新五號字十四字高。

上述二、三、四版的劃分處理，係就新聞種類的分版而言，亦卽我國前時所流行的「分類式分版法」。這種處理方式，以英國報紙為代

表，故又稱爲「英國分版法」。不過，由於第一版是採用「綜合版面處理法」之故，柵美報導的版面處理，與目前臺北各報所採用的「混合分版制」，並無兩樣。周報採用混合分版法的好處，是一方面把重要新聞快速地呈現在讀者眼前，另一方面可符合讀者「版面習慣」，易於「按圖索驥」，知道在什麼地方，可以找到什麼新聞。

該說明的是，提供消閒娛樂，原是印刷媒介原始功能的主要部分之一。它可以在版面上提供讀者愛好的娛樂或消遣的內容；也可以透過報導，讓讀者可以得到正當文娛活動的消息。前者如各報副刊、綜藝版、影藝版、萬象版、軟性照片、漫畫、諧談（Jokes）、怪論、趣味性的新聞、特寫和小品、有獎徵答之猜獎（例如某人有多重）、猜謎（Puzzle）、徵求雋語（Bright Saying）、填字遊戲(Crossword Puzzle)，以及打油詩等類屬之。後者如各種文化、藝術活動、影評，甚至電影廣告都可歸屬之。

校園與社區刊物在提供消閒娛樂方面，應不亞於日報和晚報，雖然在量的方面，較之日、晚報爲少。不過，文娛活動的報導，雖可超越地區界限，但在提供娛樂素材方面，仍應顧及地區人文條件，否則可能不爲大衆接受。

就柵美報導來說，特寫版、「圖與文」、「學府人事」、「黌宮鱗爪」、「小鏡頭」與「柵美人物」等，都可以用作提供娛樂的素材。另外，如有可能，可以提供諸如漫畫、趣味問答、填字遊戲和趣味小品之類娛樂性強的專欄（見附錄一）。

有獎徵答，尚可以作爲「暗記廣告」（Keyed ad.）處理，亦即從參加者的來信中，作簡單的分析，從而大略地獲知讀者羣的大小和特性。

《附錄一》周報的娛樂素材舉隅

A. 俏語

·想一想·

▲題目：對於日漸好看的「迷地裙」狂風，和日漸囂張的「喇叭褲」請爲「迷你裙」的擁護者，想出一種挽救的策略或一種運動等。如一張標語或

▲辦法：剪下本期「想一想」印花連同答案用明信片寄來本社，答對者各贈東南亞戲院戲票乙張，（本市、木柵景美區）並從中抽籤決定最幸運的讀者一名，贈送二十元禮品一份。

▲五七〇期答案及優勝者：李忠雄：「您老大是在問我嗎？」張義勇：「不是，是買來當午餐。」

賽烹公名來動一政的。魚司電，跳牠華。一比的視報上自：簡

取材：學生新聞第五七二期（民59.4.18）第二版

B. 填字遊戲

△辦法：（連同期數）請將答案寫在明信片上，剪附本欄「想一想」印花連同本期數，於七月五日前寄來本社，答對之讀者，贈送東南亞電影票一張，並抽籤決定幸運中獎人一名。贈送價值廿元的禮品一份。實驗。

7 6 5 4 3 2
暗博用的籌碼。
喻人才氣之豪邁或行事之壯烈。
李頎詩一句，下接洛陽行子空嘆息。
李白詩一句，其下接手把芙蓉朝玉京。
電影名。陳厚、和陳曼玲主演。
德國宗教改革家。

△題目
直：一、四洮鐵路自遼源縣西至通遼縣之支線。二、非洲國名。

△五三〇期答案：
河。直四、得時則駕。二、東亞。三、熵借辭口如懸

佛亞馬孫3橫河則。入圍6跡象。5

非、李娟廖文清、余義、陳力洴、王陳明（得獎者：木柵新光路八號二樓）

取材：學生新聞第五三二期（民58.6.28）第三版

C.　漫畫 (褚明仁畫)

(1)

(2)

(3)

(4)

《附錄二》柵美報導曾刊載過的專欄特寫

(一)文教類:

學府零縑、黌宮鱗爪、學府人事、學生園地、大學熱門系、大學冷門系、小朋友園地。

(二)地方類:

分析市場、好去處、地方人語、地方簡訊、意見橋、柵美掃描、柵美速寫、柵美點滴、菜市場、瞭望臺。

(三)其他類別:

小小夫人信箱、冬季食譜、冬季美容、法律服務、保健專欄、真實故事、家事一得、旅遊專欄、想一想、填字遊戲、影話、服務信箱、每周一字、我見我思。

(四)擬設之專欄

焦點新聞、新聞簡訊、區里報告欄、生活圈、社團動態、校園點滴、鄉城小記、柵美農工商、柵美行業、休閒生活、消費天地、吃在臺北、文物之美、古蹟之旅、耆宿講古、快門下的柵美,宗教活動。

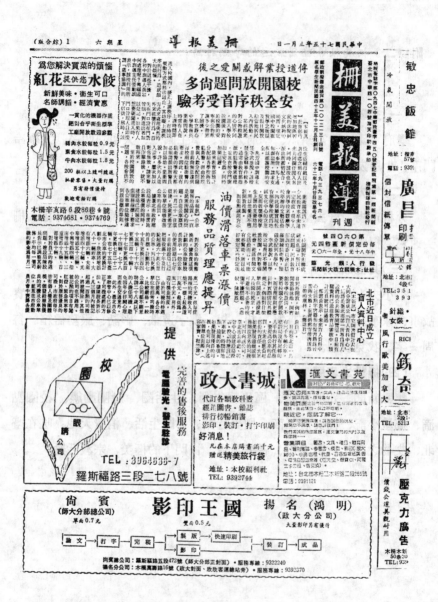

第四篇　編輯實務

第一章　識字篇

　　聯合報系中文編排電腦作業系統，於民國七十一年九月十六日正式啟用後，中文報業電腦化，已從理想邁向實際。印刷於新聞紙上的電腦排版字體(Computerized Composition)，與一般字體別無兩樣，而清晰則又過之（如下圖一、二兩圖）。

圖一　報章上的電腦字體

議建法立提所會革經
擬草調協速儘會建經

【台北訊】行政院經濟建設委員會經社法規小組昨天舉行會議，決定儘速協調主管機關或延聘專家草擬經革會所提的十餘項法案，包括公營銀行管理法、信用合作社法、採購法以及工業發展條例。

經建會表示，目前我國法令相當多，單是財、經兩部主管者即有三、四百種，經社法規小組將於近期內展開工作，將這些法令分為㈠應修訂者，㈡應該廢止者，㈢應該處理者等三類，另外並制定新法令，以建立完整的經濟法制系統，經社法規小組將建議行政院強化、增設財、經有關機構的法制單位，以配合該小組，全面展開立法、修法等工作。

來源：聯合報（標題是照相打字）

圖二　報章上的傳統鉛字

貿局通牒奏效
採購大宗物資聯委會加快腳步
明年度進口數量即將完成申報

〔台北訊〕在經濟部國貿局發出最後通牒的強烈警告下，三個大宗物資聯合採購機構已加速進行明年度進口申報數量的進度，而可望於近日內完成申報。

惟根據玉米、黃豆及小麥三個聯合採購機構的初步估計，我國明年這三類大宗穀物的預計進口量，共約五百二十萬公噸，其中，玉米約三百萬公噸、黃豆約一百四十五萬公噸、小麥七十五萬公噸。

據了解，明年度的大宗物資進口數量原定於十一月卅日完成申報，惟三個聯合採購單位卻以時間急迫爲由，要求延緩時間，國貿局日前向玉米、黃豆與小麥等有關聯委會發出最後通牒，要求他們按今年十二月底前分配裝船的實際進口量，申報明年預計進口量。

來源：中國時報

　　不過，從規模上來說，一般社區小型刊物，除了有用手寫體(Lettering) 作標題外（見附錄一），大多以活字排成活版 （Typography）印刷，或將內文 （Text） 打字排版，而標題則作照相打字 （Photocompose／Phototype setting） 方式 （見附錄二） 貼版印刷。本章將鉛字與照相打字字體，略作一基本的闡述。

<h3 align="center">第一節　鉛活字</h3>

甲、鉛活字風貌

印刷用字所以稱爲活字（movable type），係指其檢排的特性，能隨意更換，有異於雕版（Engraving）印刷而言。目前所使用的中文活字，其鑄造法（Typecasting），則係以鉛（Lead）、錫（Tin）與銻（Antimony）三種活字合金（Type metal）製成，其中鉛所佔的比例最大，所以一般都以鉛字作爲中文活字的通稱。銻的作用，一方面在增加鉛字的硬度，承受印刷機的壓力；另一方面，銻在冷卻時，有不縮反脹的特性，可以防止鉛字在冷卻後收縮，以致尺寸不合的弊病。錫的作用是讓鉛、銻融合得細密和勻稱，增加字體的彈性。通常，鉛的比例約占百分之八十，銻占百分之十五至十七不等，錫則占百分之五或三。

中文鉛字係仿英文字母製造，因此中、英文活字的構造，並無兩樣。一個鉛字主要應認識下列五部分（見 158 頁附圖一）：

一、字面（Type face）(1)：文字凸起部分，由於印刷上的關係，字面的方向，係左右相反。規模較小的印刷廠，某些字體會因經常使用，而使得字面磨蝕，字高度降低，印出來的版面，便會墨色不勻。因此，初校時要特別小心，發覺字面不清楚時，應即標明，要求更換。

二、字頸（Nick）(2)：字腹（Belly）(5) 的下方，有一至三條平行凹溝（Groove），且濶度不一，用以辨別字向，防止字體顚倒。

三、字腳（Feet）(3)：支持字體站立。

四、針標（Pin Mark）(4)：表示商標或活字的規格。

五、字深（Deepth）(7)：字背（Back）(6) 與字腹間距離，表示活字大小。

乙、鉛活字的高矮大小

中文字是方塊字，因此除在比例上，長仿宋橫的一邊（Set Size）比直的一邊（Body Size）短三分之一，而扁體老宋在橫的一邊比直的一邊長三分之一外，其餘各體的尺寸，橫直相等。又因爲中文鑄字機多

自外國購買，因此每一鉛字的高度（Height of type），亦無形中跟隨了國外尺寸，例如英美之〇·九一八吋（二三·三一七公厘）系統。此系統係美國活字鑄造業者，於一八八〇年，改良原先以約等於「先令」（Shilling）銀幣〇·九二九吋的標準而成。目前我國各報社所用活字高度並不一致，約而言之，大概在二三·三二至二三·五四公厘之間。較高的活字著墨少，較短的活字則積墨多，若用兩種高度不同的活字來組版，如果墊板弄不好，便會出現墨色濃淡不勻的現象。

鉛字字面的大小，通常以「號」數做爲區別。號又分「老號」和「新號」，老號從初號到八號，新號從新初號到新六號（約二·五平方公厘），新七號（約一·五平方公厘，通常用於分類小廣告）。另外，又有頭號、大號、特大號等號數，大小超過十七、八種。小型刊物所用的字號，受版面的尺寸比例的限制，多以新五號字爲基本字（約三·一六三平方公厘），然後因應標題和版面，分別以六號（約二·八一平方公厘）、五號、四號、三號、二號、一號、新初（四行）和初號（五行）等字體規格爲搭配❶。

除了以號數做爲字體大小的區別外，鉛字亦可以「點數制」（Point System）❷來量度。點數制最初爲法人房納（Pierre Simon Fournien）於一七三七年所倡用，將當時的基本活字（Cicero）的十二倍，分爲一百四十四點，一點相當於〇·〇一三七三吋（〇·三四七八公厘）。一七七〇年，法人提多（Francoio Amlrose Didot）作進一步的改良，以法國規尺（約十二·七八九二吋）一吋的七十二分之一，作爲一分點，稱爲「提多點數制」（Didot Point System）。其後美國，

---

❶ 新初號字之長寬恰約四個新五號字，初號則長寬亦恰爲五個新五號字，故分別名爲四行及五行。另外，新初號以上的字體，多爲宋體。
❷ 點數制又音譯爲「磅因」（Point）計算法。

又以英國的規尺作爲分數點的基準，將一英吋分爲七十二份。因此，又產生了「美式點數制」(American Point System)，亦卽一個美式點數 (American Point) 等於〇‧〇一三八三七吋（〇‧三五一四公厘）。到了一八八五年，美國芝加哥喬頓公司（Mackellar Smith & Jordan Co.）又將一英吋分爲六等分，每一等分稱爲一個「畢加」（派卡）(Pica)；又將一個畢加（六分之一吋）細分爲十二點 (Point)，一英吋便成爲七十二點的大小了（6×12pts）；反過來說，一點便是七十二分之一吋了。嗣後，各種活字的大小標準，以及配合活字來排版的襯鉛、花邊和線條等，都按這個制度來鑄造，比如一個新五號字係九點，它便等於八分之一吋（9×1/72″＝1/8″）；新初號係三十六點。它便等於二分之一吋了。「畢加」另外尚有一計算標準，卽以一個十二點的 M 作爲計算單位，稱爲「全格」(EM)，約等於中文新四號字的寬度。每個 EM 約六分之一吋，六個 EM 等於七十二點，亦卽一吋；而二分之一個全格，稱「半方格」(En)，四分之一全格稱爲「薄空鉛」(thin space)。這些規格，只被用來計算「段頭留空」之用。茲以新五號字爲準，略列周報常用之鉛字種類，點數字號及大小比較，用二表說明如后：

表一　周報常用之鉛字種類、點數及字號

字號 ＼ 點數pt ＼ 字體	宋　體	楷　書	方（黑）體	仿　宋
初　號 （五行）	42	栅	栅		
新初號 （四行）	36	美			

一　號	28	報	報	報	報
二　號	21	導	導	導	導
三　號	16	政	政	政	政
四　號	14	大	大	大	大
五　號	10.5	新	新	新	新
新　五　號	9	聞		聞	

說明——

1.六號的字（八點），爲最小的實用字體。十四點（四號字）以上的字體，清晰度高（legibility），一般稱爲「特排字面」（display faces)，或「大型標題字」（display type)。

2.在此例中，不難發現，在比例上，初號字係二號字的兩倍，二號字係五號字的二倍，一號字係四號字的兩倍，三號字係六號字(八點)的兩倍。因此可將此一特殊現象列一簡圖，以便記憶主要字號的關係——

老　初
(42點) — 3號(16點) — 6號(8 點)
— 2號(21點) — 5號(10.5)點
— 1號(28點) — 4號(14點)

新　初
(36點) — 3號(14點) — 6號(7 點)
— 2號(18點) — 5號(9 點)
— 1號(24點) — 4號(12點)

3.如果採用號數制，則若以新五號字爲準，一個新初號字約等於五個新五號字，新初號字約等於四個新五號字，一號字約等於三個新五號字，二號字約等於二個新五號字多一點，三號字約等於二個新五號字，四號字約等於一個半新五號字，五號字只比新五號字大了一丁點，所以它的字族系列是五、六、七、八與九的倍數。例如：5（點）—10—

20, 6 —12—24，餘可類推。

以鉛字來排版，則標題字號之配搭，應知其計算梗概。例如：

(1) 七個一號字之旁，可配二號字多少個？

計算：$(28 \times 7) \div 21 \simeq 9$

答案爲九個字（一號字爲二十八點，二號字爲二十一點）。

第二節　中文打字

中文打字（普打）與英文打字相似，是將中文打字機字模敲打在白紙上。打字機的字盤可以更換，可以有不同字套，但受字鍵大小限制，通常只有小字、中字和大字，不能用太大字模，字體變化也不多，通常只有楷書、黑體和宋體三種，所以只用於內文打字。用打字排版，亦得用平版印刷，改字稿的麻煩與照相打字並無不同。

中文打字字體舉例

中明體　柵美報導

正楷體　柵美報導

粗黑體　柵美報導

特明體　柵美報導

細黑體　柵美報導

第三節 照相排版（植字）

照相打字（電打）的原理，是利用幻燈機看照片的方法，把照相機鏡頭對著玻璃字盤，看準所找之字無誤之後，便將該字拍下來，再經過照相處理手續，製成一張「相紙字稿」，它的基本字模是四號字，特點在於清晰、美觀和字體變化多。因為利用照相攝製字體，字模可以放大和縮小，故其以級數為字之大小單位（degree,Q），從一級（四分之一公厘，或〇·〇二五公分），到一百級（亦即一吋）都可攝製。起用之七級（百分之七吋）至八十級（百分之八十吋），可用透鏡任意變化大小；字體若有變換，則可交換「字盤」（陰片），故正體之外，又有平體、長體（一至四級）、圓角字和「空心字」（Inline And Open）五種基本字體，超過一百級吋時，則通常先植細一倍的字，然後再在影版時放大一倍應用。

照相排版的字體除本體字外，可以排出細、粗、長、中、粗圓等體，利用變化鏡，又可排出扁（平）體和斜體的變（型）體字體。斜體又分為左斜體和右斜體兩種（分一至三級）。印字時又分「下線齊」與「下線不齊」兩種變化。

周報版面較小，受長寬度的限制也較大，在標題用字上，只能選擇較小字號，以求版面的均衡。照相打字級數變化多，無形中將鉛字較大字號，作比例縮小；因此，即使用鉛活字檢排，多用照相打字來作標題，也是增加版面美感的有效方法之一。目前各印刷廠，多採用「標題照相排字機」（Headliner）來打標題，效果更好。

若將鉛活字與之比較，則六號（鉛）字約等於十級，五號字則相當於十五級（〇·三七五公分）。一般對開報紙內文多用十一級或十二級，

而社區報紙則多用十三至十五級。

　　照相打字之字稿，在海外稱之爲「咪紙」，若內文用照相打字，則要用平版印刷。

　　至於變體字之所謂平體，係指字的高比字的寬爲短。例如：「平（扁）一」是字之高，比字之寬度，短了百分之十，「平二」短百分之二十。平體字最多可打至「平四」，但因過於偏平，只宜用於雜誌，在報章上，以平一、平二爲宜。

　　至於長體，卻相反地係字之寬度比高爲短。如「長一」卽是字之寬度比高短了百分之十（餘類推），而「長三」卽等於報章所用之「二號仿宋」。「長體」及「平體」字與（正）方體字的換算，可依比例算出。例如「五十級平二」的「寬度」是「五十級」，「高度」是四十級〔50級×80％＝40（級）〕；「四十級長四」的「高度」爲四十級，「寬度」則爲二十四級〔40（級）×60％〕。除雜誌外，重疊體、隸書、變體字之「左斜一」、「右斜一」等斜體字，並不用於新聞版面；但空心字、圓角字、秀麗體、特明、特黑、粗明、粗黑、中黑、正體等，都可以用於製作標題，唯在一版之中，主題不應用過多粗黑，而使版面「過重」，應以特明、粗明、正體，作適當運用。

　　一版頭條新聞的主題字號，亦不宜少於五十六級，否則「不夠份量」。

　　由於一級等於〇‧二五公厘（mm）正方大小，所以每級字數的面積（包括字間空位），都可以計算出來。例如，四十級字是十公厘正方（0.25mm×40＝10mm）；同理，十個四十級字是十公分（10mm×10＝100mm）。

　　因此，在製作標題時，只要知道版面空間長度和標題多少字，就可以計算出應用多少級字。例如：十六公分（cm）長，內排九個字，則

應用七十一級字（160mm÷0.25mm÷9≈71）。如果使用印刷行所提供的「簡易級數表」來衡度，更爲容易。

至於照相打字的字體，級別（Degree），以及與鉛活字字號的比較，可從「表二」和「表三」兩表，得知其概況。

表二　常用鉛活字與照相打字相似字體之比較

照　相　打　字		鉛　活　字	
62 級 特粗明體	柵美	柵美	初號字宋 體（明體）
62 級 正楷	報導	報導	初 號 字 正 楷
62 級 粗黑體	柵美	（無）	初號字 方　體
62 級 中明體	報導	（無）	初號字 仿 宋

表三　常用鉛活字字號與近似照相打字級數對照表

照相打字級數及字體		鉛　活　字　字　號　及　字　體	
62　級	政政	初　　號	（42點） （五行）

56	級	大	大	新初 號 （四行） （36點）
38	級	新	新	一 號 （28點）
32	級	聞	聞	二 號 （21點）
24	級	系	系	三 號 （16點）
20	級	柵	柵	四 號 （14點）
15	級	美	美	五 號 （10.5點）
12	級	報	報	新五號 （9點）
11	級	導	導	六 號 （8點）

表三說明:

因鉛字的字號（大小），是將一英吋分作七十二點之「點」來計算；照相打字的字號，係將一公分分為四十份，每「份」作為一「級」計算，而一英吋等於二•五四公分，兩相比對之下，一點約等於一•四級，其變換計算如下：

$$\therefore \quad 1' = 2.54\text{cm} = 72\text{p} = 100 \text{ 級}$$

$$1\text{cm} = 40 \text{ 份}$$

$$\therefore \quad 1\text{p} = \frac{2.54 \times 40}{72} = (1.41) \simeq 1.4 \text{ 級}$$

　　用上面公式換算，卽可將鉛字與照相打字字號，對比運用。例如一個新初號爲三十六點，它卽約略等於五十級 (36×1.4)；而一個六十二級的照相打字，則約略等於四十二點的初號字 (62÷1.4)。其他字號，可按此公式換算，而取得近似字號交替使用。

　　採用鉛活字、中文打字與照相排版之決用，可從下面所列，詳作考慮。

　　表四　中文排版方式比較

類別 比較		鉛　活　字	中　文　打　字	照　相　排　版
作爲標題		除凸版印刷外，因字體不多，且不能作變體之用，已漸爲照相打字所取代。	字模小，故不能用作標題。	稱心如意，目前最盛行。
用作內文排字	優點	鉛字用畢可以再熔鑄更新，校稿、修改容易，且不留痕跡，爲凸版排版之唯一方法，收費中等。（一般爲 NT$. 1,000～1,200 元排一個八開版面）。	收費最廉（一般多NT$ 50～70 元打1,000字）。	字體多，亦可變更字形，筆畫清楚美觀，罕用字亦易於合併。
	缺點	一般只備宋、仿宋六號或新五號字作爲內文字排，特殊罕見字拼合較繁複，排印程序累贅。	不適用於凸版印刷，字體選擇少，字模易汚損，罕用字合併較繁複，修正改版較費時。	收費較前二者爲貴（見附錄五）不適用於凸版印刷，菲林版修改費時，且易留下痕跡。

第四節　字之不同各如其「型」

在非語文的傳播裏 (Non-Verbal Communication)，人的表情、動作和衣飾等，都是可以傳達「弦外之音」的玩意，也都是「隱喻傳播」(Metacommunication)的研究範圍。不同的「字型」(type face)，亦有同樣的功能——

甲、中文

（一）宋體（老宋）

42 點　　　　　　　　　　特粗明體62級

簡寫成「宋」，爲經常使用的基本字體。有重（粗）橫輕（細），整齊易讀。宋體字出現於明朝，因此日人稱之爲「明朝體」。因爲版面係直形的長方型，寬度大於高度，宋體字恰與版面相調和。因此有人以爲，一個版面應有二分之一的主題，用宋體表現，版面才會均衡穩定。用大號宋體作標題，的確醒目大方。在周報裏，從六號到新初號字體，都經常使用宋體。

（二）仿宋

42　　點　　　　　　　　62級中明體

簡寫成「仿」，是根據宋代版本鑄刻，筆畫細緻清勁，似宋體但成

正楷的體形。因此，用來排短文、副題和小標題，可增加版面美觀。在周報裏，通常只用二號和四號兩種字體，用途並不大。本書每一章章名的字體卽爲二號仿宋體。

(三)正楷

42　點　　　　　　　　　　　62級正楷

簡寫成「正」，係清末始出現的印刷體，筆姿秀麗渾圓而淡。不宜排長篇正文，宜做輕鬆趣味的標題、引題和子題和分揷題。倘若版面上正楷標題過多，便會給人一種「輕」的感覺。同時，除長仿宋一類字體外，與其他字體比較，雖係同一號字，但正楷在視覺上，會覺得特別細小，用時，要特別留心。

(四)黑體(方體)

42　點　　　　　　　　　　　62級粗黑

簡寫成「方」，模仿自英文「粗面體」（Boldface），於晚清末年流布。筆畫粗細齊一，沒有突點、突線（Serif），粗重的筆力，顯得濃而強烈，與宋體配合，在版面上，可收牡丹綠葉之美。遇有重大、富刺激性之內容時，多用黑體作標題，以增加新聞份量，引人注意。一至五號是常用字體，而其中又以二號字體用得最多。三欄以上的主題，很少用黑體。一號以上的字體，如果用黑體，會給人一種粗重的感覺。每一標題中，最好只用一、兩行黑體，用多了，便會凸出刺目。

　　總之，老宋樸實，仿宋纖柔，楷書圓渾，方體粗壯。這四類字體，必要錯落有致，運用得宜，版面方能活潑動人、均勻悅目。據日人恆川亮彥博士的研究（林啓昌，民國六十七年，一四八～九一），漢字的易讀性依次爲宋體、楷書和方體，其中又以少劃、或橫劃較多的文字，比多劃與豎劃和斜劃多的文字，具有較高易讀性。在選擇字體、字號的時候，似可作爲參考。至于照相排字與鉛字相對的字體，其理相同。值得一提的是，不論照相排字或電腦檢排，其字根偏旁，往往爲了湊合成字，而破壞了漢字原來筆劃。例如「尷尬」二字，在照相排字、或電腦檢排中，不是作「尷尬」，就是作「尷尬」，這一問題，實在應加以注意統一。

　　ＩＢＭ打字，甚而用電腦檢排，已經是英文報章的普遍操作。中文報章在檢排英文時，則多採用檢字或照相排字。小型刊物，需引用英文機會不多，卽使引用，通常亦僅止于羅馬體、斜體和哥德體三類。

(一)羅馬體 (Roman)

　　羅馬體又名正體，是一般書報的通用活字。它又分兩種，一種是金森氏 (Janson) 於一四七〇年始創的「老體」(Old Face/Old style/standard): Janson—an Old Style Face

　　另一種是由意大利人邦多尼 (G. Bodoni) 在一七八三年寫成的新羅馬體 (Modern)，又稱「邦多尼體」:

Bodoni—a Modern Face

　　老體與新體的筆劃加粗，便成了「古體」(antique) 和黑體 (boldface): This face is Linotype Antique No. 3. **This is Boldface**

(二)斜體

　　斜體原係由意大利人馬魯薩斯 (Aldus Manutius) 在一五〇一年，仿效當時一位著名詩人帕特拉奇的書法而創造。後來「葛氏老體」(Garomond) 創始人葛拉蒙，又將斜體與羅馬體加以配合，以加重正

文部分，下面是新舊羅馬體的斜體字例:

*This is Caslon italic, **This is Bodoni italic.***

㈢哥德體 (Gothic)

哥德體係德人谷騰堡(Yohann Gutenberg, 1398-1468)所鑄造, 多用來排標題和說明文字, 近似中文的仿宋。濃縮了的哥德體, 又近乎中文的長仿。哥德體有許多新體, 其中以「富特拉體」(Futura)最為常用:

GOTHIC COPPERPLATE

Futura, the popular face

當然一個版面上, 是否應採用多種字體的問題, 仍屬仁智之見, 迄無定論。美國報紙報標, 多採用同一字體, 日本報紙標題, 則以明朝（宋）體與方體為主, 而我國中文報紙的標題, 各體雜陳, 究竟孰曰適宜?

胡傳厚氏認為標題字的型體愈多, 配合運用, 可使版面愈為生動活潑。徐佳士教授主張標題字體單一化, 他認為如果一則標題中, 使用兩種或三種不同的字體, 讀者在視覺上, 將作兩、三種組合, 會造成標題可讀性的障礙。

基于我國報章的特性, 原則上, 標題字應以一至四號宋體為主, 一至三號正楷為輔; 一號以上避免用方體或仿宋, 以免過于濃失, 或失于纖瘦, 似無爭議。另外, 同一版中, 若大部分標題, 已採用同一種字體, 則單行標題或闢欄標題, 可試用另一字體, 以求活潑。

第五節　版前當布景、版內作萬能膠的鉛件

在版面上, 每段開頭與末行的空位, 「字裏（字距）、行間(行距)」的間隔, 方框、花邊和線條 (leader) 等, 都需要各類的「鉛件」(Blind material）來揷放和配合。常用的空鉛約有下列數種——

（一）空鉛（**Justifier**）

空鉛❸的作用，在于塡塞版面的空位。空鉛高度大約只有〇・七五二吋❹，比一般鉛字約短六分之一吋。因此，不會在版面上顯現出來。空鉛有三種：

A. 襯鉛（Saced）：又名「揷鉛」（space），在海外則音譯爲「攝」，係一種「分數空鉛」（見附圖二），用作字與字間的間隔，它是按一顆鉛字本身大小比例來模鑄。常用的規格有½，⅓，¼數種。例如，想將兩個五號字中間隔開半個五號字，卽可以在兩字之間，揷入一個五號字的二分之一襯鉛。另外，用以塡塞行首、行末空間的空鉛，亦稱之爲「行鉛」（Quadrat/Quad）。

B. 倍數空鉛（Quotation）：當空隔較大，需要用較多的襯鉛來塡塞時，爲了節省襯鉛的使用量和減少揷排的動作，可使用倍數空鉛（見附圖二）。它的規格從一個鉛字的同樣大小，到一個活字的兩連（倍）❺，三連及四連不等。

C. 空心（大）空鉛（Furniture）：塡塞大幅的空白時，得用大塊的鉛塊。爲了減輕鉛塊的重量，便將中間空出，「空心」空鉛之名，由此而來，它的大小，有長是五號字的四、十、二十至八十倍，寬是五號字的二、三、四、五至十倍多種。至于更大號的「長倍數空鉛」，多用木塊、電木、輕合金和其他金屬製造，周報並不多用。

---

❸ 空鉛的「空」，是指並無「字面」之意。

❹ 此係指一般鉛版或電鍍版常用之空鉛高度。一般版面空鉛高度在十九・五至十九・八公厘之間。

❺ 一個鉛字的大小，俗稱「一個身」。例如，一個五號字的大小，就叫「五號字的一個身」。倍數空鉛的規格，之所以稱爲「連」，是指「連一個身」，「連二個身」……之意。

圖一 活字字粒的幾個主要部分名稱。此字是一個中文「一」字。

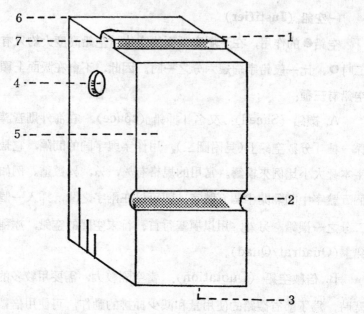

說明: 1.字面。　2.字頭。　3.字腳。　4.針標。

5.字腹。　6.字背。　7.字深。

圖二 空鉛的外形(1)

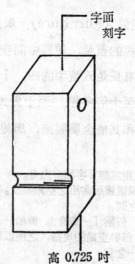

字面

刻字

高 0.725 吋

空鉛的外形(2)

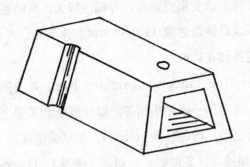

㈡行（鉛）條

　　「不讓文章有剩行」的行條（Leads），高度比鉛字略矮，約六公厘，用作行與行之間「行距」（leading/line space/Inter）的分間，原長度都劃一爲二呎二吋，再依字行的長短和版面的規格，切割成各種不同的尺寸。常用的行條厚度，約由一至七點，而以鋅質之五號字八分「低線」（低身線、矮身線）最爲常用。列表說明如下：

字號	厚　　　　　度	厚　　　　　　度	厚　　　　　　度	厚　　　　　　　度
四號	½（7點）		¼（3.5點）	
新四	½（6點）	⅓（4點）	¼（3點）	
五號	½（5.3點）	⅓（3.3點）	¼（2.5點）	⅛（1.3點0.46mm）
新五	½（4.5點）		¼（2.3點）	
六號	½（4點）		¼（2點）	

　　有些印刷廠，亦有用木片、鋁、黃銅或卡紙切成長條代替，或者合併使用。例如，設若一個二號字爲二十一點，四號字爲十三·七三點，如要用二號字配四號字，則要配二個四號字的¼鉛條，或一個四號字爲

½鉛條，和挿入若干卡紙（見圖三）。

不過，木片和卡紙受壓受熱後，伸縮性較大，用時應特別小心。金屬鉛條，通常係以鉛條鑄造機（linecaster）來鑄造。

㈢鉛條、花邊和花粒❻

鉛條（rules/line/binder/subsidiary line）用黃銅皮片、鋅皮片或鉛合金鑄成，高度和一個鉛字相等，以作欄框和界線之用。用來分隔新聞內容的，稱之爲「行（水）線」（line），用以畫定諸如「花邊新聞」（box-story）之類邊界（見圖四），稱爲「邊線」（border line/box/Dash orandment）。行線有½，¼和⅛等粗細不同的厚度，長度則有一呎六吋與二呎二吋兩種，用時可依需要而分割成各種長短的尺寸。花邊（Fancy rule）和花粒（dingbat）的高度，亦與鉛字相同，用作題目、文字和四周空白處的裝飾。花邊和花粒的厚度，通常等于一個鉛字。另外，大多印刷廠，都製有大小不一的圖案（花圖），作獨有的刊頭，以裝飾版面。如係打字貼版，則美術編輯，更可以隨心所欲地繪製各種線條。

不過活字與照相打字的「行距」和「字距」的計算法，並不相同（見附圖五）❼。因爲植字時，字盤的移動，使用「齒輪」來更換，而齒輪的一齒，爲〇・二五公厘，一齒碰巧相當於一級。因此，照相打字之行距及字距，是以「齒」（H）爲量度單位。

按一般情形來說，如果沒有特別指令，照相打字的字距，都作無字間的「密排」（Set solid）。密排的字距與字本身的級數相同。例如，十五級密排的字距（間），就是「十五齒」，亦卽三・七五公厘（0.25

---

❻ 花邊、花粒、刊頭等統稱爲「花飾」（Armaments）。
❼ 英文 I BM 打字行距有：「密排」、「一點」（1 Point leaded）與「兩點」（2 Point leaded）。

mm×15)。應注意的是平、長一類字體，因其「體形」關係，在計算其「齒」時，要特別留意。例如，四十級「長一」橫排的「密排字距」為三十二「齒」(40 級×0.8＝32)。但如二十級平一（卽字寬為十八級，20×0.9＝18)，行距半個字（卽三十齒），則實際行距為二十七齒〔18＋(18/2)＝27〕。

　　至于行距方面，通常是字距（或級數）本身，再加上¼至¾不等。例如：三十九級字的行距，可以為四十九齒 (39×1¼＝48.75≃49)，亦可以為六十八齒 (39×1¾＝68.25≃68)。計算所得之乘積，小數後採四捨五入之法；行距在原則上，亦不能少于一字本身級數的1⅕，否則閱讀起來，就會很費神了。大多數印刷公司都有印備的行距齒數量度表（透明薄膠片），供使用者參考。

圖三

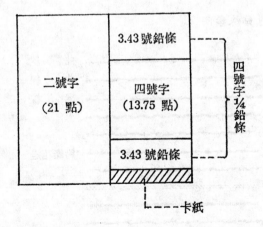

圖四　(1)框線舉隅

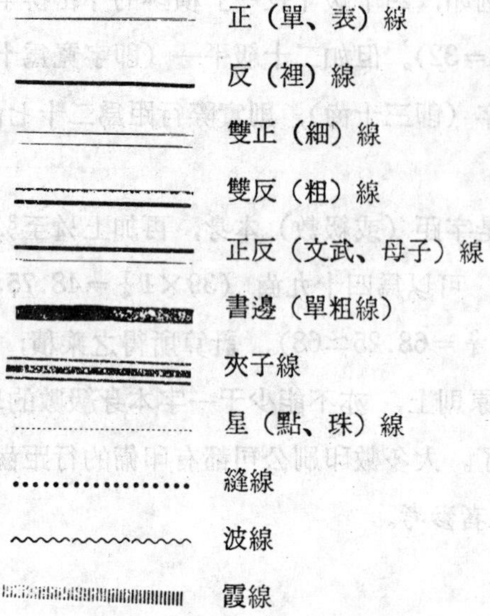

正（單、表）線

反（裡）線

雙正（細）線

雙反（粗）線

正反（文武、母子）線

書邊（單粗線）

夾子線

星（點、珠）線

縫線

波線

霞線

(2)裝飾線舉隅

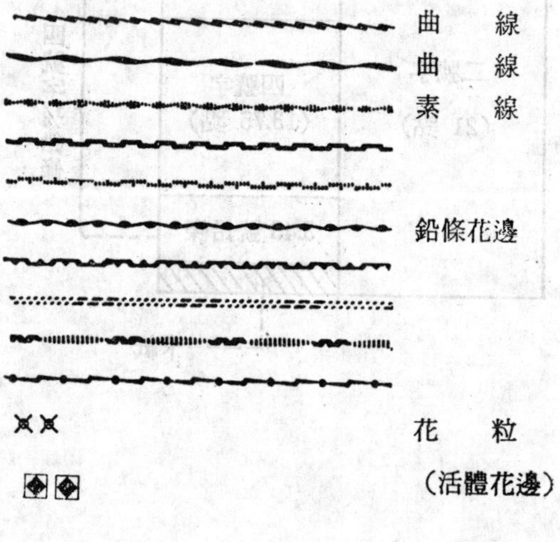

曲　　線

曲　　線

素　　線

鉛條花邊

花　　粒

（活體花邊）

圖五　照相打字與活字的行距與字距

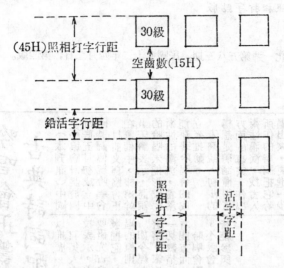

說明：如果想排出三十級空半個字（卽十五級）的行距時，
　　　應以「四十五齒」表示（20 齒＋25 齒）

《**附錄一**》手寫標題

來源：南投一週第八九期，民國七十二年七
　　　月廿三日第四版。

《附錄二》照相打字貼版

來源：文化一週第五八三期，民國七十二年四月二日，第四版。

吟唱會正籌備 古典詩詞配曲

（本刊訊）中國文藝協會計劃於四月底五月初成立中國詩詞傳統吟唱會以推廣。召集人李殿魁教授表示，主要的是要研究古典詩詞，並介紹吟唱的原則。如今經我遴選沒有著落，宋辭表示待一切籌措妥當再向有關方面洽請協助吟唱會對外公開，不限會員與否，皆能參與。

國詩詞傳統吟唱會的成立來推動。

目前文藝協會正在籌備中，據總幹事宋辭表示，詩詞的吟唱未能形成學術性的潮流，希望能藉著吟唱會的成立來推動。

宋辭說，初步的構想是聘請懂得這方面的專家，作學術性講演，找古人所作的詩詞把它吟唱出來，更進一步把詩詞配上新曲加

《附錄三》照相打字中文級數及字體常用表舉隅

柵美報導　　100 級

柵美報導　　90 級

柵美報導　　80 級

柵美報導　　70 級
（空心字）

70　級　柵美報導

62　級　柵美報導

56　級　柵美報導

38　級　柵美報導

32　級　柵美報導

24　級　柵美報導

20　級　柵美報導

15　級　柵美報導

12　級　柵美報導

11　級　柵美報導

說明：照相排字的記號如下：

△中文——圓體：R（細體：細R），明體：M，黑體：G。

△英文——在字體編號旁加「英」或「E」。例如：E10，代表英文字體10號。

△數字——在字體編號旁加「數」或「N」。

△記號——在其編號旁加「記」字。

△花邊——在其編號旁加「花」字。

△框飾——在其編號旁加「框」字。

△字號——「Q」或「級」。

△行距、字距——「齒」、或「H」。

△變形字——「平①」或「長①」之類。

△空一個字——「□」或「○」。

△空半個字——「×」或「△」。

特明體	柵美報導	空心圓體	柵美報導	
中明體	柵美報導	重疊圓體	柵美報導	
細黑體	柵美報導	空心重疊	柵美報導	
中黑體	柵美報導	隸書體	柵美報導	
粗黑體	柵美報導	行書體	柵美報導	
特黑體	柵美報導	新書體	柵美報導	
粗圓體	柵美報導	空心立體	柵美報導	

變 形 字 體

粗明	正體	柵美報導	**特明**	正體	柵美報導	
	平①	柵美報導		長①	柵美報導	
	平②	柵美報導		長②	柵美報導	
中明	平③	柵美報導	**細黑**	長③	柵美報導	
	平④	柵美報導		長④	柵美報導	
正楷	正體	柵美報導	**粗圓**	正體	柵美報導	
	平①	柵美報導		長③	柵美報導	
	平②	柵美報導		長④	柵美報導	

斜　體

正　體	栅美報導
左斜①	栅美報導
左斜②	栅美報導
左斜③	栅美報導
左斜④	栅美報導

正楷

正　體	栅美報導
右斜①	栅美報導
右斜②	栅美報導
右斜③	栅美報導
右斜④	栅美報導

正楷

仿宋體

一號	二號	三號	四號	五號
栅美報導	栅美報導	栅美報導	栅美報導	栅美報導

《附錄四》照相打字常用級數表

　　內　　文：　　13 級　～　20 級

　　　　　　　（＝新五號字）（＝四號字）

　　一般標題：　　24 級　～　62 級

　　　　　　　（＝三號字）　（＝初號字）

　　頭　　題：　　38 級　～62級或以上

　　　　　　　（＝一號字）

《附錄五》照相打字排版同業聯誼會訂定之照相打字費價目表（但若打

　　　　字量多時，一般收費，會按此表價格打七或八折）:

級　　數	單位	一　般　字　體	圓　體、隸　書	圓空心、超體
7～32 級	每字	0.9 元	1.1 元	2.7 元
38～50 級	每字	1.1 元	1.8 元	3.6 元
56～62 級	每字	1.8 元	2.7 元	5.4 元
70～80 級	每字	4.0 元	6.0 元	12 元
90～100 級	每字	6.0 元	9.0 元	18 元
反　白　字	每字	按照上列定價以三倍計算	翻拍價目表 （單位：每英吋）	
底　　片	每字	按照上列定價以三倍計算	普通一般：二元	
放　大　字	每字	按照底片及工程另計	彩色、陰片：三元	
表　　格	每字	按照上列定價以二倍計算	反白：五元	
不足30元之打字以30元計算			彩色加藥水：四元	

《附錄六》劃版、貼版之工具簡介

△自製之編輯尺（印刷行數尺、印刷字數尺）。

△鉛筆（HB/2B）、紅藍鉛筆、毛筆、簽字筆。

△紅墨水、膠水、剪刀、美工刀（割紙刀）、廻紋針、膠帶、噴霧（氣筆）（Air Bruch Pen）、塗改液、白報紙。

△透明網紋紙（藝通紙）（screen Tone）、彩色透明紙（Color Tone）、橡皮膠（Rubber Cement）、三角板、直尺、雲尺、蛇尺、描圖紙、油光紙、原稿紙、膠紙。

△兩腳規、量角器、圓圈版、圓規、針筆（art pen）、圖釘、橡皮擦。

△計算機（算盤）、小突針、小撮子、訂書機。

△版面分配紙（貼版紙）、美術材料、印色樣本（色版）、用紙樣本、活字樣本、照相打字樣本、電腦打字樣本、鎮紙、照明燈。

△快速繪圖筆（Rapid graph pen）、樣板（Template）、快速花邊。

△毛掃、橡皮圈、毛玻璃光桌（看照桌）、削鉛筆刀、壓黏用之淨布。

《附錄七》（照相打字級數表）說明：表內方格之數目字，一方面顯示字體面積之大小；另一方面，它表示了「到該處為止，共排了多少個字」。例如：「・」為五個字，「1」為十個字，「2」為二十個字餘可類推。

點號級的對比

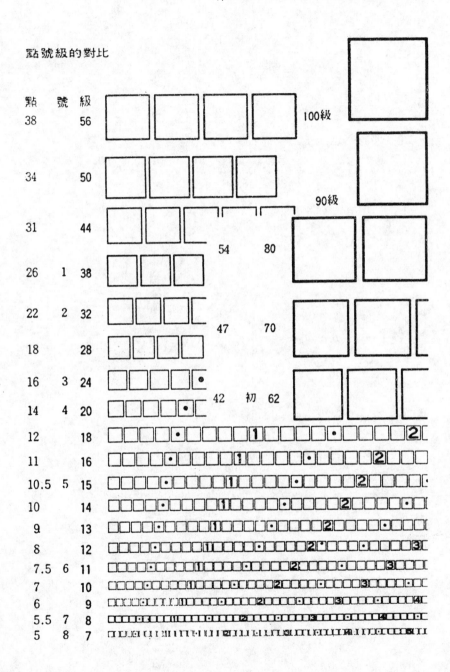

點	號	級
38		56
34		50
31		44
26	1	38
22	2	32
18		28
16	3	24
14	4	20
12		18
11		16
10.5	5	15
10		14
9		13
8		12
7.5	6	11
7		10
6		9
5.5	7	8
5	8	7

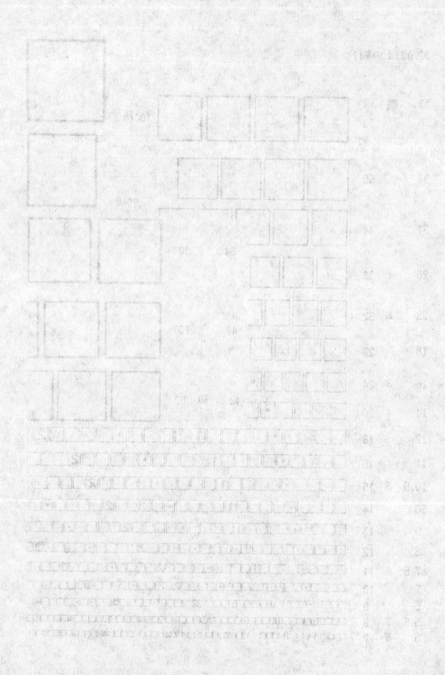

第二章 標　題

第一節　標題的作用

標題 (headline)，係「導言的導言」(the lead of lead)，是「新聞的廣告」(the headline advertises the story)，係美化版面、「推銷報導」(give the story away) 不可或缺的素材。它的作用在於：

(一)用比導言更簡潔的字句，標示一則新聞的類別和內容重點，引起讀者注意。

(二)透過外在的形式，例如位置、欄數、行數、字體、字號、語氣、題式和框線之類的運用，顯示某報社的編輯，對此則新聞份量的評估，提起讀者的注意，閱讀全文，並留意新聞發展的趨勢。標題的一貫處理作風，並能顯示出編輯的心態與學養，報社的立場、風格和編輯政策與方向，作為讀者認同新聞評核的準則。

第二節　標題的各部分名稱

標題各部分名稱，若以傳統斜梯形直式標題(drop/stepped head)爲準，則成右圖之形態。

說明：

(1) 三角形，係標題上下的空白，用以調和空間，使版面美觀。

(2) 除主題(master head)外，其餘眉題(kicker/eyebrow/overline/high-line/teaser)、肩題和子（副）題，可合稱爲「附題」(sub/side head)。主題、附題應該都是完整的句子。

(3) 主題：是標題的心臟，挑起指出一則新聞最重要內容的大樑。則標題一定要有主題，主題一定要有動詞；標題中所用的字眼，以切合內容爲主，不應加入編輯的意見、誇大 (overpack)，以致題文不符。同一則新聞中，除極少數變化題外，主題各個字體應該一致。主題所用字體，應重於附題，它所用的字號，理論上亦應比其他附題大一至三號。不過，有時爲了閱讀上的美感，在兩個附題中，其中一個

若用正楷時，兩個附題可用同一號字號。例如：肩題用一號宋體，則子題可用一號正楷，由於正楷的清瘦形態，在視覺上，仍比肩題之一號宋體爲小。主題的種類，大約有三類。其一是通常用於闢欄的「單行主題」，其二是刪去一行，文意卽不完整的「雙行主題」，其三是「兩行主題」，但刪去任何一行，仍可單獨成爲主題的「雙主題」。雙行主題應依

詞意而斷句，不能任意作無意義的分割，且其中一個主題，一定要有動詞。雙主題中，每句重要性應平行相等。除非是刻意的，否則雙行主題、雙主題所用字數、字體和字號應該一致，避免「標題殘缺」(chopped head)。不論雙主題或雙行主題，均必須是一個完整的句子；並且——若把其附題掩起來，仍可自主題中，看出新聞的大概。雙主題應該是述說同一則新聞，不能「同時指述二個報導」(shot gun——一槍發兩彈之意)。若有上述情形，而又無法補求，則應加上分題線。

（4）眉題、肩題：眉題實則等同肩題，但爲易於區別起見，每將置於主題之前的標題，稱爲肩題，而將橫攔於主題上面的標題，稱爲眉題，有時爲情況需要，眉題與肩題，則又會同時並用。眉、肩題的重要性僅次於主題，其主要的任務，則在引人注意、配合或輔助主題。眉題和肩題的字眼，往往較爲主觀，用以解釋新聞的中心意義和事態發展的趨勢，從而指引新聞的重要程度。因此，有人將肩、眉題稱爲「引題」，意謂其乃「主題的引導者」。主題因受字數的限制，只能表現出新聞的重點，像主體的人物、地點、時間、因果關係、消息來源等，只好由眉題、肩題或兩者一起來分擔。眉題也往往作爲主題字數的補充。不過，由於雙行主題的廣泛應用❶。甚多編輯，已採用肩題與主題合併的製題方式，將肩題所擔負的任務，隱含在雙行主題的第一行主題內。眉題和肩題的字體，除宋體、配宋體外，其餘亦可用不同於主題的字體，但以美觀爲宜，所用的字號，應較主題小一至二號，但應較子題，大上一號。肩題的字數，可比主題多兩三字，但整個長度，以不超過主題的長度爲

---

❶　採用雙行主題的理由是：一、引題的重要性與主題相差有限，如果肩題與主題混合，以同樣大小的字號表現，可以加強讀者印象。二、新聞內容漸趨複雜，硬把一件事的主體，分爲引題與主題兩部分，則主題受字數的限制，可能無法表現全部要點。三、採用兩行同樣大小的雙行主題，不分主、引題，比分成一大一小的樣題形式，更具整齊的美感。

宜。另外，通常來說，肩題的字數，應比子題爲少。直式標題的肩題，通常爲單行。

(5) 子題：子題的作用，在於補充與強化主題，列舉次要的事實，使新聞的內容，提綱挈領地，有更詳細的標示。有人在採用雙行子題時，將第二行題，稱之爲副題❷，第一行題，方名爲子題，而在採用單行子題時，則一概名之爲副題。持此說法的人，認爲在雙行子題中，第一行題，就如眉、肩題一樣，擔任引導、說明的作用，使副題能進一步補充主題內容。因此，此類子題，又以「說明題」稱之。不過，目前報刊編輯人，已將子題與副題兩者混合稱呼，或曰子題，或曰副題，已無上述之嚴格分際。子題所用字體，除宋體配合宋體外，最好亦不同如主題與肩題、眉題(如有)；字號也要較主題和肩、眉題爲小。例如：主題用一號字，肩題應用二號字，子題就須用三號字了。子題可排成平行式，如一副對聯(或中間加分題線)；也可引用新聞中一段原文，以文稿方式排列。

第三節 直式標題的欄數

周報由於版面細小的關係，橫跨全版之橫式通欄標題（banner/ribbon/streamer/skyline)、特大之反白字標題，甚至六行宋特大號標題，因使版面對比太過於強烈，除非實在重要，否則不宜輕用。特別重要新聞可用初號宋(五行)，或新初號宋(四行)一類字號，而以三、四欄題爲主。如果一則標題主題佔欄數多，字號不能太小；標題佔欄數小，則字號不能太大。例如：主題兩欄長應以二號字爲主，三號字爲輔。三欄長，則應以一號字爲主，二號字爲輔。四欄長則應以新初、初號宋

---

❷ 陳石安（民六七：五二六）指出，在一個標題中，應就新聞內容來處理，決定主題與子（副）題的分配原則。

爲主，一號宋爲輔。兩欄題係周報版面的基本標題。

　　周報版面的頭題，以橫題爲宜。採用直題時，頭題所佔的欄數，不應小於版面四分之一，最長只應略長於版面三分之一。例如柵美報導共十二欄，每版頭題應爲三欄或四欄，最長最好不超過五欄；過長，則會產生閱讀的障礙。（第一版因爲報頭佔五欄位置，所以頭題長度不應超過報頭長度，而以四欄爲準。）

　　一至四欄直式標題應用字數舉隅：

字號＼字數（欄數）	一欄 72點	二欄 144點	三欄 216點	四欄 288點
初　號 42點～62級	／　不用	三　罕用	四　罕用	六　主題
新　初 36點～56級	／　不用	三　罕用	五　罕用	七　主題
一　號 28點～38級	二　罕用	四　罕用	七　主題	九　附題
二　號 21點～32級	二　罕用	六　主題	八　主題	十二　附題
三　號 16點～24級	四　罕用	八　主題	十二　附題	十四　罕用
四　號 14點～20級	四　短欄	十　附題	十四　附題	／　不用
五　號 10.5點～15級	五｜六　短欄	短欄	／　不用	／　不用

計算法：① $\dfrac{\text{欄數} \times 72\text{點}}{\text{擬用字號點數}}$ ＝欄數長度可用字數

　　　　② 可用字數－（留空白所應扣除字數）＝應用字數

　　從上表來看，周報標題所用的字數，二至四欄的主題，以五、六、七字為準，八、九字次之。附題則應以八至十一、二字為度；太短了，則在比例上，不能相配；太長，則不易斷句，會產生「注視」(Fixation) 上的困難，不能一次閱畢，立即產生印象。此外，字數太多，則相對地，得用較小號字體，方足容納，形成一種版面不平衡的感覺。有一個快捷的原則是：小於主題一號字的附題，可比主題多兩個字；而小於主題二號字的附題，則可比主題多排三個字，所以有人提出標題字數六：八：十：十三的法則。

　　有人認為一則新聞標題的總字數，最好在三十個字以內，而以十五、六字為佳。當然，標題所使用的字數，不應過分遷就形式，七個字表現得了的，理不應增至八、九個字，踵事增華，而蕪詞虛字充斥。

　　就雜誌的文章來說，主題、子題的目的，旨在介紹文章的性質，引起讀者的注意力。不過，並非每篇文章都要有子題，如果標題已確切題意，一目了然，就可不必再加子題了；尤其是學術性刊物，不但通常不加任何子題，而主題也極為嚴肅。欲使雜誌文章主題與子題配合，對讀者產生強有力的衝擊，一般而言，有三個訴求的方向：

(1) 訴諸作者權威。例如：

　　主題：烟酒應該公營還是私營？

　　子題：□□□（人名）有你意想不到的看法，令你大吃一驚！

(2) 訴諸讀者的情智。例如：

　　(A)主題：鄰居整天吵嚷不停該怎麼辦？

　　　　子題：這裏介紹你二十四種治標治本的方法

　　(B)主題：要在臺灣買房屋嗎？

　　　　子題：本文告訴你一切購買的手續

(3) 訴諸文字內容。例如：

　　主題: 知己知彼、百戰百勝

　　子題: 談現代推銷術的種種新花招

　　訴諸作者的權威與讀者的情智，甚或文章內容，有時可一起混合使用，增加標題的力量。例如:

　　主題: 第三類接觸

　　子題: 幽浮是否眞的存在？太空人阿姆斯壯歷述漫游太空的所見所
　　　　　聞。

　　值得一提的是，在雜誌裏，子題的字號往往比主題略小，但字數卻往往多出甚多。另外，每期雜誌，該起碼有一篇讀者認爲非讀不可的文章; 同樣，每期雜誌亦該有一題讀者印象特別深刻的標題，方顯得編輯的「功力」。

第四節　　直式標題的行數

　　標題的行數，原無準則。重要性強或內容繁複之新聞，所用標題行數應較多，方足以說明新聞內容，並使行欄數的面積，與新聞內文所佔面積成正比，增加版面的美感。因此，一名熟練的編輯，如果發覺新聞重要，該做欄數較長行數較多的標題，而內文字數不足時，則會有此題之後，用較短的標題或短欄在其後轉接，以湊成一塊較悅目之方塊。

　　約言之，標題的行數，在一版的各題之間，不應過於懸殊，以三、四行爲準，最好不要多過五行。在周報狹小的版面中，一個通常的法則是，二欄題: 兩行; 三欄題: 兩、三行; 四欄題: 三、四行。不過，在這並不是一個經常不變的，亦不應刻意遷就形式，兩行題能表達得了的，不必做成三行。目前標題行數已日盆簡化，二行附題 (wicket) 或三行附題 (tripod head) 已不多用。另外，同一標題，不論多少行，

應儘量用同一字體，應以宋體爲主，至多不宜超過兩種字體。至於短欄，最好亦以兩行題爲準。

至於直式標題，在版面上所佔大約字數，可以下述方法計算：

(A)連行間計算在內，將初號字佔五行（新五號字）計算，新初號，四行；一號字，三行；二號字，二·五行；三號字，二行；四號字，一·五行；五號字，一·二五行。

(B)計算公式如下：

標題佔版面總行數：欄數長度×字號行數總和（若用變化題，可酌予增加行數）

標題佔版面字數：標題佔版面總行數×基本字

《附錄一》傳統直式標題形式舉隅（有「。」者爲動詞／助動詞）

(1) 單行主題　　　　　(2) 雙行主題

市議會延。長。會期十天

一銀
申小額融資
請辦法放寬。

(3) 雙行主題單行眉題

(A)

（眉題）最後攤牌

紀政楊祖珺
都辦妥登記（主題）

（主題—與肩題混合
的主題—人物）

(B)

樟樹里

夜間不安寧
盼設派出所

(4) 雙主題

(A)

吳大猷宣誓。（主題一）

蔣總統監誓。（主題二）

(B)

少年犯罪減少。。。

非法暴力提升。。

警察加強深夜巡邏勤務

學校訓導人員參與查察

（5）單行主題雙行
子題（亦可名爲一行子
題一行副題）

（6）單行主題單行
　　肩題

（7）雙行主題單行
　　子題

股市大幅滑落。（主題）

上市公司接連出事。（子題）

投資大衆深受影響（副題）

音樂資賦優異學生（肩題—人物）

保送甄試辦法擬定。（主題）

工程師學會完成。

國產品評鑑草案」（主題）

將作爲未來公營事業採購參考（子題）

(8) 雙行主題雙行
　　子題

(9) 雙行主題單行
　　肩題

(10)一個字之
　　「點題」

中共郵電訪問團在美

團長韓慈明脫隊失踪〕（主題）

僞領館否認他向美尋求庇護

一般揣測日內可能悄然來台〕（子題）

太平洋盆地經濟會〔肩題—引題〕

我申請爲正會員

執委會通過接受〕（主題）

§§§
§ 火 §
§§§

巧宏金屬釀禍

油站職員殞災

(11)二個字之標題　　　(12)三個字標題　　　(13)四個字標題

用者注意

電腦螢幕

可能傷眼

說明：（10 11 12 三例亦屬疊字題之一種形式）

蜂兜手

突襲路人

一死兩傷

裸奔

贏得賭金兩萬元

妨害風化吃官司

(14)用於闢欄標籤式的單行主
　題 (crossline)

(15)眉題與直題成橫直並列

木柵消防隊捕蜂捉蛇

六十
月月
竣落
工成
市立美術館
將招考專才

第五節　橫　題

　原則上，橫題除了因為「橫攔」，而使得眉題實亦肩題之外，一切法
則和字行計算方式與傳統直式標題無異。不過，橫題既係橫攔，則其字
數，固可不受欄數容納度之嚴格限制；惟其總長度與寬度之比，以及與
內文之配合，仍應注意是否美觀悅目。傳統之橫題，亦作梯形式之排
列，左右各留有三角之空白。例如：

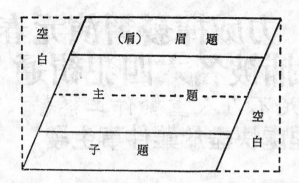

「一行橫題」英文報紙稱之爲 "deck/bank",「雙行標題」稱爲 "double-deck"。而橫式標題作梯形排列，留出左右的空白是否一如傳統梯形直式標題之悅目，似乎是一個有待進一步研究的仁智之見。近日用鋅版製反白字之橫題，反白字之排列，雖仍有梯形之空白，但鋅版卻係作長方塊狀，似有調和對稱之作用，情況許可，不妨略作引用，以調和版面。

《附錄二》橫題形式舉隅

(1)

衛生署環保局第二組表示

明年七月始實施

二行程機車檢查

（此類橫題之左右排列亦成梯形，故有名之爲梯形橫題）

(2)

春元演習發揮威力
通緝犯四六名被捕
警察工作繁重人力不足
發生事件難於盡快處理

(3)

女教師聯誼會
討論勤儉建國

(4)

行人亂闖黃燈
萬慶街多車禍
興建陸橋引起爭議

(5)

北市兩大動脈
經濟效益幾何
學者專家評估功能提出意見

第六節　變　化　題

由於社會進步，世變日繁，詞彙蠭起，若過分墨守成規，則在標題製作上，將會產生甚多困難。因此，突破傳統的「變化題」之採用，即成編輯一種權宜、救急，「不按牌理出牌」的手法。最常見的變化題，有下述二種：

(1) 在題內夾用較小號的字，甚或不同字點，以增加字數的容納度。例如：

(A)

肇興
木榮
里民大會
提案具建設性
促加強巡守防盜建休憩公園

(B)

景美
一號
公園預定地
用作汽車教練場
居民里長呼籲速于糾正

木柵全民運動會
十五日完滿結束

(E)
萬興
肇興　兩里稱雄封后

政大校區｜指南路
　　　　新光路｜附近

(D)
改進餐飲衛生
獅子會決定明起
贈　佳福　免洗餐具
　　泰祥

(C)
政大人事調動
陳治世任教務長
羅宗濤出掌　文理　學院

(F)
入夏後經常缺水
民眾盼卽時改善
負責單位應查出原因

　　這種題式，起碼應嚴守一個法則，即將夾用之字句省去，整個句子的意義，仍能完整；而加讀上夾用字句之後，則題意更爲完整明確，否則，應該另作標題。

　　(2)疊字題之應用。疊字題實係「變體直式」與「變體橫式」標題之混合使用。略舉範例如下：

(A)疊字題類式舉隅

（a）

政大新聞系
舉辦新聞週

舉行電影、電視、攝影座談

（b）

民興建
間市場
參無人
與難
見問津
效

（c）

社會型態轉變

木地罪增
柵區案加

萬壽橋、恒光橋、大誠高中附近，成治安黑點

（d）

康安
業課
導輔
效收

世新社服團居首功

應注意的是，相疊的字應組成相關的意義，否則就不合於標題的原則。例如，下述三例，都犯了錯誤：

(1)　　　　　　　(2)　　　　　　　(3)

第 (1) 例之「糖自」、「動販」、「賣機」，第 (2) 例之「金待」，與最後一例之「犯·」都沒有構成獨立意義，一瞬之間，會令人產生理解上之困擾。

值得一提的是，變化題只能偶爾作「救急」的權宜之用，它的曲折違反了視覺原理，帶來閱讀上的困難，學者專家大多反對這種題式。因此，除非實在必要，否則，還是少用為宜。

另外，由於標題簡單化（例如重要新聞用兩行題，普通新聞用一行題，使標題兩旁有太多空白），整個版面在視覺上，會顯得單調和鬆散，故會鋪網底、多放圖片，和適當的用反白字標題，予以調和；惟過多反白字，反有「喧賓奪主」之勢，用時，亦應小心。茲略舉反白字標題數則於後，俾供參考：

(1) 反白字標題之應用，第一要旨在引起讀者注意。

(2) 「立體感」係反白字標題之常用手法。

港府建議加4%至6%
公僕反對認爲偏低

(A)

從朱部長約見韓使談起

本報記者　馬安一

（B）

青年人的佼佼者！

世界十傑．風雲際會

出類拔萃．頂尖人物

（C）

美艷隊集結黎國外海

敏利巫下達連絕動冊員

以列色後備單人動賣大演潼習

令員動總動令

(D)

市北台的我走走縣北台的你走你

北市禁止外地公車進入

到下邊界請下車換車買票繼續轉行

縣市交通運暢合使欣看望

(3) 最近所用反白字標題已有將標題「圖像化」趨勢，但花網不應亂用（例如，嚴肅的新聞，就不能用太花俏花網。密度小的花網，也不適合用在反白字的底下。一個版面若上半部加網，下半部不加，也會顯得頭重腳輕。）例如，上面這則標題的排列形態，就真如一條公路了。

照相排版的打字標題，字體變化既多，又經過美工處理，確能使版面更和諧、更美化。因此，近日來喜歡用打字標題的編輯，已越來越多，蔚為風氣。但多用之後，就不免「濫用」，不注意「易看性」的問題，也影響版面穩定。例如，空心字標題，並不好「看」，但每天卻頻頻在報刊上出現。

其實打字標題，也應和鉛活字一樣，打字題所擺放的位置、大小，字體組合、留白（包括整版留白之配合），必須講求整體視覺功能與效果，並且與四周題文相配合。尤其應和版別風格（主型）與新聞內容相配合。例如嚴肅的新聞或版面，打字題便不應花俏，體育版則不妨多用明體與特黑，或正體與方體的配合，以較強烈的對比，表現一種粗獷的氣氛。又例如，為了使圖片突出，則不妨將打字題簡單化，不加框，不反向，但卻能得到檢字所不能獲得的效果。

原則上，應不應該用打字題，最好由編輯決定，但應尊重美工的看法，也要讓美編了解整版構想。例如：題太小，配置的位置是關欄或是走文的散題？是對角題抑或是中心題？如是關欄，則是否已加欄線？（如有欄線，打字題最好不加框，以免綫條重覆太多。）

目前國內的標題打字，似乎還應從「簡樸」、「和諧」基本層次下工夫。另外，除非有特殊設計，否則要在照片上打字，似乎也甚不相宜。下頁的空心字，就有讓人看不清楚的感覺。

這次棒球賽，好棒！

所得稅率修正草案
照顧層面似欠均勻

第七節　分、插題

　　分題是在一個大標題之後，在適當的段落，加上較小的分段標題，指出此一段落的主要事實。分題通常在下述兩種情形下應用——

　　(1) 千字以上闢欄或新聞各段落，是同一事件的各部分，以分題來指出各段的要旨，使內容呈大綱性的分明，方便編輯和讀者閱讀。此類分題，除字號通常一致外，其餘標題字數甚或字體，可以同一，以示連貫性；亦可略作變化，以活潑版面。若各分題合併起來，能產生一個完整的意義，一如目錄之章節，則更增牡丹綠葉之美。❸

　　例如：

鐵觀音香名四播
產製品嚐學問多

（主題）

木柵山區特產

　　光緒年間引進

醱酵需要適度

　　味酸美性溫和

列名高級品種　　分　題

　　生產過程繁複

---

❸　如果新聞各段落間所敍述的事實，各有其獨特的性質（等同若干則不同之新聞），則分題的形式通常亦不相同；惟任一分題的面積，均應較主題爲小。另外，兩個以上、不同式樣的分題，其所佔的大小面積，亦可作不同的變化。例如：主題爲五欄四行，則第一分題可作三欄三行，第二分題，二欄三行，第三分題，三欄兩行等。惟此種類式之標題，多用於施（行）政報告、文告等一類新聞中，近日亦已不多見。

淺淺嚐細細品
　切勿暴殄天物

　　(2) 由幾則新聞合併成一個闢欄，以分題作為各則新聞的提要。目前分題的應用，以ㄐ種情形居多。這種分題，可安插在每則新聞之前（注意每標題之適當距離），亦可集中在一處（注意平衡）；可加、或不加分題線❹。

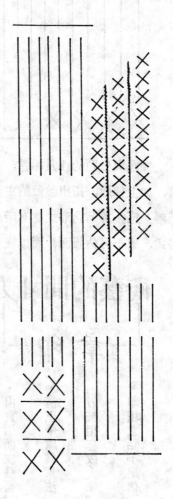

❹　分題線的作用，在區劃集中一處，性質相類似，但並非同一事實的新聞。

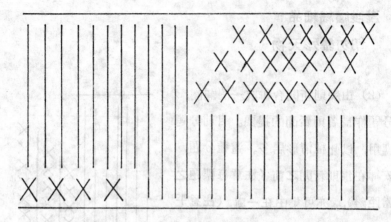

　　插題與分題的性質相當，在一千字以上的較長新聞中，在適當的段落，加上插題，指出該段的主要事實，以活潑版面，補求主題的「單薄疏離」感。插題之形式，有時只是幾個簡單的字句，不嚴守標題之規律格式，或不另佔版面，而以嵌字為之。例如：

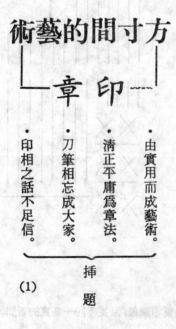

方寸間的藝術

印章

・由實用而成藝術。

・清正平庸為章法。

・刀筆相忘成大家。

・印相之話不足信。

(1) 插題

先談男子隊中有三位成員曾是華青隊十六歲組的隊員。在七十一年時，代表中華民國到紐西蘭參加比賽，參賽的國家，還有澳洲、紐西蘭、大溪地、新幾內亞與及菲濟羣島。結果，中正杯足球賽，景文得了第三名。

最近工商又得了第三名。

女子隊方面，雖然才於前兩年成立，可是，已經到過美國與日本比賽，在華盛頓比賽與史密斯

(2) 嵌字（先、最）

分、插題之加入，應注意保持適當的距離，並使版面在編排上、美觀悅目。

第八節 題與文之配合

周報常見的內文排列法，通常有如下的組合——

(1) 文排一：例如標題佔四欄高，內文排一欄高的題四文一、以及題三文一、題二文一、題一文一（短欄）一類。

(2) 前文較長，後文轉一。例如：題四文前三後轉一、題三文前二後轉一等類。

(3) 文與題同一長度。例如：文排兩欄高之全二與全三、全四之類。

(4) 文作變化欄之排列。例如：五欄高度，改成二欄排字之五改二，與五改（分）三、四改二、四改三、三改二等是。

(5) 題長文短、或題短文長之盤文。例如：標題五欄長，內文排四欄長之題五文四、題四文三，題三文二，與全五題四，全四題三，全三題二，以及題四文五分二、五分三，題三文四分二、四分三，題二文三分二等類。又若文排五改三，標題排五改三之兩倍（稍長於三欄半）；文排四改三，標題排四改三之兩倍（約兩欄半）；文排三改二，標題排三改二之兩倍（一欄半）等類，亦屬文長題短的盤文排列方式。

第九節 標題放置的位置

標題所放的位置，最常見的有下列二個情形：

(一)一般新聞標題

放置於新聞內文之前，亦即內文起始之右邊。不過從周報的版口度來說，除頭題外，應盡量避免靠近右邊空白之「邊題」(尤其內頁版)，此可用中心題或短欄補救。

(二)加框闢欄標題

(1) 中心題：又名「題貫中」、「貫中題」、「題中」、「文包題」等，即把標題放在框欄中間。這樣，可以調和版面，避免「頂題」。中心題與內文起始之處，不應距離太遠。另外一版中心題最好不要超過三個，否則會產生排版困難。

(2) 對角題：即新聞開始部分有一個標題，在內文結束的部分，再有另一個標題，兩個標題成對角形狀，而在意義上則互相呼應；惟因視覺關係，兩標題中，仍以右上角較重。兩題間的距離，不應太遠，否則會產生閱讀上之不便，在一般情形之下，欄數高度，以不超過四欄為原則，而以兩、三欄為宜。

茲略列標題在框欄中的位置如下：

(1) 中心題	(2) 盤文 (又稱為串文、貫文、題入文、文入題,如題四文五改三)	(3) 題包文
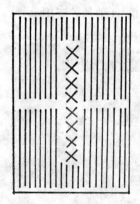	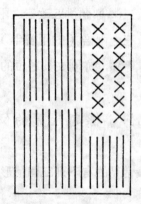	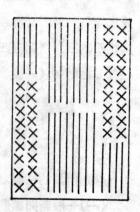

(4) 上下直題　　　　　(5) 合併式標題　　　　(6) 對角題

(7) 橫直題　　　　　　(8) Ｔ形題　　　　　　(9) 上下橫題

(10) 工字題　　　　　　(11) 變形Ｔ形題

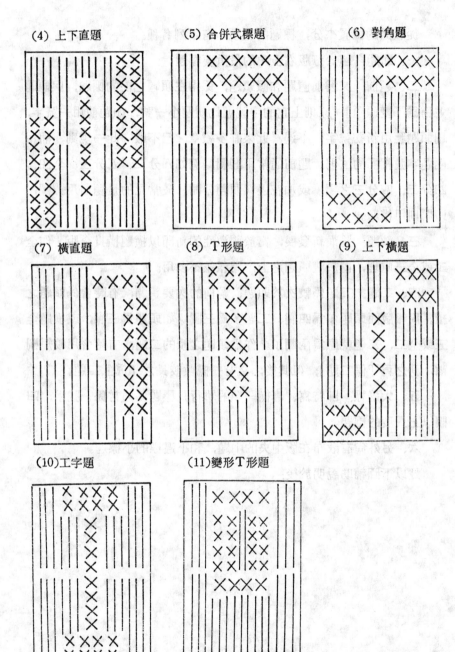

　　從版面的位置來分，標題的種類，有下列各種:

　　一、頭題: 卽於每版右上角的最重要標題。

　　二、題前: 又稱前置題和假頭題，係指在頭題之前的標題，與頭題並稱爲「雙頭題」，原則上它的字號應比頭題小一號，如題前用一號字，則頭題應用新初號字; 不過，近來許多報章，已不嚴守此一規則，而用兩題字號相同的法則。題前通常用關欄，例如五分二、五分三、全四、四分二、四分三之類，或加花邊與頭題分開。最常見的是題前用關欄，頭題則用橫題。

　　三、額題: 將最新發展，富於刺激性的新聞以橫題橫貫全版，作全二或全三處理，置於雙頭題之上，周報並不多用。

　　四、二題: 二題係較次於頭題、題前的次要新聞，有時會係頭題之續。周報版面頭題多爲四欄、二題多爲三欄; 如頭題爲三欄，或橫題全三或全二，二題就應爲兩欄了。作爲頭題之續的二題，有時會用較短欄數，稱之爲「假二題」; 但其後，必有一欄數較長之「眞」二題。

　　五、大邊標: 卽特寫、專欄一類的單行長標題，通常係一號字，四欄以上長度的標題。

　　六、另外尙有散布在版中央的中題，和小邊標的小標題。

　　玆以下圖輔助說明於後:

圖　一

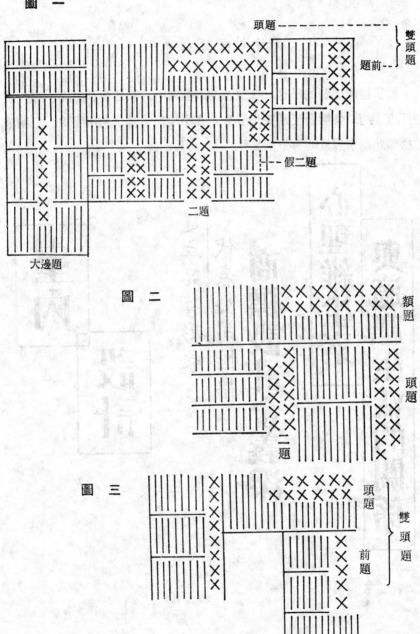

圖　二

圖　三

第十節　標題美工

　　為了達成標題的任務，在製題的過程當中，往往會利用點、線一類的「工具」，使標題更為突出醒目。在小型周報當中利用點線、符號來點綴標題以求醒目的有下列各類：

(1)

(2)

(3)

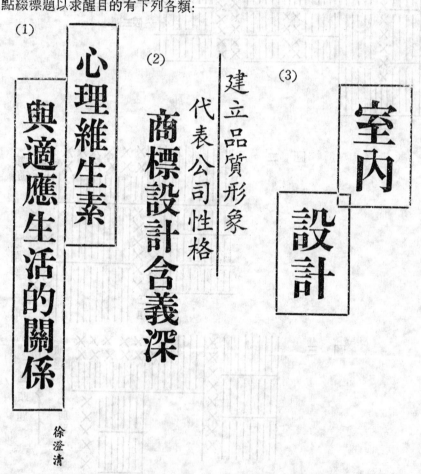

心理維生素
與適應生活的關係

代表公司性格
建立品質形象
商標設計含義深

室內
設計

徐澄清

(4)

頤養天年好去處

社會福利一突破

「松柏廬」收容自費老人

・黃尹青・

(5)

□
治療加預防
□

□秋風冬雨□
□腰酸背疼□
□風濕拜拜□

(6)

增建科學大樓

景美興福國中

教學評鑑列為優等

(7)

(8)

跳
躍
的
音
符

❀ 詩 恬 ❀

漫○
談○
大○
專○
音○
樂○
風○
氣○

(9)

政大五年發展計劃
山上山下煥然一新
門裏門外大幅改建

(10)

・士居・

挫折

奮鬥

勝利

(11)

親—父

・徐 老・

(12)

，我讓

程一你送

・可 隱・

(13)

・蘭 木・

田

(14)

弱者

你的名字

是女人？

曾月紅

公務家事兩肩挑

李美利現身說法

(15)

日出而作・日入而息

殘障者夢想成眞

伊甸農牧山莊已租得用地

・施國良・

(16)

花費些許新臺幣

自助式洗衣店

再度進軍臺北

盡洗人間汗酸臭

(17)

烹・飪

本報記者專訪

(18)

戀愛之道

與正確的婚姻觀

——一次座談會摘錄

卉君

利用點線、符號來點綴標題以求醒目約有下列各類：

(19)

木柵木柵里
召開里民會

(20)

靜小獲雙冠軍
美術演講比賽

(21)

里競賽成績公佈
推行文復運動成果
景美區所開會檢討

(22)

應建專責機構
社區守望相助
維護治安・彌補警力

(23)

為貧困帶來甘霖
蔡素雲像及時雨
為社工奉獻十年

(24)

下年度停止辦理
經費少反應不佳
五月十五日揭幕
木柵區運動大會

(25)

政大附近餐飲業
僅六家列爲優等

（注意、標題加框後，
內文卽不應加框）

(26)

國小卽將辦理入學
區所呼籲家長注意

市政府放寬學齡限制

(27)

人物介紹

王鎭西

中小
教師
書畫
比賽
冠軍

(28) **？園遊中夢？夢驚園遊**

情心舊懷濃濃著抱勇先白
式方現表流識意談暢者學

至於用線條來點綴新聞內文，通常只在闢欄上應用。例如：

(1) 內文上下加線

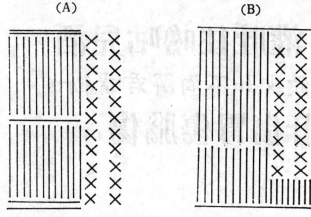

(A)　　　　　　　　　(B)

(2) 把內文框起

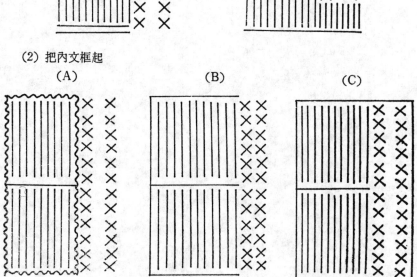

(A)　　　　　(B)　　　　　(C)

與標題美工有異曲同工之妙的刊頭，同為美化版面的綠頁。不過刊頭一定要夠大、簡單、清晰，令人一目了然。因此刊頭起碼應不少於兩平方吋，而不用「郵票式」插圖。如非必要，插圖四周，不要再加飾線，否非踵事增華。另外，一個版面，不應擠進太多刊頭。一個漂亮刊頭，會比四、五個「郵票式」的插圖更有效。

近日，有些報章，又有在內主題之中，插入一小題，旨在加強敍述和解釋，稱之為「插入題」。如下例：

第三章　標題製作

一般而言，新聞標題重於平實，特寫標題則以醒目、活潑、突出為要。一則好標題，固應達到文詞工整、穠纖適度，內涵意境深入淺出；而著墨之處，卻又形（如配字、節奏）、神（如題意、氣勢）俱佳的要求❶。惟此一標準，對初上編輯枱的人來說，未免稍感陳義過高，洵不似一般機械法則之有可尋之處。

第一節　製題通則

(1) 客觀、切題、扼要、簡潔、通順、生動，貴能「一語破的」，以引起讀者注意。

(2) 字句淺顯通俗、切要而完整，不牽強附會、不以詞害意。忌用告誡式引人反感標題 (admonitory head)。

(3) 標題大小應切合新聞內容。若內容嚴肅，標題應重雍穆；若內容輕鬆有趣，則標題應活潑諧趣，但要不失蘊藉。

---

❶ 見聯合報系編採手冊（民七二：七五），修訂再版。臺北：聯合報社。

（4）不斷章取義，不陳腔爛調，不拾人牙慧，不模稜兩可，避用「高階抽繹」（high-order abstraction）的冷僻字、詞和成語，並盡可能用白文句語。

（5）不作標題審（裁）判，不添油加醋，不過份舞文弄墨，如無必要，避作「隱喩」（metracommunication）的題外文章。

（6）忌輕佻、猥褻字眼，寧守平實質樸，不強用儷辭。

第二節　技術上的枝節

（1）避用空洞的蕪詞虛字，減少冠詞、形容詞、助動詞以及重複（repeat）的字詞，使標題不至於冗贅。

（2）每行語氣，自動優於被動，肯定優於否定，且必須自成完整的段落，不可「腰斬」；並注意文句的氣勢（例如：「甲隊大勝乙隊」，較「甲隊大敗乙隊」來得有力。）。字數過多時，應以較少而適當相義字代替題中某些較長詞句，或者更新標題角度，甚而將行句互調。但應避免結構上之過份重覆。

（3）避用「昨」、「昨日」及「前天」等界義不清的字樣。最好不用標點符號，必要時寧可改寫。

（4）標題主詞，有時雖可「省去」，但要令人一目了然，不能「亂省」。「是」一類「動詞」（verb to be），通常亦可省去。關欄「標籤式標題」（label），不一定要有動詞，但應有「主詞」（subject）、形容詞及副詞「修飾語」（modifier）。副題中如有主詞，可以省去。

（5）續發性的新聞，標題亦應表現出連續性，以引起讀者相連的印象。

（6）如時間許可，版面又和諧，應製適當美工標題，使版面更活潑。

(7) 對角之前後題、或上下題、三行題，只宜用於輕鬆幽默的花邊新聞中，不宜多用；哀悼用之書邊框欄，尤應愼重使用。

(8) 詞語的濃縮或簡稱，應爲大衆所能接受，而語意又不會產生第二種解釋爲限。職是之故，如將內政部簡稱爲「內部」，外交部稱爲「外部」，均屬不妥，而臺灣銀行，則可以稱爲臺銀——已慣爲大衆使用。

(9) 基於中國字音的特性，以三、四、五、七字爲一音組之句子，比較合於我人的閱讀習慣，如果不是出於強求，主題能有「對聯」形式的對偶和平仄，會加深讀者的印象，但切勿勉強或故意賣弄。

(10)夾用外文（如 L/C、B₁）和阿拉伯數字（例如 1 ％），要先確定是否爲適當，最好用直排，避免混淆。

(11)「一周股市大勢」、「文教短波」、「□□零縑」一類「標籤式」綜合標題，在新聞中不宜多用，但特稿與雜誌文章則無妨❷。

(12)「將」、「料」、「傳」、「可能」等字眼，與新聞之「實現性」有密切關係，應謹愼使用。

(13)標題大小的決定，通常基於新聞內容的重要性、新聞的多寡、新聞版面及欄數之大小等三項因素。大標題和小標題的數量，應具平衡感，不能偏在二分之下以上或以下，也不應偏於右邊或左邊。

(14)標題中必得用否定語句時，應注重「否定詞」（negative term)與其「動詞」(verb)及「受詞」(object)的關係，不能任意分開❸。

(15)非知名之士的姓名，不將之放在主題內。同樣除非爲災害性新

---

❷　附帶一提的是「題目」(topic/title) 不同於「標題」。題目可爲「片語」
　　(phrase)，而標題則往往爲一句句子 (sentence)。例如——
　　社論題目：推行禮貌運動的意義
　　新聞標題：禮貌運動高潮
　　　　　　　昨在北市展開
　　至於 "theme" 則是「報導主題」。

聞，否則地點名稱亦不宜放在主題。

(16)主題要有動詞，但爲避免可能引起的誤解，動詞最好「藏」於題內。

第三節　製題要領

(1) 先詳細閱讀整篇報導，從整段新聞中（並非光是導言）了解發生了什麼「事」，與「誰」有關？此事是「如何」發生的？「原因」何在？找出新聞的主體，確定重點或特點，掌握主題所要表達的內容。

(2) 以「解答問題」爲取向，「擠出」主題。例如：

欣欣天然氣公司表示	問題（表示什麼？）	肩　題
萬芳社區瓦斯槽 年底前動工興建	答案（結果）	主　題

因此，「互助委員會收效嗎？」一類「懸疑性標題」，應審愼使用。

(3) 主題決定後——

(A) 考慮是否要加上通常述說「原因」的肩題，引導主題「出場」（眉題亦有此功能），如無需要，不要硬加肩題。

(B) 主題「第一印象」，是否已強化？有時爲了強化第一印象，標題的挪位和文法組織，可能有所「顚倒」(inversion)，但若無損於意

---

❷　用否定語句時，最易犯上三個語病：(1) 在「否定」的原意中，又隱涵「肯定」語句（氣），使兩者意義混含不清；(2)標題原應分作兩行、或兩件事來述說，但卻混雜在一句內，使得「語構」(syntax) 欠妥，容易引起誤解。(3) 雖使用雙行主題，但卻是變成斷題（腰斬 "split"）。例如：「三臺杯葛／藝人跳槽」。

義的表達，則仍可以接受。例如:

——文句排位之顛倒:

　　策略性工業貸款

　　　原則上決續辦理

——文法顛倒:

　中曾根康弘昨表示

　　盡快本月解散眾院（應為: 本月盡快解散眾院）

（C）再考慮主題是否需要做進一步的補充說明，如有需要，卽加上通常在述說「經過」的子（副）題❹。

（4）以「何人」、「何事」、「何時」、「何地」、「如何」（How）、「何故」、與「何義」（So what）等「六W一H」之「七何」，再檢視標題一次，以視這些因素，是否已在標題中，與新聞配合無誤，並且適當地顯現出來❺，其中關鍵字句是否無誤？❻「如何」尚包括數目之多寡（How much/How many）。例如: 人數、款項、面積、距離、物資與歲月時間等。

（5）社會新聞的主題，應先考慮以事實為主；續發新聞，以結果或

---

❹　主題為「獨立子句」（Independent/main clause），副題「通常」為「附屬子句」（subordinate clause）（但會有例外），作為主題的補充說明，肩題則多為附屬子句的「副詞子句」（adverbial clause），通常作為表達消息來源，解說主題的原因、目的，甚或作為主題「主詞」（subject）之用。肩題有時可以放置在主題之後、副題之前。

❺　如同新聞寫作一樣，五W一H與「何義」（題意）這七個「原素」不必一股腦塞在標題裏，但可以作為一個檢視標題是否完備、美好的簡易量尺。如此可免去諸如抓錯重點，題文不符，扭曲文意，主題意義不明，片語、子句與補充、修飾語錯用，主詞混淆，字句重覆、內容過於繁雜、濫用、誤用成語、詩句及引號等毛病。

❻　外國報館，通常會編列一套「標題代用字」，供編輯使用。例如:

　死　　遇害　　被殺死　　受襲逝世

　1字　　2字　　3字　　　4字　　之類

續發事項爲主；災禍新聞，以死傷人數與財物損失爲主；會議新聞，以決案與所討論問題爲主；開幕新聞，應標出會議性質；閉幕新聞，應標出會議結果；重要演說報告，應列出重點所在。

(6) 就國家、民族、報社的立場，以及編輯政策與報紙風格，細心考慮一下，標題有否「紕漏」？ 措詞用語與字數之增減是否恰當有力？有否涉嫌誹謗和無意中犯了報紙審判的主觀毛病。

(7) 標題與導言（甚或內文）之「重覆處」，是否爲恰當？ 抑或只是無意義之重覆？

(8) 看看是否應加上點、線一類「題花」，爲標題「化粧」？

(9)心讀標題一次，「默讀」所用字詞，是否朗朗「上口」，聲調鏗鏘？

(10)「猜猜」那些讀者對此則新聞「最感興趣」？ 標題的「措詞用語」是否合他們的胃口？（沒有一個標題，能合所有人的口味。）

第四節　落（下）題的程序

(1) 把所有要表達的字句一一寫出，不拘字數多少。

(2) 減字，減去可減去的字。

(3) 增字，增加應加上的字。

(4) 多作從容思考。改字，斟酌字句，改爲更適當的字和詞。

(5) 如塗改過多，標題應重抄一次。

第五節　主題的表達

(1) 把握主題的路向，可先從下述兩點著手：

（A）新聞的結論（並非一定是導言，但導言是不能忽視的。）

（B）最新的事態發展。

（2）把主要事實，作實質而扼要的提示。

（3）將新聞中重要的句子摘錄，作爲主題。

（4）倘若新聞內容複雜，牽涉面廣，但缺乏突出點，則可用概括的方法（標籤式）表現主題（例如，「發展策略性工業」一類標題卽是。）

（5）在多項事實中，抽選新聞中最重要一點，加以強調。

（6）採用適當的排比法，將要點並列。

第六節　非新聞標題的製作

一則夠份量的標題(qualifier)，必然是信雅達兼備的。但在雜誌、副刊與特寫等新聞時效性不強的標題，有時爲了提高「誘讀力」起見，在不違背道德和責任原則下，作些趣味性高而又能產生「震撼力強」的標題，似亦無可厚非。

例如，特寫標題（Teller）主要在提鈎主旨，或作某項預告，因此不妨在標題上，用些雙關語，引起閱讀興趣。比如：「男煮外，女煮內——臺北大廚師盡是男人世界」。

非新聞趣味性標題，通常會是「演繹式標題」(connotative head)，亦卽較具聳動情緒的「非實用性標題」（nonfunctional headline）與花俏題（blind/teaser）十分相似。一般而言，此類標題的主題，可用搶眼的較大字號，簡簡單單一行或數個字，就點出內文的旨趣和精髓。落題方式，則是由點取面，以「大題小作」、「小題大作」途徑俯瞰。而有關內容的性質、發展過程與最新消息等，則以眉題、子題，甚至分題等附題來烘托。有時也會用內文關鍵性一段，以較大號字體，作爲「引

文」來「破題」。在特殊的採訪中，[有時又爲了強調採訪成果或時效，會加上簡潔的「綴題」。 例如， 時報周刊到日本訪問郭源治、郭泰源和莊勝雄二郭一莊時，就用過「追降日本──緊急追踪」的「綴題」。

非新聞性標題的製作， 似有下列若干角度可取， 惟大部份要用明確、清晰的附題襯托，不然便可能意義不明了──

(A)妙用成語。例如：

△危「鷄」又起! (用叶音字「鷄」代「機」。見聯合報)

期盼不再競選吃苦頭

女兒要邀老爸斬鷄頭

△神秘女子呼之未出 (將「未」字代「欲」字。見聯合報)

偵辦□□□案重陷膠著

△龍困蠶室 (創新)

(我國成棒在漢城蠶室敗北。見聯合報)

△「統領」「天下」「突破」「卓越」

「我們的」「經濟雜誌」(全是雜誌名稱)

△都是試管惹的禍

──造人醫師張昇平 (原文書名爲：「都是夏娃惹的禍」。見時報周刊)

△追趕跑跳，碰難題 (追趕跑跳碰是電影片名， 這裏指的是田徑隊。見時報周刊)

(B) 數字遊戲。例如：

△旋風六百秒 (高雄市警匪槍戰，警方於十分鐘內使歹徒伏法。見時報周刊)

△23處驚險激流／17萬人次尖叫 (民衆嚮往秀姑巒溪泛舟活動。見時報周刊)

(C) 舊調新詞。例如:

△不知錢落誰家（臺北十信資金流向。原曲詞為: 不知花落誰家）

△妹愛哥哥身體壯咧! （舉重國手結婚。原詞出於電影「原鄉人」,
由鄧麗君唱曲）

△春風吹亂江南案（江南被害案。原文為春風又綠江南岸。見聯合
月刊）

(D) 原詞別解。例如:

△這次棒賽，好棒! （見聯合報）

△一肚子墨水（臺灣大肚溪受污染。見時報周刊）

(E) 中西並用。例如:

△心鎖

——Aids Are The World （見大人物）

△Keep fit。

——密斯的煩惱 （Keep fit 卽保養身材，密斯為 miss）

(F) 嵌字對偶。例如:

△「驚龍」已經殺青

「飛燕」暫不歸來（中視武俠劇「飛燕驚龍」已拍完，但續集「
風雨燕歸來」則停拍。見民生報）

(G) 感喟唏噓。例如:

△抗癌新藥。你推我擋! （見聯合報）

△菩薩落入三千丈紅塵（三重慈雲寺被拆。見時報周刊）

(H) 抑揚頓錯。例如:

△一男‧兩女‧三支槍

△「害喜」只有一個現象→好吃（見民生報）

△當慶當慶當當慶（敲鑼聲）

　　　　——木柵三姓大拜拜熱鬧非凡

（I）水平突破。例如：

△把榮耀穿在身上

　　——高中生穿校服的意義

△超越時光隧道的浪人

　　哈雷彗星在不歸路上徘徊

△假鑽石眞鈔票

　　——蘇聯鑽暢銷全球

△相識識相？

　　——不良份子鬧酒闖禍

△上大人人上大

　　——民意代表眞有特權？

△子宮出租

　　——談寄育胎兒的法律問題

△小雨點醋味大

　　——談木柵景美地區的酸雨

△黑的俏白的嬌

　　——世界選美大賽佳麗如雲

（J）標語口號。例如：

△學畫的孩子不會變壞

　　——兒童才藝班多采多姿

△暫時停止呼吸

　　——辛亥隧道內空氣含鉛量增高

　　余也魯也曾將雜誌標題的製作方法。按五W—H意義，**歸類爲五個**「方程式」。——

(1) 用問句來作標題的「問題式」。例如：你會是個好丈夫嗎?

(2) 直接說出內文主旨的「敍述式」。例如：

(A)「又是秋冬進補時分」（何時）。

(B)「勿把杭州作汴州」（何地，否定敍述式）。

(3) 用「較好」或「最好」一類比較級語態，來說明主題的「比較式」。例如：「人類面臨的最大考驗——核戰」。

(4) 兩件相反事件並排在一起的「對比式」。例如：「足不出戶可以環遊世界」（如何）。

(5) 聽來驚心動魄的「口號式」。例如：

(A)「不自由毋寧死」（何故）。

(B)「吸煙有害健康」（何義）。

此五類「方程式」，每一類都可以「七何」中任一「何」來製作標題。非新聞標題的主題，多為單行主題，這五類製題技巧，應具參考價值。

陳石安（民六七：五二六）指出，在一個標題中，就新聞內容來處理，決定主、子題的分配原則，似乎更合乎非新聞標題製作法則：

選　為　主　題	選為子（副）題
新聞中的事實	新聞中的評論、推測
重要、影響大者	次要、影響小者
事實已肯定者	事實未肯定者
最新發展的事實	已經過去的事實
預測將來	追述過去
數字的概括說明	數字的個別敍述

　　有人就標題所表現的性質，將標題分為 (1) 寫實性，(2) 解釋性，
(3) 啓示性，(4) 批評性，(5) 人情趣味與 (6) 感歎、幽默諷刺、疑問
等類別（見下頁附錄）。

　　實質上，新聞的標題，無疑應明顯地以新聞的內容為依據；怎麼樣
的新聞，便會產生怎麼樣的標題。硬將標題所表現的內容（實際上是新
聞內容），進行分類，頗有踵事增華之感。

　　不過，此種分類的方式，也明確地展示了一個事實，卽標題在表達
新聞的內容時，除了「提要式標題」(summary/definitive headline)
外，其餘並不一定要用與新聞內容相同的「字眼」來用之於標題；其下
筆的角度和措詞用語，尤其是非新聞標題，只要與新聞內容所具的事實
相符，沒有誤解、曲解與大做題外文章卽可。否則標題可能無法生動活
潑，卽如一個人總是板著臉的在說話，不管喜怒哀樂，毫沒有一丁點兒
表情一樣。這種巧妙地象徵「標題表情」的隱喻，也就是一般所謂的
「題意」(Think-piece headline)。（惟不能超出事實，否則會犯上誹
謗）。

　　值得一提的是，標題的製作，已邁向精簡扼要，以簡鍊清楚為主；
過份「虛張聲勢」的作法，已逐漸落伍。掌握「何事」(what)，與「
何義」(So what) 兩個重點作為表達題意要領，似合中庸之道。

《附錄》標題性質舉隅

(1) 寫實性
標題

(2) 解釋性
標題

(3) 啟示
(推測)性標題

(4) 批評性
標題

「鎮長盃」跆拳賽
木柵國民小學
獲男童組冠軍

提升政府間接稅收
創造國民就業機會
自由貿易區有助經濟發展

政大經研所所長陸民仁指出
港幣波動幅度雖大
未來呈相對性穩定

違規廣告招牌充斥
影響市容妨礙交通
柵美分局無力拆除取締

(5) 人情味標題

(6) 趣味性標題

(7) 疑問諷刺性標題

孤苦老人張德元
存摺遭竊陷困境

媽媽扭扭
奶奶恰恰
·舞出一季春天·

電玩查收問題多多
雖能供教學用
改裝頗費周章

第七節　標題紙上的舞臺

中文標題紙 (Headline Paper) 應用白紙切割而成。其大小呎吋，應爲一張普通印刷用白報紙（四開）一頁之四分之一，亦卽縱高五吋半，橫寬約八吋，可做橫直使用。標題紙背面，應：（一）簽上作標題者姓名，以示負責並方便查證；（二）寫上新聞提示，避免錯誤或題不對文（尤其標題採用照相排字時，更應特別小心）；（三）版別，以便追查標題的位置所屬。例如：

```
┌─────────────────┐
│  第 □ 版         │
│  國慶──臺北       │
│            汪堯行  │
└─────────────────┘
```

標題紙之重點在正面。一張標準標題紙正面，除了標題外，尚應用紅筆標出下列五大部份──

(一)字號的註明

字號以「＼」綫條符號標出。貫用的字號標誌有：

字號＼符號字體	宋	方	正	仿
特　　特	特			
初	初（五行）			
新　　初	新　初（四行）			
一　　號	1　宋*	一　方	一　正	一　仿
	①　⊖	一　方	一　正	一　仿
二　　號	二　宋	二　方	二　正	二　仿
	⊜　⊖	二　方	二　正	二　仿
三　　號	三　宋	三　方	三　正	三　仿
	⊜　⊜	三　方	三　正	三　仿
四　　號	四　宋	四　方	四　正	四　仿
	⊗	×　方	×　正	×　仿
五　　號	五　宋　⑤	五　方	五　正	五　仿

＊ 宋體字原則上不須標明宋體，正、方和仿宋則一定要標明字體。

(二)題型與排文的註明

題型是註明標題的長短，小型報章因受中型版面篇幅所限，常用的題型有五欄、四欄、三欄、兩欄和短（一）欄等五類。除了關欄外，內文的排列，通常會有五分二，全四，四分二，全三（三長，亦卽題三文三之「折欄」），三短（題三文一、題三欄文一欄），全二（二長、題二

欄文二欄），二短（題二文一、題二欄文一欄），和一欄。標明題型時，題的長度和排文應予配合。 一般寫法是這樣的：「題五、 文五分二」、「題四、 文四分二」、「題四、文排四後轉一」、「題四文一」、「題三文一」、「題二文一」、「短」其實有經驗編排技工，只要一看字數和字號，就知道是多少欄題了。不過，身爲編輯者，應力求每一步驟之清晰，減少錯誤，節省時間。

至於關欄的規格，諸如三分二、 四分二、 五分二、 五分三、 六分四、六分三、七分三、七分四和八分五等，亦應在標題紙上註明。

(三)註題位置變化的註明

標題位置的安揷，一般而言有：

1.直題：排在一則新聞內文起首的右邊。

2.橫題： 排在一則新聞內文起首的上面。（ 標題文字應由右至左橫寫，並圈註上「橫題」的字樣。）

3.變化題：諸如排在一則新聞內文中央的「貫中 （中心）題」（文包題）、題短文長的「盤文」、疊字題、平頭題、對角題、以及關欄中的分（揷）題、嵌字題（run-in heads）等，它們的位置和形式，都應一一予以註明。

4.貫題（串文）：卽標題下緊排新聞。例如 「貫三」卽是標題與新聞內容，共排三欄。

(四)花邊（飾）的註明

如果標題須上下、 左右、 兩行標題中間、或四周加上框線，應在標題上說明， 並指明框線的類別❶， 關欄的框線亦然。例如「上下邊加線」表示關欄上下邊，要加框線；而「二框」則表示關欄的四邊都要加

---

❶ 印刷工廠會將各類花邊編列「號碼」（#），供編輯選用。

框線。

(五)寫上題次。例如：頭題寫註上①，次題則註上②之類。

(六)劃上標題的圖樣，使檢排技工更爲明瞭。

玆將以上所述，繪圖說明於後：

A. 直題擧隅

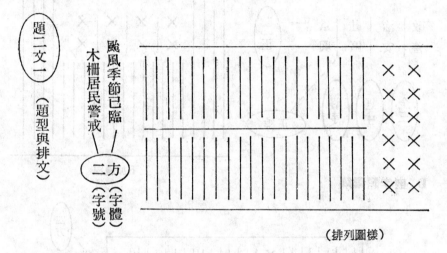

（排列圖樣）

B. 橫題擧隅

C. 化變題舉隅

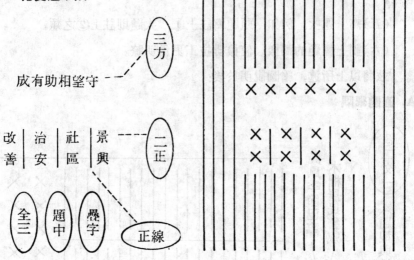

成有助相望守 —— 三方

改 治 社 景
善 安 區 興 —— 二正

全三 題中 疊字 —— 正線

上下加邊線

D. 嵌字題舉隅

母忘國難 —— 四方

莊敬自強 —— 四方

嵌字

四分二

團結奮鬥 —— 四方

四邊加線

＃6（花邊編號）

打字標題，要用阿拉伯數字，列明多少「級」。例如：

　　改善木柵交通

　　　　　　　　50級粗方

　　指南增開新線

標題又可加花式深淺不同網底（字仍爲黑色），或使用黑底（或深花紋底）白字（反白），但都要列明網紋編號（井）。例如：

第四章　鬬欄的變化

美化版面，要講求空白的運用，這就是所謂的「留眼（白）」，也就是在版面上鬬（邊）欄，亦名之爲「特欄」——因爲這是一個給編者自由的「特區」，編者可以將欄數隨意變化。鬬了欄的版面，除了使得版面活潑、欄數有變化外，尙可以穩定版面，防止通欄的毛病。一個版面如果沒有一、兩個鬬欄，則整個版面就可能顯得單薄些。

第一節　鬬欄的種類

(一)就鬬欄的形狀來分，大致有直欄、橫欄、曲尺欄、雙頁欄和大小欄重疊五種，但最好合乎黃金分割率，並與版面大小、文章性質、氣氛，甚至圖片成正比。各種鬬欄的形狀如下：

(A)直欄 (五分三)　　　　(B) 橫欄 (三分二)

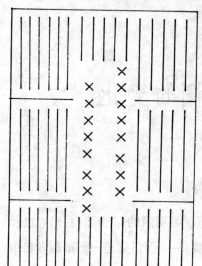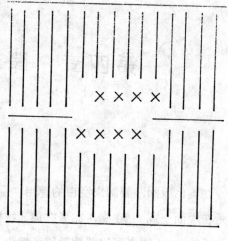

(C) 曲尺欄 (文全二)

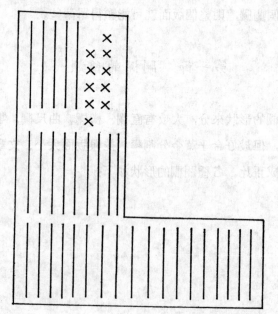

(D) 雙併欄（周報罕用）

　　(2)　　　　　　　　　　(1)

說明：按一般通例，兩欄不應
　　　「並列」：此是「破格
　　　」，但用時仍應小心。
　　　兩鬧欄之排文長度，最
　　　好不同。

　　（五分二）　　　　　　（五分二）

(E) 大小欄重疊之欄中欄

　　(a) 小欄在中間

（七分三包一個三分二）

（b）小欄在右上角

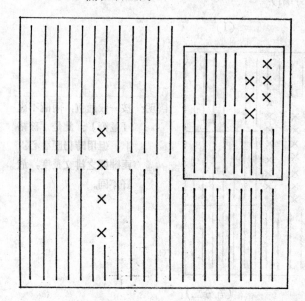

（五分二包一個三分二）

（c）小欄在
左下角

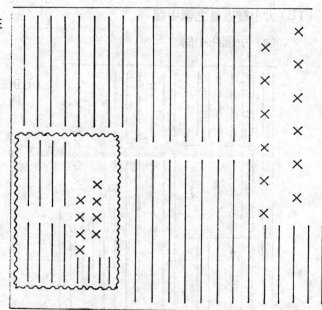

（五分二包一個三
分二）

（二）就鉛字檢排的鬧欄排文長短來分，變化欄的種類有如下數種：

（a）基本欄為一欄，而一欄高之新聞，通常稱為短欄。它除了用以報導簡短、次要之新聞外，尚可作為填補、轉移之「救急丹」。短欄應以七、八十至百字為度，太長就不好看了。

（b）除了基本短欄外，其他變化欄，週報常用的有全二、全三、三改（分）二、全四、四改二、四改三、五改二、五改三、六改三、六改四、七改三、七改四、八改三、八改五等，茲以下表列述於后（每一變化欄排文，調整欄線寬度後，容許作一個字彈性調整等，例如三分二每一變化欄排十一字，但也可排十二字之類）：

特徵＼變化欄	全二	全三	2/3	全四	2/4 3/4	2/5 3/5	3/6 4/6	3/7 4/7
排文字數	14	24	11	32	16 / 10	20 / 13	16(2/4) / 12(≒2/3)	19 / 14(≒全二)
欄寬廣度	略小於正方形約17行	正方形約19行	可橫可直，以橫放長方形約33行為悅目	正長方形，約19行。	略小于正長方形，約20行	以正長方形約22行為悅目	以正長方形約26行為悅目	以正方形約30行上下為度
內文字數	200～250	約300	約600	約400	約450	約700	約1,000	約1,000～12,000
連標題在內的總字數	250～300	約420	約750	約600	約600	約900	約1,250	約12,000～18,000
標題位置	多直題與中心題	可橫可直	多中心題	隨意	隨意	隨意	隨意	隨意

　　附帶一提的是，五改四由於排文過短（十個字，　等于四改三），而欄數過多，並不悅目，故甚少採用，六分五亦然。另外，由于周報版口寬度關係，八欄以上闢欄並不多用，偶爾一用，亦多用八分三，八分五之類變化欄。

　　一千二百字左右的長文，如果不用七欄，亦可改用通三欄（或三分二）之底欄；但若文長一千六百字，則需用通四欄（通常爲四分二）之底欄了（標題應佔三百五十字左右，方能與內文平衡）。

第二節　闢欄的高度和寬度

　　闢欄的高度和寬度，應大略合乎黃金分割律（golden section）中，長寬比例的原理。根據此一法則，一個正長方形的比例是這樣的：

$$\frac{長（y）}{寬（x）} = \frac{1.6}{1}$$

$$長（y）= 1.6\ 寬（x）$$

$$寬（x）= \frac{長（y）}{1.6}$$

合乎此一比例的闢欄，比較悅目。

　　變化欄的決定，可將內文字數，加上標題折合基準字的字數（如果製標題，可按標題佔內文百分之二十的計算法，將內文乘一點二，即可大略得到總字數），　然後視其字數，　決定應闢什麼樣的一個變化欄，最爲合理、最接近上表條件和最悅目。例如：如果字數在兩變化欄之間，則可用變化欄之排文長度，乘以該變化欄的欄數，再除以總字數，即得該文在版面上所佔之行數面積，因而可審視此一闢欄，是否合乎黃金分割律和與版面配合。

例如: 連標題在內之總字數為七百五十字, 不知該闊為五分三? 抑橫三分二闊欄? 則可作如下計算:

(1) $\dfrac{750}{3①\times13②} = (19.2) \simeq 20$　　(2) $\dfrac{750}{2①\times11②} = 34$

說明: ①此係五分三欄之"三"欄　　　說明: ①此係三分二欄之"二"

　　　　（變化欄）　　　　　　　　　　　欄（變化欄）

　　　②五分三欄之變化欄為每　　　　②三分二欄之變化欄為

　　　欄13字長　　　　　　　　　　　每欄11字長

如果版面其他條件配合, 按黃金分割律, 五分三欄, 每欄應排二十二行方為悅目, 而三分二欄每欄排三十三行左右為悅目; 按上述計算結果, 自是以橫三分二為宜, 闊為四分二亦可（照以上公式計算）, 若闊為六欄, 則每欄行數少, 欄橫寬度便太窄, 就不好看了。

倘若兩種變化欄不分軒輊時, 則應視版面情況, 而自行抉擇。周報版口細小, 如果一版左右兩邊各有一個直邊欄時, 則兩邊欄寬度相加起來, 以不超過四十二行為宜（約版面三分之二寬）。如果一個橫底（邊）欄與另一個直邊欄並排, 則其中最好有五至八行距離。

此外, 諸如四分二、六分三一類闊欄, 因變化欄字數之長度, 正與基本欄欄線相通, 尤應注意通欄、假（小）通欄之現象出現。（遇此情形, 可用中心題及加框線補救。）變化欄字數高度, 亦應考慮與文章性質相調和。例如二十字之欄高, 應用於較嚴肅性文稿。至於所選用欄綫亦應配合欄的形式和內容。如婦女版所用的欄綫, 就應較為柔和。

第三節　橫欄的寬度

小型報刊裡之橫欄, 除非篇幅上, 另作特殊處理: 例如橫半版與

通五欄、通四欄（或四分二），通三欄（或三分二）之類以「截欄線」
(break-off rule)分隔的底欄或頂欄。否則，其寬度應以縱半版爲度。

例如，周報版口爲六十五行寬，則橫欄之寬度，應以三十三行左右
爲宜 (65/2)。

這樣的一個寬度，亦合乎黃金分割法則。

試以一欄等于一吋，代入上述公式計算，則一個三分二之橫欄，它
的寬度應爲四‧八吋左右（3×1.6）（近乎一個橫放之五欄）；若以一
吋等于七行計算，可知橫欄寬度約爲三十四行（4.8×7＝33.6≃34），
並用此，可以反溯關這欄一個欄，大約要多少字方適合（連標題折算字
數在內）。例如，上述的一個欄就應有五百四十四字了(34×8×2)。

第四節　變化欄的計算

變化欄排文長度的計算概念是這樣的：

設　　　a＝闊欄所佔欄數

　　　　b＝基本欄排文字數

　　　　c＝變化欄欄數

　　　　d＝欄框上下線的隔空字數

則變化欄每欄排文字數①：

$$\frac{(a \times b) + (a-1) \, ② - (c-1) \, ③ - ④d}{c⑤} = K$$

說明：所得之商數 k，若有小數，應取"5括6入"之法，亦卽小數位
爲 "6" 以上方進加一字，"5" 或以下，則括棄。其餘數可在欄底多排
（或少排）一行字，或加厚鉛條卽可。

②實際上，五基本欄中，只有四條欄線(設欄線爲一個字身寬)，故

要減 1，以求得改欄後，　因合併而增加之字數實際上有多少個。

　　③同上理，變化欄中有空白欄線，故要扣除其字數。若是全二、全三之類通欄，則（c−1）改爲 "−1" 卽可。

　　④通常爲一個或半個字身，合成來爲兩個字或一個字，須視實際情況決定。

　　⑤若是全二、全三等之類通欄，以 "1" 除之卽可。

　　例如：　排文爲五改三，　欄上下各需空一個字身則每一變化欄排文爲：

$$\frac{\overbrace{5\times8}^{排\ 文\ 總\ 長}+(5-1)-(3-1)-2}{3}_{（總字數）}=13.3\simeq13\ （字）$$

　　又例如：文排全三，上下各留空半個字身，則每行排文長度爲：

$$\frac{3\times8+(3-1)-(1)-(½+½)}{1}=24\ （字）$$

餘可類推。

　　因此，此處又可得出一個計算欄寬的公式：

　　　　〔（變化欄每欄排文字數×變化欄欄數）／全稿總字數〕

　　　　　+花邊厚度＝欄寬度。

第五節　闢欄的版面位置

(1) 一版中只有一個闢欄（通常以左面的欄較為重要）

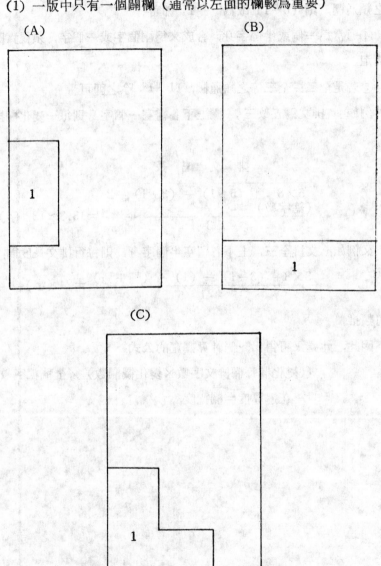

(A)

(B)

(C)

(2) 一版中有二個闢欄

(A)

(B)

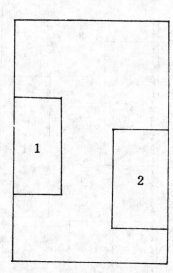

(C)

(D)

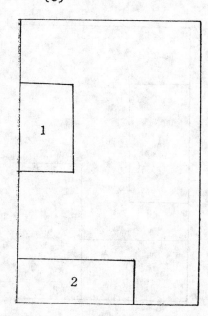

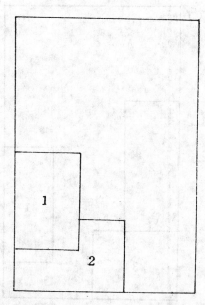

(3) 一版中有三欄

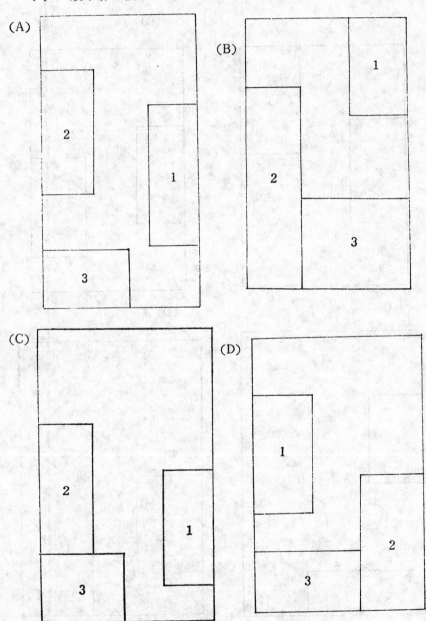

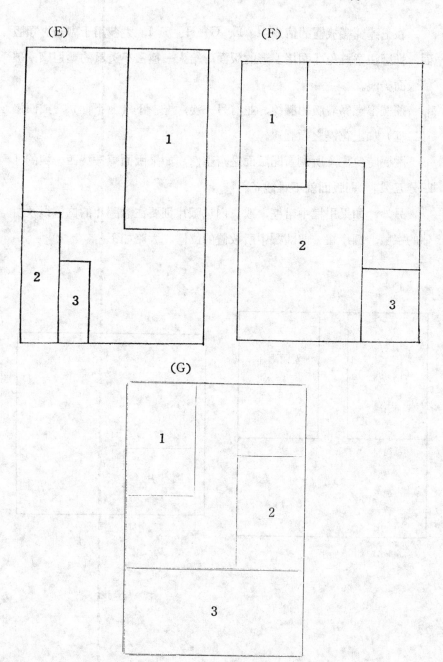

在上述闢欄放置的情形中，F、G、H、與 I，尤多用于副刊之類版面，惟應注意避免「圍堵」形的版面，給人一種密不透風的壓迫感，破壞版面美觀。

闢欄都應靠着版的欄線，並有另一邊，上、下（上下框），或四邊（二框）加上花邊之類欄線。

闢欄時要注意所剩新聞版面之齊整性，如果版面東一塊西一塊的「四分五裂」，則版面就不雅觀了。

另外，如果用框中帶框，或者內包圖片則要注意圖片的位置以及所佔的字數。圖片在一個闢欄中所放置的位置，大略如下：

(1)   (2)

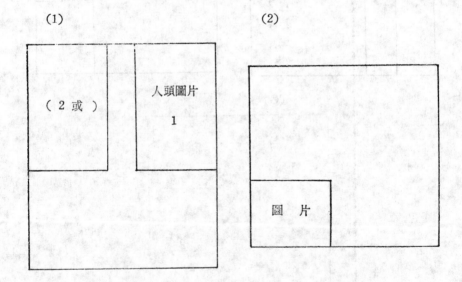

(3)

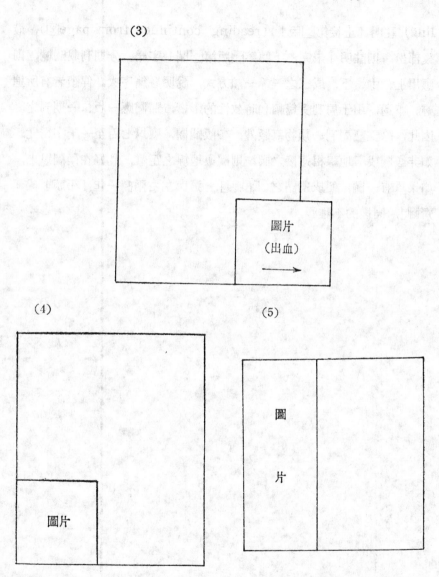

(4)　　　　　　　　(5)

　　分版、轉頁或分期刊登的待續報導 (Jump story)，所用欄數、位置、形式字行應保持一貫，　內文要以段落處為轉接點。　如果係分版轉接，則在每篇闢欄開始部份，　應以「轉接標題」　(Continued/Jump line) 註明「上接第□版」 (reading continued from page□)，最後部份，則註明「未完，下轉第□版第□欄」字樣。分期刊載闢欄，則應用上、中、下，或三之一等一類方式，說明各篇序次，俾讀者有所追尋。不過，由于周刊受篇幅和時效性的影響，闢欄應一版、一期刊完。因此，除文藝副刊一類物寫版外，各版闢欄，應以七百至一千字為度。如非底欄或與地線相連接之欄，則欄與地線之距離，最好在兩欄以上，如果只有一欄，便成所謂之「吊腳」；這與左右兩欄一起「平頭」或「齊腳」，同樣的不雅觀。

第五章　檢排、組版與貼版

第一節　檢　字

　　原稿到了排字房領班取得稿件後，多數將原稿分爲數段，再交排字技工檢排。不管是負責做標題、檢字、或專門做（盤）欄，都會首先檢查原稿的編號，之後卽依照每「條」新聞，分欄作「撮毛坯」的檢排，把活字一個個從字架上揀出來，放在「檢字盒」(stick)（海外稱爲「字斗」，音譯爲「字的」）內，排列成行。熟練的排字技工，每小時約可檢千一、二字左右，如果原稿清楚，每千字的「誤檢率」，應不超過「千分之五」❶。就臺灣地區而言，對開報份每名技工每晚排字量，通常以四百行爲準，超過了，就會要求加班費。但在海外，則以排六欄(條)字爲準。

第二節　組　版

　　檢字技工將「一盤字」（take）檢好後，便將字盒和原稿交給組

---

❶　「誤檢」包括：錯字、漏字、字體顛倒、空字（▐）、重排、掉行、掉段和標點符號的錯誤等。誤檢率應力求降低。

（理）版師傅組版（Composition/Fitting）。組版的方法，分「手盤組版法」（Stick Composing）和「組版盤組版法」（Galley Composing）兩種。

手盤組法是用左手持着「手盤」（Composing Stick），右手用夾子或手指，在字盒中檢取鉛字，依原稿及指定的型式，例如欄高、行間、直排和橫排等，排入手盤中，並隨時插入原稿上的標點符號，加上空鉛和裝飾線（如花邊），繼而調整段落、「校齊頭尾」（justification）。每組滿一行，隨手放入行間鉛條❷，每組滿一段，則置入「欄線鉛條」（Column rules）❸。滿數行或數段後，再移置于「組版盤」上，標題字另行檢排。每組滿一篇稿版，即需在四週圍好木片框或鉛框，以「紮版線」（Page cord）紮緊，防止歪斜崩散。

組版盤法則不用手盤，而按上述程序，直接在組版盤中組盤。

小版組好後，由「打樣機」（Proof press）打出「小樣」（Galley/foul/Case proof），然後連原稿送校對組校正。

經過初校（校對）——改小樣（字房技工）——複校（校對）——改複樣（字房技工）之後，依編輯所劃「版樣」（dummy），將分欄本文、標題、挿圖和廣告，由拼版師傅在組版盤或打紙型用的「版框」（Chase）內，拼成「大版」（Page up/Ful page make-up）。拼好的大版亦會經過：

打大樣（字房技工）——初校大樣（校對）——改大樣（字房技工）——打清樣（Foundry/final proof）（字房技工）——改清樣（主編複校）——打「付印」清樣（字房技工）——終校（校對長及總編輯）——總編輯審閱終校後簽名並寫上「付印」字樣——字房技工改終校稿

---

❷　採用六號或新五號字小型刊物，通常每行隔以該字六分之一鉛（木）條。
❹　通常所用為六號二分之欄線。

樣——鉛版組作最終處理（例如打紙型）❹。

第三節　冷排貼版

「冷排」指的是內文用中文打字成「條稿」，標題則用標題照相打字機排打，而貼版則是將打好的文字(條稿、標題)、照片、圖表等軟片逐一按預先劃好的圖樣，在燈光桌（拼版台）貼在貼版紙的過程。由于貼版之調改不易，因此在稿紙上的文稿字數，必定得「估計」(estimate)準確，「不讓文章有剩行」，但亦不致超過原來擬好位置，而形成「排稿過大」（Overset）的弊病。

如果稿件稍微過長或過短，可想法子用美工、刪減或其他方法補救；否則，就要重新「劃版」。條稿在剪開粘貼時，要特別小心接駁上的錯誤；最好在剪散了的條稿背後「輕輕」寫上次序，並將每篇文章的條稿、標題及圖片等，用信封裝分類好，就比較不會出錯。

關欄的變化欄長度要一致，若欄距太窄，可劃上線條作為欄線來分開。

每一小型周報版面標題，以不超過五、六題為原則。劃版面時，在劃樣紙（版面分配紙）（Layout sheets）上，各類題所預留照相打字位置的行數，大約如下：

四欄題約空六～八行，最好做五十六級雙行主題，每行七個字，但字號不應大于六十二級（初宋），亦不應少于五十級（稍大於一宋）。

三欄題約空六～八行，主題字數應在五十六級與四十四級之間。

---

❹　如果樣張已十分整潔，甚少錯誤，則校對步驟，可以相對減少。但重要稿件，仍應小心再校閱，樣張可以多打幾張，給有關人士，作為「參考樣」。

　　兩欄約空五行❺，主題字號以四十四級至三十八級之間爲準。

　　標題字數多寡及級數，除了可以計算出來外，更可簡單地用透明量字表確定。

　　貼版樣紙，最好用長寬各十三格，原長五十四公分，寬三十八公分，每格長三・四公分，寬二・六公分之一種。在此一規格中，每格可貼中文打字十八級宋體字五行，每行八字高，欄線寬度爲半個字。

　　平版印刷在改題改字時，較易出錯，粘貼時尤須特別小心。

　　如有「套色」❻，則應將不同顏色的字稿或線條，分別貼于不同的貼版紙上。例如三色套印，應先將各色稿件，按已劃好之版樣位置，分別貼于三張不同的貼版紙上，再將選用之色樣紙附貼在版樣紙的邊角上，使顏色正確無誤。

　　貼好的套色貼版紙，尚應疊合于光桌上，再仔細檢查各色的位置，是否配合得當。

　　劃版時如果能在設計上，巧妙而適當地稍微多留一點空間，則可以用作文稿計算錯誤時的調動，若有「圖片入欄」，或「出血」❼，亦應于文稿及版樣紙上，分別指出。各類粗細線條、花邊應用繪圖針筆來繪

---

❺　中文兩欄以上的標題，可稱之爲「大欄」，西報則以三欄以上爲大欄 (L)。
❻　一般小型周報亦習慣在農曆新年前後之期次上，用紅色套印「恭賀新禧」字樣。
❼　線條「出血」，需把線條劃出貼版紙的框外，並加註明；圖片出血，除加註明外，並應指出「出血方向」。例如：

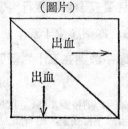

（圖片）

劃，要求不太嚴格的線條，則可用原子筆代替，但不能用簽名筆 (Sign pen) 在貼版線上劃線（因為不能掩蓋貼版紙上的小格線條，會出現「斷線」）。對影版房的所有指示，都應用鉛筆書寫，以免與版樣上要顯現的實線混淆。圖片應註明要製什麼版，並用透明紙包好，以免破損。

一份已貼好、並已有各項清晰指示的貼版紙，經過仔細檢查之後，編輯可以在上面批上「清樣（稿）」(Clear) ❽，然後送到印刷廠影版印刷。

清樣上，如有反白文字，應用鉛筆將反白的範圍劃出，並標出「實底（地）反白」或「？％網底反白」、「？％網字」或「？％平網底」等說明。

一般小型刊物，如果用鉛字來檢排，通常只須經過初校小樣、複校小樣、初校大樣和複校大樣四個步驟。也有省去校小樣的步驟，而只進行初校大樣和複校大樣即行付印。

但如果是貼版 (Film stripping)，則在交付影印之前，仍應小心將清樣核對一次，減少錯誤。版房影版之後，應將藍圖 (blueprint)（底片）置于光枱上作最後一次檢核。檢查所有標註的指示，是否已一一達成，圖片有否錯置或底面倒放，網底顏色是否過深等等。若有錯誤，應立即改正甚或重製一次。小形地方周報如採橫排形式，則版口寬度由三欄、四欄至六欄不等，因為版面關係，幾乎沒有用八欄的。如係四欄或六欄則中間（即二、三欄或三、四欄）之「通欄」，通常不以為「病」，但不應頂題。欄亦可以變化。例如：將一、二欄合併，或將六欄版面之上面「闊欄」（頂欄）改為四欄（六改四）。茲以小形周報六欄之橫排式版面作一劃樣簡單舉例：

---

❽ 採訪稿件寫齊，交由編輯處理，採訪主任會說：「夠稿(all clear)啦！」

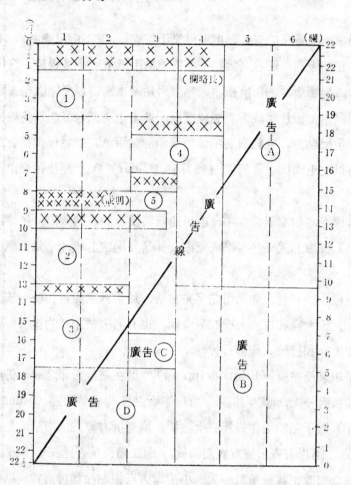

≪附錄一≫以照相排版十三級為基本字，説明小型周報八開版口欄數與
　　字數配合

13　級　打　字 八　開　版　口	橫排（行距17齒 上下共80行）		直排（行距17齒 左右共56行）		
欄　　　　　數	4	5	4	6	8
每　行　字　數	16	13	25	16	12
全　版　字　數	5,120	5,200	5,600	5,376	5,376

第四節　如何劃版樣

校園周報劃「版樣」時的步驟和應注意的事項如下:

一、鉛字檢排

　△取用一張上一期報刊,作為劃樣的紙,就所編的版面,在上一期相同的版面上劃版樣。例如,編四五六期第一版時,應用四五五期第一版作為劃樣的紙。如此,可以知道上一期版面上,有些什麼新聞,各類新聞是如何的處理,整個版面的結構又是如何的;因而,可以作為四五六期劃樣時的參考。值得注意的是,劃版樣切忌蕭規曹隨,依法泡製,缺少變化;同時,上一期版面上的缺點,應立刻予以改正,不能再犯相同的毛病。

　△應用紅墨水毛筆劃樣,為了避免通欄,生手編輯 (Greenhorn/Cub) 可用淺色鉛筆,將欄線劃上,加強注意。為避免浪費紙張起見,初劃稿樣時,可先用藍原子筆繪劃,定案後再用紅墨水毛筆補劃一次。

　△在劃樣時,第一步即應將上期報頭期次 (如編第一版),報眉的出版日期,改正為本次期次和日期。

　△靈活掌握「金角銀邊銅肚皮」法則,先將新聞、邊欄,依其題次和重要性,安排在版面之四個邊、角之處,然後再處理中間部位。短欄通常可作轉接走位之用。

二、貼　版

　1.按一般編輯綱要,將稿件修編,選出所刊稿件,確實控制字數,儘量將稿件繕寫清楚。

　2.依照文章性質與版面的變化,決定內文排法,設計版面美工,劃好大樣,並妥為保管,供 (填) 貼版時依據。

3.按內文排法，將內文送「普打」（打字排版），標題送「電打」（照相打字／植字）。例如，有一三分二闢欄，內文卽按此變化欄長度來打字。標題則應註明級數和字體。應注意的是，由於貼版後，會經過照相製版的縮版過程；印出來的印刷品字體，會較原來貼在版面上爲小。內文與標題報數，以貼版紙的版面爲準，而非印出來後的級數。

4.打完字後，卽開始校對，改正內文與標題錯誤與漏字。

5.根據大樣，逐欄、逐段或逐行粘貼內文。貼版時，可由三個人分工合作，一個剪、一個貼，另一個則作闢欄。貼時要全神貫注，不能東歪西倒。

6.內文字數過多或不足，可以卽時予以刪改。並校正補貼錯漏字。

7.內文貼妥後，再貼上標題、劃上欄線、廣告及進行美工。

8.收集尚可利用之照相打字（植字），以便下次使用。

以一張四開小型周報兩版爲一組，四版共兩組而言，編輯美工，約花一日時間，打字一天，補改錯字一天，貼版一天，照相製版兩天，若有圖片過網，或廣告套紅，則更耗時日。因此，使用貼版方式排印，對周報來說，時間更爲緊湊，應確實掌握。另外，任何版面均應着重於重點 (focus)、平衡 (balance) 與對照 (contrast) 的訴求，太過花俏的「舞馬戲版面」(Circus makeup)，大小標題亂置，闢欄凌亂，似不足取。

9.劃好或貼好版樣後，尚應檢視有否犯了通欄、假通欄、平題（尤其是短欄）、頂題（疊題、冲題）等毛病。 ❾

---

❾ 本篇參考書目尚有：
(1)余正民（民七四）:「新聞編輯實務的我見我思」，報學，第七卷第四期（六月）。臺北: 中華民國新聞編輯人協會。
(2)──（民七四）:「新聞編輯實務中平常性的重要事」，報學，第七卷第五期（十二月）。臺北: 中華民國新聞編輯人協會。

《附錄一》版樣及劃版程序舉隅

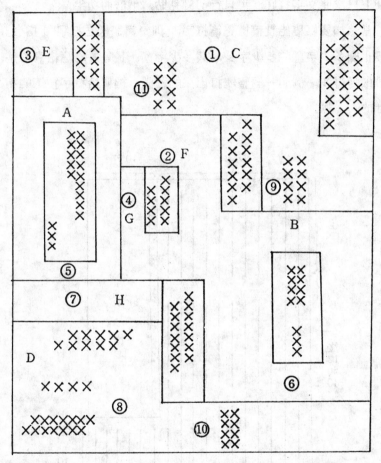

說明

1.①②③……⑧是題次。

2.ABC……是劃版程序先後。

3.⑨⑩⑪等係短欄，可隨時作補白用。

4.由於周報版面關係，左邊第一個闢欄，由第二、三、四欄起始，較爲好
　看。

　　在使用打字貼版時，也需先劃好版面，按版面規劃，請打字技工按條稿稿樣「逐篇」打字。打好字後，將條稿「整塊」貼上即可，而非「隨便」只求將文字打好，再自行切割黏貼，事倍而功半。

　　當然如要條稿能設稿樣整篇打字，則每篇稿樣之打字「指令」，如每變化欄多少字寬，多少字長，共多少字寬、長等，均應繕寫清楚，比鉛排嚴謹得多。例如一個整塊打出來的闢欄，編輯給打字技工的指令是這樣的：

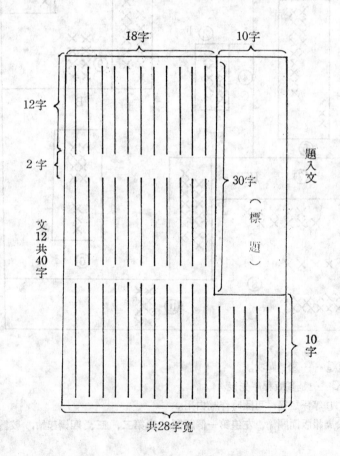

第六章　編輯守則

第一節　社區周報編輯政策

任何報社，皆應有其所以存在的立場，否則會淪爲桑德曼 (Peter M. Sandman)、魯濱 (David M. Rubin) 與沙契斯曼 (David S. Sachsman) 等人所描述之「廣告主控制」(Advertiser Control)、「新聞來源控制」(Government Control) 以及「組織內部控制」(Internal Control) 等局面。

因此，社區周報亦應訂立編輯政策，其所應予注意的項目，大言之約有：(一)新聞、言論及其他文稿比重；(二)各類新聞的容量比例 (包括廣告)；(三)有關新聞處理態度，包括新聞的時效性、報導平衡性、社會新聞的刊登角度等規定；(四)報社的特定立場和特殊、重大事件的臨時應變通則；(五)副刊、專刊及文字的風格，外來稿的選擇，長稿的刊載方式；(六)改版、換版的處理標準；(七)更正的原則與讀者意見和投書的處理辦法；(八)新聞版面與廣告版面比例；(九)版面的風貌，例如頭題新聞的形式及變化，標題行數和用字的配合，專欄的位置，花邊

新聞的處理，空白的運用與字行間條的大小等。

社區周報雖歸類為「大眾化報紙」，注重地緣和人情味，但在風格上，似應邁向高雅大方的目標，例如：

——新聞應正確、迅速、平實而不渲染；

——社會新聞只作住民善惡的的教育，在版面上不作誇張凸出；

——內容文字及標題的處理，採謹慎主義；

——評論嚴正，適度使用圖片。

——版面活潑而悅目。

另外，社區周報由於具有期刊的形態，因此可採取「主動編輯室」的作業方式，實行「計畫編輯」：

——主動對事件的發掘和追踪，規劃預知新聞、專題和特寫(稿)，並早作資料的配合準備；

——攝製出動人圖片、漫畫和插圖，以作趣味的調劑；

——掌握評論、專欄和社論的最適當題材。

為了增進讀者閱讀效果，編排設計，最好能在簡明易讀的原則下，於每版（類）新聞的報導中，找出兩、三個中心單元，作為該版（類）新聞的報導重點；並自此重點作縱、橫面的擴張，使報導深入詳盡，發揮周報的特色和功能。

第二節　一般新聞與重大新聞之處理

(甲)一般新聞的處理

(1) 共　　識

在處理一般社區新聞時，首先要認清本身立場與周刊政策；也就是一方面必須遵守新聞從業員所應遵守的原則，一方面則發揮社區報特

性。擁護新聞自由之同時，尤應注意:

——不違背國家立場: 一切是非、利害、善惡的評估，應以整體的國家利益著想。

——以公眾利益爲利益: 積極方面，應以促進公眾利益爲己任，消極方面，則應不妨害社會公序良俗。所採訪到的新聞，應細加衡慮，方予發表，絕不能作「有聞必錄」的文抄公。

——尊重個人自由: 積極方面，應尊重他人自由，消極方面，則不應妨害他人的名譽及信用，更不能涉及誹謗。

(2) 做　　法

新聞處理，以精簡爲是。編採人員除了不遺漏一般新聞外，也應顧及獨家新聞之發掘; 在發生重大新聞時，更應嚴守社區報的報導特色。

一般地區新聞處理方法和原則，約有如下數端:

(A) 精簡: 寫稿力求簡明扼要，編報則著重去蕪存菁，化繁爲簡。

(B) 統一: 稿內人名、地名及其他專有名詞都應統一使用。

(C) 整合: 新的人地事物見報時，儘可能配以圖片，並附以相關資料，加以介紹或分析。

另外，在整體氣氛上，應力求新聞與時令配合，副刊、社論與新聞配合。

(D) 重點與分散處理: 內容繁複、稿量較多的新聞，可依版面酌情作重點或分散處理，以利版面調配。如新聞錯綜複雜、或尚在發展之中，可以「綜合報導」方式處理，令條理分明。惟不論作重點、分散或綜合處理，應避免矛盾、重覆、或支離破碎各說各話。非萬不得已時，同一篇稿件，不作分割轉版處理。

(E) 機動與變化: 新聞處理，貴能懂得利用時效，隨機應變，不泥守成規。

(乙)重點新聞處理

周刊重點新聞 (Featured News)，即當期所發生最引人注意的新聞重點。衡量重點新聞，端視當時事態、時局發展、新聞本身份量，以及其影響力之大小深淺。事態、時局的變化，會使重點新聞作「大」變動，而新聞人物的言行舉止，則會使重點新聞旋渦逸起，並且各有其發展方向，令重點新聞中，又有重點。

舉例來說，重要會議舉行，重要人物政策性談話，天災人禍等事件，都可以成為新聞重點。

不過，重點新聞也許就釘在某一事件上，有時卻不停在變，有時數個重點同時顯現，有時卻又踏破鐵鞋無覓處。因此，編採人員，應以各種不同角度，加強觀測新聞，方能對重點新聞作適當處理。

一般重點新聞處理，尚應顧及下面數端：

——把握重點中的重點。

——新聞版位與標題突出醒目，並輔以圖表、特寫專欄及相關資料。

——如有需要，版面應作適當調配，必要時，不惜抽去瑣雜與一般無重大新聞價值之新聞。

周刊每期編前會議，應討論該期重點新聞。若在會議中，又有其他重要新聞，則應迅速協調處理，不應畏難怕煩，而滿足於既得之手頭資料。

第三節　編輯工作要覽

稿件到了分版編輯手裏，得馬上展開正式的編與輯工作，亦即英文報章之 "editing" 與 "copyreading"，這一步驟，包括處理上的基本哲理，和實際工作。

一、基本哲理

我國著名報人馬星野先生曾謂：「報導求眞，評論求善，版面求美。」誠版面處理之至理名言。編輯之責任，卽在通過系統性的整理文字，製作精簡標題，美化版面，進而表達崇高思想，提昇文化水準，達成大眾傳播的使命，因此，編輯在執行工作時，應該謹記幾項基本哲理——

（1）本新聞道德、編輯方針和新聞編採原理，客觀地處理任何新聞。不因新聞「重大」，而作過度標新立異處理，不因新聞「瑣細」，而忽略可能發展的潛力。

（2）在整理文字之時，以正確、完整與時效性強爲不二法門。

（3）任何一則內文，都必須有新聞因素在內。要注意特寫所占的篇幅，它只能補充新聞而非代替新聞。

二、稿件處理要點：

在文字的系統整理方面，主要有下列數項——

（1）改寫與潤飾文字，調動段落，加入分、插題，逐句以紅筆打上標點。

（2）改正錯別、缺漏與顛倒字與詞句。

（3）內文如有必要，加入補充語和接語。

（4）核證人名、地名、數字、時間和引用句語。

（5）刪節浮濫誇大、文義不明、內容重複及與新聞無涉之詞句和段落。

（6）製作標題，選擇圖片、並規畫版面。

值得一提的是，編輯在審閱稿件時，應養成一如校對之「點讀」習慣。只有這樣作嚴格的逐字品管，方可避免重大的疏忽。另外，上述工作程序完成後，尚應全篇精讀一次，檢視全文是否貫通無礙，這對周刊編輯而言，應有足夠的時間。

第七章　新聞攝影與圖片

　　漫畫、圖表和照片 (Photograph, Foto/picture, Pix/Px) 一類的圖片，是報紙版面的「動象廣告」。處理得當，可以增加版面的立體美感，補充文字的不足，提高新聞眞實感和可信度，吸引讀者視線，處理不得當，則整個版面便會風貌盡失。因此，圖片處理必須非常小心，以免畫蛇添足，「亂貼膏藥」。

第一節　攝　　影

　　攝影 (photography)，係記錄事實的一種方式，也是攝影家從事「負於自然的再生能力之處理程序」。攝影時要將感情放入，要要求影像的寫實，色調（黑白）層次的分明，和捕捉瞬間的變幻，是技藝、景物與敏銳觀察力的融合。

　　攝影的工具是照相機 (Camera)，它的簡單原理與基本結構是這樣的（見圖一）──

　　(1) 鏡頭：作用在收集景物的反射光線，聚集影像。自鏡頭中心點至底片間的距離，稱爲焦距 (Focus, F)，亦卽在其外表上所看到的「呎」或「米」刻記。它可調整長短，使物像清晰。標準鏡頭的焦距長度，與

圖　一

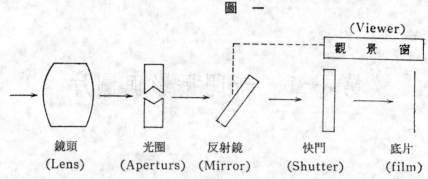

鏡頭　　　光圈　　　反射鏡　　　快門　　　底片
(Lens)　(Aperturs)　(Mirror)　(Shutter)　(film)

所拍底片對角線的長度相等，長鏡頭 (Telescope) 的焦距，比底片對角線長，而焦距比底片對角線爲短的，則屬廣角鏡 (Wide-angle)。

(2) 光圈：作用在調節光線 (light) 入口口徑的大小。光圈在鏡頭的外面，刻有 F 數值，諸如 1.4、5.6、8、11、16 等數字，以識別進光量。F 數值係以口徑除焦距的商，數值越小，口徑愈大，進光量就愈多，景深愈淺；反之，進光量就越小而景深越長。

(3) 快門：作用在控制底片接受光線的時間，與光圈配合，便能使底片獲得適當的曝光。曝光是光線強度，乘以光線的作用時間，光線的強度越大，受光的時間應越短，才可以得到適當的曝光效果。一般非靜止目標，通常用六十分之一秒，日常生活的快照，則往往用一二五分之一秒的速度。

(4) 觀景窗：供人以肉眼來判別景像、以及上述光圈、快門和焦距等三部分是否調節適量，搭配妥當。

(5) 底片 (Cartridge film)：底片（捲裝軟片）係錄像的實質材料，它必須配合照相機的特性與攝影的目的來選用。底片對光線的敏感度，稱爲感光度。感光度高，底片的銀粒較粗，放大時，會顯得粗糙；感光度低，遇到光線陰暗的場所，效果便不好了。感光度，以曝光指數來表示，例如美國標準 ASA100，和日本的 JIS100 一類便是。

以一般情形來說，用 ASA100 的底片，在戶外陽光下拍攝，用二五〇分之一秒，配以Ｆ８光圈，大致可拍得一幅光度可用的照片。

購用底片時，而注意包裝盒上的「感光度」(SSS 爲高感度，SS 爲中感度，S爲低感度)、製造日期，有效時間和規格的大小。底片開封入照相機後，應立即使用，以免因底相上的感光乳劑 (emulsion)、粒狀性、明暗對比的「調子」，以及表現色彩明亮度與均衡的「感色性」等的消失變質，而影響底片的成效。

控制照相機的基本技巧是：雙手穩持相機，把相機緊貼額頭，以食指輕按快門的活塞 (button) ──不使相機受到震動。

把拍攝得來，經過曝光的底片，經過暗房 (darkroom) 沖洗 (develop)，即成負片 (negative)。再透過技術處理，將負片沖印 (photofinishing)，曬 (print) 成爲照片 (正片)(positive)。

第二節　新聞攝影

新聞攝影[1]，簡要來說，係指以圖片爲主，文字爲輔的「圖片新聞」(pictury story) 拍攝，或以圖片配合新聞所作的處理；通常可綜稱爲「照片新聞學」(photojournalism/picture journalism)。圖片新聞經常以評論性之「圖與文」(photo essay/compre, comprehensive) 或一組攝影圖片 (picture group) 之類方式來表達(尤其是周報)，其內容亦多爲何事 (例如交通意外)，何人 (例如模範市民)，何地 (例如陸橋失修)，何時 (例如節日)，何故 (例如電箱爆炸，引致火警)，如何 (例如說明工具操作)，與何義 (例如拍一個整潔公園，希望大家永保整潔。)

---

[1]　新聞攝影題材，亦可分爲新聞(news)、特寫(feature)、人物(people)、體育 (sports)和美感 (pictorial) 五類。圖片新聞應以敍述爲經，視覺連續 (visual continuity) 爲緯。

　　一整組圖片中，應有「導入照片」、「主照片」(高潮所在) 和結尾；而成一個有邏輯性和故事性的完整故事。如是新聞圖片，則圖片、內容和標題，大小、甚至放圖位置等情調 (tone) 都要互相配合，給予讀者真實、親切和美的藝術感受。配合新聞的新聞照片 (news film/news photo)，一定要富於時效、有主體 (人、動物) 而取材生動自然 (縱然經過安排)，富于人情趣味，寓意深遠，並且貴能顯出特點 (主題) ——照片的故事內容，不需任何說明，照樣可使讀者一目瞭然，產生共鳴。主體要在當中明眼之處，次要主體而倍襯得宜，使畫面充實。

　　在拍攝新聞照片的時候，一定要從不同角度，橫 (horizontals)、直 (verticals) 拍三至五張的圖片，以供選擇。選擇照片，只有一個口訣——要動的 (in-action/mobility)，活的，正在進行的，不要靜態呆滯的。例如：在慶祝酒會中，舉杯的剎那是最能表現主體的鏡頭，如果等大家都把杯放下了才拍攝，則熱鬧的氣氛便會在照片上「飛走」了。另外，檔案圖片的運用，更要緊扣新聞內容，不可違背常理，並應遵守新聞道德，不製造假照片。如是借用，則要標明出處顯示來源。照片有獨特含義，則應加上生動小標題。

第三節　圖片編輯

圖片編輯 (picture/photo editor) 通常要作下列工作：

　　(1) 選照片。按照片好壞，用「反淘汰」方式，逐一淘汰畫面不清、主題不明和照片中有其他缺點的照片，再依新聞性質，選定有創意、須要應用的張數，並組織起來，使多張圖片都具有新聞價值，並產生時間、地點等訊息的關聯性。

　　(2) 可以剪去不需部分 (但要有構圖觀念，並先行視自然場景決定採用遠景、中景、近景或特寫。) 以強調主題，適合版面的位置、面積

（但圖片大小應與版面大小、照片內容成比例）。安排性、一大羣人的團體照片，使用時要特別審慎。一張團體的人物圖片，最好只有五人左右，方能把握特點所在；而且最好能突出某人，而非一大羣人「排排坐」的圖片。圖片放大之原則亦然。爲了要突顯新聞主體效果，照片邊緣可以加框（Framing），或作暗房技術的「加光」或「減光」處理。

（3）周報新聞照片，除非是特寫副刊一類版面，否則，不應用「照片蒙太奇」(photomontage)，將數張照片，拼合在一個版面上，來顯示各種不同的主題。不過，有時爲了加強新聞效果，偶然也會採用椄接、重疊方式，產生「漫畫」的效果（圖二、三）但原照片最好仍保持方形，避免圓形、扇形怪形狀。有時爲了產生對比的效果（用上不清晰，但不得不用主照片），則可用一張清晰的後續照片來補足。

（4）修圖(Trimming/crop/retouching/mortise)、註記符號（例如箭頭）與決定網線。(如果對網線的運用不熟，可請印刷廠專人幫助。)

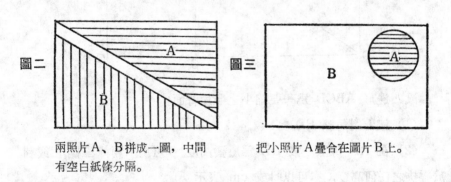

圖二　兩照片A、B拼成一圖，中間有空白紙條分隔。

圖三　把小照片A疊合在圖片B上。

（5）撰寫說明（Cutline/Overline/Caption）❶。說明措詞，應

❶ Cutline(underline)指說明排在圖片之下，如果說明係排在圖片之上，稱之爲 "overline"；而排在左右，則稱之爲"Caption"。但如果說明文字過多，就應分行排列，切忌作「一字長蛇陣」的排法。原則上，說明該由拍攝的記者撰寫，攝影記者不在，方由照片編輯撰寫。圖片如果設有新聞配合，則說明該寫得詳盡些；如無新聞配合，則說明就應簡短。

重寫實和合理。（例如，不必以美麗、漂亮一類字眼來對照片中美女錦上添花，而讓讀者自己在照片中「感應」。）

(6) 作剪裁工作 (Fitting Copy/Camera Scaling/Sizing)，將照片按要登欄數來放大 (expansion) 或縮小 (reduction)，可以採用對角線方法裁截 (diagonal/overlay system)❷。其程序如下——

(甲)縮小❸

說明：

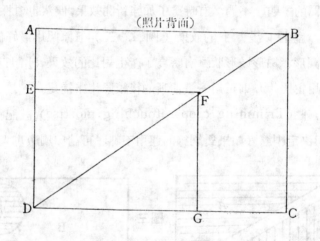

（照片背面）

設四邊形 ABCD 爲一要縮小之照片背面。

(1) 連上對角線 BD。

(2) 在 AD 線上，截 DE 爲所要高度。（可爲兩欄、三欄，或利於編排之任何高度，亦可以吋或 cm 表示。）

---

❷ 放大或縮小之尺度，以不超過原圖尺寸之三分一爲宜。在版面位置上，最好能先定圖片，再定文字。

❸ 除了版面的考慮外，縮小（裁切）可以突出畫面，消除分散讀者注意力的部分，與遮掩圖片上的缺點。放大、則可加強遠景的細節效果，增加版面變化。不過，倘若裁剪不當，會引致誹謗，刊登別人與新聞無關的怪動作，則有虧道德，故要謹愼爲之。

（3）從E點作一直線與 AB 平行，交 BD 線于F。

（4）從F點作一直線與 BC 平行，並與 DC 垂直交於G；則四邊形 DEFG，卽爲照片縮小後，在版面的大小面積。

（5）用鉛筆輕輕寫上「□□刊物」、「第□期」、「第□版」、「圖□」、「□欄高」、「有（沒有）說明」等字樣（寫字時太用力會損破照片）。此係避免與各版照片混淆的作法。同一版面圖片大小，最好略有不同，而圖片的編號，最好亦各版不同，例如，第一版用圖一～一、一～二（或1-1，1-2）……，第二版用圖二～一、二～二……之類；並且說明屬那一題新聞。

（6）將照片背面塗上一丁點膠水（不能過多，否則圖片會受損。）貼在一張白標題紙上，上面除寫上說明、字號、排列方式上外，尚應註明□□刊物，□□期、欄高、圖次，和第幾版。例如——

（白標題紙）

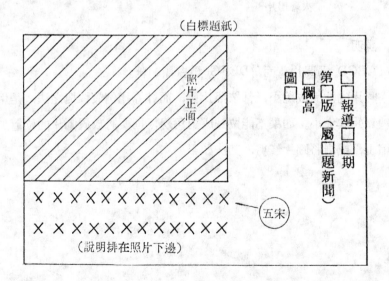

（說明排在照片下邊）

（7）將所用照片放入封套，並註明期別，然後送交印刷廠製版。如是貼版冷排，則不能直接照在貼版紙上，而應用迴紋針（萬字夾）夾在

放置圖片的那一頁貼版紙上，一併送往工廠。

（乙）放大之程序一如縮小，玆以下圖說明如下：

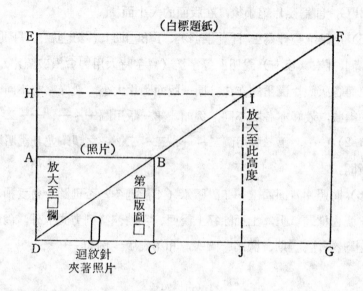

（白標題紙）

（照片）

放大至□欄

第□版圖□

放大至此高度

迴紋針夾著照片

說明：

ABCD 爲照片背面，DEFG 爲白標題紙。

圖片的放大或縮小，都按照比例，而計算比例最快捷之法，是用對角線算知其大小。如果不能拉長成對角線，則要將放置圖片的位置加大或縮小，或者將圖片修剪，其法如下：

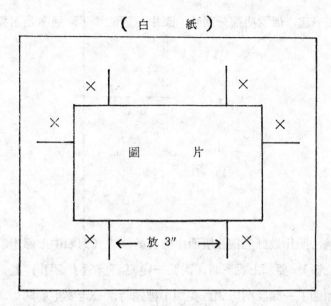

「×」是表示將圖片裁去的部分；所選取的部分，按3吋闊度比例放大，高度亦會自動比例放大，不須標註。如果不須放大或縮小，則註上原寸（大）就可以了。

要圖片某部分突出可用黑筆或白顏料作成圓圈（○）或箭頭（↓）。例如：

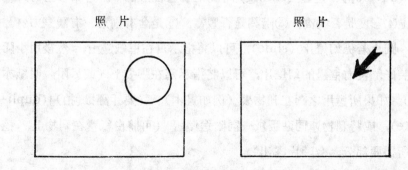

圖片如有污損、但也需選用時，則可用氣筆（噴槍）稍作美工改善（hand art），但一定要合乎新聞需要，並且不能扭曲事實眞相。如果

照片排在一起，但說明卻分開時，圖片位置的標示，通常是這樣的：

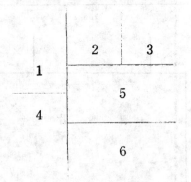

不過，照片最好能擺在版面中醒目的位置（例如中上部份、右上、左上等位置）。要加上說明時，說明一定要「靠近」照片，並避免「見圖」、「如圖」一類說明方式。要加小標題時，一定要生動貼切，避免平鋪直敍，有時不妨試用令人易於了解的「借喻」或「側擊」的迂迴表達方式。連續圖片(sequence picture)的排列，應由上而下，由右而左。

判斷照片的品質是否適用，一般有下面五個原則：①影像是否鮮明；②對比是否恰當；③暴（露）光時間（exposure time）與顯(現)影（develop）、定影（fixing）時間是否適合恰當❹；若係彩色則尚應加上④彩度是否夠高；⑤階調是否豐富。⑥是含有創意、有觀察力？

圖片若係幻燈片（slide），可以將指示寫在框紙邊上，然後用小膠袋裝好，沒有框邊的幻燈片，可以將指示寫在膠袋上（或另附說明紙亦可）。如果所選用之圖在刊物裏（例如畫本），就要「翻攝(拍)」(duplicate)，或將刊物連同貼版紙一同附送製版（可將白紙覆在刊物上，挖空所需要部分，令圖片露出）。

---

❹ 曝光過度或不足'（Over-exposure/under-exposure），顯影過度（Cooked），或圖片濃淡之間差別不大（低反差／平調，"flat"）、焦距不清等都不是好圖片。

不過，若用「文字入圖」(若圖片色調太花則不宜使用)，則「入圖」的文字，應按預定位置，貼在貼版紙上，放圖片的空位內（並非將字稿貼於圖上）；如用反白或陰陽字，也須一併註明❺。

因為圖片之寬（width）度與長（depth）是成正比的，所以要知道圖片放大縮小之比例，也可用代數公式計算。

例如，有一直式 6″×8″ 照片，要縮為兩欄（吋）高，則寬度為多少？

計算：

$$\frac{寬}{高} = \frac{6}{8} = \frac{2}{X}$$

$$X = \frac{16}{6} \simeq 2.7 \text{ 吋}$$

如果要知道此圖面積，佔多少行排文寬時，可以2.7″×（每吋排文行數）即可。要放大照片，或已知版位大小，而欲改變原圖片之長寬比例以求合於版位時，亦可用此種方法。

此法又可計算出照片縮小或放大的百分比率。例如在上題中，寬度之縮小為百分之三十三（2/6≃33%），而長度之縮小亦同（2.7/8≃33%）。另外，值得一提的是，在攝影藝術中，有用「書邊」粗線條將圖片作框，以表示圖片一如原照片尺寸，未經過剪裁，但依我國人習俗，此係忌諱之舉（尤其人像圖片），似不宜仿效。但在某些情況下，如天空、雪地，周遭色調過淺，則必須加框處理。

---

❺　「反白」是將黑色的印成白色，白色的印成黑色。「字入圖」是將字疊印在圖片上。整篇文章亦可入圖（圖片作底），但圖片色調要較為單純，使文字能顯現出來。「陰陽字」是指同一字句，但網底黑白字並用。

第四節 圖與文的拍攝

圖與文或新聞故事的取材角度，通常可分為八類：

(一)公告服務 (public information)：例如警方成立「迅雷小組」、「廉正公署」打擊罪犯和貪汚。

(二)歷史鏡頭(historical record)：如國慶典禮、地下鐵啓用儀式。

(三)羣衆教育 (education/instruction)：如車禍現場、拆除違章建築。

(四)宣揚政令 (publicity/propagation)：如華僑集體歸國觀光，禮貌運動的推行點滴。

(五)危機警告 (Warning/Caution)：例如公路、橋樑損毀，危樓所在，高壓電線墜落。

(六)揭露眞象 (revealing)：例如公物侵佔，林地濫墾、亂墾。

(七)喚起同情 (appealing)：例如多令救濟、災區慘況，公益金籌集活動。（拍攝時應注意觀點的角度，和闡釋的取向。）

(八)人情趣味 (human interesting)：例如新奇事物、傳奇人物、有趣育樂活動、美妙、諧趣鏡頭等等。

圖與文如果是「照片組合」(通常是三至六張) 的照片，因為版型關係，如選用長型圖片放置法，則橫放時所占版面，以不超過二分之一，直放以不超過三分之一為宜。組合的形式應講求變化，但每張照片接連之處，它的「光影」和「方向」都應該調和。

單張照片可以不與新聞配合 (self-contained picture)，此時應適當而均勻的分布在版面上，但如係配合新聞而發，則要與新聞「長相左右」。

為免編排上的錯誤，一個版面同時發排多張照片時，每張照片的大

小、寬窄最好不要相同；另外，照片中如超過一個人以上，應用圖中、圖右、圖左、左一、左二、右一、右二等字眼，標明排列次序，萬不能弄錯。一般習慣，在作標明時，應先標主題人物，再標其他人士。惟如上圖所示、左圖表明、圖為合照，合照留念等字眼，則可以省去。標註人物時，通常由上而下，由右而左，由前排而後排。

　　將圖片送出製版中，尚應作最後一次檢查——照片有否「反洗」了？

　　周報照片，因受版面限制，每版最好不要超過三幀，除非必要，每幀不要超過高三欄、寬四吋半尺度，否則便顯得太多、太大了。另外，它的大小，應與整個版面調和。不宜太凸出太誇張，分散讀者注意力。一般的照片版面大致是這樣的——

類別	高度(欄)	寬　度	所佔行數(約)	所佔新五號字數(約)
人頭照片	一　吋	1　吋	5	40
	吋　半*	1　吋	7	84
	兩　吋	～1.3 吋	9	126
橫	兩　吋	3　吋	21	315
直	兩吋半	～1.4 吋	12	216
橫		3　吋	27	324
直	三　吋	～1.7 吋	15	405
橫		4.5 吋	32	850

＊不按基本欄尺寸的圖片，在盤排文字上，比較費時。

第五節　構圖法則與圖片排列

新聞照片，既在顯示眞實感與強調新聞特性，吸引讀者，美化版面；因此，在某一程度而言，縱然新聞照片對背景的要求較少，而對簡單的構圖法則，最好仍應注意，其中以下列法則，較爲多用——

(1) 給人平面感受的「均衡構圖」(圖四)。

(2) 具有安定感的「三角構圖」(圖五)。

(3) 對比的「對角線構圖」(圖六)。

(4) 縱橫交錯的「垂直與水平構圖」(圖七)。

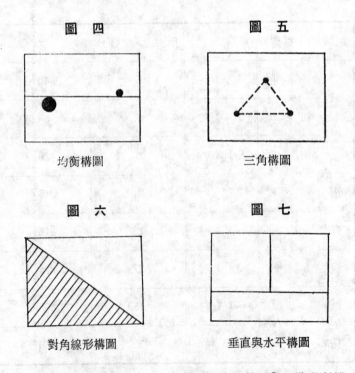

圖　四　　　　　　　　　圖　五

均衡構圖　　　　　　　　三角構圖

圖　六　　　　　　　　　圖　七

對角線形構圖　　　　　　垂直與水平構圖

照片的說明必須緊靠圖片，不要讀者費神找尋。說明所排列的位

置，通常採「周邊排法」(Run-Around)，除了視版面的情況，放在照片的上、下或左、右外，尚可作其他適當變化，例如：

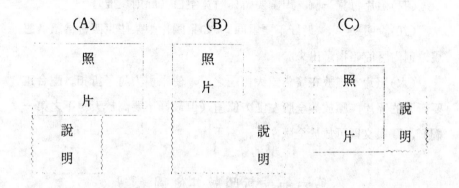

(A)　　　　　　(B)　　　　　　(C)

　　說明如有兩人以上，則必須說明人物姓名和辨別記號（如右二、左一）一類。一組的圖片，最好能在兩張之間留出說明位置，避用右上、右下一類註號。在說明中，要註出圖片來源，如：□□□攝之類；說明如在五十字以上，則應加上標題。另外，下面六點，在處理圖片時亦應注意：

　　(一)照片人頭，因有指示作用，最好朝向版面內側刊文之處，使眼睛不向外看。不過，照片最忌呆板，在專訪中，如果有其他生活照圖可用，則人頭照片，理宜少用。照片大小也應有一定比例，不能「貼郵票」。

　　(二)不同事件的圖片，各張圖片的形式，最好橫直不同，大小互配，便於閱讀。

　　(三)照片應緊靠相關新聞，獨立圖照的排插，更要注意與附近新聞的調和性，不能使匆忙的讀者，產生錯誤的關聯，令人不舒服的照片不登。

　　為了應付需要，周報應搜集各類人物、歷史與地理照片，作為「資

料照片」(Library Film)，卽使用過之圖片、鋅版，亦應排號保留，作爲「備用版樣」(phat take)，並註明來源，以便刊用。

(四)照片每寬一欄，周圍要留⅙吋寬空白（餘則類推）。

(五)說明文字，最好不要雷同。如果圖片中某些東西會爲讀者忽視，則尙應簡略指示出來。

(六)照片不應放在廣告或大標題之上，使吸引力打了折扣。配合重要新聞的照片，應放於全版左上方位置（但最好不要高於天線下之第一欄），圖與文則可放於全版左下、右下方。

第六節　新聞版其他圖表

新聞圖表，有稱之爲「新聞圖表美工學」(Graphic Journalism)，除新聞照片外，內容包括漫畫 (Cartoon)、表解 (Table)、美術美配搭、和各類刊頭等，玆舉例如下：

A. 新聞圖表

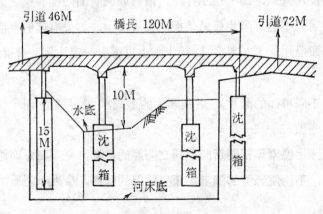

（道南橋施工圖解）

B. 副刊刊頭

(1)

(2)

C. 闢欄刊頭

D. 特寫刊頭

(1)

嘟

嘟

· 劉美玲 ·

(2)

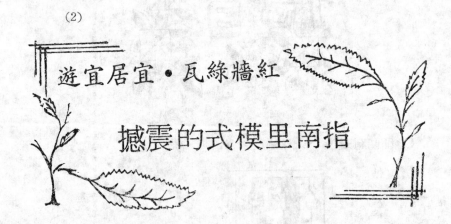

遊宜居宜 · 瓦綠牆紅

撼震的式模里南指

E. 美術字標題

《附錄一》照相機光圈與快門的簡易配置如下：

光　明　度	F	快門
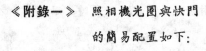太　陽	22	1/125
多　雲	16	1/125
微　雨	11 ﹀ 5.6	1/125
內　室	4	1/60

《附錄二》　觀看照片時，眼球移動方向。

資料來源: 臺北統領雜誌創刊號（民 74.8.）

不管直排或橫排，小型周報之圖片製作不外下列四種：

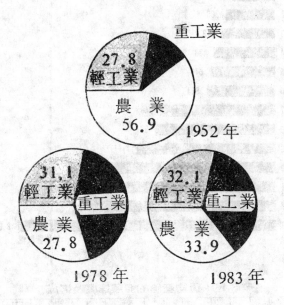

中共社會總產值

單位：億元

年　份	社　會 總產值	農　業	輕工業業 總產值值	重工業 總產值	建築業	運輸業	商　業
1949	557	326	103	37	4	19	68
1952	1,015	461	225	124	57	35	113
1957	1,606	537	387	317	118	60	187
1966	3,062	910	796	828	197	102	229
1973	4,776	1,226	1,189	1,552	335	144	330
1978	6,846	1,567	1,753	2,314	569	205	438
1983	11,052	3,121	2,954	3,134	1,034	313	496

台灣地區幼稚園增加情形(民國61年－73年)

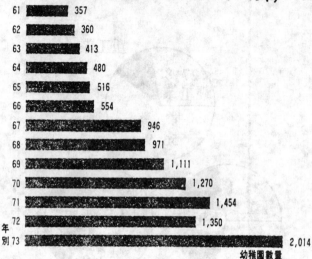

年別	幼稚園數量
61	357
62	360
63	413
64	480
65	516
66	554
67	946
68	971
69	1,111
70	1,270
71	1,454
72	1,350
73	2,014

農、輕、重總產值的發展速度及構成

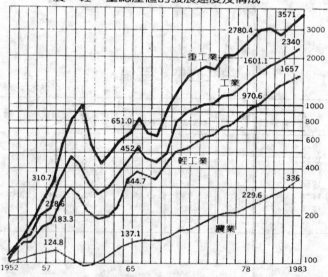

資料來源：臺北，統領雜誌第四期 (74. 11.)

靜態訪問的人頭照片，更應補捉那剎那間的動態（張良綱先生攝）

一片紅塵世俗

自由自在而逍遙

寧靜安詳

將照片作不同角度之剪裁，會使照片出現不同之氣氛（張良綱先生攝）

面部之陰影會令人像產生不同表情，故在室內裡拍照
時要特別注意燈光調整

(1)表現得自然而信心十足

(2)顯得頹喪、懊怒

(3)孤立無援的樣子

重疊、接榫式的特殊效景照片，偶然也可顯顯身手（張良綱先生攝）

用手工在圖片上作誌記（Marker art），有助於對復雜現場的描述。圖中虛線表示警匪追逐路線，十字標誌是警匪相遇、搏鬥之處，箭頭與圓圈則係稍後被警方帶返警局協助調查的嫌犯。

連續鏡頭之拍攝一定要銜接不斷方能充滿動感（鄭元慶先生攝）

彈性廣告給人一種強烈的動感

（卓越雜誌第14期，民74、10）

第八章　校對概述

第一節　校對符號

　　稿件經過一番塗改之後，由「白紙黑字」，變成清晰的鉛字；從蓬頭垢面，變成眉清目秀。要變這個戲法，全憑兩把「刷子」，第一把刷子是編輯符號，第二把刷子是校對符號。

　　國內一般周報或雜誌的校對(proofreading)，通常只由校對(proofreader) 一人進行，鮮有讀字之「助校」(Copyholder) 協助，通常亦只校「開版校樣」的大樣（初校）和清樣（二校）；但若能嚴守校對規則，按原稿逐字「點讀」，則仍可順利達成排印無誤的「把關」(Gatekeeping) 任務。

　　一、校些什麼？

　　(1) 校版面上的缺漏、歪倒錯誤、重覆、破舊與上下顛倒的字，以及更正各個標點符號和誤放線條，版面上有否散亂的鉛字與線條？

　　(2) 查核新聞人物姓名、身份、新聞發生的時間、地點以及有關數字，並檢視這些內容是否與標題相符，有沒有錯別字？

(3) 直覺地作邏輯思考、留意內文有否發生問題，標題有無誤解內容，或放錯位置。

(4) 內文前後欄銜接，有無錯誤，有沒有跳行、漏行、漏段、跳欄、或重覆排字？

(5) 刪節的新聞，有否發生錯誤？要不要修改標題？

(6) 預留圖片面積，是否足夠？圖片有否誤放？圖片說明有否錯誤？人名、地名機關、職銜等項，與新聞內容是否一致？

(7) 報頭、報眉各項內容，是否確已無誤？年月日、期別與報次，尤應重覆核對。

(8) 闊欄刊頭有否錯誤、花邊、欄線有否歪曲不清？

(9) 有否出現頂題、通欄、點頭、寡行等問題？，。；、：」》！”？～等符號，不能放在行首；(「《”等符號，不能放在行末；……、——這兩符號，可以放在行首或行末，但不能分放兩行。

(10)版面有否其他任何要改善的地方？版面有否歪斜，是否已紮緊 (Lock up)？

(11)是否有地方開了天窗，需要補稿❶？

(12)整版排列，是否符合劃樣的位置？版口大小是否符合規定？

二、如何校法？

(1) 將原稿按頁理好，對照原稿次序，以紅筆進行「點讀」校對。如果雜誌稿又無頁數，則校樣應按順序編上號碼。

(2) 仔細查閱原稿與標題紙上各項批註，以視有否錯誤。

(3) 發現錯誤，應用校正符號校正，無符號可用時，以括號 (「」)

---

❶ 字數計算不準，或多發稿或少發稿，文包題過多，破欄題花式過多，或與版面位置不配合；橫題太長，太多、全二、全三、全四在版面佔面積太大；邊欄太寬，長欄標題太多，都會延長排組版時間。

撰字說明，校正之字，應用正楷書寫清楚。

（4）校樣中的錯誤，應用引線自行間拉至頁中空白處改正，不在行間更改，使稿樣不清，惟引線應以直線爲主，不可糾纏交叉。

（5）漏脫的字，可直接寫在校樣上，如果漏去二、三十字或一整段，則應將原稿附在校樣上再次補排（植）。

（6）遇有疑難不解之處，應卽查證，如要再校，應在校樣上角批註：「請再送校」，並在空白處簽署，註明日期和時間。如果清樣沒大問題，則可在清樣空白處寫上：

「改正後付印□□份。□□□（簽名）□月□日□午□時□分」

三、打字排版或游離散打的文稿，應在打字稿的油光紙上校正（每校應用不同顏色的筆，以資區別。例如一校用紅筆，二校用青筆，三校用綠筆），然後再進行補打拼貼。

四　校書之難如「秋風掃落葉」

校對時如遇到音同，形似，義近之字，最易出錯，應特別小心。例如：黎黍、京市、獲穫、日曰、祈祁、盧慮、持恃、十卄等一類單字。至於校至「交待」（應爲「代」）、「偶而」（應爲「爾」）；「再接再勵」（應爲「厲」），「昏迷不省」（應爲「醒」）等俗用錯詞誤語，尤應作冷靜而謹慎思考，希望「腦筋能轉得過來」。至若文戲、武戲；文場、武場；守歲、守夜；動土、破土；花圈、花環、花籃；儀隊、儀仗隊；禮品店、禮儀店等之別，尤應察覺出張冠李戴，魯魚亥豕。

五、一般校對符號有下述十七個，分述如後：

名稱	刪改符	改正符	增補符	顛倒符	對調符	調轉符	換字號	移位符	接排符
符號									
用途	刪去多餘之字、符號。	改正錯誤之文字、符號。	增補遺漏之文字、符號。	將上下顛倒之文字、符號調正。	把文字、符號對調。	將歪倒之文字、符號排正	調換錯誤字體或汚損的鉛字。	把文字、符號移到適當位置。	把文字、符號從一行（段）接排到另一行（段）處。
例	有朋朋自遠方來，不亦說乎！	按步就班。郡	抽刀斷水舉杯消愁愁更愁。水更流，	上計）三十六計，爲走上計。（走爲	在玉壺）一片玉在冰心壺。一片冰心	秋長一回	楊美報導 ×	宋陰遮雨。東山飄雨西山晴，晴遮陽	文章致爾曹。天子重賢豪，

另行符	齊行符		空位符	緊接符	復原符	加大符
文字另起一行段	把出行的文字、符號作左、右、上、下排齊。		二格。<表示空一格，<<表示空二格。	表示二字緊接之意	把刪去的文字、符號復原過來。	表示文字間空間加大
謹向閣下致萬二分歉意。	(1)木柵網球賽　(2)辦兒童文學周　(3)三千瓦斯商人　(4)信誼基金會　洪建全基金會　成績將公布　定期參加講習　舉辦創作獎		總統將公	必須遷入市場　攤販要求無理　學藝活動　小學辦	萬萬不能答應你。	人之初　性本善

符 旁線升降	加旁線
「2」，餘類推。字，如係二格，則寫一在箭頭下，寫個「一」如降低（升高）則表示旁線升高或降低。	號 表示加上書名號或私名
意大利的羅馬城，舉世知名。	朽廬隨筆一書作者汪公紀先生， 係江蘇吳縣人。

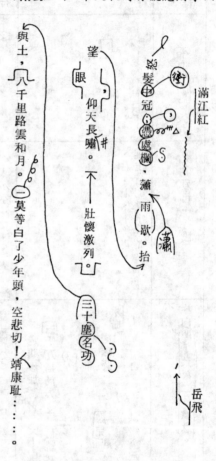

常用的英文校對符號 (Proofreading Symbols)：

符　號	意　　　　　義	符　號	意　　　　　義
×	污損字體 （Deffective letter）	ᐯ	略號（Apostrophe）
⊥	往下對齊 （Bushdown space）	ᐯ ᐯ	引號（Quotation）
ℓ	刪去（take out）	Caps	大楷字母（Capitals）
ᓑ	移正字母（Turn over）	#	多留空位 （Insert space）
l.C.	小楷字母 （lower-case lettecr）	ᐯ ᐯ	等距（Space evenly）
wf	錯體字母 （wrong font letter）	⌒	緊排 （Case up entirely）
ital.	斜體字母（Italic）	⌷	移左（Move to left）
Rom.	印刷體（Roman letter）	⌷	移右（Move to right）
⊙	冒號（Colon）	⊓	往下移 （Lower letter word）
⊙	句號（Period）	⊔	往上移 （Raise letter word）
,⁄	逗號（Comma）	tr.	移調（transpose letter/word）
;⁄	分號（Semicalon）	stet	復原（let it stand）
-⁄	連字號（hyphen）	ⳤ	另起一段 （Make paragraph）
⊢1	全格破折號 （One-em dash）	no ⳤ	不應分段 （No paragraph）
⊢2	二格破折號 （Two-em dash）		

《附錄二》 英文校對符號應用舉例

LI PO

IN THE QUIET NIGHT

So bright a gleam on the foot of bed--
could there have been frost already?
Lifting myself to look, I
found that it was moonlight,
Sinking back again, i suddenly of home though

第二節 編輯符號

編輯符號 (Copyediting Symbols) 除應用了校對符號之「顛倒,」「對調」、「移位」、「接排」、「另行」、「空位」與「緊接」等七個符號外，尚得應用下述各個符號及步驟，方能使稿件清楚、明白。

1.帽子：帽子的種類約有一、圓括號，二、方括號，和三、粗方括號三種；是每則新聞開始時「發稿者的註明」。各報所用帽子雖然不同，但一般而言，大多數報紙會把不同類的帽子，作綜合使用。例如在新聞中用圓括號（本報訊），或方括號〔本報訊〕，而在特寫闢欄方面，則用粗方括號（例如【本報綜合報導】）。習慣上，帽子由記者寫在稿子上。不過編輯亦應以紅、黑粗筆 (charcoal) 沿其弧形上下填劃一趟，提醒排字工友注意。

2.標點：最好能逐句以紅（黑）粗筆填劃一次，以改正誤用的標點，並表示內文全部過目。

3.刪字：以「⊗」、「✳」等符號，將不要的字刪去。

4.改字：以「⊗」、「✳」等符號，將錯字、符號改正。

5.增字: 以「﹅﹅」符號，增加所需文字、符號。

6.刪文: 刪去一段數字或數行文字時(delete)，將整段文字框好，中間以紅（黑筆）劃若干斜行。所刪文字不要撕去，以便查考責任，並且隨時可以復原。如果刪後，決定要保留該段內容時，可用紅（黑）筆在上面空白處，寫上「以下照排」字樣。

7.復原: 已刪去之字，決定保留，則可用「△」表示恢復。

8.分段: 原稿段落不明確，或分得不對，可用紅（黑）筆在應分段處，以「〣」符號表示。如果另行分段而不需低一格，則要在另行之頂格處，作一「↑」符號，表示分段後，由頂格開始。

9.未完: 新聞在二頁以上，每頁要作一「↓」符號，表示未完之意; 如果記者忘了寫上去，編輯只好代勞。

10.結束: 稿件結束，要作一「×××」，或相等符號，要是記者忘了，編輯也只好代勞。

11.續稿: 新聞稿從一個版轉到另一個版，則前稿應在分稿之處註明「(下轉第□版)」，續稿亦應註明「(上接第□版)」。

12.補稿: 前稿已發，新稿續到，又不想取消或改寫前稿時，可在補稿上註明:「上接第□題」。

另外，值得一提的是，編輯應一面看稿，一面在原稿上打標點。如此一方面可以看得仔細，另一方面也是對稿件負責。

茲以一則稿件的編刪說明如下:

茲以一則稿件的編刪說明如下：

【本報訊】教育部空中大學委員會規劃案未，（建議）

未來空中學校方式，才可以能避免現行空中（應以獨立設所）

教學附設型態所產生的流弊。

空中大學規劃委員會委員李模次長，上月率同

委員張潤書等十一人赴德、英、法等三國，考察

空中教育，對于英國開放大學的型式——獨立設

校，教育部直撥費用等多項作法——極為重視。

不張潤書委員認為，英國開放大學的作法，是我

國籌設於中大學的理想借鏡。空委會指出，目前

空中行專附設在收治大學，人員無特定編制，行

政作業困難，專任工作人員只有十幾位，工作負

荷太重。↓

≪附錄一≫貼版條稿上的錯字校正程序是這樣的：

(一)刪　字

1

大道之行也，天下為公，
選賢舉能，選賢講信修睦；
故人不獨親其親、子其子，
使老有所終，壯有所用。

要在條稿上，刪去多餘之字（選賢）。

2↓

大道之行也，天下為公，
選賢舉能，　　講信修睦；
故人不獨親其親、子其子，
使老有所終，壯有所用。
←

用刀片先把條稿沿線「切開」，挖去選賢兩字。箭頭（↑）表示將「講信修睦；………」以下整段條稿文字，往上移兩格（因要刪兩字）、貼好。

3↓

　　大道之行也，天下爲公。

選賢舉能，講信修睦；

| 故人 | 不獨親其親、子其子、 |
| 使老 | 有所終，壯有所用。 |

將「故人／使老」四字整塊「切下」補貼於「睦；／子、」之後。

4↓

　　大道之行也，天下爲公。

選賢舉能，講信修睦；故人

不獨親其親、子其子、使老

有所終，壯有所用。

改正工作完成。虛線作用在解釋此項程序，如果貼版沒有錯誤，印出來的版面，該是「不着痕跡」的。

（二）增　　補

1←

　　新聞記者責任重，立德立
言更立功，人心正義火，高
鳴世界自由鐘。微言大義春
秋筆，誓爲民族作先鋒。

要在條稿「人心正義火」一句，增補漏句首排（寫）的「燃起」兩字。

2↓

新聞記者責任重，立德立
言更立功，人心正義火，高
鳴世界自由鐘。微言大義春
秋筆，誓爲民族作先鋒。
————→

用刀片把條稿沿線「切開」。箭頭（↓）表示，應將「人心正義火，……」以下整段條稿文字，往下移兩格(因要補兩字)、貼好。

3↓

新聞記者責任重，立德立
言更立功，　　人心正義火，高
鳴世界自由鐘。微言大義春
秋筆，誓爲民族作先鋒。

將「，高／義春」整塊「切下」，移貼於「鳴／秋」兩字之上。補上漏排（寫）之「燃起」兩字。

4

新聞記者責任重，立德立
言更立功，燃起人心正義火
，高鳴世界自由鐘。微言大
義春秋筆，誓爲民族作先鋒。

改正工作完成。虛線作用，在解釋此項程序，如果貼版沒有錯誤，印出來的版面，也該是「不着痕跡」的。

第五篇　地方新聞類別及採訪

第一章　採訪政策

幾乎每家報社都訂有「採訪政策」，作爲採訪工作的依據。鄭貞銘（民六六：七二）指出，「採訪政策」應具備積極和消極原則。

積極原則如：維持純潔的標準，作忠實報導。公正處理兩面的意見，善意聽取被壓迫者的呼聲。維護國家法令，支持地方政府的合法措施。多作有建設性的建議，凡事以同情的姿態出之。確認善良市民的地位和貢獻。凡屬正當的事，不畏艱難，全力以赴。

消極原則如：不歪曲、抹殺事實眞相。不過份渲染、不傷害善良的第三者。不憑空推測，發現錯誤應立刻更正。

所以聯合報「採訪人員一般工作守則中要求：

△新聞報導，正確第一，絕不有聞必錄，人云亦云，尤忌故意渲染，歪曲事實。」

△新聞採訪，應以正當手段爲之，不以要脅、誘騙或收買方式蒐集新聞，並拒絕任何餽贈。

△新聞採訪，應持公正立場，不偏不倚。對有爭論的事件，應同時報導雙方的意見。❶

地方新聞之採訪，因牽涉地方派系恩怨機會更大，上述數點守規，更允宜爲地方採訪政策之要點。

---

❶　見聯合報採訪手冊採訪部份，民七十二年九月再版。

第二章　地方新聞分類

李勇（民六十：七六）在「新聞網外」一書中，提及民國五十九年三月間，臺北市一家民營報紙，曾要求全省各地派駐記者，就「各地讀者對新聞的選擇」的情形，向報館提供意見，以作爲新聞採訪決策的參考。根據所收回的七十二份意見書中，地方新聞——地方建設、熟知人物有關報導、地方政治、社會福利、農漁生產等，僅次於社會新聞而居次席。大多數記者並且表示：地方報應重視小鄉鎮新聞，不能以大地方的新聞爲主，否則無法吸引小地方的讀者。地方新聞在記者心目中的地位，由此可見。

歐陽醇（民六六：三三七～四一）指出，凡是縣市、鄉鎮、與村里民所生的動態或靜態新聞，不論新聞的來源是政府的或民間的，都叫做地方新聞 (Local News)。這些地方新聞的採訪，亦如一般新聞採訪一樣，舉凡政治、社會、經濟、文敎、社團、交通、醫藥衛生等，都可包括在內。

一、政治新聞採訪範圍

(1) 縣（市）政府是地方自治的單位，辦理民政、財政、建設、敎育、社會、衛生、兵役、稅務與警察等項工作。

(2) 鄉鎮縣轄市（區）公所，爲縣級以下的自治單位，設有民政、財政、建設、戶政、主計、人事、社經及兵役等部門。

(3) 區、里長，區里幹事辦事處，各類駐在公家機關（如公務員訓練班、木柵之考試院）、地政處及養工處。

(4) 國民黨縣市黨部、鄉鎮縣轄市（區）區黨部(合稱地方黨部)，以及這些單位附設的聯合服務、技藝補習班等社會福利工作團體，與救國團、文建會一類分支機構。

(5) 選舉活動之場所。包括：中央級民意代表選舉、省議員選舉、縣（市）長選舉、縣（市）議員選舉、鄉鎮縣轄市長選舉，與鄉鎮縣轄市民代表選舉等。

(6) 縣（市）議會及鄉鎮縣轄市民意代表會一類民意機關。這些單位，每年有兩次定期大會及兩次臨時大會（例如區里大會）。定期大會舉行施政報告、總質詢、審議預決算，民意代表並可就政府與地方興革事項，向政府提案建議採納。另外，民意代表辦事處亦值得經常採訪。

二、社會新聞

廣義的社會新聞❷，除了犯罪、災禍一類「哀傷」（Sob）故事的報導，以及表露光明層面的人情趣味之外，地方性社會新聞，尚應恢復社會新聞的本來面貌；亦即不忽視婚、喜、喪儀的採訪，與各類社團的活動。因此，地方社會新聞的採訪範圍十分廣泛。例如：

警察機關（分局、派出所、刑警隊、刑事組、少年組、迅雷小組、交通小組、義警等）、地方法院（包括地檢處），司法行政部地方調查

---

❷ 社會新聞（society news），原指婚喪喜慶、藝文、育樂、和各類宗教活動等社會團體動態新聞。刊登這類新聞的「專頁」（special page），稱爲「社會版」（society page）。目前國內通常把「災禍新聞」（disaster news）與「犯罪新聞」（crime reporting）稱爲社會新聞，向稱不妥。社會版通常有報導各個社團活動之「社團活動日誌」（Calender）。

機關，消防警察單位、民防隊、守望相助委員會，民眾服務社，社區及國宅管理處、眷村、市場管理處（包括市場、攤販聚集處），甚至垃圾掩埋場、墓地、電影院、劇場、遊樂場所、名人住宅、抽水站、特殊店號行業（如冰果室、茶室）等亦應注意。

三、經濟新聞

舉凡農、工商、金融行庫、稅務工作、地區性工業、新發明新設計，都屬地方經濟新聞範圍。經常採訪單位，應包括漁、農會、銀行金庫、稽徵處所、特殊工業場所、電力公司、瓦斯公司、土地代書事務所、建築地盆等地。

四、文教新聞

以縣（市）政府教育局與各級學校，如大學、高中、高工、高職、工專、專科學校、國中、國小、幼稚園、補習班、軍、警學校、圖書館、動物園、體育場所（如體育館、柔道館、國術館、舞蹈社）、文化中心、音樂藝術教室、祠堂廟宇、教堂與雜誌出版社等處，為主要採訪地點。另外，與各校校長、教務、訓導與課外活動單位，教授、老師等亦保持聯繫。

五、社團新聞

如各類商會、工會、扶輪社、獅子會、青商會、婦女會、登山協會、早覺會、早泳會、鴿友社、水利會、青果社、警察之友社、老人安養中心、社會福利服務中心與孤兒院一類慈善機構。

六、交通新聞

採訪單位，包括：鐵路、公路、公共汽車、電信局、郵局、貨運業、計程車業與加油站等。

七、醫藥衛生新聞

採訪單位，包括：公私立醫院、衞生行政機關（如衞生所）、牙科醫務所、獸醫院、健康中心、清潔隊與水肥會等單位。

第三章　地方新聞之採訪

　　由於地方新聞普遍受到重視，各大報社，通常都在重要市鎮，派有駐在記者負責採訪。而在報社內，設有地方通訊組、地方新聞組與通訊組一類單位，負責處理地方記者的稿件。如果是社區周報，則撰稿編輯，仍如一般報社的組織一樣，劃分採訪路線，分別負責不同的採訪層面。大體而言，社區周報採訪路線的劃分，分一般性的採訪路線、專題採訪路線與調配的採訪路線三種。

　　一般性的採訪路線，大多按區里的地理環境，劃分採訪「責任區」，「負責區」內日常各類新聞的採訪。專題採訪通常是計劃性採訪，指派若干名撰稿編輯，就專題所擬定的內容蒐集有關資料。此類採訪，爲了要尋找更多的資料，有時會走出特定的地方範圍，到其他地區與相關機構採訪。調配的採訪路線，則係臨時支援性的採訪形式。

　　採訪地方新聞的記者，大都「一腳踢」；因此在採訪時，不管什麼新聞，都必須單獨作戰。採訪了地方新聞十五年的應鎮國（民六六：二五三～六二）曾將地方新聞之採訪型態，分作平時（例常）、突發與專題三類。其中尤以平時與突發新聞採訪，討論得甚爲詳細，頗有參考價值。

一、平時新聞採訪

平時地方新聞採訪，要主動和勤快，切忌隨便到各機關社團走走，問一問：「今天有沒有新聞？」寫點「配給性」的宣傳資料就交差了事。一名負責的地方記者，平時就應養成到處尋求新聞線索的習慣，不受「無可奉告」的「威脅」。

例如，閱讀各種刊物，覆閱自己發過的新聞，從中尋找問題，追索問題的答案。

此外，更應建立自己的檔案資料與行事「新聞曆」❸，以便一方面整理自己所發的新聞和特稿；另方面則搜集他人相關的報導，各項會議、活動紀錄、縣志、通史，各單位工作概況、地方選舉候選人照片、得票統計、選舉公報、名人、風景與建築物照片等資料。一旦發生新聞，卽可用以配合報導，或者從舊事舊物中，觸發靈感，發掘到新聞線索。

至於各機關團體的宣傳稿件或區民陳情書之類，不應只作表面性的抄貼；而應視之爲新聞線索，再作深入採訪，使新聞的報導更爲完整，更具解釋意味。比方，臺北市垃圾掩埋場，設在木柵福德坑，附近居民由市議員帶著向政府陳情，記者卽應根據陳情書內容，向有關單位採訪，追查垃圾掩埋場設在該處的原因、可能產生的影響，以及該採取何種適當保護措施，以確保民衆健康。

連續性新聞，也是地方記者所緊追的。任何連續性新聞，都可能有意想不到的「猝變」，不能一篇報導就此打住。例如，爲衆所關心的道路拓覓、土地重劃、農產品失收（或豐收），都應隨時注意其動向、進

---

❸ 地方記者應自己建立起資料檔案。一方面作爲採訪前發問的準備；另一方面，又可在採訪後，作資料性補充。資料蒐集的範圍，應包括自己所寫的重大新聞與特寫，以及其他資料性的報導。

度、影響力與結果，並且要強調每一階段或過程的突出性。

一般例行性記者會，則應在事前先取得書面資料，瞭解會議內容，檢視有否遺漏某些綱目，或者希望補充些什麼資料。記者會後，亦應利用機會，找主持人談話。如是個別性的記者會，而又有採訪報導的價值時，則應慎重考慮對方動機，並且就記者會內容，事先想好問題，請主持人公開答覆。倘若對方閃爍其詞，則應審慎在文稿中反映這種氣氛，並且據而走訪涉事之相關者或單位，不能有所偏袒。

二、突發新聞採訪

遇上突發的現場新聞（Spot News），應先瞭解其現狀，然後再採取行動。一般的步驟是：在時間許可的範圍內，先趕到現場搶拍稍縱即逝的新聞照片，然後再在現場進行採訪，最後到處理單位查證相關的紀錄。災禍新聞的採訪範圍，應包括訪問現場、當事人、目擊者，或事發時在現場附近民眾，發掘人情趣味的感人事蹟，意外發生前後、事發時情景，以及現場遺留的實況。犯罪新聞，尤應運用「偵探」頭腦，尋找嫌犯和被害人的進一步資料，以掌握新聞的發展，並防範突發性之「案中案」。

牽涉罷免案、選舉派系糾紛一類新聞，在採訪時，尤應先求背景了解，儘量向當事人、執政黨收集確實資料，查閱相關法令規章，方予報導。這類新聞，往往持續一段期間，並且波濤暗湧。因此，在這期間內，記者應與當事人及其周遭的人保持密切聯絡，注意當地黨政機關的反應和地方人仕的動態，對此各項新聞報導，以發掘更多可以採訪的線索。不過，與當事人或協調人接觸時，一定要留意時機是否恰當，否則，如果在報導上招致對方的不滿，會使對方「火上加油」，而不接受記者任何解釋。

三、專題採訪

發掘新聞，反映問題，與乎配合新聞的深入報導，都屬專題報導的

範圍。這類報導要點，與一般計劃性探訪相同，不過就地方新聞來說，任何專題探訪，除非由報社指派；否則最好事先將計劃大概向報社呈報，經報社同意後，方始進行探訪。

記者並非某方面專家，理論上，他只負責事實，盡量客觀的報導，給讀者易讀易懂的新聞。不過，當記者報導較專門的新聞時，不管探訪單位或一般讀者，經常在不知不覺中，「提升」了記者的位置，把記者本人或名字，投射、混合在一個專家的形象中❹。因此，專業知識對記者的壓力日甚一日。而對幾乎是「跑天下」的地方記者來說，具備多種專業知識，更有其必要。例如，在探訪鰻魚產銷的經濟新聞時，記者便應瞭解政府對鰻魚外銷的政策，養鰻人家的處境，各地產銷制度，以及

---

❹ 記者的條件，往往高懸半空，令人徒有「心嚮往之」的感歎。誠然，知識淵博，觀察敏銳，頭腦冷靜，明辨是非，應對風度良好，富尋根究底的進取精神，與優秀的語文能力等，都該是一名記者不可或缺的「條件」。不過，就現實「可望可卽」的情形來說，賀亨堡(John Hohenberg, 1978: 16) 在「專業新聞記者」(The Professional Journalist) 所提到的四個「起碼條件」(minimum/requirements)，似乎更應爲新入行的「小記者」所砥礪。這四個條件是：
——受過完整的教育，良好的訓練，以及願意接受磨練。(A thorough, sound training and a willingness to accept discipline.)
——熟悉記者工作的基本技巧。(Familiarity with the basic skills of the journalist.)
——願意從事有時受到挫折，以及表面上似乎得不到報酬的工作。(The will to work at tasks that are sometimes frustrating and seem unrewarding at the outset.)
——極度尊重個人與職業的道德。(A deep respect for one's personal and professional integrity.)
新聞事業是否屬「專業性」，又是一個困擾新聞界的問題。然據美國學者威倫斯基所指的專業化五個過程，則國內新聞事業的確已具有「專業性」，威倫斯基所說的五個過程是：(1)它必須是一種從業人員可以專任的職業；(2)它必須建立專業學校訓練其從業人員；(3)它必須成立專業組織。(4)它的從業人員必須受到法律保障，並且有獨立自主的工作權力。(5)它的專業組織必須頒布專業道德規範，約束其從業人員。(羅文輝，東方雜誌復刊第十九卷第三期，頁七十七。)

鰻魚產銷所面臨的各種問題。到了採訪醫藥新聞，則又得對醫學體藥的知識有著起碼的了解。這種多種專業知識的要求，有時會比一般專業記者的負擔更重，但卻也大大提高了地方記者的素質。

　　地方記者的另一個難處，則是十分容易捲入地方政治派系的是非圈。面對此種處境時，記者應以「平常心」為自勉準則，對有根據的事實，作客觀、公正、平衡，與提供背景、意義的報導。透過「議題設定」(Agenda Setting) 的功能，激發「顯惡揚善」(Crusade) 的「社會風氣」。❺

---

❺　本世紀一、二十年代時期，以美國麥克萊爾 (McClure's) 為首的雜誌，對社會黑暗面，大事揭發，朝野為之側目，稱為「扒糞運動」(Muckraking)。

第四章　衡量社區新聞的三個準則

媒體對社會的主要功能，基本上有五個(McQuail, 1983: 79-80)❶

(一)提供資訊 (Information)

——報導事件的訊息，與社會及世界的狀況。

——揭露勢力集團的關係。

——促成新發明、採用與進步。

(二)形成關連 (Correlation)

——對事件或消息加以解說 (explaning)、闡釋 (interpreting)
與評論。

——對執政當局和規範的支持。

——社會化。

——協調個別活動。

——意識的建立。

——訂定事務緩急(priority)的程序，以及發出相關的狀態標示。

(三)維持延續 (Continuity)

——固有文化之傳達，次文化 (subcultures) 之認知，與新文化

---

❶ 　麥桂爾主張社會內各團體組織和社區，都應擁有屬於自己的媒介而小型、
互動和參與式的媒介運作，應比大型單途與專業化的媒介傳播來得有效。

之發展。

——維護、融合社會大衆價值觀。

(四)供給娛樂 (Entertainment)

——提供令人鬆弛的娛樂和消遣 (diversion) 的項目。

——減少社會緊張氣氛。

(五)促使動員 (Mobilization)

——建構政治、交戰、經濟發展、工作，有時甚至宗敎的社會運動。

報紙爲主要的傳媒，它的傳統任務，若以上述角度來說，固在於：

——報導適合讀者閱讀的各類新聞，並加以必要的解釋；

——用廣告提供市場行情；

——報導平衡意見，可能的話，加以評估，敎育羣衆；亦可透過評論方式，促成領導作用；

——以輕鬆優雅的筆調、漫畫，娛樂讀者。

就社區周報的任務來說，它的目標，是「發展新聞學」(development journalism) 上所謂的促進社區發展，傳達文敎、醫衞和農業等新知的訊息；也是「服務新聞學」(Service Journalism) 裏所揭櫫運用「市場導向」，提供讀者感到興趣的新聞的積極鵠的。

由於人力的精簡，一般而言，社區周報都實行編、探、校三合一制度；因此，要達成上述的理想，新聞的衡量和選擇，厥爲編輯最重要的課題。

新聞，原無一致定義，例如，胡傳厚氏認爲 (民五七：九九)：「新聞是最新發生、或最新報導的事實 (fact)、或事情 (event) 的準確報導；此項事實或事情，對公衆具有重要性，爲公衆所感到興趣。」

另一位前美國新聞學者布殊 (Chilton Bush) 卻說：「新聞是任何

足以令一位讀者大叫『嘩塞』（有否搞錯）的東西！」(News is any thing that makes a reader say, "Gee whiz"!) (錢震，民六十：三一～二) ❷。

　　一般而言，所謂新聞，除了決定於：(1) 本身條件，例如報導是否正確？是否完整？是否有審判、誹謗意味?；(2) 篇幅容量；(3) 編輯政策等項外；最重要的尤在於新聞價值的衡量❸。

　　而就習慣的應用方式來說，新聞價值的衡量標準，大約可以分為：時效性（timeliness/Immediacy）、臨近性（proximity）、影響性（Consequence）、事件大小(magnitude)、顯注性（prominence）、衝擊性（impact）、衝突（Conflict），與奇特性（oddity）等指標。

　　雖然這些指標，都曾經受過「階段性」攻擊❹，但對社區報紙而言，其中之臨近性（地緣），影響性與顯注性等新聞選擇觀念，不失為取括新聞的三個簡單準則。

---

❷　"Gee Whiz" 含有「小題大作」、「令人驚奇」、「參信半疑」和愚駭、等負面含義。

❸　編輯政策又可分為原則性與技術性兩個準則。原則性如城市與社區報紙的取括範圍，公民營報紙的責任不同，均屬之。技術性指的是篇幅及其他環境影響（例如突發重大事故，戰爭爆發）。

❹　例如：
(1) 某些學者激烈的指出，大多數報紙都以報紙、讀者利益為衡量標準，而非此等不實際的傳統觀念。
(2) 大多數新聞已淪為「公告式」的「罐裝新聞」，談不上什麼指標不指標。
(3) 某些編輯則認為，這些指標過度集中於事件的導向，以致那些對社會十分重要，而仍在發展中的事件，因為不是在一天內發生的，就得不到報導。
(4) 潘家慶教授亦認為：新聞內容的正確，比快捷更重要；強調顯著性時應視乎新聞中的人、事，是否合乎大眾利益；反常新聞應具社教意義，色情、暴力、犯罪新聞，更應重視社會警示作用，意義重於趣味（潘家慶，民七三：十九～二十）。

第五章　十三度關卡苦了記者

作忠實平衡和客觀的報導，是記者（撰稿人）的天職；不過，正由於這項工作上的特殊性質，卻每每使得一名盡責記者的人際關係，可能會處於不和諧狀態中。社區周報編輯的工作環境，除了時效一項外，其餘的遭遇，基本上與一般報記者並無兩樣。（當然，不管怎麼說，一般社區的採訪環境，可能較為單純。）這些「不和諧狀態」包括下述十三項。碰到這些問題，千萬別手忙腳亂。

一、採訪對象、新聞單位乃有保守習性

採訪報導者，與新聞來源的聯繫者（人或單位），對於「新聞」一詞的觀念和解釋，往往各異其趣，甚或相互對立——

A受過專業訓練，練就「新聞鼻」（nose for news）的採訪者往往認為，什麼是「新聞」，應由我本人決定，否則真是白學、白幹了。（所以在採訪時，若問：「今天有沒有新聞？」——除非是開玩笑，否則就會貽笑方家。）

B一些新聞聯繫者則在認知上，直覺得對訪問者說新聞應由他們主動發布。因此，他們會常常對訪問者說：「這有什麼好報導的呀！」「這有什麼重要。」「現在還未到發表的時候，無可奉告。」當訪問者迫得緊，

推不掉或在關鍵性的問題上，只回答些枝節問題，或者乾脆一問三不知，實行推拖拉絕招，生怕洩漏 (leaks) 什麼「秘密」似的。在這情形下，大多數經驗不足的「新」採訪者，往往窮於應付。

造成上述的現象原因，一方面由於採訪者素質和能力，受到新聞聯繫者的「懷疑」；另一方面，則由於新聞聯繫者未獲有充份的「發言權」，因而有著「少說少錯、不說不錯」的心理。曠湘霞（民國七二：五三）指出：「記者素質參差不齊、服裝不整、拉廣告、搞特權、無孔不入、收受紅包、渲染誇張、浮誇膚淺」的形象，與乎新聞聯繫人「顢頇無能、優柔寡斷、遇事推托、保守無擔當」的形象，最後都會影響到大眾認知環境與資訊取得的權利，誠中肯之論。

二、有些新聞聯繫者則「利用」記者或新聞媒體，為其大肆宣揚，或者掩飾缺點，「陷」記者於不義。遺憾的是，為這些新聞聯繫者「服務」的壓力，有時竟來自記者本身服務機構的內部，使得記者無力抗拒。徐佳士（一九八三：六三～六七）為此曾呼籲，「在我國，大眾媒介業主們的勢力越來越強的今天」，新聞記者應爭取根據自己認識的真理，本著良知來採寫、編譯或評論新聞，而非順從雇主明示或暗示，違反專業道德的「工作自主權」。

三、報導（採訪）對象否認談話（新聞）內容

其中一個實例是，某人發表一篇談話，記者「照實」報導之後，引起了爭議。為了謀求補救，當事人突然表示此一報導與事實不符，要求更正。遇到此情形，記者往往處於下風，欲辯無從。因此，記者在重要採訪場合中，最好攜帶輕便錄音機一臺，錄下重要環節，「以防萬一」。

四、時至今日，某些新聞聯繫者，仍然存有濃厚「大報」、「小報」、「名牌記者」的歧視觀念，促成新聞同業間的「不正當」競爭。

五、新聞來源的保密問題❶，在各國法律中，仍未有正式的定讞，此在某一程度上，影響了記者採寫的角度，加重心理負擔。我國民事訴訟法第三百零七條規定：「證人就其職務上或業務上有秘密義務之事項受訊問者，得拒絕證言。」第三百十條則規定：「拒絕證言之當否，由受訴法院於訊問到場之當事人後裁定之。」第三百十一條規定：「證人不陳明拒絕之原因、事實而拒絕證言，或以拒絕爲不當之裁定，已確定而仍拒絕證言者，法院得以裁定科五十元以下之罰鍰。」

六、人情稿的困擾

所謂人情稿❷，包括：一、機關行號發布新聞宣傳稿件，或個人投稿，請求刊登；二、機關行號或個人，公開舉行記者會，或憑藉關係，要求記者採訪報導。

在一般情況下，爲了儘量維持一個良好的對外關係，只要不是「威迫」，不違背原則，大多數新聞機構，會酌量處理此等稿件。不過，刊物風格仍應超越一切。

---

❶ 稿源，亦應保密。內政部曾解釋謂：「稿件之登載與否，報社自有權衡，一經登載，即當代負全責。對於當事人請求告知眞姓名，在道德上自應負保守秘密之義務。」外來稿件，作者必須寫具眞實姓名與正確地址，才可摘錄。另外，有些稿件雖註明：「不代表本刊之見解」、「文責自負」之類字樣，但一經編輯發稿排檢，責任實際上便轉移到編輯身上。

❷ 香港名之爲「鱔稿」。蓋曾經有人在記者「招待會」上，請記者吃鱔糊，請記者代爲發稿。在記者「招待會」中，「車馬費」是很令初出道記者「頭疼」的問題。原則上，「車馬費」和變相的「禮券」都不應、亦不能收受；但公關部內爲大家所準備、價值不昂貴的公司產品、紀念品和餐點，除非新聞機構或主管有特別規定，否則應可以接受。值得一提的是，接受了這些「招待」，並不意味著記者就得爲此單位（人）發布新聞不可。另外，萬一「無意中」收受了「車馬費」，處理的辦法可以下述兩個方式爲之：其一是立卽以限時掛號送回原單位（人）；其二是把「車馬費」用該單位（人）名義，寄送至慈善機構，並附帶說明，要求該慈善機構，開發收據寄送回送出「車馬費」的單位（人），並在上註明，係「由□報記者□□□君代轉」等字樣。至於友誼、應酬或帶有工作性質的早、午、晚餐飯，則只能求諸於記者「自由心證」了。

七、轉載、翻譯

雜誌、周報轉載、翻譯其他中、外文報章雜誌是常有的事。根據中華民國著作權法第十九條規定:「揭載於新聞紙雜誌之著作，經註明不許轉載者，不得轉載或播送。未經註明不許轉載者，得由其他新聞紙、雜誌轉載」。在合法情形下，轉載其他報章雜誌文章時，應註明日期和來源。例如:「轉載自□年□月□刊」，「摘錄自□年□月□刊」，或「譯自□年□月□刊」字樣。為防其他印刷媒介刊載，則可在文稿最後一行註明:「本文不得轉載」，「轉載本刊文字，請先徵得同意」，或者「本文如蒙轉載，請註明來源」等字樣。轉載他人文章後，應給予稿費。

編輯或撰稿人為刊物撰寫文稿，刊登之後，因係聘任，支領固定報酬❸，其著作權為刊物所有，如印發單行本，其專利亦屬刊物所有，惟可經由雙方定約，給與若干版權稅 (loyality) ❹。外界人士稿件，一經發表，則應發給稿酬每千字若干元，並可同時在稿費單上註明❺，此文著作權（或第一版版權）屬周報社所有。

八、稿件的編輯刪改

撰稿人稿件，刊物內部編輯有刪改之權。原則上，外來稿件，亦應本此原則處理。如果投稿人的稿件不願經過刪改，則應事前請作者說明❻。一旦碰上作者不願刪改，而編輯又覺不刪改不合用的話，只好退稿。在刪改的時候，要千萬注意，絕對不能更改作者的原意，這是編刪稿件的一項不渝守則。

---

❸　除薪金外，另有給予稿費者。
❹　著作權法第十條規定:「出資聘人完成之著作，其著作權歸出資人享有之。但當事人間另有約定者，從其約定。」目前國內版權稅約由百分之十至十五不等。支付方式則有每月、每季、每年支付一次，或一次支付一版款項。單行本每版印刷數量由千至五千本不等。
❺　稿費單格式舉例如下（此單應填一式兩份，一份寄送收款人，一份作副本存檔。俟收得回條後，將回條依號黏貼在副本上，俾作收接查核與報稅之用）:

```
　　　先生大鑑：臺端大作　　　　　篇已於　　月　　日第　　期
刊出。共計稿費　　仟　　佰　　元整，尚祈源源
惠稿，藉光篇幅，並請將收款回條，於簽署後
擲（寄）還，以作會計稅項稽核。耑此
　　　　敬頌
文祺
　　　　　　　　　　　　□□報導社敬啓　　年　　月　　日
　　　　　　　　　　　　　　　　（第　　　　號）
```

```
　　　稿費收款回條（第　　　　號）
　　　玆收到　　第　　期稿費　　共計　　仟　　佰　　元整，
此覆。
□□報導社
國民身份證號碼：　　　　　住址：　　　　　簽章　　年　　月　　日
```

❻ 一般稿約常註明：「來稿如不願刪改，請先註明」字樣。一般徵稿函件格式大致如下：

```
　　　先生大鑑：　　第　　期將於　　月　　日出版，該期訂有
專題。仰
臺端學養豐博，議精論宏，用敢致函，懇請以　　為題，於　　月
　　日前惠
賜　　萬　　千字鴻文　　篇，藉光篇幅，感荷無任。企候
鴻晉　　並頌
文祺
　　　　　　　　　　　　　　　　　　年　　月　　日
附：大作如保留刪改權，請註明。
```

徵稿函件寄出後，至遲三天（國內）應致電約稿者，以取得確實答覆，好作編排上準備，此亦係一種尊重作者作法。如果作者簽應寫稿，則最好能在截稿兩、三天前，再致電作者，請問稿件情形，一方面再肯定稿件是否無缺，作萬全準備；另一方面，則又可以提醒繁忙的作者：截稿時間到了。要注意的是，向作者拉稿時，除非迫不得已，否則應給他們一段適當寫作時間，「慢工才有精品出」。稿件刊登後，在可能情形下，要儘快發付稿費。

九、責任歸屬

刊出文稿，如有錯誤，甚或發生責任問題時，責任歸屬因情況而異，各刊物處理方式，亦有所不同。茲以政大柵美報導處理方法爲例，列舉常見錯誤，與所牽涉責任問題如下：

(一)標題無誤，檢排錯誤（「手民之誤」(typographical error, types/printer's errors))，校對未能改正，負責校清樣之編輯亦未察覺。——柵美報導規則：校對與負責校清樣編輯，同負責任。❼

(二)原文無誤，檢排錯誤，校對未能改正。——柵美報導規則：校對負全責。

(三)標題錯誤（錯字、文不對題）。——編輯負全責。

(四)原文錯誤（內容舛誤、錯字）。——編輯負全責。（縱校對未能校出）。

(五)檢排錯誤（標題錯誤，內文轉接錯誤，漏排、錯別字、顛倒）。——校對負全責。

(六)檢排錯誤，校對已經於清樣校正，而檢排技工未予改正。——經手撿排技工負責，由周刊負責人作適當處理。

(七)檢排技工，未照編輯規劃來檢排組版，或擅自更動標題、字號、版樣，以致發生錯誤。——由經手檢排技工負責❽。

---

❼ 以下所述的錯誤，凡屬編、校人員的責任者，柵美報導編輯人（指導老師），則在實習考核成績上，視情況之嚴重性，每次給予處分：
　　一級錯誤：例如報頭期數、報眉上端文字有誤或未予改正，第一版頭題，社論標題有誤，未予改正等。
　　二級錯誤：例如各版報眉，第一版次題及其他標題，社論內文，其他版頭題與次題有誤，未予改正等。
　　三級錯誤：各版其他標題有誤，內文有錯別字，文字顛倒等，未能改正。
　　指導老師對失職編校實習學生，將依其過失，評列錯誤等級，酌情給予應得之懲教。
❽ 柵美報導編輯與校對人員，應在初校時，特別注意此問題，並立即設法更動補救。

(八)記者（周報撰稿人）的稿件有誤（不管有心抑無意），編輯未予改正。──一經刊登，由編輯負對外責任。在內部處理上，應著手內部調查。審稿人或編輯、採訪主任負連帶責任。撰稿人若是無心之失，給予適當處分，若是明知故犯，應給予辭退處分。❾

(九)外來稿件、私人或團體寄來的聲明之類文字，一經刊出，不論是否聲明「文責自負」，責任仍由編輯擔負。編刊此類稿件時，編輯應特別小心謹慎。

(十)報社負責人（總編輯以上職位）交登稿件，如編輯認為不妥而主管仍堅持要刊登時；理論上，應由交登者負責。不過，編輯此時應要求將他「必登」的意見寫在原稿上，並簽名表示負責。當然，編輯也應在送往檢排前，影印一份在檔備查。

(十一)除非 (1) 法有規定，(2) 國防特別情況，(3) 記者（編輯）自願在付印前送與有關人士，或新聞提供者先行過目；否則，除報社內獲得授權的人士外，其他報內、外眾人，即使採訪單位或新聞提供者，

----

❾　柵美報導規則：

(1) 撰稿人屬偶然無心之失（例如筆誤），經導師（編輯人）評鑑，認係情節輕微者，則在實習考核上，酌情給予告誡。

(2) 撰稿人雖屬無心之失，但應注意、能注意而不注意（例如人物名字不予查證，新聞事件，只道聽塗說，不去採訪等。），經導師評鑑，則在實習考核上，酌情給予告誡。

(3) 撰稿人有意歪曲新聞，以逞私人目的；又或抄襲其他刊物舊聞（不論是否一字不易），妄圖騙上瞞下，查覺後，導師則酌情立即給予該實習生告誡，或令之下年度重修；或延長實習期限。惟適當引用其他刊物資料，從其他刊物中獲得採訪線索，加以追踪 (follow-up)採訪，則不屬抄襲之列。
　　另外，在(1)、(2)、(3)項中，若有其他責任為外界追究者，撰稿人與編輯同負當然處理之責。

(4) 編輯（採訪）主任或審稿人，若屬偶然疏忽，以致應注意能注意而不注意者，經導師評鑑，則在實習考核上，酌情給予處分。

(5) 編輯（採訪）主任或審稿人，與撰稿人沆瀣一氣，或知情不報，經導師評鑑後，則給予處分。

應無權要求察看和刪改記者（編輯）所撰寫的稿件。當發生外人要求記者將稿件先行送閱時，在一般情況下，可採取下述步驟：(1) 如果時間允許，記者又自願，則可答應所請❿，惟亦應向主管報備，而已送交過閱之稿件，在收回付印前，記者仍應仔細閱讀一遍，如果認為有問題，可告知主管，不得已之時，只好將原稿放棄。(2) 若在訪問之前，受訪者作出此項要求，則記者應立時作出明確表示或向主管請示。必要時，寧可放棄該次訪問，而不應欺騙受訪者。(3) 如果訪問完畢，受訪者方提出閱稿要求。此時記者應盡力委婉勸說，並視情況立即作出決定，或向主管請示，必要時亦只好放棄該次專訪。(4) 若已訪問完畢，回報社撰稿時，被訪者方來電作閱稿要求，此時若時間允許，可與主管商討，再作決定。如果時間不允許，則可以拒絕其所請，但仍應告知主管。有一個原則是，無論在任何時刻，盡量維持良好而信實的對外關係，並與主管、編輯保持高度的溝通，係一名專業記者所應努力以求的目標。送給受訪者察看之原稿，應先留一份影印本存檔，減少爭論情形發生。

　　(十二)新聞報導中所牽涉的某些人物，為了各種原因，往往要求停發某則新聞，或將某些地方刪去。原則上，這種要求並不合理，應予委婉勸說而拒絕。不過，若就其陳述的理由，仔細地重新檢討一下落筆的角度與措詞用語，也是為人的忠厚之處。

　　(十三)新聞提供者，由於某些緣故，提早發布新聞稿，並同時要求傳播媒體於□月□日發布，或者新聞提供者指明所提供資料，只作背景參考，記者衡量新聞提供者的處境後，肯定的予以承諾；又或者新聞同業間，獲得同類性質的新聞，但為了某種原因，而相約於某月某日方一

---

❿ 此類稿件，多為科學或專門技術性稿件，為求報導正確起見，記者會願意新聞提供者，對新聞稿加以修正潤飾。記者容許的限度，亦僅此而已。

致發布，這類方式，套用新聞業界的術語，稱之爲「禁約」⑪，除非不予承諾，否則遵守這一種形式的禁約，是新聞道德之一種。如無可予原諒的特殊理由，破壞已允諾的「禁約」，必爲同行所譴責，得不償失。不過，記者作出承諾之前或之後，都應告知主管，並把理由說出，以備萬一有人破壞「行規」時，主管當局知道眞相，否則會蒙「漏新聞」之冤。

---

⑪　就我國的情況而言，由新聞單位發給報社的重要新聞、演說、文告、名人訪問稿、條例、會議紀錄等，大都能遵守禁約的行規。最令人頭疼的是同業間的承諾。有時，一些記者對於同業間的協議，不作表態（以示並未承諾）或者在承諾之後卻又沒法從各種不同途徑，在新聞中直接或間接披露出來，顯示他「領先新聞」的本領。也許這些記者是受到報館上級的壓力，但這種作風，應該不予鼓勵。另外，記者在作出承諾之前，應先就本身責任，報館立場，讀者利益，與專業的判斷，作出仔細考慮，然後方予允諾；否則，應予委婉勸說，或答應在報導時，作一程度保留；如果溝通無效，則只好不予允諾。在道義上，不允諾總比破壞諾言好。當然，在對外採訪關係上，會必然的遭受一定程度的緊張。

第六章　報導出了問題該怎麼辦？

刊出的消息，如因編採、排校、刪稿 (Trim/cut) 的錯誤，以致報導失確，讀者、採訪單位抗議，甚或涉及法律責任時，一般會採取以下六個方法，來解決問題❶，減輕刑罰，以及彌補道德「虧欠」：

一、請關係人排解，並作道歉。

二、將正確新聞，重發一次。

三、發布續發新聞 (Fallow-up)，並在新聞完結之後，或在適當段落處，附加「編者按」之類「今是而昨非」的說明。例如：

……（編者按……略謂……顯係報導有誤，順此訂正。）

……（編者按……誤稱爲……僅此訂正。）又或者刊登：「本報□日□版□第□欄□行第□字，『□』字查係『□』之誤，特此訂正。」

四、自行於新聞原來刊登之版位（我國出版法規定），或適當位置，刊登小啓更正❷，通常以「更正」、或「更正啓事」爲標題。

---

❶　荊溪人（民國六七年：二八○～二）認爲：（一）從更正的態度分，可以分爲報社主動之「自動更正」，與被當事人來函要求之「強制更正」（否則當事人不干休）。（二）從更正性質分，可分爲明白宣示之「顯性更正」，與不覆述原文，避重就輕之提要式「隱性更正」，如本文第三項最後之一個例即是。（三）從更正的處理上分，則可分爲以「來函照登」之「直接更正」，與假借「讀者投書」（或將之改寫成新聞重刊）之類的「間接更正」。

❷　要注意的是，依「民國二年統字十九號解釋」，「報社損害他人名譽，雖事後更正，不能阻卻犯罪之成立。」（見徐詠平，民國七一年：二四八）

五、於接到更正要求時之次期，以來函照登❸，或「來函有所說明」
為題，發表當事人的更正或辯駁書函❹。

六、一如美國學者喬治・柏士頓 (George C. Bastian) 所指出：

(1) 設法證明報導是真實的。

(2) 設法證明，所報導係「公開性記錄」，有發表的權利。

---

❸　來函之中，有時只簡略的指出：「貴報□日所刊□□版新聞一則，查與事
實不符，應請更正。」此時，編輯應請當事人作更詳細的說明，指出錯誤
之處，否則可以拒絕予以刊登。同時，編輯應對來函指責的事實，作更進
一步的查證，以瞭解係事實真象——據內政部民國二十三年十一月十六日警
字第一八一六號代電，凡雜誌刊登之事項，不論係直接所採訪，或有負責
之投稿，其本人或直接關係人請求更正或登載辯駁書者，當係事涉疑似，
或與事實不符。如果事實昭彰，證據確鑿，自不負更正或登載辯駁書之義
務。」(徐詠平，民國七一年：二○八)

另外，一九四八年日內瓦新聞自由會議，所訂國際新聞錯誤更正權公約草
案，指出在更正書中，編者可將與更正無關的文字、意見和附註刪去，然
後刊出 (陳石安，民國六七：六六二)。內政部民國二十三年十一月十六
日警字第一八一六號代電亦有：「如遇更正或辯書事實複雜，文字過於冗
長者，可分期登載，或商諸原請求人，將原文略予縮短」的彈性規定。(
徐詠平，民國七一年：二○八)

在上述更正權公約草案中，尚擬列出更正書要附原刊新聞原稿，更正書的
字數不得超過原刊新聞字數的二倍。

根據我國法律規定，更正書尚有下述規定：

(1) 向報紙要求更正，也須由新聞當事人親自為之，如被涉及之人已死
亡，「得由其配偶、直系血親、三親等內之旁系血親、二親等內之姻
親或家長、家屬告訴。」——刑事訴訟法第二百十二條第二項。至於
涉及機構團體的新聞，如有更正事宜，由機構團體首表或代表人要求
更正，其中部份團員或個人，不能代表全體。

(2) 更正書應有要求一人之真實姓名及住所，內容不能違反法令。

(3) 要求更正，要在新聞原登載之日起，六個月內提出，逾時效消失，不
能提出。

❹　有時被涉人 (或機構) 會在報上付錢刊登「意見告白」(Advertorial)，
「自作更正」。此時編輯或撰稿人，可以就該一「爭議」新聞，作進一步的報
導，並儘量列舉事實作不著痕迹的抗辯，以取信讀者，維護報譽。另外，
在一件報導中，其中牽涉的人物，對某些事項 (並非「意見」) 有異議，而
且理由又充分時，報紙應給予辯駁的機會，稱為「答辯權力」(The Right
of Reply)。如報紙未發該項新聞，當事人係因其他媒體的報導，而要求
刊登其答辯事項者，報紙可以斟酌刊出，甚或拒絕。

(3) 報導是公正的批評。

(4) 指出錯誤並非出於惡意(而是偶然，或不愼判斷錯誤所引起)。❺

(5) 在報紙上發表「取消」的事實。

≪附錄一≫報導他人資料的同意書

社區周報很可能有機會牽涉「□□人急待救援」一類服務性報導。為了使此類報導的處理，更合乎法理人情起見，撰稿者或編輯在報導刊出之前，應設法找到當事人，並簽下授權刊登切結書，方予刊出。下列授權刊登的切結書格式，可供參考之用——

本人　　　　　　因遭　　　　　　事故，急待社會人士的瞭解與援助，因同意（　周刊名稱），將本人之資料披露，特立此書，以資證明。

　　　　　　立書人：　　　　　　簽章

　　　　　　　　　民國　　年　　月　　日

　　　　　地　址：

---

❺　學者專家指出，在法理上，「據說」、「據傳」、「據悉」、「據瞭解」、「據報」、「流傳」、「謠傳」等字眼，並不是防禦名譽誹謗萬靈丹。

第六篇　寫作結構提要

第一章　一般寫作

　　小型周報之報導內容，可概分爲純淨新聞、新聞評論、特寫和專欄等四類。關於此四類寫作之種種，坊間書本多已有詳盡之論著，卷帙繁浩。本文旨在以周刊爲範疇，對上述四類文體之形式結構，提鈎一基本的結構性概念，以供行文下筆時之參考。新聞寫作之道無他，多看與多寫而已。多看，能知曉他人作風，懂得別人表達方法，融會貫通，自能吸收應用；多寫，則疵病自見，能尋思改進之法，兩者實一體之兩面。

第一節　新聞報導

(1) 新聞報導的素材

　　就一般「事件」(event) 而言：發生了什麼「事」(何事，What)？涉及到什麼「人」(何人，Who)？在什麼「地方」發生的 (何地，Where)？什麼「時間」發生 (何時，When)？什麼「原因」呢 (何因，Why)？情況怎樣 (如何，How) ❶？這新聞學上所謂的「六

---

❶　「如何」這一要素在一則新聞中，它的主要作用，有協助五個W，說明新聞是「怎麼回事」，使新聞報導得更爲詳盡。

何」❷；無疑是一件事件的主要內容，亦是以純淨新聞方式報導任何事件的取材要素。縱各「何」之比重不同，焦點有別，深入之程度各異，但以此「五W一H」，來檢視報導事項是否完整 (Wrap up)，或尚有所遺漏，實在不失爲一實際而有效之方法❸，例如：

【臺北訊】國立臺灣大學經濟研究所敎授薛琦（何人）昨天（何時）指出，政府將錄放影機及汽車工業列入策略性工業保護範圍，是不恰當的（何事）。❶

薛琦在行政院科技顧問會議「創新技術組」（何地），以「工業經濟學在產業政策上的應用」爲題演講時說，若工業產品已在國內擁有很大的市場（何因），就不應該再給予保護，諸如錄放影機和汽車工業就是值得商榷的例子。❷

薛琦表示，政府將錄放影機和汽車工業完全納入保護是不對的，應選擇其中屬國內工業界尚無法自製的關鍵性產品列入保護（如何），例如錄放影機的磁頭或汽車引擎等，其他零組件則無必要保護❹。

(2) 報導的形式結構

新聞開頭 (The opening of a story)一般稱之爲「導言」(Lead/Intro) ❺，如上例之第一段是。中文導言通常是新聞之第一段，作用在以簡短、有力句子，提鈎整個事件的重點與所顯示的意義。故有人說，新聞寫得好，前三句就是標題。

---

❷ 在傳統新聞學裏，純淨新聞寫作，很少提及「何義」(So What) 這一擔負社會責任之「何」。實則上，帶有解釋意味的段落，在某些需要顯示「報導意義」的事件中，只要摒除了主觀的意見，應仍可以在此類新聞中，適當地出現。一個簡單的例子是，在一則簡短的演講消息中，若係只歡迎某一特定聽衆聽講，可予以敍明。例如歡迎（只限）大專學生前往聽講之類是。何義（欲何）之表達，與所謂之解釋性報導 (Interpretative Reporting) 在功能上相類似，而行文則應有繁簡之別。

❸ 見聯合報，七三年四月六日，第三版。

❹ 此文第三段：「薛琦表示，政府將錄放影機和汽車工業完全納入保護是不對的，」與導言重覆。如果記者在寫稿（編輯刪改）時，能將之易爲「保護之壞處（何義），縱然數句，亦將使報導更爲周延。

❺ 也有人稱之爲「提要」、「引子」、「小引」、「新聞頭」一類稱呼。

　　導言之後的段落，即爲所要報導的整個事件，可繁可簡，一般以「本（內）文」（Body）稱之❻，如上例之第三段。

　　如果由導言切入本文時，其在導言之後，另有一小段作爲「引介」者❼，則此一小段，可稱之爲「副（輔）導言」（Sub-lead），或曰「橋」（Bridge），而前面一段則稱爲主導言。它的作用主要固在「聯接」（Tie-in）導言與軀幹，補充導言或減輕導言之字數負擔。另一方面，它又對整個事件之貫串，有非常大之影響。如上例之第二段是。主導言、副導言，是導言之細分，蓋括的來說，新聞導言，可爲新聞之前數段。

　　一般而言，「純淨新聞」（Straight News）之報導方式，常被套用的基本形態，約有三種❽——

　　(甲)倒寶塔式 (Intverted Pyramid)

　　所謂倒寶塔式的新聞報導形式，應係把一則新聞最重要之「何」，作爲提要，寫在前頭，其後則依新聞所蘊涵的內容，按其重要性與「完

---

❻　另外，有人稱之爲「內文」、「軀幹」等名稱。

❼　副導言之功能，與一般文章所謂之「承」，在性質上並不相同。

❽　當然，在新聞結構形式中 (forms of news-story structure)，尚有「引語式結構」和「平鋪直敍式結構」兩種。前者多用於重要人物之宣言報導 (所謂「人製造新聞」"The man who made news")；後者多用於解釋性報導。它們的圖形是這樣的——

A. 引語式結構　　　　　　　　　B. 平鋪直敍式

導　言（摘　要）
引　語
摘　　要
引　語
摘　　要

導　　　　言
背 景 資 料
次 要 事 實
最 新 發 展
個 人 意 見

整性」之結構❾，與全文布局作重點重述 (recap)，並將其餘之「何」，適當地依次安插在往後的段落中，而不一定墨守事態發展之時間順序；此係一般純新聞寫作之正規者（附錄一）。若以圖形來說明，它的結構形狀是這樣的：

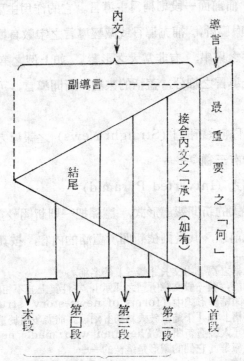

細節 (Detail)：
1. 重點重述，對導言之何，作必要的、更詳盡的闡釋。
2. 安插其餘較次要之「何」。

(乙)正寶塔式 (Up-right Pyramid)

❾ 「完整性」的註腳，似應是：除導言外，內文的段落，容許從末段往前依次刪減，但在保留的段落中（通常係為首數段），讀者仍可正確而適當地，獲知事件中，不可或缺之「何」，而且內容充實。

　　這是將事件高潮 (Climax) 放在文後，或按時間順序之早期新聞寫作方式，除某些「紀事體裁」(Chronological)，懸疑性故事、或雜誌式的藝文作品外，已甚少在純新聞園地中，「公開露面」。若以圖形來表示，它的結構是這樣的——

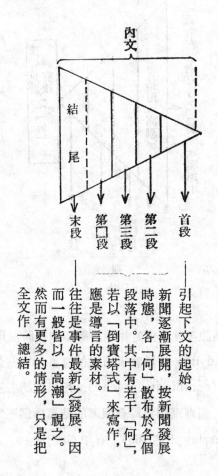

內文

結尾

末段　第□段　第三段　第二段　首段

引起下文的起始。

新聞逐漸展開，按新聞發展時態，各「何」散布於各個段落中。其中有若干「何」，若以「倒寶塔式」來寫作，應是導言的素材。

往往是事件最新之發展，因而一般皆以「高潮」視之。然而有更多的情形，只是把全文作一總結。

（丙）正倒寶塔折衷式

　　先用導言，把最重要（或最有趣）之「何」提列出來，然後再以事情發生的時序本末，從頭帶入高潮。這種寫作方式，一般多用在特稿寫

作或解釋性與娛樂性的報導中。它的結構是這樣的——

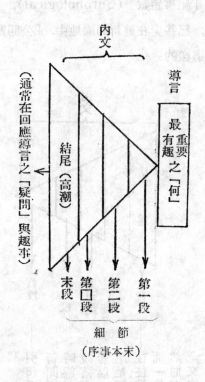

（序事本末）

　　有時新聞的來源多，或價值相等，難以取捨時，則可應用「綜合報導」方式（Round up）這種報導方式的導言，通常是「一品鍋式」的（combination lead），用以強調各項事件發展之關係。衛斯理認為綜合報導的結構係倒三角形之折衷式（Westley 1972:69），有如右圖。

第二節　新聞評論（Editorial/ Leading Article）

　　新聞評論的範圍，原包括社論、專論、專欄、短評和評介❿。我國報章沒有「(報) 社 (評) 論版」(Editorial page)，只把屬於「意見」(View) 之評論，在適當版位中，作闢欄處理。程之行 (民七十：二〇四) 指出，一篇社論，係以事實為根據，發表評論，表示報業主的意見，目的在透過擅於寫作者之筆，讓讀者對事件知其然並知其所以然。程氏認為評論沒有導言，內文以文氣澎湃，高潮迭成為精彩。

　　評論本身，係一種結論性的文章寫法。在寫作進行時，首在**選題 (** Topic) ⓫，繼而了解事實，透過事實與價值的評斷 (judgement)，從而產生論點 (issue) 或立場 (standing point) (贊成、反對、平議)；然後按論點而收集資料，尋找事實的翔實論據 (evidence) ⓬，以清晰、有力、深入淺出與論調一致的語句⓭，邏輯 (Logic) 的推理

---

❿　「讀者投書」(Letters to the printer)，理論上屬新聞評論範圍，但應該只是報社內部的「選稿」，故此處不擬列入。處理「讀者投書」時應注意事件之真偽。香港明報日報所標示之「事實不容歪曲、意見大可自由」，誠為處理「讀者投書」的一個衡量準則。社論代表報社立場，報導事實，領導輿論 (為民喉舌、議題設定)。專論是長稿，通常由報社約請學者專家，對某一具時效性問題，作深入、透闢的評論。短評的性質與功能，與社論無異，通常以三百至五百字為度，最長不應多於七百字，最能長話短說，短悍而衝刺有力。由於版面和字數所限，小型周報通常將代表刊物意見 (View)、立場之評論稱為短評，而較少稱為社論。社論不署名，專論署名；署名短評屬專欄，不署名短評多屬代表報館意見。

⓫　周報選題時，應注意「時差」的問題。若確無適當題目，可就當期一版頭題新聞，予以評述。此外，若所選之題目，在當期並無新聞配合，則應在評論中，對所評論之事實，作一個扼要、清晰的敍述。不過，苟能對能某些論證 (Argument)「深入其內，跳出其中」，凡事作「深一層看法與轉一個角度來看」，選題亦不難。

⓬　西諺有云：「事實勝於雄辯」(Facts are the best argument)。林大椿 (民六七：九五～六) 認為，論據的構成，有下列三個條件：(一)論據必須與中心觀念有關。(二)論據必須根據可靠的理論。(三)論據必須根據可靠的事實。

⓭　王民 (民七十：六九) 指出：評論寫作有四大要求，即「快、穩、深、重」。

層次，最後以議論性文章之布局 (Plot) ⓮，提出結論，重申(Recap)論點完成寫作（當然，結論亦可放在前頭）。評論寫作絕不能穿鑿附會，亦不應訴之於情感衝動。

評論寫作之是否成功，首段事實之引伸與末段結論之相互呼應，實為重要之綱領。程之行（民七十：二三○）認為論證求其必勝，可採三種手法，即「類比（推）」(analogy)、「歸納」(induction) 和「演繹」(deduction)。林大椿（民六七：九八）亦主張評論記者應熟習「大前提——小前提——結論」、「因——果」與「正——反——合」等一類推理形式；甚至強調說，「大前提」是「評論見解」，「小前提」為「事實的敍說」，結論則為總論或斷語。一篇評論的論點，縱有仁智之見，但只要前提成立，結論應隨而成立，在推理論證過程中，不許稍錯失，所謂「議論宜理」是也。基於此種了解，若干邏輯與意義上的問題，得須略加闡釋——

(1) 一般人常將「合邏輯」(logical) 與「不合邏輯」(illogical) 作為「合理」(reasonable)、與「不合理」(unreasonable) 之代名（或同義）詞。實則上，邏輯指的是「形式結構」(formal structure) 之推理 (reasoning) 思考。推理思考無誤者，方能名之為「合邏輯」。一件事由已知推未知，由理據到證斷，由因以求果，果來溯因，都是推理過程 (the actual process of reasoning)。

(2) 以形式結構之推理思考，在評論文章上「推衍（論）」時(Der-

⓮ 趙俊邁（民七一：一○五）認為：議論性文章寫作可用傳統之「起、承、轉、合」的四分法。「起」，係事實之「引論」，可用敍述法、疑問法、判斷法、或警句法等方式行之。「承」，係承題意而發揮，有正、反、縱、橫之分。「轉」為轉折，使文氣跌宕、快慢、長短有致。「合」係「結論」，主要有明、隱之別，旨在扣合題旨，使前後文相互呼應。承與合，可視為文章之「本論」。

ivation/Deduction)，最基本的一個論證形式爲一般「三段論」(Syll-ogism)。它是一個含有三個「述句」(Statement) 的論證形式，其中兩個是前提 (premise)，一個是結論 (Conclusion)。例如

$$
前提 \begin{cases} \text{All A is B} & \text{凡人 (A) 是動物 (B)} \\ \text{All B is C} & \text{凡動物 (B) 是生物 (C)} \end{cases}
$$

結論　All A is C　　凡人 (A) 是生物 (C)

從這一個論證形式中，吾人卽可以解釋何謂「邏輯的對錯（正誤）」與「非邏輯的對錯」。

邏輯的對錯，是指邏輯論證形式的實質對錯，也就是技術或程序上的正誤，其餘均屬非邏輯的對錯。非邏輯對錯，是內容上的對錯，可以常識及對各種科學的了解來決定。例如上例「是邏輯的對，也是非邏輯的對」。下述兩例，則稍有變化：

A. 凡鳥類 (A) 長翅膀 (B)　這是：(a) 邏輯的錯（因爲論證形
　　凡鷄 (C) 長翅膀 (B)　　　　　　式錯誤，這結論是推不
　　凡鷄 (C) 長翅膀 (B)　　　　　　出來的）
　　　　　　　　　　　　　　　(b) 非邏輯的對（鷄是有翅
　　　　　　　　　　　　　　　　　膀的呀！）

B. 凡狗 (A) 是昆蟲 (B)　這是：(a) 邏輯的對（論證無誤）
　　凡昆蟲 (B) 長尾巴 (C)　　　　(b) 非邏輯的錯（狗怎麼是
　　凡狗 (A) 長尾巴 (C)　　　　　　　昆蟲呢？）

總之在簡單的應用上，如果三段論前提與結論後在可推關係 (in-ferential relation)，不合邏輯；假設前提完全成立，而結論並沒有因之而成立，亦不合邏輯。在傳統「定言三段論」（Categorical Syllogism）一類論證形式，尚有更複雜形式的邏輯對錯規則，可供參考運用。

(3)「若且唯若」(if and only if) 一個詞項(term)所表達之類的全體分子，在某一個命題 (proposition) 中⓯，完全說到，則吾人方可以說，此詞項在這一命題中，是「周延」的 (distributed)；否則，則「不周延」(undistributed)。不過「周延」此詞，甚多時候成了「完備」、「普及」甚至「清楚」等一般性用法。

(4) 評論性文章，在辯論時，往往很容易犯了下述 Irving M. Copi (一九六一：五二〜六九) 所說之謬誤 (Fallacy)：

A. 挾之以勢（appeal to force），B. 人身攻擊 (attacked on character/abusive)，C. 訴諸處境立場 (circumstantial)，D. 以不可知為據證（argument from ignorance），E. 乞憐（appeal to pity），F. 訴諸羣眾 (appeal to the people)，G. 以權威來掩護（appeal to authority），H. 以全概偏 (accident)，I. 以偏概全 (converse accident/hasty generalization)，J. 因果（本末）倒置（alse cause），K. 循環論證 (begging the question)，L. 題雜難答 (Complex Question)，M. 結論歪離 (irrelevant conclusion)，濫用、誤用諺語或成語。例如：「好男不當兵，好女不做電影明星」，「貧不與富鬥，富不與官爭。」當然，其他的謬誤尚有，「特有成見」(appeal to prejudice)，與「感情用事」(appeal to emotion) 各類。文義之混含（vagueness）與語詞歧義 (ambiguity) 也是應該避免的。

⓯　命題係一句而可以判斷真假值之直述句 (Aproposition is an indictive sentence which be either true or false.)。例如下述之命題：三是奇數（真），三是偶數（假）。

(5) 下列四個名詞，在行文應用時，應特別留心他的界說——

A. 相反 (oppose/contraries) 與矛盾 (contradiction)

相反是指兩個極端狀況，例如：「強壯」之相反詞爲「瘦弱」。矛盾是指同一事件之不協調狀況。例如：大偉「很乖」，但「有時卻頑皮得可以」。

B. 外延 (Denotation/Extension) 與內涵 (Conotation/Intension)

外延係「所指」之外在範圍，內涵是「所謂」的特性，例如：

外　延		內涵
鯨　魚	不　是	魚
(class name)		(trait)
類　名		特質

(6) 爲求語句有力，有時可以「成語」一類結論性言詞以助「威勢」，但用時要小心，不能出錯弄巧成拙。例如：「好狗不捉鷄，好男不打妻」之類。

第三節　特寫 (Feature Writting)

記者所寫的特寫，是每份報紙不可或缺之「讀材」(Reading Matter) ⑯。于衡（民五九：七三）認爲特寫稿屬於「深度報導」(Depth

---

⑯　在中文報紙裏，按前時說法，如果特寫內容，係在進一步解釋或分析新聞內容者，稱之爲「特稿」(Feature Stories)，若爲人、事、時、物、地等一類報導，則稱之爲「特寫」，英文文章則一律以 Feature Article 稱之。不過，定名者爲編輯而非記者，近日特稿與特寫之欄名，已交互使用，並沒有作嚴格劃分。

另外，特寫係從 "feature news" 翻譯成中文，但若說"to featurize" 則係要求報導內容要「顯示特色」。

"Featurized News" 指的是賣弄花招，只圖迎合讀者口味之「特稿化新聞」。而歐美報界所說的「猛稿」(Featured News)，指的卻是當日報紙上最重大的一則新聞，亦卽「重點新聞」。

Reporting) 之一種，通常用以配合新聞，補充新聞報導之不足，或強調某項新聞之報導文字。在寫作體裁上，文字特寫稿可以有限度容納記者對某一事件之看法，探討其後果與可能影響，亦即具備解釋和分析新聞之功能。它的取材角度，非常廣泛，可以細膩深入的描寫、刻劃某項事件之突出部分，亦可以就新聞之背景遠因，作有條有理之分析。特寫的類別，不可勝數，舉凡人、物、事、時、食、衣、住、行、育樂、藥衞與國防等問題，都可以成爲很好的人物、問題、趣味性或知識性特寫。特寫在報紙版面上，常以關欄方式處理，如有好幾篇特稿一起刊出，爲避免關欄過多，有時也會取用和新聞一樣的「散排」。特寫是署名稿件 (The by-line story)，令讀者欣賞的特稿，往往會使記者的名字，被人熟知。

王洪鈞（民五六：一一一）爲特寫作過一個簡單的界說：「特寫乃以時宜性的事實，配合背景、意見，用技巧的筆法來報導、解釋、指導或娛樂讀者的文字。」特寫的形式結構，通常是正寶塔式，或倒正寶塔的折衷式爲主。在布局上，則以「引言」(Lead)、引介 (Bridge)、本文 (Body) 與結論 (Conclusion) 四部分爲經，而以事實 (Fact) 之深、廣度、清晰、正確之背景資料 (background) 與意義 (meaning) 的闡釋（論述），這「三度空間報導」(Three-dimenion Reporting) 爲緯，用趣味易懂、優美生動的筆調，來穿插貫串，使全篇能「見樹又見林」，而不是「拉長了的新聞內容」或「資料性的堆砌」。

特寫的引言與結尾，須特別緊湊，首尾呼應。最好能在寫引言時，即想好以怎麼樣一句話來結尾，如此可免「下筆千言，離題萬丈」之弊。引言可以光爲一句話，也可以是一整段。特寫在題材的選取上，可能常有「雷同」之處，但一則突出的特寫，之所以不落俗套，往往在於新事實、新問題，與新特色的發掘──這些也正是特寫引言和結尾的重

點和取材。透過記者的「新聞感」（News sense），即使在原始資料中，似乎並無重大意義的瑣事，亦可能發掘得潛在但被疏忽了的特點。（當然，這並不是說材料不需要經過取捨。事實上，凡與題旨無關，與原意不合的內容，都應明快地「割愛」。）

特寫的引言，通常可以歸納爲提要、敍述、描寫、直接稱呼和引語等類型，而結尾則有「集合」了引言、主文直到結尾的提要式（Summary ending），以及提出新問題、顯示新特色的「峯廻路轉」式（Snapper/Unusual twist ending）兩種。

特稿如係寫人物，穿插一點小故事，最能傳神，若係談一些抽象理論，則應舉例說明，以幫助讀者了解，但都應適可而止。例如，舉例說明一件較爲複雜的事物時，頂多只舉兩個例子，再多就顯得煩贅了。

爲了行文之暢順，可以藉助小說的技巧，以求變化和創新（所以特寫稿較具「文藝氣息」）。一般報刊特寫稿最好以八百字至一千二百字爲度，千五、千六字已稍爲過長了。內文段落，每段以一百五十至二百字爲合，三百五十字以上，會減弱閱讀速度，段落之間，應有邏輯或時間的順序，不一定依重要性排列。爲了接近全文主題，每段必須思想完整，主旨明確。接近千字的特寫，應有若干分揷題（可由撰稿人先行擬好），甚至在標題方面，撰稿人如有時間，亦可先自製作，供編輯參考。特寫稿如能配有圖片，則更能生動活潑。另外，在解釋新聞意義方面，除了就事論事、引用檔案資料之外，屬於個人接觸的「活資料」，都可就事實的陳述，加以適度的取材和表達，但應避免個人一己之主觀見解，以及將任何情況都推在學者專家——所謂權威人物的身上。

在無礙興趣的原則下，特寫亦應多負一分「傳播動力」(Communication dynamic) 的責任。因此，特寫的引言，也可藉「第一印象」(First impression) 之利，給讀者某些「不經意的敎育」，使讀者在

滿足「原有經驗的重覆感受與深入回味」之餘，傳播效果亦得以傳遞。

另外，不應忽視的是，趣味、懸疑、新穎的特寫標題，方能令讀者「刮目相看」、「自投羅網」。否則，即使是極具水準的一篇特寫，極可能被標題「攪砸」了。

無論是配合新聞與否，撰寫特寫一類較長稿件的步驟是：

(1) 先有中心思想，獲得題材後，界定蒐集資料範圍。

(2) 透徹了解所獲得的資料。

(3) 把所得資料的主要內容，分類寫在若干張小紙上。

(4) 把小紙片排列組合，合併的合併，再決定段落排列的先後秩序。

(5) 決定字數。將具有特色，蘊含新問題與新聞性最強的部份，選取為首段。

(6) 決定引言和結尾的形式。

(7) 構思若干「佳句」，分散在不同段落中。

(8) 運用創造力寫作。

(9) 整篇稿子寫好後，再改正錯別字、刪掉不必要的部份，並在說明不清之處，略作增補——寫一段，改一段方法，很可能打斷思潮，似不足效法。惟為了方便刪改，可取「一段一稿紙」的方式，免去剪貼、補插之苦。

例如，一篇報導游泳好手張三的特寫，記者所得到的資料，可能是這樣的[17]：

---

[17]　此係戴維斯 (Elmer Davis) 所提出，與麥杜高 (Curtis D. Mac-Dougall) 之「解釋性報導」(Interpretative Reporting)，柯普爾 (Neale Copple) 之「深度報導」(Depth Reporting) 在架構上，並無太大區分。

[18]　見聯合報系編採手冊。臺北：聯合報社。民七二年修訂再版，頁四四～五，但例子為虛擬。

(1) 做小工出身、國中畢業。

(2) 國中畢業後，父親要他在家種田。他不肯，常溜到家居附近的泳池看人游泳。

(3) 有一度，他想多賺點錢，曾到某礦坑挖煤。後來，他的母親嫌他的工作有危險性，將他領回。從此改變了他的一生。

(4) 他第一次參加泳賽的情景。

(5) 最近他創下一項亞運紀錄，在連續十數天的公開賽中，一直保持領先。

(6) 在他成長過程中，曾受到某位「貴人」相助。

…………。

上述 (1)(2)(3) 段，因爲說的都是張三的童年，可以合併。合併好處，在能歸類統一，並駕御報導的繁、簡、快、慢。第 (5) 段新聞性強，可以用作引言；而第 (3)(6) 兩段則正適宜加挿小故事。

某些特寫的時宜性可能不如新聞之強，但仍應具有高度時宜性和新聞性。至於人情趣味（Human Interest）甚濃的專訪（Exclusive Interview），就內容來說，是解釋性新聞與特寫的混合；就寫作方式來說，是新聞與特寫的折衷，它的時宜性可能並不強烈，但原則上應求「獨家報導」。專訪最好能取得被訪者的生活照片與人頭照片（thumnail）以供採用；否則，亦應設法「翻攝」來配合內容。

海倫・派特遜（Helen M. Patterson）教授，主張在寫特寫時，應用「編輯政策（方針）」（Edition Policy）、「讀者興趣」（Reader's Interest），與「假想興趣」（Presumable Interest）這三個「興趣環」（Rings of Interest）來組成引（導）言。其實，這三個環，同時也是報社編輯衡量一篇特寫稿優劣之取捨標準。

此處所謂編輯政策，應解釋爲報社立場，或「預期取得傳播效果」

的新聞處理方針。 讀者興趣, 是從調查研究的純理論出發, 分析題材中, 例如金錢與新奇事物等, 有那些為讀者列為主要興趣的要素, 而後予以選取應用。 假想興趣, 則係撰稿人主觀的判斷 (學養＋經驗＋靈感), 信心十足地認為他的取材內容與表現技巧, 實實在在地掌握住讀者興趣。當然——也非常不幸, 撰稿人對讀者興趣的揣摩, 最後必得為「第一個讀者」的主管或編輯所 「認同」, 如果有所爭議, 撰稿人也就可能面臨改寫, 甚或壓稿不發的命運。

此外, 花絮 (Miscellany) 是以輕鬆諧趣的筆觸, 報導一個大場面、 或某事件中的點點滴滴。 它不重新聞性, 並且是瑣碎、 片斷的記載; 但透過趣味性的取材, 雖三言兩語, 東鱗西爪, 但卻能使人回味無窮, 從小而窺大。 因此, 花絮屬場面特寫的一種。

第四節　專欄 (Column)

一般性的專欄含義和內容, 非常廣泛, 舉凡有名稱的闢欄, 都可稱為專欄。方塊小品、藝文評介等, 統屬之。 它的取材角度, 自分析、報導、評論、服務、勸說、雜談, 至知識、抒情等, 或雅俗共賞、或訴求特定羣眾, 應有盡有。因此, 此類專欄, 行文無法可循; 要之, 不外把心中想法, 乾乾淨淨, 直接了當表達出來, 令讀者易讀易解即可。梁實秋先生以為散文之美, 美在內容的適當, 不在故事的旁徵博引, 亦不在詞句的典麗, 誠此之謂也。

目前報章上, 尚會特約專家學者或由資深新聞從業員寫的專欄。這類專欄的形態, 介乎社論與特寫之間, 它主要是蒐集周全、正確、充實的資料, 以精闢的見解, 分析和論述一個特定問題, 包括國際問題、政治、外交、經濟、文教、社會、法律等各方面。

　　這些專欄文章的特色，在於內容方面有權威性，能透露些獨家或內幕新聞；另外，在文字方面，具有獨特的風格，富幽默感與同情心，並具有新看法和創見。

第二章　導言與內文寫作

第一節　導　　言

　　喻德基（一九八一：二十八）指出，偉大導言 (Great leads) 是項藝術工作：燦爛、獨特、印象深刻；雅達導言 (Decent leads)，是專業者工作。至於壞導言 (Poor leads)，則是累贅、混合、瑣碎、堆砌上不必要的要素，引語乏味和陳腔濫調。

　　要寫作偉大導言，似乎並非是記者就辦得到的事，但透過專業新聞感的培養，與語文的訓練，一名新聞從業員起碼應能寫出正確 (accurate) 與清晰 (clear) 的雅達導言。

　　導言的「產生」，通常應經過下述步驟：

　　對報導事實的通盤了解 —— 決定報導不可缺少之內容 —— 選擇最重要之「何」放在前頭 —— 思索該用何種「事實 —— 動感 —— 瑰麗」(Facts-action-color) 的「筆調」❶ 與深度，表達這些「何」 —— 開始

---

　　❶　選擇了「何」之後，如何去表達這些「何」，就是「筆調」，也可稱爲「氣氛」，卽令人有身歷其境的感覺。例如：（一）以「趣味」陪襯「何事」：「王□□的妻子失踪三年，昨日在公車上相遇，竟成別人太太……。」（二）以「奇異」陪襯「何事」：「三歲小童失足，自五樓陽臺跌下，巧遇一陣大風，將之吹落水池，毫髮未傷……。」（三）以「哀傷」來陪襯「何事」：「藝壇巨星殞落……。」

寫導言——（默誦一次，檢視是否已具備作標題要素。發現有冗長之處，立刻改寫。）

典型的導言類別，大約有下列六類:

1.「何人」導言:

蔣總統經國先生昨日下午四時，在總統府以茶點款待來華訪問的美國聯邦參議員高華德夫婦。

2.「何事」導言:

卅億美元貸款騙案宣告破案。在專案小組歷時多天的偵訊下，□□□已坦然承認行騙不諱，並供出所有作案細節。

3.「何時」導言:

明（卅一）日，為七十二年度申報個人所得稅最後期限，尚未申報所得稅的市民，宜速辦理，以免過時受罰。

4.「何地」導言:

陽明山仰德大道兩旁的違建，昨日已全部拆除。

5.「何故」導言:

為使國小學生，有更多課外活動時間，教育界建議國校老師，減少考試次數。

6.「如何」導言:

數以百計的「球迷」，衝入球場中打成一片，使昨日在臺北三軍球場舉行的南北區隊足球對抗賽，被迫中場腰斬。

一般而言，「發生了什麼事？誰幹的？為什麼呢？」，(who did what and why)是一切人間事物的根本問題。職是之故，使用倒寶塔式報導結構，以「何事」作提要式導言 (summary lead)，幾乎是多數新聞報導的方式；而在普通情形下，何事與何人導言，使用次數最多。因為何時與何地通常可以很自然的，就嵌雜在導言裏，不須特別花

腦筋去安排（除非特別重要），而何因則可以放在導言之後的段落去。

當然選擇與強調那些「何」，有時可能不太容易。一個較刻板的法則是：記著「發生了什麼新聞？這則新聞顯示什麼意義？」（What happened? What does the story mean?）

導言以簡潔為主，避免冗長的修辭詞和子句。它的字數似應在八十至一百二十之間，最長應以一百六十字為度，超過二百字則會令人有冗贅的感覺。當然，不管字數的多少，都應遵守「一個句子表達一個觀念」的原則。

下面是寫導言時，應注意的三點基本守則——

一、導言要能配合新聞性質，儘快報導新聞事實，惟不能把「提要」（outline）看成「導言」。

二、簡潔、緊湊、提鈎特色，用活潑有力的短句❷，掌握、刺激讀

---

❷ 美人岡寧（Robert Gunning）、德爾與雀爾（Edgar Dale and Jeanne's Chall）、佛來錫（Rudolf Flesch）與我國傳播學者陳世敏等人都曾就句子形式、長短、字彙的難易（亦即「迷霧指數」"Fog Index"）、人情味、身份關係（personal reference）、具體程度、字的音節、標點、與有力生動的「傳播力」（Communication energy）來研究新聞之可讀性（Readability）。不過，誠如紐約時報前星期版總主筆馬可爾（Lester Markel）所說，新聞寫作的「基本問題，不在於人情味與色彩化，而是使新聞易懂。」（The basic problem is not to humanize or to technicolor the news, it is to make the news understandable.）（錢震：民六十一·二七三）。「公式化的寫作」（Formularizing of Writing），常被譏為「緊夾克」（strait jacket），以喻其呆板、窒礙與難以普及應用的缺點。但若將可讀性公式，作為批評、分析的尺度，以及改寫（rewrite）新聞的依據，則「可讀性公式」（Readability Formula）不失為一個良好標準。就個人經驗而言，中文新聞報導，句子的長度在七至十二字為宜。另外，「可讀性」的解釋，一般係指語文符號的組成，在閱讀上，沒有任何意義上的阻力，大多數人都能易懂、易讀和易於記憶。因此，不但在文字編排印刷方面，例如版面的安插、字體字號的搭配、標題的形式、印刷的良窳、紙張的好壞、油墨的品質，以至於拼版間隔的潤窄等外在因素，無不刻意講求外，文字的趣味化、顯淺、具體、精確（say what you mean, mean what you say）等優美寫作要求，以及在何事、何故與如何的層面上，充實內容，使之與讀者息息相關，引起讀者的閱讀動機，更是可讀性的主要內涵。當然，若從根本上去探討，社區報紙的寫作方式，最好能邁向行動化、調查化、意見化和追踪化的寫作路線（潘家慶，民七三：二九九）。

者往下讀去之興趣。

三、如有必要，須指出或暗示新聞來源，表明新聞中人、事的身分或地位。

第二節 內 文

內文主要在補充導言中，未曾提到而必要交待之「何」，並將導言中的「何」，用層次分明的段落，說得更詳盡清楚。爲了提高可讀性，文句應簡短有力，內文段落，通常以一百五十至二百字爲度，而每一段落，應有其主旨所在，段與段之間，意義應相聯貫，並有其邏輯序項。如果排挿不牽強，每段的重要事實，最好亦能放在最前頭部份。內文結構，係倒三角形之軀幹形式外（圖一）尚有所謂高潮式（Highlight Method)（圖二）與順序式（Chronological Method）（圖三）兩種。內文分段，有特別強調的意義，因此起碼應避免在相連接的兩段段首（甚或末字），使用相同的字眼和語詞。另外，如果許可，最好一段另紙書寫，這樣做法，可便於更改和段落的調動。

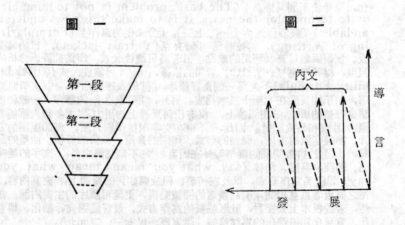

圖 一　　　　　　　　圖 二

圖　三

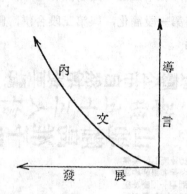

馬驥伸（六八：六二）認為新聞寫作段落，還得遵守：

一、保持觀點和語氣的一致。觀點改變，要交待清楚。

二、保持代名詞（含形容詞）與時空序列的一致性。

　　純淨新聞的寫作，若係二三百字短稿，倘若已有專業訓練的經驗，固可憑腹稿一揮而就，但若係長稿，則仍應先擬好大維綱（Outline）方才落筆書寫，比較妥當。

　　另外一提的是，報刊段落的字數，受欄寬視覺影響甚大。所以一般新聞稿段落長度，應以一眼顧及為度，亦即每行排八、九字之欄行，應以十一、二行為度。倘係闊欄，因係較寬之變化欄，字行較長，故每段落之字數，可以略多。如果版面採用 "Optimum Open Format" 時，每段字數，當亦可作更彈性調整。

《附錄一》

　　長久以來，即有學者認為，倒金字塔的新聞寫作結構，會導致標題、導言甚或內文的數度重覆，不但使報導顯得冗長和枯澀，亦浪費篇

幅和閱讀時間。例如，在下面的一則新聞報導中，標題、導言和內文，都有重覆之處，如將第一段簡化，與第二段合併，刪除重覆之處，對新聞報導本身似無影響。

標題已作：

教廳公布自然增班要點

提要出：

每班五十三人計算
山地離島准予降低

導言是第一次重覆：

（本報訊）台灣省教育廳頃公布「台灣省各縣市國民小學辦理自然增班注意事項」，規定增班教室加建及學生人數項，按每班五十三人計算，山地、離島、偏遠地區不足其數，亦可准其設班，至於山地、離島、偏遠地區，亦准降低其班級編制，亦已足底限。保障國民受教育之權利及接受義務教育之義務。其要點如下：

內文作第二次重覆：

（本報訊）省教育廳為統一各國民小學增班以後計算學生人數標準，規定增班學生人數，一律按每班五十三人計算，山地、離島、偏遠地區的小型學校編班人數不足者，亦可按規定降低至五十三人。

國民中小學六班以上增班，以原有班級數維持原有班級數為算學。國民一至七班，以九班計算，應增設補習班以原有班級數為限，分別計算增班後應增設教室之建築數量及經費。

此項規定亦適用於增設補習班及特殊教育班、音樂、美術、體育資優班等各類特殊班級，並列入學區內同一學校之班級，其原案另案審查，故規定附設班級處理。

　　小型周報，由於版面篇幅的限制，似可以「短訊」一類文體處理方式，除標題之外，可由導言點出新聞中最重要之「何」（一何或數何），然後將其餘之何散落在內文段落中，儘量簡化內文，不作重覆。

第三章　該如何在稿紙上作「秀」

　　敎人如何把文字寫在稿紙上，看似「小道」，卻屬必要。因爲如果稿件能「眉清目秀」，實在可以減少許多編排上的錯誤。特願在此，大略的列出在稿紙上「爬格子時」，最好能遵守的一般法則：

　　一、以報社（雜誌社）專用稿紙（如柵美報導新聞專用六百格稿紙）❶，在有格之一面，用藍色原子筆直式書寫❷。一張稿紙不作兩面書寫，以便利閱讀、統計數字和檢排。同一稿紙亦不寫兩則以上新聞，以便分稿。

　　二、文字、標點符號均應寫在稿紙方格內，作爲字數統計。字體筆畫力求清晰，不應潦草。罕用字、簡筆字（例如「肉」──門）應儘量少用，用時亦應以通用者爲準。

　　三、原稿第一頁稿紙右邊空白（Margin）應留空，以便編輯標註

---

❶　目前各報專用稿紙格式極不統一，並通係每頁十行，每行二十字，共二百字（聯合報系，因應用電腦作業，每行係十八格，共一百九十八字）。柵美報導如用專用稿紙因基本欄是每行八新五號字，稿紙格數應用八的倍數，例如二十四格，可方便統計算字。如用冷排貼版，則應另行設計每行八字的稿紙，方便貼版。
　　使用與欄數同格，或欄數倍數的稿紙，尙可引起注意，避免點頭問題。
❷　記者（編輯）用藍色原子筆，編輯（主編）用黑色原子筆，編輯人（導師）用紅色原子筆。

及黏貼標題紙。每則新聞開始撰寫時，右邊第一行應留空白❸，表示此是一則獨立新聞，並不與其他新聞連接。如果新聞在兩頁以上，則第二頁以後各頁，毋須在右邊起始第一行留出空白。

四、原稿第一頁上方空白，應加註：(1) 屬於那一版新聞（例如：綜合、地方之類）❹。(2) 以三數字簡略提示新聞的性質（slugline/catchline/guideline/punch words），例如國慶新聞、註上「國慶」之類。如同類消息過多，則更應分類加註說明。例如：「國慶——臺北」「國慶——香港」之類。其作用在便利編輯和檢排者處理相關而又後到的稿件，並在製作標題、決定欄數和版面位置時，產生提示作用❺。(3) 註明全文大約多少字，以便編輯核算字數；總共頁數也應註明，避免遺漏❻。(4) 寫上撰稿人姓名或簡稱，以便求證❼。並註明交稿時

---

❸ 某些報館並沒有此項硬性規定，從原稿第一頁第一行書寫卽可。

❹ 在較大報館中，因係採分組專業路線，故可不註明版次和新聞類別。

❺ 在時間急迫的日、晚報尤應有此需要，惟目前一般報社，似尚未要求撰稿者加註此類新聞提示。

❻ 大多數報館未要求記者（編輯）註明總字數（或只在每晚線索單上填寫），方便採訪主任核算字數和考勤。

❼ 就一般報館來說，除特稿、特寫與專訪之類署名關欄，記者將名字寫在原稿第一頁右邊空白處，便利編輯工作外，普通新聞並不要求記者把自己姓名寫在稿紙上，或只在每晚線索單上填寫，一般線索單格式大致是這樣的：

第□小組	□□年□月□日		召集人：□□□			
姓　名	上班時間	新聞內容	字　數	特稿內容	字　數	備　註

（線索單）

柵美報導為方便實習同學採訪，除「短評」不署名，「我見我思」可用筆名，與某些「不予署名」的報導外（例如用「本刊編輯」），其他新聞署名，按下述方式處理：(1) 特稿、特寫、專訪名字置於前頭，例如□□□專訪。(2) 其餘每則新聞用圓括號將採訪者名字置於新聞之後。(3) 特寫版名字，除一般排列外，可作美工排插。

間，以便考勤和分清責任（若有稽延），其後亦應註明新聞作業根據。例如，剪報或改寫（改寫應指出原始資料來源、名稱和日期）。如係記者（編輯）的專線採訪（special Beat/Run）資料，可寫上「專線」兩字；如係附加之採訪工作，則可寫上「指定」（Assignment）二字❽。(5)採訪（核稿）主任、執行編輯在審核稿件之後，應簽上名字和時間，以明責任❾。

　　五、寫稿一開始，必須用「粗方括號」寫明【本報訊】或【□□□特稿】之類「新聞來源說明」（Dateline）❿。每段開始應留空(indent)一格，使段落分明。如果忘了，可以塡上一個空格符號——「＜」。

　　六、不常用之字、人、地和機構等專有名詞，一定要查證，然後用鉛筆在其旁，輕輕畫上兩條直線表示「已核對過」（CQ）。碰上罕有、難雜、甚或故意寫錯的字和詞，尚應在原稿紙邊空白、清晰地標記出來，促使檢排者、編輯和校對者注意。

　　七、漏寫和加添字句時，應用一大括號「{」在行格左、右邊適當之處清楚的加入，以免產生閱讀和排校上的困難。

　　八、字句倒置，如係簡單易讀者，可用編輯上之校正顛倒號「∽」改正。例如：自由、一帆風順。不過，錯漏或顛倒太多時，該段應重新抄寫，再與原稿補貼，成爲「淸稿」（hard-copy）。下面一例，屬嚴重錯誤：

---

❽　此係方便周報編輯分稿，一般報社多未作此要求。
❾　某些報館要求撰稿人、小組召集人、採訪主任、分稿人及編輯等依次塡上完工時間以明責任，但並未嚴格執行。
❿　各個報紙所用括號並不相同。例如聯合報用括號「〔〕」，中國時報一般新聞用圓括號「（）」，關欄新聞用粗圓括號「【】」等是。至於一般周報，因屬雜誌類，故應用（本「刊」訊）。
⓭　如果不留一格空位，叫「段頭不留空」（flush paragraph）。

【本報訊】國立政治大學聯誼委員會，計畫在最短期間內，爲溝通師生意見，促進學校建設，舉辦「面對校園人物，細數指南城」座談會。——應重抄一次

九、要刪去某些字句可用粗線畫去，如:「男女平等」，一定要清楚。已刪去的字句，如認爲還是不該刪去。可在旁邊用「△」符號表示「不刪」（Stet）。一整段刪去時，可在稿紙上面空白處清晰加註:「以下照排」字樣。

十、如果段落過長，需要另行分段時，可在適當分段之處用「 ₂ 」符號表示（如係英文則註一「 **8** 」符號）。

十一、英文字應以「印刷體」（upper case）書寫，每三個字母分寫在兩格內。例如: │ BOY │ 。另外，英文字之斷音（Hyphe-nation）應特別注意，不要產生錯誤。

十二、刪節號、破折號，各應佔兩格稿紙，每格三點。

十三、新聞寫畢之後，應加註一「結尾記號」（End Mark）——「完」或「×××」；英文稿則作如下表示:「—30—」（30-dask）。表示全文完，無後續部分❷。

十四、如果一張稿紙不能寫完，要轉入下一頁，則應在此頁末行旁邊的空白，註一箭頭符號（→）表示「長稿」（running story）「未完」（more），下續之意。

十五、每頁都要編有頁數（Page Number/Number of page），以便查核和統計。如果一則新聞有許多頁，則每頁都要註上「新聞提示」，避免混淆。原稿各頁都應照順序訂好或貼連在一起，以免遺失並方便排版。

---

❷ 栅美報導每則報導之後，皆以括號寫上報導者姓名，例如:「(汪堯行)」，故可免註此一結尾符號。目前一般記者寫稿，大多尙未有註明結尾符號習慣。

十六、如果原稿塗改過多，以致模糊不清，應重新抄正，避免不必要的錯誤。

十七、原稿第一頁下端空白處，應註明期別和年月日。

十八、如果撰稿人自作標題供編輯參考，則大標題應另外寫在標題紙上，其他分、插題則可寫在稿紙內或稿紙上邊空白處，而以箭頭插入適當段落處；亦可同時註明字體和字號。

十九、交稿前，應重讀原文一次以上，並校正錯誤。

綜合本章所述有關新聞稿紙的寫作格式，似乎「學院派」氣味甚濃，與目前各大報紙所要求的實際情況，似頗有「踵事增華」的模樣。不過，一名受過新聞正規教育的人，在寫稿時，對於稿紙的寫作格式，是應該稍爲留意的。

第七篇　經營與運作

第一章　周報廣告

第一節　廣告的定義

告廣一詞，是譯自英文之 "Advertising"(Advertisement) ❶。
英文原字則是從拉丁文 "Adverture" 而來，有告知、轉移之意。廣告
是一種商業行為，除提供資訊 (Information) 之外，尚帶有濃厚的勸
說 (Persuasion) 色彩❷。學者專家對廣告一詞的定義，由于界說的
角度不同，所論亦異。有人認為廣告是：「一種印刷出的推銷術」，也
有人認為是「銷售手段」或「市場活動的一環」。

王德馨 (民國六八年：三) 綜合各專家的說法後，作了一個相當確
切的解釋——

「廣告是為某一種商品或服務而作的有計畫之廣大宣傳，意 在 產
生、維持，並擴展商品的銷路或服務的範圍。」

---

❶ 當然 "Advertising" 一詞含義，較趨向於「廣告活動」，而"Advertise-
　ment" 則較常指謂「廣告成品」。
❷ 購買大幅版面，陳述意見或呼籲的「意見告白」(Advertorial)，勸說
　色彩更濃。

值得一提的是，除了郵購推銷之類的「直接廣告」(Direct mail, DM) 之外，廣告的功能，僅能透過提供產品消息及勸說的活動，間接地促進銷售。因此，廣告要能引導讀者，採取特定行動，則必須完成下述六個過程的訴求作用：㈠惹起注意。㈡引起興趣。㈢創造慾望。㈣樹立產品的可靠信念。㈤刺激決心。㈥誘導購買或採取行動。

第二節　報紙廣告的特性

報紙廣告內容，分為商業廣告、電影廣告、公共啓事以及分類廣告等類。雖然面對著電視、廣播、雜誌和其他媒介的強大壓力，但經過多年的成長，若以刊量和廣告費來衡量，則報紙廣告，在各類廣告媒體中，一直佔著重要地位。根據中華民國七十三年的「出版年鑑」資料❸，七十三年度全臺灣地區廣告投資額共為新臺幣一百四十三億三千六百七十萬元，報紙廣告收入為六十億六千四百七十萬元（占廣告投資總額百分之四十二‧三），比電視廣告之四十五億六千四百萬元（占投資總額百分之三十一‧八），與廣播廣告之十一億一千二百萬元（占投資總額七‧七％）之投資總額，尚多出三億九千二百七十萬元（二‧七三％），可知報紙廣告量，在大眾傳播媒體中，所占的地位。另外，雜誌廣告亦達九億五千三百萬元（六‧六五％）之譜。

報紙廣告的「短期效果」和印刷的品質，雖然存有極大的缺點，但就其方便的彈性而言，報紙卻是廣告媒體中，自成一格的獨特媒體。例如❹：

---

❸ 「民國七十一年及七十二年報紙廣告量分析」，中華民國七十三年出版年鑑，民國七十三年。臺北：中國出版公司。頁二四～廿七。

❹ 見李崇壁譯（民國六八年），現代廣告學。臺北：希代書版有限公司。頁一四〇～一。

　　——可以向任何地點的代理商，購買任何幅度的廣告版面；而且，幾乎可以接受任何產品的廣告。

　　——廣告主可以自行決定如何安排廣告，或者將廣告內容更改。有時候，在印刷前幾個小時，仍可以提出臨時緊急修改廣告內容的要求。

第三節　社區周報廣告的特點

　　雖然社區周報受到發行範圍的限制，但涵蓋全國性的市場推銷廣告，亦應儘量爭取。目前，臺北大報的廣告，流行「換版」的作法❺，社區周報亦可以視該類廣告的市場活動地點與消費對象，而仿效施行。另外，社區周報無論在新聞、記事、以及整個報紙的編排和處理上，都具有濃厚的地方風味，包括當地社會中所流行的現狀，和日常的生活條件。除了地方人士的政論，受到地區人士關心之外，消費者、家庭主婦，也會從社區周報的廣告中，撿附近市場，找尋價廉的用具和食物。

　　茲以七十四年三月第二周次六家社區報紙為例，說明其廣告版面的比例及種類。

---

❺　聯合報和中國時報，曾採取「縮版」（pony/junior unit）、「換版」（alternate-bundles run）和「分版」（marriage split）的技巧，以在有限的版面，容納更多的客戶廣告。「縮版」是將「分廣類告」所用字體，以照相縮小，使欄數（高）和行數（寬）容量，比例增多。「換版」是在地區版上視廣告活動的範圍和對象，分開刊登不同的當地廣告；此類廣告，通常以「房地產廣告」，以及「分類廣告」為多。至于「分版」，則是將同一報紙廣告版面（如一、四版），以「一版兩用」方法，分兩版來接受廣告（例如甲、乙或A、B版），每一種版，佔發行量的半數，而以全面性廣告價格的六五折，向客戶收費。〔見漆敬堯（民國七十年）：「十年來報業發展」，中華民國新聞年鑑。臺北：臺北市新聞記者公會。頁五〇～一。〕

比較次目 刊名	廣 告 版 面	廣告百份比(%)
屏 東 週 刊 （版面總面積: 882 吋）	287.7 吋	32.62 吋
柵 美 報 導 （版面總面積: 441 吋）	102.5	23.24
文 山 報 導 （版面總面積: 441 吋）	92.25	20.9
基 隆 一 周 （版面總面積: 441 吋）	30	6.8
桃 園 週 刊 （版面總面積: 441 吋）	61.75	14
豐 原 一 週 （版面總面積: 441吋）	131	29.7

說明： 1.四開版面每一印刷面（兩版）之面積約爲二百二十吋半 （10.5″×
21″）。

2.文山報導有「新店市政」和「農會通訊」兩版，前者爲市公所購贈
里鄰長，後者爲農會購贈會員，此處未予作廣告計算。

第四節　社區周報廣告製作

社區周報的廣告，通常以簡單的廣告文字爲主，其中內容，亦往往
由客戶親自撰寫（見附錄一）。廣告編輯通常只在客戶稿樣上，標出字

型、字號以及文案如何排列即可。不過，廣告編輯代客戶設計廣告，亦漸漸成爲一種招攬廣告手段。本文即就簡單的報紙廣告設計，略予說明。

第五節　周報廣告設計的構成要素

社區周報的廣告，屬「平面廣告」的設計技法，其構成材料則包括——

一、造形素材：

A、插圖 (Illustration)：包括攝影、插畫、版畫及圖表。

B、註册商標（Trade Mark)：圖案、美術字之類。

C、商品名稱 (Product)：亦即商品名稱的標準字體。

D、輪廓 (Outline)：即框邊。

E、空白 (margin)。

二、內容要件：

A、大（主）標題 (Headline) 與小標（副）題 (Subhead)。

B、廣告文 (Copy)。

C、標語 (Slogan)：用以表現商品特性 (Merchandise Characteristics)，或企業形象 (Corporation image) 的簡潔短句。

D、商號（Trade Name/signature)：包括名稱、地址、電話等。

E、其他「引人注目字句」(Catch phrase)，「次引人注目字句」(sub-catch phrass)，或價格之類。

（B～E 合為：廣告文案（Body Copy）Advertising Copy）

A、周報廣告設計的方法及程序⑥

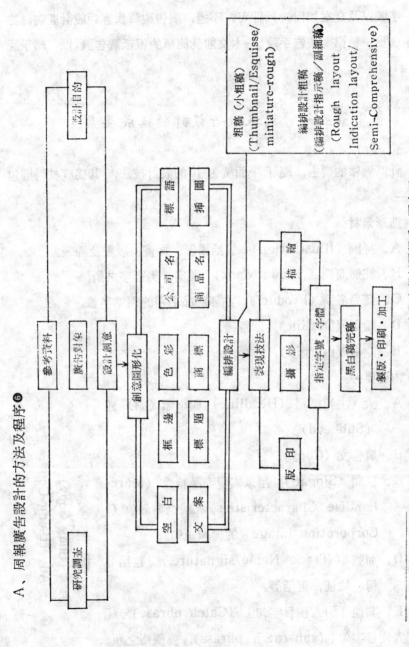

⑥　見華岡廣告手冊，民國六十七年版。臺北：中國文化大學新聞學系。頁十三。

至於校園周報的廣告，除了廣告訴求的對象，較爲重視學生、敎職員、學生家長、校友與校董會等諸人外，其餘一切，莫不與社區周報相同。

第六節　周報的分類廣告

「分類廣告」（Classified Advertising）係指將委託刊登的廣告，按廣告性質，分門別類地作有規劃的排列，以便讀者容易找到所需要的廣告。例如，徵聘人才的廣告，列作「人事欄」的項目；人才待聘，則屬「求職欄」的項目之類。這類性質的廣告，因是表示個人或團體的需求，故而有「需求廣告」（Want Ad.）之稱；又因爲這種廣告內容，通常較爲簡單，且都用較小的版面排列，版費又較爲低廉，所以又有「經濟廣告」的「綽號」。

錢存棠（民國五六年：九六）指出，目前報紙的分類廣告，大約有：房地產（包括出售、出租、徵購、徵租、徵地）、人事、求職、尋人、找尋、小啓、遺失、文化、廉讓、營業、醫藥、徵求和招生等類。此種類中形式亦可再作明細分類。比如房地產欄中，可再細分爲城中區、郊區和外埠等不同地區類別。總之，分類廣告的分類，彈性甚大，可按實際情況，而隨時調整。

下述兩則廣告，是周報分類廣告的一般形式——

(A)一欄高　　　　(B)兩欄高　　　　(C)海外常用之小廣告表格

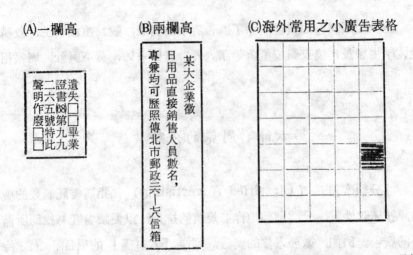

值得一提的是，分類廣告的版位和編排，應以美觀、醒目以及引起讀者興趣為主。例如，將分類廣告與有趣的新聞版面（如影藝、文敎）排在一起，在有限行數內，儘量騰出空白，並且使用醒目搶眼標題，加粗黑框、分開排列等，在編排時都應予注意。另外，對于誇大、失實或內容惡劣的不良廣告，則應該篩淘，不予以刊登。

另外，除非與英文文字配合，或布局的原因，否則基于「指向」的原理，廣告中文字的橫排，應以報紙的開口為準，藉以告知讀者：「未完，請看後（下）頁。」例如報紙若是向左開口，則中文文字，應自右而左；但若向右開口，則中文字句的排列，則應左而右。

其次，據美國時代雜誌的研究，人類自幼即習慣于白紙黑字。是以黑地反白字對某些人來說，可能會不習慣而阻碍理解與思考，或者因過份刺眼而降低閱讀興趣。因此，使用時應特別小心。至於手寫體(Lettering/script type) 的應用，亦應注意版面的配合和顯示特性的調和。

至于附有「優待券」或「兌換券」 (in-ad/Pop-up/preclipped coupon) 的廣告，除非廣告主指定位置，否則應置于靠邊角位置，以便易于剪用。

　　此類「小廣告」，在海外中文報紙裏，通常以「(標題)大字四個、(內文)小字三、四十個」作爲每則廣告大小準則，每期先收費後刊登，並在報章上印好格式(圖C)，方便讀者填寫。

　　內文字號，與報紙內文基本字號相同(六號字或新五號)，標題四個「大」字字號，係由報紙自行決定，劃一使用，通常只比基本字號稍大而已。

《附錄一》小型周報廣告一覽

　　來源: 柵美報導各期

臺北市　景美

僑興大戲院

重新開幕大請客

●一流水準的設備精選鉅片聯映

　　陸續推出强片目錄：

　　凌空而來 • 海獵鷹戰士 • 航向太陽 • 地
　　獄來的訪客 • 紅衣女郎 • 皇家情報員 •
　　魔鬼終結者 • 高爾基公園 • 白痴殺手 •
　　燃燒南半球 • 魔界轉生（日片）

　　地　　址：景美區景文街72號
　　服務電話：9312463（每日早場11:30分起）

插印公益小廣告舉隅

台北市政府
多管閒事專線
電話：5219028

木柵博嘉
派出所
電話：
9302370

欣先果汁店

水果鮮新
地方

吃冰下棋最好去處
歡迎社團新聚會
木柵萬壽路3號
TEL: 9381512

揚名打字印刷公司

服務項目
打字排版印刷
快速印刷・油印・影印
畢業論文
通訊界錄・班刊

影印7角起

地址：台北市木柵國防路16巷1-1號
（國立政治大學側面・欣欣客運路公家）
電話：(02)939-2370

鴻樺川菜館

正宗川菜：經濟客飯
喜慶宴會：節約和菜
木柵保儀路64號
TEL: 9397890

☆ 高普考、各類特考、研究所入學 ☆

必成電信局上班機會

1. 預測74年8月11日招考。
2. 國中畢或高中畢或大專畢18～30歲男女均可報考。
3. 月薪約一萬七以上
4. 詳細資料可親索或函索

歡迎加入上課
或函授行列

北市中華路41號樓上
TEL: 3144652

必成社・定成班

東　南
光學隱形眼鏡

學生特價優待

隱形眼鏡權威

北市羅斯福路四段51號
（236公館站旁）
TEL: 394-1473

仲發機車行

專辦……
HONDA

光陽機車

最低利息
分期付款

木柵新光路一段141號
（萬壽橋旁）
TEL: 939-1431 (阿發)

台北市羅斯福路三段273號二樓
電話：3967392

（電力公司斜對面）

諾德的　髮廊

精製各類招牌廣告

壓克力廣告

價錢公道美觀耐用

木柵木新路三段
50巷20號
TEL: 9399783

世界 語文中心

歡迎免費試聽
社會靑年英日語會話班
兒童英語班／國英數輔導
小班制・時間任選
中外經驗老師指導
地址：景美興隆路三段五號三樓
TEL：934-4411

主恩

自助洗衣中心

讓我們共同提昇生活品質
讓主恩帶給您更潔淨人生

四個硬幣洗一槽
自強宿舍更便宜
木柵新光路1段36號
自強八舍地下室
TEL：9395260・9390448

STUDENT STUDIO~,,

彩色黑白、冲洗放大
學士拍照、影印裝訂
相機精修、特約外影
舞台舞會、燈光租用
指南路二段38號
TEL：9395188

**龍武國術館
・靑草藥舖**

祖傳秘方專治疑難雜症
指壓、推拿、筋骨扭傷
、骨傷、內外傷、關結
炎、風濕、骨刺、腰酸
背痛。

木柵指南路一段42號
TEL：9390809

《附錄二》

下面為一則廣告設計的構成要素，從各項搭配要素的位置來看，應可以了解什麼叫做布局（layout）。

（來源：光華雜誌第十卷第十期）——

——————————— 插圖

創刊十周年 ----------- 小標題

訂戶 双重 大贈獎 ----- 大標題

獎品豐富，中獎容易，詳情請閱本期第122頁 } ------ 引人注目字句
立卽訂閱，一舉數得，勿失良機，

隨著光華的成長 } --------- 次引人注目字句
豐富您的生活

■訂贈親友，增進情誼，最受歡迎。 } ------ 廣告文
■感謝讀者踴躍填寄「讀者意見調查表」，
　贈品將於本年十月初起陸續寄送。

（空白）

註冊商標 ------  光華 sinorama
（商品名稱）　　　　現代人的心靈之窗 ----- 標語

≪附錄三≫小型報刊本身也可以作「企業廣告」，例如：

你能為

柵美報導

做些什麼？

柵美報導是服務景美、木柵兩區居民的社區報紙，他報導柵美地區一切動向，他說柵美地區人們想說的話，他還要為柵美地區的讀者謀求一切大小福利。所以說，這個報紙是柵美地區每一個人的報紙，它也應由本區讀者提供一切協助，支援柵美報導成為名符其實的社區報紙。

那麼你能為我們做點什麼？

柵美報導

是服務臺北市木柵景美兩區美柵景美報。出報工作由國立政治大學新聞系三年級學生輪流擔任。柵美報導每週出報一次，每逢星期六出版，每份售價新臺幣四元，全年一六〇元。

身「學生新聞」，民國四十五年十二月五日創刊，六十二年十月二十日才改爲社區報。柵美報導每週出報一次，全年除春節休刊兩期，計發行五十期，

居民的社區報紙，爲中國有史以來第一家服務大衆的社區報紙。柵美報導也是中國歷史上最久的一家學術研究報紙，他的前

為木柵景美服務的社區報紙

柵美報導

提供下列廣告服務

娛樂　健康　出版・電器
食品　銀行　分類小廣告

第七節　周報廣告的版面計算法

　　報紙廣告通常分爲商業性的專業廣告，商業、機關團體的公告啓事等一般廣告，以及一般分類廣告。一般周報以區域地方性的商業廣告，

刊頭式的插排廣告、分類廣告，以及包括座談會、特刊，和其他資料介紹的專業服務爲主。其廣告面積計算單位，是以行／欄爲單位，與一般報紙無異。例如：周報的版面若係採用一版十二欄（批、皮、段、格、吋）制，每欄八個新五號字高，六十五行。新聞與廣告版面分開編排，除「報頭」下及「外報頭」外，一般廣告應刊登于新聞版面之下。

　　(一)中文版廣告排列的一般法則（橫排或英文報紙則相反）：

　　一般而言，版面的大小，受報紙廣告政策的左右甚大。假如報紙，係將廣告作極大量的需求，則廣告越多，新聞版面相對縮小❶。廣告的

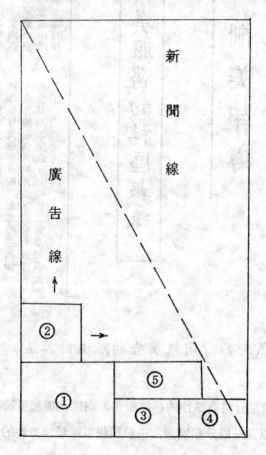

排列，應安挿在上圖廣告線範圍內，並自左下角起，排列第一個廣告，其餘則透過美工，作出適當的排列順序。周報受版面細小之限制，只能採取「緊隨新聞線」(fallowing and next to reading, NRM/campbell soup position) 的廣告版面分配法，俗稱之爲「凸出廣告」。此種廣告很能引人注目，但版面編排則甚不容易。

㈡十二欄六十五行四開小型周報廣告版面規格及位置舉隅：

(1)第１版

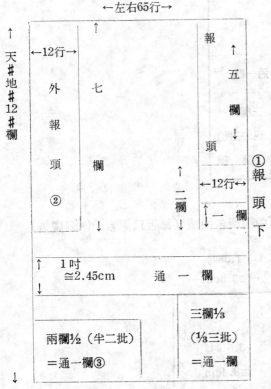

←左右65行→

↑
天
＃
地
＃
12
＃
欄

←12行→

外報頭②

七欄

二欄

通一欄

↑
1吋
≅2.45cm
↓

報

五欄

頭

←12行→

①報頭下

一欄

兩欄½（半二批）

＝通一欄③

三欄⅓

（⅓三批）

＝通一欄

說　明：

①報頭下廣告寬度爲12行，高度以一欄爲準，最大不得超２欄高度。

②外報頭廣告寬度以每則10行爲準，最寬不能超過12行。高度應以三欄爲準，最高不得超過７欄。

③餘按比例類推，惟此版面之廣告總面積，除全版或二分之一版外，通常最好不超過９欄。

● 此處不擬討論國內在限張的情形下，廣告與新聞版面的比例問題。在一般新聞學者的理想中，廣告量最好不要超過一版的半數，以穩定地供給讀者的「新聞量」。

(2)第 2 、 3 、 4 版

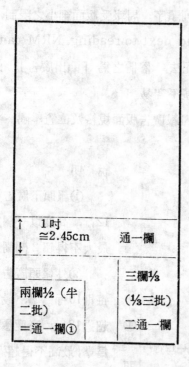

說明：

　①餘按比例類推，惟此類版面廣告總面積，可不受欄數限制。

↑
↓ 1吋
≅2.45cm　通一欄

兩欄½（半二批）
＝通一欄①

三欄⅓
（⅓三批）
二通一欄

(3)第 1 、 2 、 3 、 4 版中縫廣告面積（每版只能容納四個廣告）

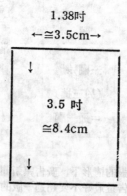

1.38吋
←≅3.5cm→

↓

3.5 吋
≅8.4cm

↓

㊂周報的廣告價目表舉隅（以柵美報導為例）：

版　　　　位 (Page)	單　　位 (Space)	面　　　　積 （新五號字計算）	價　　目 (rate)	備　　　　註
報　頭　下 (Below Name Plate)	每　　欄 (Column)	12行寬8字高	$250.00	不得超過此面積
外　報　頭 (Outstanding Position Front Page)	每欄每行	1　行　寬 (lineage/linage)　8字高	$ 26.00	以10行24字高 為準($780)①
第　一　版 (Front Page)	通　一　欄	65行寬8字高	$800.00	一欄吋(批行) $100.00
第　二、三版 (Inside Page)	通　一　欄	65行寬8字高	$600.00	一欄吋 $70.00
第　四　版 (Back Page)	通　一　欄	65行寬8字高	$700.00	一欄吋 $80.00
分　類　廣　告 (classified Ad)	每　　則	3行高起(24字)	$ 50.00	每多1行 (Line rate, 8字)另加20元
一、四版，二、三版中縫②(Gutter Position/bleed Between Pages/spread bridge)	每　　則	1.38 吋(約3.5 cm)寬 3.5 吋（約8.4cm）高	$300.00	每版只能容納中縫廣告4則

說明：

①一欄吋 (Column inch) 為一欄高（八個新五號字），一吋寬（七行，每行容新五號字八個）；亦即面積總共為五十六個字。

②中縫廣告過多，經發行人核准，可移至1、4或2、3版，甚或作1、4或2、3版的「跨頁廣告」(Center spread/double truck/half-page spread)。

說明:

①基於印刷成本的考慮,校園刊物可不設彩色廣告。不套色。 ❷

②外報頭,又稱「新聞欄直條」。

③少于以上各欄價目者,比例劃分之,惟劃分之位置及價格由財務經理或周刊編輯決定。

此外:

⑴廣告稿樣,由客戶自行設計,其由周刊人員設計者,得酌予收費(見本章廣告刊登簡章)。需製版者,如無協議,得按成本另收製版費。(目前市價多以六吋起算,每吋約新臺幣十元。)

⑵刊載三期或以上的長期廣告,其「最低折扣」(end rate)可作如下調整:

A、三期八折。〔一~二期的短期廣告,不優待(flat-rate)〕

B、四~十一期七折。

C、十二~二十四期六折。

D、廿五期或以上五折。

⑶增刊、特刊及其他位置廣告價目(例如全版廣告,或普版新聞欄直條等)另議。雜誌社如有其他刊物出版,可以給予「合訂購買優待」(clubbing offer)。

⑷價目表得隨時調整,可另行通告。但在價格調整時,已訂約者,可不受新價目的影響。一般報紙媒體,在調整廣告價目時,大都登報公示周知。廣告委託書上,如未指明版位時,得保留版位編排權利。

㈣茲以柵美報導為例。說明校園周報或社區報「廣告刊例(附錄

---

❷ 大紅要用黃與玫瑰紅兩原色套成,目前國內套紅指的是洋(玫瑰)紅。

一）之各項內容:

(1)委託書內刊期、稿樣、次數、版位、大小、價目（Price）、折扣
（Discount rate）、廣告折實價（earned rate/gross less）、附註（
客戶特別指示、或協議事項）、商號（加蓋店號印章）、負責人（簽名蓋
章）❸、地址、聯絡電話、訂約年月日（closing day）、經手人等——
要書寫清楚。

(2)稿樣應註明文稿式樣、刊頭、字體與字號，例如:

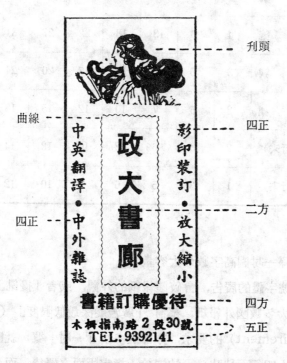

(3)廣告委託書應交與廣告管理人保管，但經手人應影印一份備查，
以便隨時注意廣告期次和收款的日期。

---

❸　商店名號的印章，負責人簽名蓋章，均應由負責人親自為之，以明法律責
　　任。

㈤柵美報導廣告規格每欄字數（上下不留空白）最大容量簡明表：

號字＼字數＼欄高	一欄	二欄	三欄	四欄	五欄	六欄	七欄	八欄
新　五　號	8	16	24	32	40	48	56	64
五　　　號	7	14	21	28	36	43	50	57
四　　　號	5	10	15	20	29	30	36	41
三　　　號	4	9	13	18	22	27	31	36
二　　　號	3	6	10	13	17	20	24	27
一　　　號	2	5	7	10	12	15	18	20
新初（四行宋）	2	4	6	8	10	12	14	16
初號（五行宋）	1	3	5	6	8	10	12	13

說明：

(1)此表係一吋欄高字數最大容量。

(2)特大號字體的廣告，會破壞報紙的外觀，或者「擾亂」報紙的篇幅。因此，大多數國外報紙，都有「廣告縱深最低限度」（maximum depth requirement）的要求，亦卽有多少「一吋」寬，就應有多少欄高。但若有十四行面積時，可酌情給予指定版面之優待，而達二十八行之面積時，可給予指定版面與位置之優待。至於小型周報廣告，因不用大號字體及特多美工，故應屬「小幅式分類廣告」（undisplay advertising）。

(3)廣告常用中文字體約束有宋體、正楷和仿宋等四類。周報廣告使用最多的印刷字號，除該刊的基本字號之外，其他為新五號及四號字。至于二號字及一號字，通常用作大小標題。

(4)廣告用字，應與廣告面積成正比，面積越大，字體亦應按比例增大。

第八節　柵美報導週刊廣告處理規則

廣告卽係公眾傳播媒體之主要實務來源，則不論其為校園抑或其他性質之刊物，自須定有「廣告處理規則」，藉供遵守。

一般而言，周報或雜誌廣告的處理規則，並無兩樣；而校園實習刊物與社區發行之周報，亦無異致，茲試以政治大學柵美報導之「廣告處理規則」、「廣告刊登簡章」與「廣告招攬守則」三者，說明此等規則之一般內容。

(一)柵美報導廣告處理規則

(1) 廣告一方面透過傳媒向公眾傳達廣告主的訊息；另一方面由廣告而來的財務收入直接影響著傳媒的生存和發展。如果欠缺廣告，任何媒體均難以維持。柵美報導固係一份「為木柵景美服務」的周刊，然其創設與發展的基礎，主要係為政大新聞系學生，提供一個進入報業媒體就業前的實習機會，俾在印刷媒介實務上，就編採所獲得理論，與實務相互印證，從而獲取應用的基本知識與經驗。

(2) 廣告學係新聞課程中，不可或缺一門，亦係新聞系學生所應具備的實際知識。從廣告的處理過程中，可使實習生獲得發展興趣和能力的機會，作為日後從事這行工作的準備。

(3) 為了提供廣告的實際學習機會，為了維持柵美報導印刷費用的

支付，以及保障新聞系學生的實習機會，乃特將實習生的廣告實習業績，列爲「媒介實務」成績考核之一，並且，其重要性應不亞于編、採任務的達成。柵美報導廣告處理事項如下：

(A) 廣告業績係實習成績的一個計分權數，業績計算法，每學期以□千元（新台幣，下同）爲最低標準（暫定），需在廣告款項收得後，方予計算成績。無此項成績，或未達此標準者卽未達實習之要求，不予評核分數。若超過最低標準則可按經手人意願，撥入（或不撥入）下期之實習期間全部（或部份）廣告業績。其撥入部份，已滿足最低標準者，則可抵算爲下期之全部業績成績。

(B) 若廣告已具有最低標準三分之二的業績，而周刊推銷定戶的業績，已超過□戶之最低標準（暫定），則訂戶所超出之業績部份，可折算爲廣告業績，不計佣金。除此之外，獨立計算。另外，若周報訂戶之爭取，雖已超過□戶最低標準，但超過部份，不能移作下期訂戶的扣抵。惟當同一期內，訂戶超出最低標準之五倍時，主管人員將專案獎勵或酌加分數。系內外各級推廣報份時，亦依此法處理❶。

(C) 爲分攤接洽廣告時所支付的交通雜費，特設基本業績外之廣告佣金制度，以玆鼓勵。佣金計算，暫定以廣告委託書上，廣告實收金額百分之三十計算。例如廣告實收金額爲二千元，則扣除基本業績後，其餘之一千元，可得佣金三百元。廣告佣金，可于繳交廣告費時，先自行扣除，給客戶之現金折扣亦然。

(D) 已刊或未刊廣告，由經理按期檢查，以免漏誤。如失責，除行政議處外，主管層峰，尙應酌情得令經理賠償經手人，某一數額佣金及部份廣告費。廣告經手人，在廣告需刊出之期次，與刊登期滿時，應提

---

❶ 目前柵美報導社區報實習生之推銷報份目標，爲每學期六戶。

醒經理，防止出錯。

(E) 某一經手人爭得之客戶，戶頭屬該經手人。廣告期滿，經手人不再爭取；或者除有特別刊期協議外，連續三期未再刊登，對經手人而言，該「戶頭」（Account）卽視同無力爭取或棄權，其他實習生卽可爭取。惟經手人原有戶頭，自動轉讓其他實習生時，接手者應在爭取到之第一次廣告中，將佣金之半數，分給讓介之實習生。

(F) 如遇紀念日，或廠商特殊業務活動，需延攬廣告，則在 (a) 不影響原戶頭之經常廣告，(b) 不降低價格競爭第二項原則下，不受戶頭限制。

(G) 同一客戶，若經兩人以上協力爭取者，應依約定分配佣金及業績，並通知經理分配。惟基於訓練的意義，若某一廣告，只由一位實習生爭取到，卻將業績分與他人，則不論此係出於自願，抑或礙於實習生間的人情請求，一經發覺，所有涉及者的業績全部取消。廣告費仍得由經手者負責，除去佣金悉數收繳。負責廣告管理人員，發現上述弊端時，有責任向編輯人（導師）報告，以加強實習生輔導。

(H) 新聞系其他各班級同學亦應支援柵美報導訂戶及廣告招攬。一切有關處理規定，悉照上述各項辦理，系外諸人的招攬亦然。除訂戶外，新聞系各級招攬廣告，可抵算或累積為大三媒介實務業績。惟經理所發給各種收據，應妥為保存至大三實習時，出示給經理查閱，以便折算業績。無存據者，其業績不予算列。

(I) 若廣告業績的爭取，成績特別優異時，由主管考核專案給予獎金及績分上之獎勵。

(J) 廣告實習業績應在實習前與實習期內達成，至遲不應超過每學期實習期滿後一個月。每學期期末考試最後之一日，為最後評核日期。

(K) 廣告□千元與訂戶業績（□戶），採分列計算，兩者須同時符

合最低標準，方予評核成績，二者缺一，視作未符實習標準，不予評核實習分數。廣告費之繳交，應由經手人親身爲之，不應假手於他人，以防流弊。

(4) 廣告校對的獎懲處理❷

廣告對周刊與學生實習之重要，一如上述。爲發揮學以致用效能，減少錯誤，培養專業精神，保障周刊信譽，增強客戶的信心起見，柵美報導廣告校對的獎懲處理如後：

(A) 分版廣告校對，由各分版校對（或編輯）負責。一、四版外頁中縫廣告的校對，由第一版校對（或編輯）負責。二、三版內頁中縫廣告的校對，由第二版校對（或編輯）負責。校對（或編輯）校對清樣時，應分別簽上名字，以示負責。

(B) 廣告校對之考核，由校對長（或編輯主任一類職位）負責。編輯主任若在一位以上，則應經過商議，分負責任。例如有兩名編輯主任，則一位應負一、四版及一、四版中縫廣告的校對考核，另一位則負責二、三版及二、三版中縫廣告的校對考核，餘類推❸。

(C) 負責考核廣告校對之校對長（或編輯主任一類職位）應於每周檢討會上提出❹，並於緊隨之一星期內填寫一份考核報告，交予校對者執存，於交付「實習報告」時，一併附交，列作評分成績參考。考核報告格式見後。

(D) 每期廣告校對，全無錯誤者，於實習總成績中，以期爲單位，

---

❷　此等各種處理原則，如有未盡善處，應隨時修正施行。其未規定者，適用有關其他規定，如遇條文有牴觸或解釋有疑義時，則由有關主管核定。

❸　除廣告版面之「校對責任區」外，第三版校對（編輯），應擔任一、四版校對長；第四版校對（編輯），擔任二、三版校對長，以負相互、連帶責任，考核校對正誤。另外，中縫廣告於清樣校對完畢時，負責校對者，應署名表示負責，如清樣仍有校正之處，則更應寫明：「改正後付印」字樣，舉例如 395 頁：

柵美報導廣告校對成績考核

第　　期第　　版及　　版中縫廣告，係由
　　君擔任，經考核後，其正誤情形如下（請☑一項）:

☐ 1.全無錯誤，經加總分（例如三分）。
☐ 2.有一般性錯誤，應扣（分），其情形如後:

☐ 3.廣告內容錯誤重大，應作專案研討。
☐ 4.校出原稿編輯錯誤之處，應酌情予以嘉獎。

　　　　　　　　　　　評核人:　　　　年　　月　　日

每次加分（例如三分），以資鼓勵❺。

中縫廣告清樣

第1、4版中縫　　第2、3版中縫

（改正後付印）

校對:　　　　　　　　　　　　　　校對:
年　☐　　　　　　　　　　　　年　☐
月　☐　　　　　　　　　　　　月　☐
日　☐　　　　　　　　　　　　日　☐
時　　　　　　　　　　　　　　時

❹ 檢討會訂於每次出刊後緊接之星期一下午一時（暫訂）在社內會議室舉行，假日則可另訂時間。

❺ 在某些報館中，廣告校對獎金，每日定基數新台幣若干元，按日計算，月終發獎。一般性校對錯誤，除扣發獎金外，每錯一字，則按字體大小倒扣若干元。例如新五字扣三元，五號字四元，四號字五元，三號字六元，二號字七元，一號字八元，四行宋十元，五行宋十二元之類。此外，連續錯誤多次者，均另行議處。

(E)一般性錯誤，以字數計算，凡一版內，共錯新五號字五個者，每版（期）扣實習總成績（例如三分）。其他字號折數爲新五號計算：初號（五行宋）＝新五號字四個，一號字＝新五號字三個，二號字＝新五號字二個，三號、四號、五號字及一個標點符號＝一個新五號字。

(F)錯誤超過上述(5)項準則，廣告內容涉及不法及其他重大疏忽者，屬重大錯誤，由編輯人（或指導老師）執行專案處理。

(G)因廣告校對的錯誤，致客戶拒絕付費時，經校人應照規處罰。倘該廣告不再重刊，致廣告經手人無法領取佣金，則經校人尚應賠償廣告經手人應得佣金之三分之一，如客戶同意重刊一次或另刊更正啓事後，卽可付費者，則該重刊廣告或更正啓事之刊費，按廣告價目除佣金後，作三分之一收費，由經校人繳付。

(H)校對以來稿稿樣爲準，如經校對校正，而排字未予改正，或因印刷上其他事項而肇致錯誤者，不涉及校對者責任。

(I)來稿有誤，編輯未有更正，而經校人校出，應卽告知主編人員，與經手人及／或客戶商議後改正，並應由校對長（或編輯主任一類職位）報告編輯人（或指導老師）酌情嘉獎。

(J)客戶原稿錯誤由客戶原稿設計人負責，倘原稿係由周刊經手人設計，由該經手人負責。其他如編輯、經理應負之責任，悉按(G)項的標準處理。

(5) 廣告收費處理：

(A)廣告刊出後，經理（財務人員）應按長短期廣告收款期限，於四天之內，將應收款項的臨時單據開給經手人。經手人取得臨時收據後，應卽向客戶收取應收款項。對拖延不付款的廣告客戶，應多予婉催，如遇困難，須隨時告訴主管層峰。如果廣告刊登前，或一經刊出後兩天內卽時付現，可給予百分之二的「現金折扣」(Cash discount)，

以鼓勵廣告費用，防止呆帳的發生。

（B）經手人收款過程中，如發現客戶有倒帳之可能時，應立卽報備，並加緊防患追收。如因收款延誤而演成呆帳，應酌情賠償。

（C）廣告款項收取後，應立卽直接交與經理人，不得挪用，亦不得套用他票支付，如有故違或佔用，一經查覺，除補繳已收得廣告款項外，並將議處。已收款項，如有失竊，經手者應負賠償之責。

（D）廣告刊費已屆結帳期限，而應收費用，尚未收得者，由經手人專案報賠，必要時以法律途徑追訴。惟不能收取之原因，係人力所不可抗拒，經手人能檢具足資證明之事實，主管專案考核後，酌情列為呆帳，暫時免予賠償。如呆帳原因消失後，尚可追收者，則應另案處理。

（E）應隨時與財務人員連絡，注意廣告是否已刊登完結，如有廣告超刊，將查明責任，酌情予以賠償。

（6）柵美報導廣告費收據填寫法

廣告費收據，應填一式三份，蓋上柵美報導社印章於騎縫處。一份由經理人存檔，一份由經手人收存，一份由經理人交編政人員（或經手人）寄（送）交客戶。（因而交費時，客戶地址亦應同時轉告經理，省卻翻查手續。）

每一聯收據上，應分別註明：此聯由柵美報導社收執，此聯由經手人收執，此聯由客戶收存等字樣。另外，為了維繫客戶的良好關係起見，收據寄（送）客戶之同時，應附銘謝函一封，其格式如下：

先生
寶號大鑑: 惠繳之廣告費新台幣　　萬　仟　佰　拾　圓
正，經已得收（臨時收據編號）至爲感謝。茲隨函附上正式廣告費收據一
聯，以供查核。如有任何可供效勞之處，請勿吝指敎，並祈繼續惠刊爲
感。耑此　敬頌
台安

□□□導社敬啓　　年　　月　　日

　　廣告經手人前往收取廣告費用時，應攜帶臨時收據（向經理領取，
並予以編號），卽時向客戶開發，並將臨時收據副聯，向經理換取正式
收據，臨時收據的格式如後:

臨　時　收　據　　No.

茲收到　　　　　　先生
　　　　　　　　　寶號交來廣告費計:

現金:	萬	仟	佰	拾	元正		
支票:	萬	仟	佰	拾	元	張（詳下）	
銀行別	支　票　號　碼	金		額	備		註

此　據

收款人　　簽章　年　月　日

　　附註: 1.本臨時收據共一式兩份: 一份交客戶執存，一份由收款人交經理人換發
　　　　　　正式收據。
　　　　　2.本臨時收據俟發給正式「廣告費收據」後，卽行作廢。

(二)栅美報導廣告刊登簡章

　　(1) 刊登之廣告，請將原稿用正楷繕寫清晰，並在廣告合約單上，
註明要求刊登之位置 (position request)、日期、期別、刊出次數、

刊戶名稱、地址、款額、權利、義務與附帶條件及事項，委託人並應在
「委託書」(firm order) 上簽名蓋章，方始有效。如需本刊廣告人員
代爲設計與擬撰廣告文稿 (Advertising Copy) 者，應另收廣告費百
分之五至十的完稿費。惟廣告人員自願報效者，得酌情減收或免收。如
廣告招攬後，經手人交經理或廣告人員設計，則經手人應將佣金百分之
十至二十分給設計人員，惟設計者可酌情減收或免收。其由廣告公司發
稿者，以該公司發稿單爲憑，按客戶簽約折算的價位，給予廣告公司百
分之二十的代理服務費。客戶自行設計的圖版紙型的長寬度數，須與本
刊版欄格式規格 (mechanical requirement) 符合，並於上下左右各
留 0.5cm 之安全尺寸，避免版位不夠情形發生，否則本刊將酌情按
廣告金額，加收改版費百分之十。至於刊登之廣告，如字句或式樣需要
更改，則客戶應在廣告截稿前，正式具函要求，並簽名蓋章爲憑。更改
之字句及式樣，不得超過原來版面的面積，否則酌情加費。如在發排後
換稿，應在時間許可內爲之，並按廣告金額，酌收改版費百分之二十，
否則不予辦理。

　　(2) 各版廣告刊戶預定之版位 (position)，以登記先後爲序，惟遇
該期新聞稿擠或時有時間性之廣告時，本刊有權得視實際情形，由發行人
隨意「審奪版面」(Run-of-paper, ROP/Run-of-book/Run-of-press)
將所訂刊之廣告、變更型式尺寸 (Resizing) 劃樣，移動版位，抽出或順
延一期，本刊不另行通知；但如時間充裕，將徵詢刊戶意見，另定刊期
或移刊他版「頁上空白」(head margin) 處，按該版費率收費。至
若有特殊事故，未能按照原定期次刊出者，可依次補刊。此外，不負其
他責任。中縫廣告的版位，由本刊決定，惟如不衝突，本刊將儘量尊重
客戶的排挿意見。

　　(3) 廣告內容不實或設計欠妥，本刊如認爲有責任問題未便刊登

者，得要求更換或拒絕刊出，甚而商請刊戶提供保證人，將來如發生糾紛，由刊戶與保證人負責，與本刊無關。

(4) 廣告性質有觸犯禁令、妨礙風化、誹謗他人名譽、與本刊新聞相牴觸、欺騙讀者及一切不正當之性質者，本刊均有拒絕刊登之權。

(5) 各式公告、啓事、徵婚、徵友、使用郵政信箱號碼或交友俱樂部性質者，均須由當事人簽名蓋章，並影錄送刊人之國民身份證一份存檔備查，以明責任。

(6) 醫院、診所須有開業執照，醫藥須經衞生機關檢驗許可，領有「成藥許可證」者，方可刊登廣告。本刊得予查證，並影錄營業登記證存檔。電影廣告應在右上方空白處，列明級別。

(7) 廣告原稿，保留三個月，如因需要查對，刊戶應在刊登之日起九十天內，憑廣告收據及剪存之廣告稿樣到本社查詢。逾期或欠缺收據概不受理。

(8) 刊出之廣告，偶有小誤或排版套紅欠善等，倘非極端嚴重，與原意無甚出入者，不得藉爲拒付廣告費之口實；惟經本刊討論考慮後可酌情補刊載一期，期次由本刊決定。

(9) 已付費用、挈據或發稿之廣告，如臨時請求停刊，刊費概不退還，但可移作刊登其他廣告之用，並以四個期次（一個月）內爲有效時期。如刊登次數未依合約履行，須補付所享受的優待折扣。

(10)廣告刊出之後，若是一至兩期的短期廣告，則刊戶應在一個月內以現款或卽期限額支票付清，不收期票。若係三期以上的長期廣告，則刊戶應按議訂期次，分期以現款或卽期限額支票支付，不收期票。但每一付款期次，可酌情給予十日的支付期限。現金與卽期限額支票，可以一併使用。分類廣告，則應先行付款，然後刊載。

(11)收受廣告時間：每日上午九時起至下午四時止。逢星期二上午

第七篇　第一章　周報廣告　　*401*

十一時為每周截稿時間，過後即不能於該星期刊出，必得轉入下一期刊登。星期六、日、休假及例假停收。寒暑假期間，則於社定辦公時間每日上午十二時停止收件。廣告有更改者，其時間亦同，過時該期即不受理。

(三)柵美報導廣告招攬守則

△發展柵美地區良好的人際關係，廣告招攬地區，應以柵美地區為主，其他地區為輔。

△對客戶的歷史和現況，例如產品特性、盈利和困難等要有深入的了解，並充份利用適當的資料，創作有效的廣告。來稿如有不清楚之處，應予查證，重新標明，以免刊登錯誤。

△在廣告的接洽和設計過程中，若客戶有特別的指示時，應適切地提供服務。廣告刊出之後，應即親持刊物二份，作為「核對副本」（Checking Copy），送交客戶，一方面可防止郵誤❶，與藉機收取廣告費，減少呆帳（back debt）危險；他方面則又可當面聽取客戶意見，彼此討論，維繫雙方長期友好關係。分類廣告，應按廣告性質確切分類。如一稿含有兩種性質者，可請刊戶分別刊登，以發揮更大效果。（當然，任擇其一亦可。）

△在作出「廣告出擊」之前，應具備廣告學的基本常識與廣告設計的一般法則和技巧。

△對於周報的版面、廣告刊例、廣告刊登簡章與廣告價目等應有充份認識，並切實遵照辦理。廣告佣金，不得當作客戶的回扣，破壞行規。

△在與新客戶接洽廣告時，最好能攜帶同類客戶所刊登廣告若干則，

---

❶　發行時，廣告主任（或財務經理）亦應將刊物一份寄給廣告主。

作爲該客戶的參考，並提供令客戶信服的意見。因此，事前充份準備，不可或缺。

△應設法維繫原來的客戶，開拓新的客戶。原有的客戶資料，可在各期周刊以及廣告經理的紀錄中尋求。新客戶的開拓，應以「逐戶行動」的精神去招攬。客戶的類型、客戶的拓展區域，應經常作出正確的選擇和突破。如有可能，應情商舊客戶，介紹新客戶。

△除經常與客戶主動接觸之外，客戶之各級人員，亦應保有良好關係。

△最好能經常使用客戶產品，一方面可表示友善，一方面可對客戶產品，有更進一步認識。

△最好能用客戶所說的語言交談。

△下列涉嫌「不正當性質」之廣告，本刊不予刊登❷。

1.人事廣告中，薪給報酬誇大失實，或易令人誤解者。例如：「□□公司急徵男女員工數百名，免經驗，月薪五萬餘元，另有⋯⋯。」之類。

2.廣告內容混淆空泛，或語意不清者。例如：「看不見的地方，更要美容。」——易使讀者誤解其意。

3.虛僞、誇大與違反常理者。

例如：醫藥廣告之「包醫」，使用「保證有效」、「保證退款」一類字眼，濫用「免費贈送物品」、「免費治療」、「免費函授」之類辭藻，而「免費」含義並不明確，又或僞裝新聞方式，以「銘謝啓事」、「讀者來

---

❷ 見「接刊廣告注意事項」，經濟日報社的規章。台北：經濟日報社，民國六四年四月編印。不良廣告經常花樣翻新，以虛僞、誇大的手段來達到欺騙圖利的目的。因此，在招攬廣告時，應隨時留意此一則廣告，是否損害讀者的錢財、健康、道德，甚或危害國家社會的「欺騙性廣告」(deceptive advertising)。

函」等方式，刊布廣告者。另外，諸如徵求投資，或求才人事廣告內，附帶有投資條件，舉辦贈獎活動，以及需附回郵之「郵購」廣告等，在處理時應特別小心。

4.廣告內容如有中共術語（例如「解放」）或其他晦暗不明隱語，又如強調地域觀念（例如：人事欄內某一職位，「限」某省籍人應徵；啓事欄內渲染兩地同胞結怨對立之類），歪曲團結氣氛等，均應拒刊。

△注意廣告版位和刊出期別的疏導，不可過份集中於某類版面和期別，以致產生排挿上的困難。

《附錄一》柵美報導廣告收費樣張

柵 美 報 導　　No.

地址：臺北市木柵區國立政治大學新聞館柵美報導社

廣 告 費 收 據

中華民國　　年　　月　　日

兹 收 到

刊登　　　廣告（第＿＿期＿＿版＿＿欄＿＿行＿＿次）

共計新台幣　　萬　　仟　　佰　　拾　　圓整

附註：1.此收據除收廣告費外不作別用。
　　　2.此收據應於騎縫處加蓋柵美報導社印章方為有效。

收款　　　　　　經手人

《附錄二》柵美報導廣告刊例

廣告刊例

（本委託單卽本刊收費根據）

一版	二版	三版	四版
$800	$1600	$1600	$700

△通一欄一英吋300元。（八個新五號字）

△每欄高一英吋。

△中縫每面300元。

△少於以上各版位面積，價目，比例分割之。

△報頭下每欄$400元。

△外報頭每行（八個新五號字）26元，以10行3欄（780元）為準。

△分類小廣告三行（24字）50元，每多一行（8字）另加20元。

△需製鋅版另加製版費。

△各版均不套紅。

△刊載三期以上長期廣告另有優待。

△增刊、特刊及全版其他地位目另議。

△各版目表，可隨時視實際情況修訂，不另行通告，但在價格調整時，已訂約者不受新價目影響。

由於
因為
柵美報導
柵美報導
深入
內容
讀者最多
充實
確實
銷行最廣
有趣
柵美報導
柵美報導
最廣

柵美報導週刊

設，大宏果效幅一發刊
了忘別請，告廣的美精計

社　址：木柵政治大學
電　話：九三九三○九一轉新聞系
劃撥金：○一一二一一四

委　託　書

茲照　貴刊廣告刊登簡章、廣告計費標準及有關
規定委託於第　　期至第　　期　連續／隔期刊登本號
附廣告共　次　合計新臺幣　　　　拾　　　元正
廣告稿樣如后　此致

柵美報導

　　　　　　　　商　號：
　　　　　　　　負責人：
　　　　　　　　地　址：
　　　　　　　　電　話：

簽章

年　　月　　日

版位：第　版　行　段之面積。
版面大小：每次用
費目：
付費辦法：
稿樣：（廣告文請勿用簡字）

附註：

經手人：

第二章　社區報紙之發行

報業，向有「輿論工業」（Opinion Industry）之稱，其所製造的「文化商品」——報紙，亦與其他工業產品一樣，大量生產之後，必須透過市場的「分配」（Distribution），才能送到消費者（閱聽人）手中。不過，在報業界裏，卻將報紙分配的活動，稱之為「發行」（Circulation）；並且將之與「編輯」（版面內容）及「廣告」（財源），視為一家報社所賴以鼎足而立的三大支柱。

影響報紙發行（銷售量）的因素甚多；例如，報紙內容是否為讀者歡迎，印刷的好壞，出版時間是否適當，售價高低，發行部門的組織，人口與社會的特徵，交通運輸的狀況，讀者的購買興趣和習慣，與同業間競爭等因素，都足以影響報紙的發行活動。

本章主旨，在解說一般發行的概略狀況，並試圖提出社區報紙可以達到的發行過程。

第一節　發行部門的組織及工作

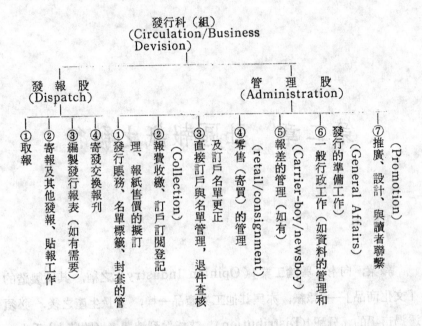

　　報紙發行的第一個要求是，不管任何情況，只要報紙出了，就得準時將報紙交到訂戶手上，一刻不能延誤。

　　擔任社區報發行工作者（不管專職或兼任），除了克盡厥職，做好發行工作，會計賬目紀錄清楚之外，尚應瞭解報紙內容對讀者影響，隨時向報社反應，一方面作為報社「耳目」，他方面則為報社擔任與讀者的公關工作。

第二節　報紙的訂價

　　理論上一張報紙的售價，通常受到出紙張數、同業價格、讀者的經濟條件和購買意願、廣告客戶的態度和報社本身的社會聲望等因素的影響，但最基本因素，則在於報紙的「生產成本」。

按照「美國報業主計及財務人員協會」(The Institute of Newspaper Controllers & Finance officers) 所編訂的「報紙成本分析程序」(Cost Analysis Procedures For Newspaper Publishers)，報紙的「生產成本」是這樣計算的——

先將報紙版面內容，區分爲「新聞（社論）版」(News & Editorials)，與「廣告版」，而將「新聞版」作爲報紙售價的計算依據。公式是這樣的：

$$\frac{(A+B)}{C} = K@$$

說明：

1. A爲「新聞版」所需的「編採直接費用」（如稿費、編輯費），與「排印直接費用」（如紙張、印墨、排版費）兩者相加之和。

2. B爲推銷費用、及發行管理費用等一切「間接成本」。

3. (A+B) 爲「新聞版」的「生產總成本」。

4. C爲「收費報份總數」(Net Paid Circulation)。

5. ∵ (A+B) ／C卽可得出報紙每份「單位成本 (K@)」。

但按我國習慣，其計算公式則是：

〔印報材料全部費用（如紙張、印墨）＋編採、排印全部薪津＋編印其他費用〕／（每月收費與無費報紙總和）＝每單位報紙的生產成本

兩相比較，社區周報採用美國計算公式，似較合理。

有了報紙的單位生產成本，進而據以爲釐訂售價的時候，尙應考慮（劉一樵，民五七：二九）：

△此一定價，是否可以抵銷發行部門的管理費用？甚或抵銷部份排印材料費？

△此一定價是否能爲讀者接受，並且有助於發行的增加？

△與同類報紙之定價比較，是否有利？

報紙有了定價（或調整過定價之後），卽可確定（或調整）「發行政策」。例如，爲了推銷的目的，而給讀者特別折扣，或利用抽獎方式，贈給鉅額獎金；抑或故意將售價提高，以吸引特殊讀者，並從而獲得較多發行利潤。

目前國內中文報業，在「限張」的情形下，均採取劃一售價（零售每份新臺幣五元），但社區報紙，因爲各種狀況不同，在定價方面，反而有更大彈性。

第三節　發行業務管理

報業發行，原可分爲「直接發行」和「間接發行」兩種方式。「間接發行」是將報紙交由承辦者，代爲派發，並代爲收取報費；「直接發行」則由報社自行派送報紙，直接向訂戶收費。目前國內報紙大都兩者並用，而以「間接發行」爲主；社區報紙則幾乎全用「直接發行」的郵寄方式，但在可能範圍內，兼採直接送戶和類似「間接零售」的「寄賣」方式。

直接訂戶的業務管理

由於電腦之普及，國內大報社和稍具規模的雜誌社，已採用電腦管理系統❶。社區周報由於財力、人力有限，尚未能實行電腦化管理，仍賴傳統的方法，作有條理的發行管理。

直接訂戶的業務管理，可分三方面來說：

---

❶ IBM 公司已發展了一套「發行管理系統」（Circulation Management System）的個人電腦，可以儲存及分析大量訂戶的資料。

一、客戶名單登錄管理

這是直接訂戶業務管理最重要的一個步驟，這一工作項目作得不好，發行工作便告失敗。登錄管理是將客戶訂報收據上的資料，直接登錄於「直接訂戶卡」上（表一、二），同時施以「編號」，俾作客戶查存和郵寄標籤之用。訂戶卡上應有兩個編號。第一個為「客戶收據編號」，以備核對；另一個則為內部「識別號碼」，供管理、查詢、識別之用。號碼本身意義，由本社自行編擬。例如，第一位數字為市（縣）別，第二位數字為區（鎮、鄉）別，第三、四位數字為里（村）別，第五、六位數字為鄰別，第七、八位為期刊到期期次，如果報份不止一份，則可加上"-1"，"-2"）數位，餘可類推，舉例如下——

表一　訂戶管理卡之正面

柵美報導訂戶管理卡

姓　名		編號	／	／
訂　期	① 年自	期至		期止
	② 續訂至　　　　期	③ 續訂至		期
送報地址	1.			
	2.			
	3.			
	4.			

表二 訂戶管理卡之背面

收款情形	1. 現金 郵撥	元
	2. 現金 郵撥	元
	3. 現金 郵撥	元
介紹人	姓名	
	住址	
備（通訊記事）註		

市別: T: 北市, O: 外埠

區別: 1: 木柵, 2: 景美

里別: 由 01～99 ⎫

鄰別: 由 01～99 ⎭ 自行編定

到期期次: 由 01 起算

比如, 識別號碼爲 T1 23 4532, 卽表示該名訂戶住區爲臺北市（T), 木柵（1), 博嘉里 (23, 假設), 四十五鄰 (45, 假設), 訂刊至第三十二期別 (32)。

應該注意的是:

△此一識別號碼應寫在標籤上(表三), 以隨時了解訂戶到期期次。在到期前兩、三期前, 應通知、鼓舞訂戶續訂; 如果經過若干次通知,

而訂戶簽不欲續訂，則到期卽應停止寄送，並在訂戶卡上註明。另外，尚須了解訂戶中止訂報的原因。

△付款訂戶、贈刊訂戶與外埠訂戶，都應各成一個檔案系統，方能易於管理。

△本區里、鄰之街道所在，可先在區公所取得相關資料，先行分割淸楚，以方便只知街道而不知里鄰的訂戶；外埠訂戶、贈刊戶（數目應不多），則可將街道名稱之首二字替代里、鄰編號。

管理訂戶卡的人員，除每星期三前，將收得的「訂報的報費收據」（表四）及訂報郵政劃撥單❷，隨時做好登記外，尚有下述工作，得及時完成：

△每周編好「新增訂戶周報表」，以便財務科稽核（表五）。

△每周檢視「到期訂戶索引表（部）」（表六），以便與到期訂戶聯繫，但此表（部）應於製作「新增訂戶表」時，卽行塡寫妥當，每期一表（頁）。

△將停刊戶之郵寄標籤註銷，以免繼續寄報。

△每周三前編製「停刊戶名單周報表」（表七），作爲財務之參考及印報數量之統計。

值得一提的是，識別號碼可視區內實際情況而作彈性採用，例如借用五位數字郵遞區號或區內電話號碼最後幾位數字，加以變化運用，都是可行之策。

二、遞送管理

表三：周報郵寄標籤舉隅

台北市木柵 11606
木柵路一段二巷三號
李貴先生
T1234532

---

❷　爲了節省人力，除非甚有把握，否則，應先收報費，而後寄報。

表四　報費收據專冊

第三聯

柳美報導社

地址：臺北木柵國立政治大學柳美報導社
電話：九三二三六七
編號：

報費收據

茲收到

訂閱本報　第_____期起
　　　　　第_____期止

_____份　計新臺幣_____元_____角正

收款人

此聯由訂戶執存（地址變更、請即通知）

第二聯

柳美報導社　　編號：

報費繳款聯

訂戶姓名_____

通訊處_____市_____區_____路（街）_____段_____巷_____弄_____號_____樓

郵遞區號□□□□□

電　話：_____

訂閱　第_____期至_____期

新台幣_____

收款人

此聯由發行經理執存

第一聯

柳美報導社

報費存款收據

訂　戶_____

報_____份

N.T.$_____

收款人

此聯由收款人執存

表五　新增訂戶周報表

年　　月　　日

戶名	收據編號	識別號碼	報份	折扣	起訖期數	實報	收費	備	註

製表人：＿＿＿＿＿＿

表六　到期訂戶索引表

年　　月　　日

戶　名	識別號碼	報　份	訂戶地址	處理方式	備	註

到期期次＿＿＿＿＿＿　　　　　　製表人：＿＿＿＿＿＿

表七　停刊戶名單周報表

年　　月　　日

識別號碼	戶名	地　址	報份	起訖期別	停刊原因	備	註

製表人：＿＿＿＿＿＿

(甲)郵寄 (mail distribution)

將周報投郵，可分爲四步驟——

(A)將封套先行粘貼妥當（圖一）。

圖一 柵美報導封套舉隅

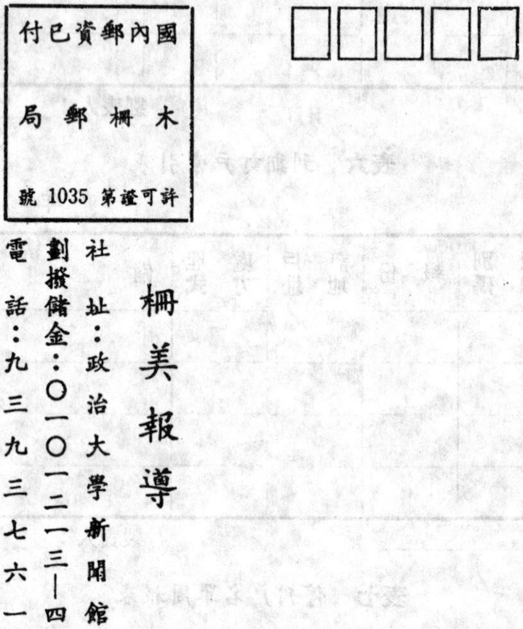

```
┌─────────────────┐        ┌──┐┌──┐┌──┐┌──┐┌──┐
│  付巳資郵內國    │        │  ││  ││  ││  ││  │
│                 │        └──┘└──┘└──┘└──┘└──┘
│  局 郵 柵 木     │
│                 │
│  號 1035 第證可許 │
└─────────────────┘
```

電　劃　社
話　撥　址
：　儲　：
九　金　政　　柵
　　：　治
三　〇　大　　美
　　一　學
九　〇　新　　報
　　一　聞
三　二　館　　導
　　一
七　三
　　一
六　四
一

(B)將訂戶白色標籤，預先繕印好、撕下並貼在封套上❸。 此種標籤，平時卽應按期次而分別置於不同盒子內備用。

(C) 出報後，立卽將報折好，正面套在封套內❹，分本區和外埠兩

---

❸ 也有直接將標籤貼在周刊上，並用釘書機將周報訂好，而不用封套，但拆閱時則較爲麻煩。

❹ 如無折報機，將只好用人工折叠，或請臨時工讀生協助。

類放置（以節省郵寄時間）。

（D）以二十份爲一單位，用橡皮圈紮好（以方便統計份數），分裝在本區和外埠郵寄袋內，送交郵局寄送，並取回郵寄費用收據，向財務經理報銷。

（乙）寄　　賣（Consignment）

（A）出報當天，負責接洽寄賣者，應立刻將報送至寄賣店鋪，置於適當地方或專買箱內以爭取時效。

（B）按事前訂妥之協議、合約結算上一期別寄賣所得，扣除佣金後，收取其餘額。

（C）填具「周報寄賣統計表」（表八），連同報款、退報交財務經理核對處理。

表八　周報寄賣統計表

年　　月　　日

店　　名	地　　址	寄賣報份	賣出報份	退報	折扣	實收金額	店鋪負責員人簽名	備註

經手人：＿＿＿＿＿＿

我國目前尚未流行「報紙自動販賣機」，但代爲零售之店鋪爲數不少。周報似應對寄賣方式，加以特別研究。

三、直接發報

（A）出報當天，報差卽應立刻按指定路線，按發行股所提供之訂戶

名單，投送給訂戶或贈閱單位，並同時帶備粘貼用具，於可以張貼之處，逐行張貼，讓住民先睹爲快。

(B) 報紙必須投於適當之處，不能任意投擲，並且最好能輕按一下門鈴，或禮貌地叫一聲周報名字，引起訂戶注意收閱。

(C) 下雨時，必須保護報紙，不能使之受濕；漏送報份時，一經發覺，應立即補送。

(D) 經常爲報社作公關，如遇訂戶遷移、停報等情形，應立即向發行股報告。

(E) 不私收報費，但可代爲通知發行股處理；其他時間，可以推銷報份，收取佣金。

(F) 報差如係臨時工讀生，在派送完畢後，並應填寫「送報卡」(表九)，交予發行股核發薪給。

表九　報差送報紀錄卡

年　　月　　日

送報路線	
報　　份	
該發薪津	
備　　註	

報差：＿＿＿＿　　核付人：＿＿＿＿　　付款：＿＿＿＿

　　(編號：　　)

第四節　發行推廣

社區周報之發行推廣 (circulation promotion)，與公關活動通常

爲一體之兩面，通常以「直接推廣」和「間接推廣」兩種方法交相使用。

（一）「直接推廣」，除了直接推銷之外，尚包括訂閱贈獎，訂費優待，免費試閱，甚至與某些區內風行之雜誌，聯合發行亦無不可。採用直接推銷時，則要事先擬妥推銷計劃，並對推銷員予以必要講解和訓練。

（二）「間接推廣」，主要是作自我宣揚（Publicity），以提高報紙知名度和爭取住民好感。通常可利用傳播媒介，演說介紹與郵寄宣傳品等法，來達到宣揚效果；也可以透過社會公益、文敎、康樂和服務等活動，而與社區住民「打成一片」。服務項目，則種類繁多，如爲讀者解答問題，給予指導，代讀者尋人、求職，借用資料、設備和代編刊物等，都是很受讀者歡迎的。

第五節　與發行相關之郵政法規

依照目前我國之「郵政規則」之規定，新聞紙類之寄遞，獲有優待。如報紙已取得出版法所規定的「發行登記」，卽可憑證向郵局申請登記爲「新聞紙類」，而按「優待郵資」計費。第一類新聞紙（雜誌）國內的優待郵資爲每重五十公克（Gram,g），郵資新臺幣〇‧二元，但必得向登記之郵局投寄，除此之外，其他郵局概不受理，或以一般郵件每件一元處理。

如果報紙增刊或發行小册，則只要在報紙上註明「附贈某某增刊」字樣，並隨報紙一起投寄，亦可享受優待，但按新聞紙類納費；否則，增刊部份，要按印刷物郵寄費率收費，不逾五十公克者，收新臺幣一

元❺。

　　另外，凡經郵局核准登記後，報紙報頭應加印「中華郵政□字□號登記執照爲第一類新聞紙」字樣，表示已登記妥當，方獲郵局受理。因爲投郵時，係先行繳款之「大宗投寄」，故可先行向投寄郵局，申請許可證，而省去逐報貼郵票麻煩。申請獲准之後，亦應在套封上（或報紙報頭附近），印上「國內郵資已付」、「許可證第□號」及投寄之「郵局名稱」（見圖一）。

圖二　陽擧鐵標寄郵戶訂導報美柵

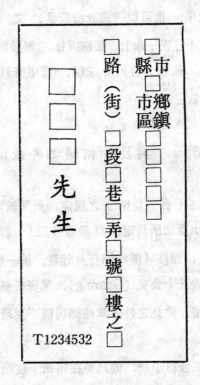

　　為了發行方便，周報還應向當地郵局申請為「劃撥儲金賬戶」，並將戶名、賬號印在報刊上，方便讀者訂閱。

《附錄一》柵美報導促請到期訂戶續訂之通知函

親愛的讀者您好：

　　前次承蒙您的惠顧，訂閱了「柵美報導」，您的支持，我們十分感謝。

　　「柵美報導」的內容特性，想必您已十分明瞭，現在這份專門報導您身邊新聞的社區報紙，需要您繼續的鼓勵，我們將一本以往服務的熱忱，為您提供柵美區的詳盡消息，更歡迎您隨時將您的意見藉「柵美報導」反映出來，我們以能為您服務而深感榮幸。

　　　即此順頌

時綏

　　　　　　　　　　　　　　柵美報導社敬啟　　年　　月　　日

　　※請利用郵政劃撥帳戶○－○－二－三－四號，半年25期八十元，全年50期一百六十元。

《附錄二》栅美報導要求張貼同意書

先生鈞鑒：

「栅美報導」為國立政治大學新聞系所開辦，於新聞局登記有案之

社區周報，旨在為栅美地區住民服務。創辦十餘年以來，向蒙區里民眾

愛戴。為詢讀者要求，並加強地方服務起見，因用特函懇

准予貴　　公告欄之適當空間，每期張貼「栅美報導」　　份，所需報

份，由本社供應，以利民眾閱讀。如蒙

府允懇即填妥回條擲回，俾便辦理，感荷無任。

　　敬　　頌

鈞　　安

栅美報導社　敬啓　民　　年　　月　　日

回　　條

　　茲同意「栅美報導」每期於　　　　處布告欄張貼　　份，俾便民眾閱

讀（方法如後）。

簽　章

民國　　年　　月　　日

方法：一、所張貼報份，每期由「栅美報導社」遞送供應。

　　二、由　　負責更換、張貼及清理。

《附錄三》柵美報導寄賣同意書

　　茲同意接受「柵美報導社」之委託，每期寄賣「柵美報導」　　份，卽起生效（寄賣條件見附註）。

　　　　此　致
柵美報導社

　　　　　　　　　　　　　　　店　　號：　　　　　　鋪印
　　　　　　　　　　　　　　　負責人：　　　　　　　簽章
　　　　　　　　　　　　　　　地　　址：
　　　　　　　　　　　　　　　電　　話：

中　華　民　國　　　　年　　　　月　　　　日

附　註：寄賣條件

一、每期所寄賣之「柵美報導」，每周由「柵美報導社」派員於發行當日送達，並寄賣店負責陳列於由「柵美報導社」供給之專賣箱內售賣。

二、寄賣所得，每周由「柵美報導社」派員與受委託寄賣之店鋪相關負責人，結算壹次。受委託寄賣之店鋪，可在結算同時，抽取該周售買總所得百分之四十，作爲寄賣服務之報酬。其餘售賣所得（及售餘之「柵美報導」），率歸「柵美報導社」，不應拖欠。

三、委、受託雙方，欲中止寄賣合作時，應於報刊發行前一周，以口頭或書面通知對方。中止寄賣後，「柵美報導社」將派員收回專賣箱。

四、寄賣箱之物權屬「柵美報導社」所有，如有遺失或損毀，寄賣店應負責賠償。（專賣箱成本爲每個　　元）。

五、本「寄賣同意書」爲壹式兩份，由委、受託雙方各執一份爲據。

　　　　　　　　　　　　　　　專　賣　箱　編　號：　　　　簽章
　　　　　　　　　　　　　　　柵美報導經手人：

《附錄四》柵美報導劃撥單

98-04-43-04

郵政劃撥儲金存款通知單

| 收款人 | 帳號 | 0101213—4 |
| | 戶名 | 柵美報導 |

新臺幣：
（請用壹、貳、叁、肆、伍、陸、柒、捌、玖、零等大寫並於數本加一整字）

寄款人	姓名	
	住址	□□□□□ 台北市（縣） 區　　里鄰　　路 段　巷　號之　樓
	電話	

郵局辦經

本聯經劃撥中心登帳後寄交帳戶

| 手續費 | 火 | 元 |

存款後由郵局掣給正式收據為憑，本單不作收據用 ◉

帳戶本人存款此聯不必填寫，但請勿撕開。

主管：

經辦員：

| 通信欄 | 兹訂購：

　柵美報導週刊□份

　　半年25期　NT：80元共□份

　　全年50期　NT：160元共□份 |

此欄係備寄款人與帳戶通訊之用，惟所作附言應以關於該
次劃撥事項為限。否則不予受理，應請換單另填。

第六節　最適中發行基數之計算

　　大報社追求銷報成長，以發行數字「招攬」廣告，藉以增加利潤，
改善工作環境和擴充設備，固為顛撲不破之原理。至如一般小型周報，
則因財力、 物力之所限， 只應追求穩定之成長， 俾能在定量讀者範疇
內，而廣告又未能即時作急遽成長的情況下，了解營業的虧盈，進而充
分掌握和有效利用各項資料。因此，就現代企管觀念來說，了解最適中
發行基數 (optimal circulation)，實有必要。就理論而言，最低發行基
數，亦即損益兩平點 (Break-even Point)，可以適合短期分析而又較

爲簡易的「營業平衡分析」(Break-even Analysis) 來求取。

企業管理上所謂的營業平衡分析,是分析當固定成本(Fixed Cost)、變動成本 (Variable Cost) 與銷售量 (Sales) 發生變化時,對公司的利潤 (Profit) 及潛在利潤 (Profit Potential) 的影響。利潤是售貨收入與總成本間相減的差額,當售貨收入等於總成本時,爲營業平衡之損益兩平點,亦卽小型週報之最低銷基數。此一損益兩平點,一般是以營業平衡圖 (Break-even Chart) 來繪製,但也可以數學公式計算。爲了簡單和易於了解起見,本節只介紹以數學公式來計算的方法。

㈠在計算之前,先從某年度 (或半年度) 會計報表 (損益表) 中取得下述各項資料:

(1) 售報收入

此處所謂售報收入,係指印銷某一數量報紙時,其訂戶報費與廣告費的總收入 (此處以 S 表示)。當然,爲了達成尋求最適量發行數基點之目的,吾人亦可在沒有損益表爲依據的情形下,自行擬訂印售報章的數量,以及預期廣告的收入 (也可爲目標中的、或有實際把握的廣告收入。) 將售價 (或擬售價格) 乘以印 (擬) 售數量加上廣告收入 (甚或捐贈、補助、利息等其他收入),卽爲售報總收入。

(2) 總 成 本

總成本 (Expense) 係固定成本與變動成本之總和 (此處以 E 表示)——

(a) 固定成本

固定成本 (此處以 F 表示), 是不隨生產量 (刊物印售數量) 的變動而變動的。小型週報之固定成本,可按會計項目與實際情況,予以算列。例如:房租、水電、印刷機械與辦公室桌椅等大型用品之折舊,以及管理費用 (包括必需員工薪資) 之類,都屬固定成本。

(b) 變動成本

變動成本（此處以 V 表示），是隨生產量（刊物印售數量）的變動而變動的。例如：印刷費、文具用品、交通費、郵寄費、照片沖洗、編採津貼、稿費、交際費、宣傳費以及其他直接、間接開銷。

(3) 利　潤

售貨收入減總成本後之差額，即為利潤（此處以 P 表示），計算公式為：$P = S - E$。（若相減之後為負數；即係虧蝕。）

(4) 變動成本與售報總收入之比

其計算公式為 V/S。在營業平衡圖上，此係變動成本之坡度（Slope）。坡度越大，顯示變動成本支出越高。若以 M 來表示此一坡度，則此一比率之計算，可以寫作：$M = \dfrac{V}{S}$。

(二)損益兩平點的計算公式是這樣的：

$$S_{p=0} = \frac{F}{1-M} \quad 或 \quad S_{p=0} = \frac{F}{1-\dfrac{V}{S}}$$

茲將此公式解說如下：

∵　　　　$P = S - E$

若　　　　$P = 0$（利潤為零）　　則　　$0 = S - E$（收入）

則　　　　$S = E$（收入等於支出／移項）

又　　　　$E = V + F$（總成本等於變動成本與固定成本之和）

而　　　　$V = MS$（$\because M = V/S$）

故　　　　$E = MS + F$（代入公式）

　　　　　$S = MS + F$（代入公式）

　　　　　$S - MS = F$（移項）

　　　　　$S(1-M) = F$（抽因子）

$$\therefore S = F/1 - M \text{（移項）}$$

或　　　　$$S = \frac{F}{1 - \dfrac{V}{S}} \text{（代入公式）}$$

計算得之 S 數目，為損益兩平點，亦即小型週報最適中發行數之基點，收支剛好平衡，小於此一基點，即係虧蝕，距離愈大，虧蝕越多；應速謀補救，增加發行，降低成本，或增加廣告量。大於此一基點，即有盈利，距離愈大，利潤愈高，可彈性增加發行，以獲得更多利潤。當然，如果總成本不變，而刊物滯銷，則應趕快減少印刷量，否則多印一個單位，即多一個單位滯銷，徒然招致更大虧蝕而已！（惟就一般情形而言，三千本為經濟單價之起算基礎。）

因此，就上述公式來說，若將其中變項予以控制計算，尚可用以測試各種費用的改變，對於不同生產（印售）量的利潤影響。例如每份報刊應賣多少錢？廣告價格是否合理？廣告最低目標該係多少？固定或變動成本有否偏高等問題，都可以求得大概答案。

另外，基於報紙售賣價格之低廉特性，在計算最適中銷售量時，不妨以若干報份，合併為一個單位計算（例如：以一百份為一個單位），較為方便。

報紙廣告的計算法，有以行（如我國報紙）、吋（縱一吋，如英國報紙）❶、語句（每句以五字為單位，如歐洲報紙）、以及論件數之多寡、大小而折算者（如日本報紙）。一般而言，長期、全版、半版等特殊類型版面，尚有折扣優待；彩色、套紅與製版一類廣告，則會加收費用。

廣告客戶在刊登廣告時，往往會將同類報章之廣告價目，作相互比

---

❶　在報刊上，一吋的版位，通常等於「廣告行尺」若干行。例如，政大柵美報導是以新五號字為內文標準字體，故每吋版位，即等於七行字。

較，以求取最大效益；以每行價格作爲比較單位時，其計算法常有下列
兩種：

(1) 百萬份率制 (Milline System/Minimil)

美國報紙廣告，前時係以五・五磅 (Point) 之瑪瑙行 (Agate Line) 活字爲計算單位。美人哲佛遜 (Benjamin Jefferson)，即以此爲基礎，計算報紙銷量在一百萬份時，每行廣告實際費率，從而得知各種報章的廣告價目和實際效益。這一計算法是這樣的：

$$發行份數：每行廣告費＝1,000,000：x （百萬份率）$$

$$百萬份率 (milline\ rate)＝\frac{每行廣告費×1,000,000}{發行份數}$$

因此，單按上述公式推算，可以得知，在一份銷量爲八十萬份，每行廣告定價爲十元的報紙上登廣告，其價格會比在銷量爲六十萬份，每行廣告定價爲八元之報刊上刊登廣告爲廉。因爲在百萬份時，前者每行廣告費只爲十二・五元（百萬份率），而後者卻爲十三・三元（百萬份率），前者比後者便宜了約八毛錢。

(2) 實惠價率 (Truline rate)

此制爲史吉斯・哈華 (Scripps Howard) 報系所創。計算原理與百萬份率同，只是以發行總數代換了擬設之百萬份數，而原先之發行數，則以本區實際發行數代替，以求取每行眞實價格與效益多寡，其計算方法如下：

$$發行總數：每行廣告費＝本市發行數：x （實惠價率）$$

$$實惠價率：\frac{每行廣告費×發行總數}{本市發行數}$$

小型周報，在訂定廣告價目之時，應參考本身刊物之風評、銷數、專業性、印製成本、讀者消費能力、廣告客戶類別、收益比率、同類刊

物的價格和編輯政策等各項因素，求取最適當的廣告價格。否則只好採
用「隨意定價法」了 (Arbitrary Method)。

第三章　印刷費估價單

　　小型周報或許大多擁有中文打字機、標題照相排版機及其他拼版用具，但擁有自己印刷廠的，幾乎絕無僅有，通常要委託別家印刷廠印刷，方得出刊。這種現象，使得小型周報，不若大報之自行擁有印刷部門，可以隨時調配、追究責任和檢討得失。

　　因此，小型周報在委託印刷所印刷時，應簽署一張商業契約，詳細而明確的訂明雙方之責任，發生錯誤時之處理及賠償辦法。否則，刊物水準將無法提高，可惜目前國內印刷廠都不注重商業契約行為，而紛爭屢出。

　　一般而言，在決定或更換印刷廠時，都應將各印刷廠的條件，細加考慮。例如：印刷廠專業程度如何？設備、技術是否夠水準？該廠風評如何（例如是否常常誤期）？地點是否適中？相同條件之其餘印刷廠，在價格的比較上又如何？

　　當然，與一般商品無異，其中尤以印刷費估價單（Quotation/Estimate）之分析，以比較印刷成本，最為重要。（即在繳付印刷費時，亦應將印刷廠開來之印刷費分析單上的項目，逐項核對，以防銀碼出錯）。一般的印刷費單據，主要包括下列四項：

(一)用　　紙

　　小型周報用紙只有正文一項，不若雜誌、書本要分爲封面、正文、上下扉頁、插圖與插表等分別明訂用紙類別之繁雜。小型周報正（內）文，應訂明採用何種紙張，多少磅（P）重(例如六十磅印書紙。）不同紙張、不同磅數，卽有不同價錢。磅數代表了紙的厚度。磅數越重則紙張越厚，而厚度大小，由使用面積（開數）決定。開數大用厚紙，開數小用紙可較薄。例如四開小型報，用六十磅厚度卽可。所謂六十磅紙，是指一令紙（五百張）的總重量爲六十磅（一張全開紙重 0.12 磅或 1.44 盎士，60P/500），如果用紙磅數有爭議時，一秤就可得知結果(張數×P)。目前雜誌流行用菊開（版）紙，每張紙可裁成二十五開（$6\frac{1}{5}$吋×$8\frac{4}{5}$吋）十六張。在計算用紙量時，通常有兩種計算法——

　　(1) 以一張全開紙作爲計算單位

　　　例如：(a) 小型周報爲四開，(b) 耗紙率（Waste）訂爲百分之十，(c) 用六十磅印書紙，(d) 若每張紙價爲新臺幣二元四角，(e) 印一千份，則該付紙張的成本爲：新臺幣六百六十元，其計算方式如下：

$$1{,}000 \times \underbrace{\frac{1}{4} \times \frac{110}{100}}_{} \times \$2.4 = \$660\#$$

（份數）（開數）（份數＋耗紙率）（每張紙價）（紙價總數）
總用紙量

　　(2) 以令來計算

　　　如上例，但 (a) 耗紙率訂爲百分之五，(b) 每令（五百張）紙價爲新臺幣一千元，(c) 印一千五百份，則該付紙張成本爲：新臺幣七百八十七元五角，其計算方式如下：

$$\frac{1{,}500 \times \dfrac{1}{4} \times \dfrac{2\text{(頁數)}}{2\text{(常數，因用兩面印刷之故)}}}{500\text{(一令紙張數)}} \times \frac{105}{100} \times \$1{,}000 = \$787.5\#$$

耗紙率係指開機試用、每套一色以及紙張本身的損耗。未沾油墨而損壞者，稱爲「白損」，已上油墨而損壞者，稱爲「黑損」。按理，此種損耗該由印刷所負責，但目前我國已習慣上由付印機構負擔，殊非合理，而百分之三至五損耗率，已是個折衷數字（每加一色，通常加１％損耗率），在估價付印時，應作特別交涉。

（二）排　　版

小型周報之排版只有正（內）文，不若雜誌排版之要分封面、正文、橫排、表格、內封面及版權頁等分別計算之繁雜。小型周報如果是用檢排，則以逐版（Ｐ，page）計費（例如每版排版費爲一千元）；若係用照相打字，則內文與標題字分開計算。內文以每千字若干元計算（例如五十元），至於標題，則通常自四十級開始按級數每字以若干元計算，數量多時，尙可更爲便宜。

已檢排之版面，若有重大改變，印刷所當然應要求支付改版費❶。不過，目前臺灣印刷廠，有濫收「改版費」的習慣，似乎很值得業界深思。如係用照相打字排版，則內文要支付製版費。一版之尺寸，其大小可調整至一張對開報紙張開時的面積，故而四開小型報製一版卽可。至若貼版工作，交由印刷廠執行，當然尙要求支付貼版工錢。

（三）印　　工

印工實則等於上色，小型周報之印工分爲套色（報頭、廣告）與正

---

❶　爲了編輯方便，稍微多發一點稿，是常有的事。按照行規，每版多發一通欄字，不加收工錢。因此，小型周報若是採用檢排，而編輯在控制稿量時，失算多發字數，則每版只要不超過百分之二（例如，柵美報導一個版面之一百三十字左右），似不應增收排版費。附帶一提的是，四版四角改版較易，中間部位，則較爲困難，通欄字數（如全二、全三之類）要改成盤轉，相當不易，編輯版面時，應有此體認。至於預先發排未加標題的備用稿，內文都應發爲短行，以便更改。另外，除非萬不得已。已發排稿件，不要隨時改變形式（如改換標題，全三改爲全二），浪費排字技工時間。

文計價。套色係以每套一色若干元計算。一般小型周報，通常只套紅色一色，價格並不昂貴。而正文印工之計算公式如下：

$$（？）令（張）× （？）色×每色價格$$

在上項計算公式中，不足一令紙，按習慣作一令紙計算，而在計算用紙之令數當中，則又可不將損耗率之百分之十或百分之五計算入內。當然，將令換作張來計算時，有時尚會分為一面或兩面（black up）印刷計算。至於內文印色，通常只係黑油墨一色。

(四)其　　他

其他工錢，尚可能包括各類刊頭、圖片與畫像等各類逐方吋計價之銅版和鋅版，彩色印刷之分色費、晒版費、打字費之類。銅版或鋅版，不論多小，通常以四或六平方吋起算，每吋收取若干元（例如十元）。小型周報印刷費，應該免收裁工（裝訂）和打樣費（雜誌除外）。

本文所述各項費用，應該都能按實際需要而增減，或者透過與印刷廠交涉，而價格降低。已製成刊頭之銅版或鋅版可作多次用途者，應只計算一次價錢；而已製成或廢棄不用之銅版或鋅版，應查明棄用之原因，倘係印刷廠出錯，則不應支付該一款項。

印刷廠選定之後，即可決定紙張、類別、廠牌及開數、版式（冷排／熱排）、油墨種類及廠牌；與印刷方式（如誰作完整稿、發稿日期、校樣日期等）。此時在印刷委託書或合同上，尚應列明：①印件名稱；②印刷數量（份／冊／張）、印工、檢排、照相打字費用；③交貨日期（年／月／日／時）；④交貨地點；⑤交（送）貨方式；⑥付款辦法；⑦印刷廠連絡人指定；⑧原稿交付方式；⑨校正方式，改版準則及費用；甚至包括⑩再版與抽印指定，加班費用，驗收標準；⑪封面與裝釘加工的要求；⑫彩色與套色（如有）方式及張數；⑬銅鋅版保存方法；⑭委託期限；以及⑮違約的處罰方式等。這種資料都應一式兩份，各自

憑存，作爲日後驗收印刷品和交涉的依據。

《附錄一》印刷分析單的一般內容

印刷費分析單

| 政治大學 | 台照 | 72 年 11 月 22 日 |

| 品名 | 柵美報導 489 期 | | | | 數量 | 5,000 份 | |

類	別	頁數	開數	單　價	金　　額	備　註
用	封面	1,375				
	正文 60P印書			2 40	3,300 00	(4K)
	插圖					
	插表					
紙						
排	封面					
	正文	4P		1,400 00	5,600 00	
	橫排					
	英文					
	表格					
版						
	內封及版權					
印	封面（套紅）				350 00	
	正文	25令			1,875 00	
工						
裝						
訂						
其	（鋅版）	6″		10 00	60 00	
	廢鋅版	12″		10 00	120 00	(2 個)
	紙型					
他						
合　計	新臺幣 ○ 萬 玖 仟 柒 佰 捌 拾 元 ○ 角 ○ 分					

附釋：

　　(1)紙張重量除了以一令紙重若干磅的「磅令」計算法外，尚可以一平方公尺的紙重若干公克（gram）的「基（g）重」（g/m²）方法來計算，公式是這樣的：

$$g/m^2 = \frac{磅數 \times 1405（變換比例常數）}{紙張面積（長 \times 寬）平方吋}$$

　　如：三一四三紙一令六十磅紙，約重——

$$\frac{60 \times 1405}{31 \times 43} \simeq 63.24(g/m^2)\#$$

　　(2)印刷品有時會將表面字體「印金粉」、「燙金粉」甚至 「燙銀粉」。所謂之「金粉」是一種銅（紫色）、鋅（銀白色）合金加上甘油以防止在空氣中氧化褪色，就成金黃色之金粉。銀粉則係顏色酷似銀之鋁粉。鋁粉能阻擋紫外線侵蝕，故能持久不變。印刷品用上「金料」或「銀料」所支付印刷成本亦相對提高。

第四章　簡單會計報表

　　小型周報雖「小」，但「五臟俱全」，故仍應重視管理與財務收支。在管理作業未自動化、電腦化之前，節省成本的考慮下，克難的傳統做法，仍有可取之處。故財務經理工作，除本書第二部份所述之外，尚得擔負財務報表處理。

　　一般而言，小型周報所用到之財務報表，約有「經費收支對照表」（附表一）、「損益表」（附表二）、「資產負債表」（附表三），與「應收／付賬款綜合統算表」（附表四）四類❶。各類報表，可用財務經理親自造冊，亦可指定（聘請）專人製表。茲分別述說如下：

(一)經費收支對照表

　　每周應記錄、造冊一次，於每周二（擬設）主管審查。各類單據，亦應粘附於此種「周報表」上。疊合四期「周報表」，則根據所列具各欄總數額，謄繕「周報表」，於每月十日前（擬設），送交主管審查。「月報表」原稿存檔，另複印一份送發行人保存。如果「財務公開」，則尚應多複印一份，張貼於佈告欄上，藉收彼此勉勵之效。

---

❶　此數表是依據政大新聞系、前柵美報導編輯人趙嬰教授之設計而擬定。

(二)損 益 表

每半年（或一年）做冊一次，根據六個月（或一年）「月報表」各欄總數額，依項計算，便知在該六個月（一年）內損益情形。如果虧蝕，則應用紅筆在「本期損益」欄上，填寫虧蝕數字。損益表原稿存檔，另複印一份送交發行人保存。

(三)資產負債表

係依據同期損益、上期與本期結餘（月報表，上月份資料相加卽得）三項資料而製成，隨同損益表送交主管審閱，以了解某階段的資產與負債情形，並保存完整可供追踪之記錄。原稿存檔，另複印一份給發行人保存。

(四)應收／付賬款綜合統算

本表分為應收（未收）賬款，與應付（未付）賬款兩部份，藉以明瞭「可能收得」的賬款，與「卽將支付」賬款的對比情形。此表亦隨損益表送交主管審閱。

損益表、資產負債表、應收／付賬款綜合統算表之擬列，應在期（年）度結束後之兩星期（或一個月）為準。

附　表　一

□期～□期□□周刊 經費收支對照周／月報表 □年□月□日～□年□月□日

收　　入				支　　出			
摘　　要	銀行存款	郵政劃撥	各　項	摘　　要	銀行存款	郵政劃撥	各　項
上 期 結 餘	$a			採 訪 費			$h
上 期 結 餘		$b		編 輯 費			i
上 期 結 餘（現 金）			$c	稿　　費			j
				發　行			k
廣　　告			d	取　報			l
訂　　戶			e	文具用品			m
				郵　費			n
利　　息			f	照片材料費			o
				漫　畫			p
…　…			g	報　籤			q
				印刷費（□期～□期）			r
				薪支津貼			s
				交通特支費			t
				訂戶名單影印			u
				…　…			v
合　　計	$a	$b	$A($c+$d+…　…+$g)	合　　計			$B($h+$i+…　…+$v)/10
總　　結	$a#	$b#	$c ($A-$B)#	□年□月□日（月報表填寫）	資金總值為：$D($a+$b+$c)		
					流動資金為：$C		

發行人：□□□　　編輯人：□□□　　經理：□□□　　　　製表人：□□□

（□年□月□日）　（□年□月□日）　（□年□月□日）　（□年□月□日）

附 表 二

□期～□期　□□周刊　損益計算表　□年□月□日～□年□月□日

收入部份

訂戶收費	\$ⓐ
廣告收入	ⓑ
利息提取	ⓒ
……	ⓓ
合　計	\$Ⓐ〔\$ⓐ+\$ⓑ+\$ⓒ+\$ⓓ〕

支出部份

採 訪 費	\$ⓔ
編 輯 費	ⓕ
稿 費	ⓖ
發 行	ⓗ
取 報	ⓘ
文具用品	ⓙ
郵 費	ⓚ
照片材料費	ⓛ
漫 畫	ⓜ
報籤□張	ⓝ
印 刷 費（□期～□期）	ⓞ
薪津支付（□月～□月）	ⓟ
… …	ⓠ
合　計	\$Ⓑ〔\$ⓔ+\$ⓕ+……+\$ⓠ〕

本期損益　　　　　　　　　（±）\$Ⓒ〔\$Ⓐ－\$Ⓑ〕/10

發行人：□□□　　編輯人：□□□　　經理：□□□　　　製表：□□□

（□年□月□日）　（□年□月□日）　　（□年□月□日）　（□年□月□日）

附　表　三

□期～□期　□□周刊資產負債表　□年□月□日～□年□月□日

上期結餘

現　　金	$a
□銀行乙活存款	b
郵政劃撥存款	c
定期存款	d
郵政儲金	e
…　　　…	f
合　　計	$A($a＋$b＋……＋$f)

本期損益

收入部份	$Ⓐ
支出部份	Ⓑ
損 益 額	(±)$Ⓒ〔$Ⓐ－$Ⓑ〕

本期結餘

現　　金	$g
□銀行乙活存款	h
郵政劃撥存款	i
定期存款	j
郵政存款	k
…　　　…	l
合　　計	(±)$B〔$A＋$Ⓒ〕

發行人：□□□　　編輯人：□□□　　經理：□□□　　製表人：□□□
（□年□月□日）　　（□年□月□日）　　（□年□月□日）　（□年□月□日）

附　表　四

□期～□期　□□周刊　應收／付帳款綜合統算表　□年□月□日～□年□月□日

應收帳款部份

　未收廣告費

　　□公司　　　　　　　　　　$a

　　……　　　　　　　　　　　b

　　　合　　計　　　　　　　$A($a＋$b)

　　未收訂戶費　　　　　　　$B

　　　合　　計　　　　　　　　　　$C($A＋$B)

應付帳款部份

　應付印刷費（□期～□期）　$D

　　……　　　　　　　　　　　E

　　　合　　計　　　　　　　　　　$F($D＋$E)

本期應收／付帳款冲銷　　　　　　（±)$G($C－$F)♯

發行人: □□□　　編輯人: □□□　　經理: □□□　　製表人: □□□
（□年□月□日）　（□年□月□日）　（□年□月□日）　（□年□月□日）

附表五　柵美報導廣告收入控制單

柵美報導第　　　　期廣告收入										
廣告內容	刊期	登別	版次	廣告金額	應收金額	實收金額	收到日期	備	註	

第五章　資料檔案的建立

社區周報在經濟上，若未能大力實行電腦化，而資料之收集、剪存，又不可一日或缺，則仍可以傳統方式，建立一個「具體而微」的「資料檔案」(file creation)。

(一)資料員的日常工作

(1) 收集圖書文獻、期刊、報紙、地圖、照片及一切相關資料。

(2) 保管辭典、字典、地圖、年鑑、百科全書等工具書籍，並列冊登錄。

(3) 選取、剪貼「印刷媒體」(Printed Material) 上一切相關資料，並予以有系統之分類管理，必要時予錄印收集，或將之作「合併處理」(merging files)。

(4) 本社同人所寫之報導、特寫及專題等資料，應予分檔輯錄，採訪對象資料卡 (附錄一)，尤應不斷補足更新。

(5) 編製每年度新聞曆及專題綜覽表，並予以張貼供同人隨時查考。

(6) 蒐集人物、事件及地方上歷史與建設的圖片，並作分類管理。

(7) 記述每周區內大事，並編製索引，分類管理。

(8) 其他報社交辦之各類工作，如提供背景資料，繪劃地圖，圖

書、檔案資料及合訂本之借用及保管。

　　(9) 每次保留若干份出版品(例如三十份)，作爲裝訂合訂本之用。

(二)資料分類

　　資料內容雖然複雜，但社區報紙所需資料，較爲特殊，故或可在選材時，以區域爲導向，而依下述之類別作簡單分類——

　　(1) 總類：宗教、自然環境、科學、社會、農林、經濟、藝術和其他資料。

　　(2) 人物：地方人物、政府單位、文教團體、醫療組織與區里機構。

　　(3) 時序：節日、地區慶典或紀念事項。

　　(4) 事件：村里社會重大事件、文教、地方新聞、治安狀況。

　　(5) 地誌：村里建設、地方風景、交通。

　　(6) 問題：人物問題、事件因果、機構問題。

　　(7) 圖片：卽「檔案照片」(file picture) 之新聞、歷史、人物、機構和環境等圖片。

　　上述七個類別中，尤以人物、機構、問題和圖片四個檔案最爲重要。如果一則資料涉及幾個類別，則應以「交互彙編」(cross file)、影印、剪貼數份、分別歸入相關檔案中。至於檔案內資料之排列，除人物檔之類可用筆劃排列外，其餘均可以事件之日期作爲排序依據，亦卽最近發生的，排在最前頭。使用後，則依序歸檔，不許流失。資料張貼紙上，尚應註明資料來源，例如：報紙的名稱、日期和版別。每一檔案，均要在卷首頁按日期編好索引，俾便查閱。

　　另外，每名編輯，亦應自行擬制「採訪索引部」乙本，剪貼、記錄：一、已刊登之新聞；二、沒有刊出之手寫稿與三、將要發生之預告消息等項，並加以批注，寫下觀感及提要。這種做法不僅方便自己，也令得在採訪路線調換時，接手之編輯，更易於進入情況，利己利人。

《附錄一》採訪對象資料卡

正面	社區周報　採訪對象資料卡

<table>
<tr><td colspan="2" align="center">社區周報　採訪對象資料卡</td></tr>
<tr><td colspan="2" align="right">No.</td></tr>
</table>

正面

姓名:　　　　　　年齡:　　　籍貫:	
公司或服務單位:	
職稱:　　　　　　秘書:	
電話:（公）　　　　　（宅）	
地址:（公）　　　　　（宅）	
學經歷背景:	
著述或專長:	
興趣與嗜好:	
受採訪態度:　好客□　　冷淡□　　普通□	
語言:　　　國語□　摻雜英文□　台語□　其他＿＿＿＿	
回答能力:　極好□　好□　普通□　稍差□　極差□	
其他	

背面

填卡日期:　　　年　　月　　日

採訪記錄:

年	月份雜誌	採訪人	心得

≪附錄二≫剪貼資料紙舉隅

柵美報導剪貼資料

日期:　年　月　日	分　類:
（以刊物爲準）來源	編　號:

（資料）

≪附錄三≫圖片資料袋形式舉隅

柵美報導圖片資料袋（正面）

分類: _____　編號: _____

說明: _____

_____

_____

幅數: _____　來源: _____

日期:　年　月　日

注意事項: _____

_____

≪附錄四≫圖書資料借閱辦法試擬

一、剪報及圖片資料，借閱期限不得超過半天。圖書資料借閱期限不得超過兩天，但因需要繼續參閱，經商得經管人同意者，得延長一天。

二、報紙合訂本及工具書均不外借，祇限於資料室內閱覽。惟經編輯部主管特准者，得准予借閱。

三、圖書及參考書經借閱後，其有損壞或遺失情事者，由借閱人照價賠償，剪報及圖片資料經借閱後有損壞及遺失情事，或逾規定期限，屢催不還者，由主管議處。

四、所有圖書資料僅限於本報同仁參考之用，不得代外人借閱。

五、資料室每日開放時間爲上午九時至下午五時，假日時間另訂。

≪附錄五≫周報稿費結算辦法（試擬）

一、除社聘撰稿人撰寫之新聞稿、拍攝之新聞照片外，其餘刊出文稿、圖片得酌定標準，給付稿酬。

二、稿費由編政組指定專人負責分項結算，送請編輯部有關主管人員核定付費標準後，轉送財務經理，按核定標準支付數目。由編政組填發通知單或郵政儲金劃撥單，辦理結付。

三、一般稿費每期結算一次，特刊及專論費於刊出之日卽行結算，專欄特稿，每月結算一次。

四、稿費結算、審核及支付，應盡量迅速，審核填單等手續，均應於收到結算單之次日辦理完畢。

五、資料組配合新聞所撰寫資料性短稿，專任編輯所撰特稿，均不計稿費。

《附錄六》服務性廣告處理要則

一、為加強服務地方性工商企業，並與中、小商號建立密切關係，特免費刊載公司行號開幕、周年、喬遷、慶賀等消息。

二、提供上列各種性質稿件時，應先經由主管人員批准。稿件必須書寫清楚，避免字跡潦草或含意不明，凡未經主管批准之稿件，不予刊載。

三、稿件內容範圍如次：

1.一般中、小商號開幕、週年紀念。

2.公司行號遷址或擴大營業。

3.鄰近工廠擴充設備增加生產。

≪附錄七≫周報員工請、銷假記錄單

請假申請單

所屬單位	職別	姓名	備	註

請假事由

主管批示

請假人
代理人

自 月 日 午 時起
至 月 日 午 時止　計　天　小時

年　月　日

銷假通知單

所屬單位	職別	姓名	備	註

銷假日期　月　日　時

主管證明　此致

銷假人

年　月　日

第二部份　柵美報導及其他

第二編　細菌　其他及放牧

第八篇　柵美報導的運作

第一章　總則和組織系統

(一)總　　則

第 一 條：本社依柵美報導雜誌社章程，發行柵美報導周刊，以配合新聞系學生媒介實務實習課程的需要，爲進入報業工作前預作準備。並發揚大學教育所培養的時代使命，透過社區周報的功能，爲木柵、景美地區的居民，提供新聞報導和輿論溝通的服務。

第 二 條：本社平時均以發行人（國立政治大學新聞系系主任）爲最高負責人，對外代表本社，對內督導一切業務，並設編輯人（指導老師）一人，負責實際課業實習與編務發行工作。

(二)組織系統

第一節　顧問團

第 三 條　顧問團（亦卽社務委員），設五至七名成員，除發行人、編輯人爲當然委員外，其餘由發行人就系內外敎授、學者專家、讀者、地區代表及關係人士等聘任之。除有特別規定或

決議外，顧問爲榮譽性工作不支薪津。任期由發行人決定。期滿後。 由發行人決定是否繼續遴聘。 顧問團可視實際情況、組織，以「柵美報導之友」一類讀者協會，幫助各項決策之擬訂，其組織及施行，由顧問團召開會議決定。

第 四 條：顧問採會議制，爲本社幕僚性質的研究單位，每學期開會一至二次，必要時得召開臨時會議，由發行人、編輯人共同主持。凡本社言論、報導、編輯、發行、廣告、印務、財政、公關及學生實習情況等業務及一切興革事項，均可在會議時討論。所獲結論，交本社研究後，**參考採納**。

第二節　編 輯 科

第 五 條：編輯科設編輯人一名，承發行人之命處理編輯科一切事宜，下設編輯人特別助理（召集人）一名輔佐之。編輯人下轄編輯、財務、發行、資料與編務行政五科，各科設負責人一至兩名，科員（編輯）若干人，執行該科工作。自編輯人以下，各職員（實習學生）一律給予「編輯」職別，內勤職銜係職務責任之區別。 在人事精簡原則下， 各編輯（實習學生）得兼任與輪值各類職務。

第 六 條：編輯科之職掌如下：
編輯計劃之擬訂、版面之設計、編輯、美工、採訪計劃之擬訂、採訪網之配置、新聞、專題、特稿之採訪、整理及撰寫、 圖片之拍攝、外稿之徵求及編排、以及各個版面之校對。

第三節　財 務 科

第 七 條：財務科設經理一人，承發行人、編輯人之命，處理一切財務事宜。其下得設廣告、出納二組，各設主任一名，必要時得

設組員若干人，協辦業務，分掌下列事項：

綜攬一切財務之收入、保管、處理及支出，各類財務、會計報表之訂製，廣告編排登記及收費，訂報客戶的收費，職工薪津、廣告佣金的支付，稿費核發，物品的購買，帳單報銷。其他財務的支核，廣告、客戶業績統計，以及廣告客戶之聯繫，業務之推廣與設計。

第四節　發　行　科

第 八 條：發行科設主任一名，承發行人、編輯人之命，處理發行科一切事宜，得設科員若干人，協助發行、推廣、零售、寄賣等業務，分掌下列事項：

發行計畫之擬訂，訂戶之招攬、推廣，訂戶資料之保存、整理、刊物之發行、寄賣，印務問題之處理，聯繫讀者，提供可能服務活動，同業之聯絡，內部意見之溝通，公文書函之擬撰、繕印、寄發，以及各類對外交際事宜等項。

第五節　資　料　科

第 九 條：資料科設主任一名，承發行人、編輯人之命，處理資料科一切事宜，得設科員若干人協助業務，分掌下列事項：

柵美報導（每期留三十份，以備裝訂合訂本）與各類新聞之剪存歸檔，區里、新聞採訪單位、單位負責人及採訪對象資料之蒐集、編彙、歸檔、保管及供應，新聞線索、特欄、專題、副刊與圖與文等內容之設計及提供，通訊員之聯繫及通訊稿之處理，言論稿件之撰述、專欄、專題、專訪分類索引之編列。印信之典守及各類合約檔案之保管，讀者投書及更正函件之處理，新聞比較與各版錯字之檢查，印刷廠之錯誤紀錄。

第六節　編務行政科（編政）

第 十 條: 編務行政科設主任一名，承發行人、編輯人之命，處理編政
科一切事宜，得設科員若干人協助業務，分掌下列事項：
社內一切庶務之綜合整理，編輯部用品之供應，資材之保管
及登錄，開會議時簽到及簽到簿之管理，賓客之接待，會議
記錄及有關事件之處理，實習學生報到，職工聘調、辭退等
簽報，有關本社規章之擬訂、修正及公布，法制文件契約之
擬訂及處理，員工福利事項之處理，值班與往來電話之處
理，本社物品之維修及清潔事項，與宣傳、推廣之協辦等一
切事宜。

第十一條: 本社組織系統如附表(一)。

(三)學生實習

第十二條: 新聞系學生（政大，下同）經修畢該系「新聞採訪寫作」
必修課程（中文，下同），成績達合格標準，經編採科目教
師安排，本社發行人同意，得在三年級始業前之暑期月份起
（通常為六月份），分批按期次到本社實習，作為修讀「媒
介實務」一科學分。每人上、下學期各實習一次，每學期以
四小時兩學分計，共四學分。為方便交接起見，實習以期次
計算。每次實習時間，原則上視各組銜接情形而定，以四至
五期為準；導師有絕對決定之權，必要時導師尚得令全組或
個別同學延長實習時間，以符合實習的意義。實習期次的分
割，可在編採科目老師分配安排學生進入本社實習之前，經
過協調而作出適當安排，實習學生應遵從老師決定。

第十三條: 轉系生未修讀編採課程，或只修讀部份編採課程，經編採老
師同意，可作專案處理，到本社實習。惟實習期次，應作適

當延後，令有機會在實習前修畢更多編採課程。

第十四條：　必修編採科目中，有成績不合格者，須經授課老師書面同意，以專案處理，方得到本社實習。

第十五條：　其他學系學生，修畢必須編採科目，經授課老師同意，本社仍有實習名額空缺，以專案方式通過後，得修讀「媒介實務」一科，到本社實習。

第十六條：　實習前，本社得給予全體或分組四至八小時講習，參與同學均須一律簽到出席，否則作缺席論，指定之參考書籍，亦應先行閱讀，導師於講課時，將隨堂抽考。必要時，並得要求實習同學，先行提交參考書之「讀書報告」，方得進入本社實習。

第十七條：　實習成績欠佳之學生，得予重修、或延長實習時間，並得作為往後「業務實習」分發標準之參考。

第十八條：　凡參與本社撰稿或某項工作之各年級同學，經老師同意後，其成績或表現，可給予操行或相關科目成績之加分；貢獻特大者，本社並將作專案獎勵。

第十九條：　實習成績之評定，以實習期間之表現、實習報告及考試成績等項為計分標準。惟各項分數比例、考試方式及次數，導師有充分決定之權。

第二十條：　學生實習時所擔任各類行政職務，由安排學生實習之老師指派，但若經老師同意，此等職務可由實習學生自行選擇分配，或經由推選、協調而產生。實習時所擔任之各類職等工作，係實習過程之一部份，屬義務性質。各職級除履行本身職務外，尚應執行由發行人、編輯人交辦有關社務事項。

(四)附　則

第二一條：爲使學生實習順利進行，在某些職位中，如財務情況許可，得設立「半工讀生制度」，任期一年，每月支付工讀金。半工讀生所擔任之職位，屬轄工作及工讀金，悉由發行人或編輯人決定。

第二二條：本社言論方針之研擬，由發行人、編輯人會商決定，交編輯科執行。

第二三條：學生實習守則另訂之。

第二四條：本社印刷業務，暫由印刷廠代印，其有關印務、合約等事項另訂之。

第二五條：本社各單位辦事細則另訂之。

第二六條：本組織規程經發行人核定後施行。

第二章　實習專業精神守則

(1)「媒介實務」係政大新聞系的必修學分，柵美報導實等同新聞系的「成功嶺」，亦可視同「入伍教育」或「在職進修」。凡我新聞系的同學，應本「良心事業」的精神，全力以赴，磨礪以待。

(2) 各同學經編採科目老師分派實習期次之後，全組應即召開多次實習會議，做好各項準備，多留意柵美報導與各大報章的線索。尤其是各報的地區新聞，預先擬定特寫分專題的可能題目，並應多與負責柵美報導導師聯繫，聽取導師意見。

(3) 柵美報導之實習，雖以三年級為主幹，然全系同學實應戮力協助，尤其在線索之提供、廣告及發行之推廣方面，更應自動自發抱著「一切為柵美」的胸懷，以獲得更良好之表現，服務柵美民眾，發揚本系傳統精神。茲列舉各年級之配合工作如後：

A、一年級同學應以協助編政、發行、推廣及各項庶務，並提供校內新聞為主。其組織與工作分配，應由班代表與全班同學策劃施行。

B、二年級同學除各項協助外，應在新聞特寫及其他校園新聞之採訪方面予以配合。

C、非值實習期次之三年級同學，應盡力協助實習期中之同班同

學，例如介紹採訪關係人士，提供線索等。交接後第一期編務，已實習完畢同學，尤須在道義上對於接手實習同學，分別給予大力協助。

D、四年級同學，亦應盡力提供既往經驗，並從各方面協助三年級同學。例如：相對實習月份之同學，與編採組同學應推舉負責人，透過組織分配，按月分批參與實習同學的輔導工作。例如編採組同學，每月分派兩人負責輔導值期實習同學的編採。又例如屬於一月份實習的四年級同學，應分批按期（例如每期兩人）輔導三年級一月份實習同學，二月份則相對地輔導三年級二月份同學，餘按此類推。

E、凡協助三年級實習同學而卓有貢獻者，本社將予以獎勵及表揚；並將事實提供班導師參考，作為提高操行成績之依據。所撰文稿，不論刊登與否，將報請編採科目老師參考，並可作為申請新聞事業獎學金時，評核採寫成績之依據。（政大新聞系新聞事業獎學金審核標準，於政治大學第四百六十次行政會議修正通過，實習成績佔百分之三十五。如未參加實習者，得以新聞學術研究活動成績，或上半學期之採訪寫作新聞稿、特寫稿、報刊發表之作品，或遴選圖文、作文等送審。）

（4）實習期次一經分配妥當，各同學應即按期實習，非有特殊重大理由，並獲得導師同意，不得擅自更改實習月份的全部或部份期次，否則一經查覺，立刻糾正。實習前之講習，各實習同學均得一律參加，無故缺席者，當缺課論。實習期間，應全神貫注，努力不懈，不應旁涉他務，或藉採訪與職務之便，有其他意圖，以致破壞團體聲譽，影響實習情緒。

（5）各實習學生必須依照安排妥當之路線採訪新聞，未經導師允准，不得隨意更改採訪路線。惟採訪路線可在導師督導之下，透過同組會議而協調分配。

（6）每屆交接之時，實習告一段落之同學，應將一切事項、線索向

開始實習之同學交待清楚，不得馬虎塞責；並應帶開始實習之同學至同一採訪路線之各單位起碼採訪一次，務求使之熟悉採訪環境，而又迅速建立人際關係。開始接跑新路線之同學亦應本著「每事問」的求知態度，向前任請教，不得潦草馬虎，以致失去新聞網絡。另外，剛開始實習同學，亦應抽空翻查線索簿、柵美報導及各大報紙資料，切實掌握自己路線的新聞發展。

(7) 實習期內之採訪、撰稿、簽到、交稿、補採、編輯、各項會議、送稿、校稿、取報、摺報、發行、貼報與各個職等之各項職責，均須按時執行，不得延誤、遲到、缺席與早退。倘因特殊重大事故而不克出席者，須事前徵得導師同意，並向編輯人特別助理報備。事後補假，除非有確實證據，否則不予接受。臨時生病請假，應有診病、或兩人以上的證明，並應立即親身或托人向導師及編輯人特別助理報備，以便調配工作。准假者應在導師同意下，設法請人代理其所應擔負之工作。請假原因消失，應立即銷假繼續實習。假期如超過一期以上，實習期次即應順延，以為彌補。

(8) 實習同學應恪守紀律，竭誠盡職，如有事故，應立即報告導師，不得欺瞞，隱而不告。

(9) 實習同學應團結一致，親愛精誠，和衷共濟，苟有意見或檢討，應基於事實，作理性論辯，不得妄生是非或有其他擾亂行為，以至妨碍社譽。

(10)實習同學對應負之責任，除照章辦理外，如遇未有規定，或已規定而不甚明確者，應商承主事者與指導老師意見辦理。實習同學對各職級所交辦之事項，應努力達成，不得推諉違背，如有意見應於檢討會上，公開研辯。

(11)實習同學於核稿、編輯、校對、摺報與發行等工作時間內，不

得擅離職守，以躭誤工作進度。如應辦工作，未能於預定時間完成，得加班完成之。如需配合整組工作進度，雖本身工作經已完成，未得導師允許，不得擅自離去，並應設法配合其他人員工作。送稿、校對、取報、寄報務必準時，以免延誤出刊時間。另外，在實習期間，如不親往採訪，以抄襲其他刊物塞責者，一經查覺即刻取消實習資格，並飭令於下學年度方得重修。

(12)如遇假日得提前編採進度，或臨時發生事故，在得到通知後，應立即履行指示，不得延誤。惟假日之工作時間，可以調整，經導師同意後施行。(假日編務工作另訂於早上九時開始。)

(13)不屬於自己職等之帳表、卡片、文件與檔案等，非經導師准許，不得任意翻閱或供人閱覽，亦不得擅自取出，攜往他處。除編印程序外，非經准許不得無故讓他人翻閱或刪改本社稿件。使用本社各類印章，或以本社名義對外通信，應先行向導師報告，並取得同意。經導師批署後之稿件，任何更改均應先得到導師同意，改後再經導師過目；否則除發行人外，其餘人等一律不得擅自刪改或更換文稿。

(14)遲到 (十分鐘)、早退 (十分鐘)、缺席、曠職與事假、病假等，一律由編輯人特別助理登記在案，作為到勤專業精神之考核。各生亦應於實習報告上註明，不得隱瞞。

(15)本守則所謂之議處分下列七類：

A. 申誡。B. 扣實習分數。C. 賠償損失。D. 延長實習期次。E. 報請教官、班導師或系主任 (發行人)，作為操行分之評鑑。F. 報呈訓導處處理。G. 重修「媒介 (報刊) 實務」。

(16)實習學生如有突出表現，本社將予獎勵，其種類有：

A. 口頭或文字嘉獎。B. 加實習分數。C. 發給獎金、獎狀或獎品。D. 報請教官、班導師或系主任 (發行人)，作為操行分之評鑑。

(17)議處與獎勵，由導師或發行人報備執行。

(18)本社優良記者、編輯與校對之表揚獎勵細則，另訂之。

(19)本章則有未盡善處，得隨時修訂之。

附表一　柵美報導組織系統表 (The Cha Mei Weekly Organization Chart)

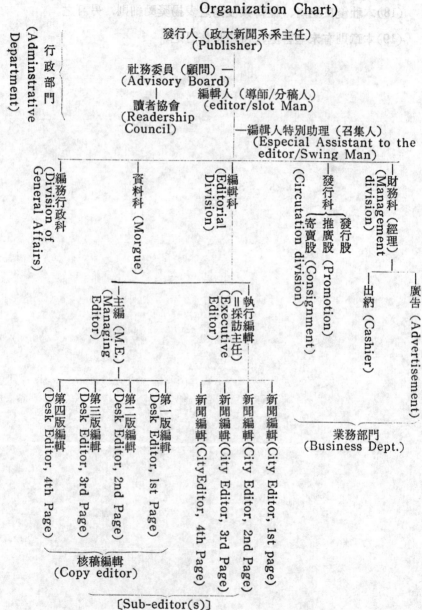

發行人（政大新聞系系主任）
(Publisher)

社務委員（顧問）—
(Advisory Board)

讀者協會
(Readership Council)

編輯人（導師/分稿人）
(editor/slot Man)

—編輯人特別助理（召集人）
(Especial Assistant to the editor/Swing Man)

（行政部門）
(Adminstrative Department)

編務行政科
(Division of General Affairs)

資料科 (Morgue)

編輯科
(Editorial Division)

發行科
(Circulation division)

財務科（經理）
(Management division)

主編 (M.E.)
(Managing Editor)

執行編輯
（＝採訪主任）
(Executive Editor)

寄賣股 (Consignment)
推廣股 (Promotion)
發行股

出納 (Cashier)

廣告 (Advertisement)

第一版編輯
(Desk Editor, 1st Page)

第二版編輯
(Desk Editor, 2nd Page)

第三版編輯
(Desk Editor, 3rd Page)

第四版編輯
(Desk Editor, 4th Page)

新聞編輯(CityEditor, 4th Page)

新聞編輯(City Editor, 3rd Page)

新聞編輯(City Editor, 2nd Page)

新聞編輯(City Editor, 1st page)

業務部門
(Business Dept.)

核稿編輯
(Copy editor)

〔Sub-editor(s)〕

第三章　小螺絲大貢獻

　　小型周報裏每一名成員，就如一部機器的各個小螺絲一樣，體積雖小，但若缺少了其中任何一顆，機器就會轉動不起來。本章試以政大柵美報導組織系統爲例，特就各個職位的工作範圍，作較仔細與明確的說明。

(一)編輯人特別助理 (召集人)

　　編輯人特別助理❶一職，等同報社分組 (版) 召集人或採訪主任；對柵美報導實習同學而言，等同大專生在成功嶺受訓時，由隊友推選管理內務之 「內務班長」。除了達成編、探的任務外，編輯人特別助理的主要附加職責，在安排和推動實習上的各項事宜，與乎協調、溝通內部的意見和工作。其各項工作的大略範圍如下：

　　(1) 與導師 (編輯人) 聯絡❷，協助實習同學，履行實習之一切守

---

❶　如係對內刊物 (Home Publication)、或校刊(School Publication)
　　一類，編輯人特別助理應等同社長、副社長一類職位。

❷　導師 (編輯人) 在實際編務權責，則如各報之總編輯一樣——(1) 決定與
　　執行編輯政策及方針。(2) 指導及監督編輯部所屬各個部門的工作。(3)
　　新聞採訪路線的布置。(4) 新聞編刪取捨，報導內容及登載地位的最後決
　　定。(所有稿件均應經過導師核閱簽署後，方能刊載。) (5) 標題的審核
　　和修改。(6) 新聞版面的支配與調節。(7) 決定社論的內容與文字修改。
　　(8) 廣告版面之抽調。(9) 編輯部所屬各個部門人員的任免、調度、考核
　　及一般行政工作。

則，以迅速完成導師所交辦之各項事宜；反映實習同學之意見，並將實習期中各項情況，隨時向導師報告。

(2) 編列「實習工作、職務分配表」❸，主持職務和編採會議，並與準備交接之同學聯繫，俾便繼續各採訪路線進行，藉收豫立之效。

(3) 調配各項工作。另外，實習同學如遇有困難或須請假，應卽同時告知導師及編輯人特別助理。惟除遇有特殊原因（例如，無法與導師取得聯繫），否則，編輯人特別助理，只有獲知之權，而決定與核准之權仍在導師。若各職位發生重疊時，卽應立刻機動地調配人手補充，協助各項工作進行。

(4) 主動發掘、提出與檢討各項問題，並速謀改善。

(5) 主持各項編務會議，推動同學積極參與各種工作❹。

(6) 採訪簿 (Future Book) 之保管，款項之支領，與「新聞曆」之編製。

(二)執行編輯

執行編輯工作，等同採訪主任。他的主要職掌為——

(1) 協助編輯人特別助理，執行編輯計畫，設計版面，擬訂、分配及布置採訪路線，提供採訪線索，分發並收回線索單，交編輯人批閱後發回給實習同學❺。

(2) 推動實習同學履行採訪任務，準時交稿並且登記字數，作為將

---

❸　「實習工作、職務分配表」，應包括實習時各種事項。例如：(1) 作業程序與完成時間。(2)各種須知守則，如「訂戶（校內機關）發報」（Home Delivery）地點及張數。(3) 職務分配。(4) 各版值編版面及期別。(5) 採訪路線之劃分。(6)指定作業（綜合版、特寫版）實習期別之分配。(7) 諸如發稿到印刷廠、取報、寄報與發報等其他工作之安排。

❹　諸如線索 (hint) 會商、工作檢討、報紙發行等之類活動。

❺　線索單由執行編輯負責分發，由撰稿編輯在開編務會議提出採訪線索時填寫，並於每周檢討會時，交給導師評核，再由執行編輯發還。線索單應附於實習報告內，作為評核分數準則之一。

來核對。

(3) 審閱稿件，處理其中：(A) 內容不確實、有欠邏輯，吹牛、誇大、別有用心，或可能引起法律責任之「新聞」，(B) 報導不清楚，須要加以補充查證之新聞，(C) 報導前後相反、矛盾或重覆之新聞，(D) 內容係抄襲其他刊物，企圖混騙者，(E) 新聞重大，需要增加字數、擴大採訪者。

(4) 與廣告經理聯絡，獲知各版新聞版面大小。

(5) 控制、計算各版字數，使版面稿件不缺，並負責外稿之徵求，以及外來稿件之審核及改寫工作❻。

(6) 指派「圖與文」一類圖片拍攝。

(7) 協調評論與諸如法律常識等一切方塊文章之撰寫。

(三)主　　編

主編的任務，等同分版編輯主任，他的任務如下：

---

❻ 小型周報為了某一目的、慶典甚或欲與讀者羣作進一步溝通，通常希望得到外人投稿，而刊發徵稿啓事。此類啓事內容，應申明以下六點：
一、稿件性質，例如學術性論著、時事問題、譯述（應附原稿，以便核對），書評及文藝創作。
二、稿件字數、文體、截稿日期及稿酬。
三、規定以有格稿件之一面繕寫清楚；稿件經採用後，轉載或作者自行出單行本，須經報社書面同意。
四、聲明編輯有刪改權；不願被刪改者，應於投稿時以書面聲明。
五、來稿註明眞實姓名及通訊地址，須以筆名發表者應註明，如能自附玉照一張，國民身份證影印本及一篇兩、三百字自我簡介更佳。新發表的文字，如係代表報社之見解，應註明作者自負文責（當然，縱然如此，若有問題時，刊物仍負有責任）。
六、收稿地點。
　　另外，小型周報另一種啓事，為假期休刊之類。比如，年假休刊兩期，則啓事之寫法如下：
　　本報啓事：本刊於春假期間，依例由□月□日至□月□日休刊□期。□期於□月□日照常出版，特此敬告讀者，並賀春釐。　　　　□□□□□啓

(1) 依照編輯工作要覽，先作稿件的初步審核、刪稿❼，進一步計算較準確的字數，並將稿件分給各版編輯處理。

(2) 協助分版編輯一切編務工作。例如整理編刪與改寫內文，製作標題，規畫版面，塡補稿件，以及美工貼版等等。

(3) 務令各版編輯，準時前往印刷廠，校對各個版面。

(4) 分版編輯完成畫版後，將該版稿件和版樣仔細核對一遍。（負責送稿到印刷廠的編輯，應把所有稿件從第一版第一則稿起，在稿紙上編號。例如：第一版第壹則新聞佔三頁，卽編上 1～3 編號，第二則佔二頁，則編上 4～5 編號，一直到最後一版，最後一則新聞爲止。如此可知稿紙總頁數，而不會遺漏。）

(四)新聞編輯

新聞編輯係撰稿人，亦卽等於記者，但因限於我國新聞法規定，故不稱之爲記者，新聞編輯任務如下：

(1) 準時採訪，按時上班繳交新聞稿件（不得延誤）。

(2) 提供有價值之獨家新聞及線索，擴大採訪網，並應與採訪對象與單位，建立起良好關係。

(3) 最好能用標題紙先作標題（尤其是分揷題），隨新聞稿件繳交，供分版編輯參考。

(4) 新聞圖片之拍攝。新聞不足時，立刻採訪補充。

(五)分版編輯

分版編輯爲每版之實際編輯。他從主編手中接受稿件後，在主編協助下，依編輯要覽的工作，仔細地審閱稿件，編排內容，計算字數，並從事製作標題，畫大樣等編務工作，以至於完成。另外，由於節省人手

---

❼ 文告、條例和命令等一類內容，不得刪改。

的關係，每版之校對，亦由分版編輯負責。

（六）資　料

資料室是記者每事問的「廟」，很多時候成爲「靈感之泉」。掌管資料的人，當擔負下述工作：

（1）柵美報導及各報相關資料之分類剪輯、存檔❽。

（2）新聞採訪單位、單位負責人及採訪對象等資料之蒐集與分類歸檔。

（3）閱讀社內各刊物資料，以期發掘新聞線索，並提供配合性資料。

（4）專欄、特寫、專訪等分類索引之編列。

（5）如無適當評論稿件可用，則應負責撰述。

（6）在導師指導下處理讀者投書及更正函。

（7）比較新聞報導及各版誤校漏校之處，供導師參考。

（8）通訊員之聯繫及通訊稿之處理（如有）。

（9）協同經理，典守各類印章。

（10）遇有其他刊物，引用本刊資料時，則應(A)將本刊新聞（註明日期）之剪報（或影印）一份，連同該刊物之「新聞」剪報（或影印）一份寄給新聞採訪單位，以示「凡經本刊報導新聞，並爲其他刊物所重視」，以增加本刊權威性。(B)將上述形式資料，貼於公告欄上，鼓勵士氣。

（11）每期保留柵美報導三十份，以備年終裝訂合訂本。

（七）編務行政員

---

❽　資料之剪報貼存者，稱爲「剪報資料」（Clippings）若係分類歸檔稱爲「資料彙編」（File）。國外曾有「報刊資料剪貼供應公司」（Clipping bureau)，將從報上的文章摘錄，寄給訂戶，頗類目前的電腦資訊公司。

編務行政員是使編務運行無阻的一個重要齒輪，一般工作大約有如以下數項：

(1) 社內一切庶務之綜合整理，標題紙、筆、墨等一切編輯部文具用品之供應、資財之保管。

(2) 會議記錄之整理、簽到簿之管理，已印稿件之收回、保管及註銷❾。

(3) 社內訂報及各類贈閱報章、刊物之收發整理，並收集刊物退件，交發行處理。

(4) 值班與往來電話之處理。

(5) 社內事品維修及清潔事項。

(6) 宣傳、推廣等事項之協辦。

(7) 賓客之接待，必要時尚應負責送稿及取報。

(8) 每周與地區水電供應處聯絡，以視是否有停水、停電事項，提醒區里居民注意，加強地方服務。

(八)發　行

發行雖係報社的主要「銷售」單位，但其他工作，亦不應忽視，諸

---

❾ 保留原稿和銷燬過時稿件，係編政人員不得疏忽之工作。據出版法第十五條規定，雜誌登載事項涉及之人或機關要求更正或登載辯駁書者，應自原登載之日起六個月內為之，逾期可不予受理。為防止上述之更正事項發生，在稿件用畢後，編政員應立即把各編輯原稿收回，捆成一卷，計算應該銷燬日期，並在紙面註明此日期，存放妥當。六個月後，由當值之編政員銷燬，從而審慎又有效地清理原稿，以免盈積過多，造成不便。每月當值之編政員，應於每週負責銷燬過時稿件一次。日期計算如下：假設係民國七十二年六月十八日星期六出版，則此期原稿銷燬日期，應係民國七十二年十二月十八日（每月以三十日計）。故應在捆紙表面註明：「72、12、18銷燬」字樣。

附帶說明的是，為方便撰稿人有切磋研究機會，校過大樣後之稿件，應由校對發還給撰稿人，俾有機會得知編輯與編輯人（導師）對稿件之修改情形，並在業務會議上，提出討論，加強寫稿能力。

如:

(1) 綜理報紙發行一切事宜，諸如訂戶名單的繕錄、發行封套、訂戶名簽之粘貼，訂戶資料卡之整理保存，及郵件退件之原因及地址查證等。

(2) 擬訂及執行發行計畫，包括訂戶之招攬、推廣❿，零售寄賣，報紙之派送及各處閱報欄之張貼。

(3) 與印刷廠交涉印務問題，並將每期對印刷廠檢討之資料，送交印刷廠，促其改善。

(4) 聯繫讀者，提供可行之服務，並與同業保持聯繫。

(5) 內部意見之溝通，以及各類對外交際公關事宜。

(6) 公文書函之擬撰、繕印及寄發。

(7) 刊物合訂本之訂製。

(九)經　　理

經理係報刊財務之「守門人」，工作範圍包括:

(1) 一切財務之收入、保管及核支。

(2) 各類單據之報銷與造冊保存，周、月、上半年度及年度財務報表之編列; 其中月報表，每月於公告欄公布一次。

(3) 資財負債表與收支損益表等類會計表之編列製訂（每半年一次），物品之購買⓫。

(4) 廣告編排登記、版面規畫、收費及佣金之支付。

(5) 訂戶款項之收入，車馬費、稿費及其他款項之核發（如有）。

(6) 廣告客戶之聯繫，業務之推廣及設計。

---

❿　推廣包括訂戶之爭取，增加寄賣商店，並與各區里及派出所交涉，多設立閱報牌。

⓫　就柵美報導來說，新臺幣五百元以下之開支，可由經理先支付再報銷，五百元以上，則應先由導師批准。

(7) 廣告客戶資料卡之編訂，並執行廣告規定條例。

　　各個職位均應在刊物編、印、校及出版前後，完成各個任務，並需簽到或登記，以列明工作情形及時數。

《附錄一》周刊排印稿件印刷廠廻文單

　　　　　　期　　　　　周刊排印稿件印刷廠廻文單　　　年　　　月　　　日

版　別	件　　　　　　　　　　　　　　　　數	核	對
第　一　版			
第　二　版			
第　三　版			
第　四　版			
製 版 圖 片			
備　用　稿	1.版□件　2.版□件　3.版□件 4.版□件　另□件備用		
備　　註			

送稿人：　　　　　　　　　　　收稿人：　　　　　　　　　　

稿件交收時間：　　　午　　　時　　　分

註：1.此廻文單應填一式兩份，由送／收稿人分執保存。

　　2.收稿人核對無誤，請以一「√」符號，填註於核對欄內。如有說明，請加填備註欄。

《附錄二》小型報刊驗收須知

　　於約定出版日期至印刷廠驗收印刷品，可依下列標準抽驗後，方簽署驗收貨單（驗收時應由印刷廠人員陪同驗收人員，共同驗收）。

　　(一)抽驗數量，每批印刷品得以隨機抽驗印刷成品百份之一至五（約），視印刷成品之多寡而定。

　　(二)抽驗項目：

　　(A) 用紙是否如合約所訂，大小開數是否無誤，磅數是否足夠（必要時可予秤量)？

　　(B) 最後清樣，是否已校出更正？

　　(C) 版面有否歪斜？關欄、廣告有否誤置？內文有否被隨意刪減？

　　(D) 版面有否髒點（例如紙毛)？空鉛有否凸出？

　　(E) 所用油墨是否如合約所訂？套印是否準確（最大誤差不得超過0.3mm)？圖片尺寸、網調是否正確？跨頁接版是否理想（左右頁中心點最大誤差，不能超過 1.5mm)。

《附錄三》小型周報到勤紀錄表（舉隅）

周報名稱＿＿＿＿＿＿＿　持用人＿＿＿＿＿＿＿

＿＿＿＿月＿＿＿＿日　星期＿＿＿＿＿＿＿第＿＿＿＿＿＿期

事　　　　由		
應　到　時　間	時 AM/PM	分
到　勤　時　間	時 AM/PM	分
說　明　事　項		早
		退
		□

簽署者＿＿＿＿＿＿＿＿＿＿

說明：

　　1.此表於每次到勤時，應自行將內文塡好，由負責人卽時簽署。

　　2.凡於到勤時間內，遲到、缺席、或早退，應在「說明事項」說明原因，事假或事後補署，必須由編輯人親自簽核。

　　3.如是實習同學，此表應附於實習報告上，作爲「專業精神」考核項目之一。

《附錄四》小型周報繳稿字數紀錄表（擧隅）

月　日　期		應交字數	實交字數	欠交字數	負責人簽署
版	1				
	2				
	3				
別	4				
備 註					

說明：

1. 每次交稿時應先將內文塡好由負責人簽署。

2. 凡欠交文字者，應在備註欄說明原因。

3. 如是實習同學，此表應隨實習報告一併繳交，作爲實習成績考核項目之一。

《附錄五》我國報社現階段的一般組織

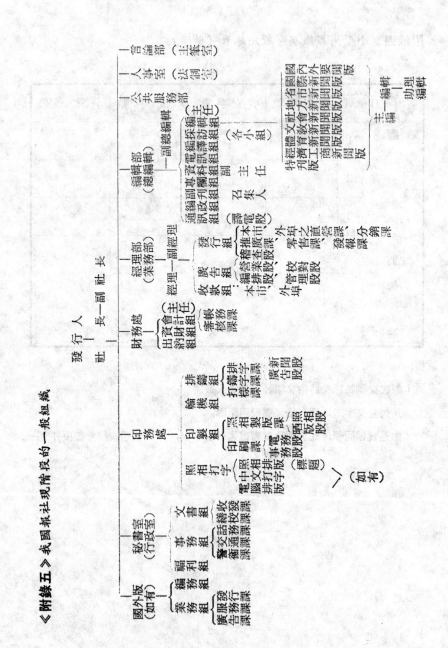

≪附錄六≫國內一般雜誌組織系統

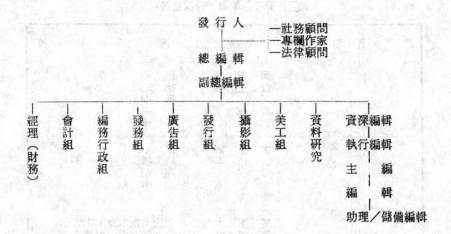

《附錄七》柵美報導實習職務及採訪範圍分配表（舉隅）

□月份柵美報導一般採訪路線

姓　名	聯絡電話	負責區域（里）	機　關　學　校
		萬瑞、興安、興業、興義、興福	電信局、校、靜心中小學、派出所
		博嘉、頭廷、富德、木新、木榮	景文工商、木柵國中、木柵高工
		木柵、指南、木盛、萬興、老泉	衛生所、木柵區公所、木柵農會、木柵分局、東南國中、木柵國小、指南國小、大誠高中、政大實小、北政國中
		景文、景南、景行、景華、景東	景美分處、稅捐稽徵處、戶政事務所、景美衛生所、景美分會、景美區公所、景美農會、景美國小、景美國中
		興邦、萬祥、興旺、萬有、興豐	民眾服務社、溪口國小、興福國小
		樟樹、樟木、樟新、樟腳、明義、順興、明興	再興中學、實踐國小、力行國小、景美女中
		興昌、興泰、興光、興得	國軍子弟教養院、財務學校、警察學校、中國工商專、興德國小、興隆國小

機構	社區（線）		
萬芳國小、萬芳國中、國宅管理處、社區工務所、守望相助委員會	萬芳社區		
政大、公企中心	政大線		
滬江高中、師大分部、武功國小	萬康	萬全、萬盛	萬和、萬年
青邨、中山小學、世新、實踐國中、永建國中、考試院	樟林	和興、肇興	試院、華興
志清國小	景德、萬隆	景慶、景順	景仁、景美

□月份柵美報導分版編校

版次＼期次	一	二	三	四
綜合				
地方				
文教				
特寫				

□月份柵美報導專欄寫作

項目＼期次	一	二	三	四
每週一里				
我思我見				
短評				

□月份柵美報導職位分配表					
召集人	執編	主編	資料	發行	編政

□月份柵美報導工作分配表

工作	送稿	取報	寄報	發報
姓名				
工作提要	週三 8:00 AM　送至海天	週五 4:30 PM　送至新聞館	週五 7:00 PM　至木柵郵局	週六 9:00 AM　發完

□月份柵美報導分版採訪路線

一、三期	綜合撰寫	1	2	3	4	5	6	7	8
一、三期	特寫撰寫								

《附錄八》小型周報採訪線索單形式舉隅

（周報名稱）＿＿　期＿＿＿＿月＿＿＿＿日

編輯人意見：	提供者 / 採訪者	題　　　　問	何人 / 體裁 / 字數	何時 / 何地	何事

《附錄九》柵美報導專業精神評量卡

姓名:_____ 期次_____ (月 日)

評量者 \ 等級 \ 項目	職 務 表 現	專 題 採 訪	例 常 採 訪	團 隊 精 神	總 體 表 現	備 註
自 我 評 量						
同 儕 評 量						
導 師 評 量						

評量者簽署:_____ / _____
(月 日) (月 日)

說明:

(1)此量卡每周(期)分別評量一次,分四個細項及總體表現評量。除自我評量外,並由同期實習之任一位學員(每次應不同人選)及導師同時擔任評量人及填簽此表。

(2)評量等級分為A(特優)(應於備註欄註明原因)、B(良)、C(平常)、D(不合標準)四等第(應於備註欄內說明原因)。

(3)所有評量卡應貼於實習報告內,隨報告附文,供導師給分參考。

第四章　編印時序表

第一節　櫛美報導編輯室編印時序

小型周報之印行，其時效雖不若日、晚報之「差之毫釐，謬以千里」，但「截稿時間」(Deadline) 之要求，與各項工作之準時完成，仍為不渝守則；否則，極可能躭擱了刊物之出版日期。

玆試以周報與雜誌月刊為例，概略說明兩者編印作業的時序。

小 型 周 報 編 印 時 序 表

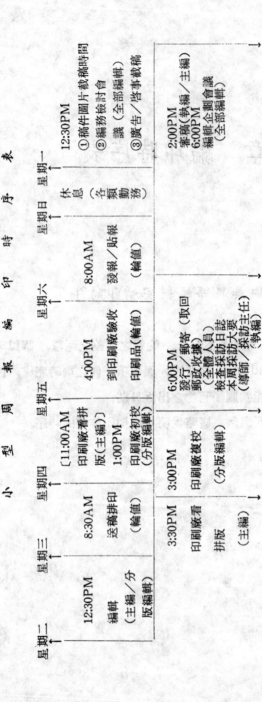

星期二	星期三	星期四	星期五	星期六	星期日	星期一
12:30PM	8:30AM	〔11:00AM 印刷廠看拼版（主編）〕 1:00PM	4:00PM	8:00AM		12:30PM
編輯 （主編／分版編輯）	送稿排印 （輪值）	印刷廠初校 （分版編輯）	到印刷廠驗收 印刷成品（輪值）	發報／貼報 （輪值）	休息 （各類動務）	①稿件圖片截稿時間 ②編務檢討會議（全部編輯） ③廣告／啟事截稿
		3:30PM 印刷廠看 拼版 （主編）	3:00PM 印刷廠複校 （分版編輯）	6:00PM 發行／郵寄（取回） 郵政收據 （全體人員） 檢查採訪日誌 本周採訪大要 （導師／採訪主任） （執編）		2:00PM 審稿（執編／主編） 6:00PM 編輯企劃會議 （全部編輯）

說明：

1. 此表係以星期六出版之小型周報驗排作業所需之時間，兼顧學生之課業為主，其餘時間應進行採訪、搜集資料、撰稿及貼封套等各項內外勤工作。

2. 上述工作時序，一律不能延誤，並應簽到或記錄作業時間。

3. 編輯人特別助理（召集人）於星期一、星期二、星期五等三天，除出席必要會議外，應於審稿、編輯、發行及其他工作上，一一予以協調，編政尤須於編務展開前備安各項文物用品。

4. 除編務、企劃會議外，導師於星期一下午 3:30，星期二下午 2:30，星期四下午 3:30，星期五下午 6:30 到場指導同學作業。

編輯室工作時序表之解釋

星 期 一

12:30PM　△全體撰稿人（新聞編輯）交稿。

　　　　　△編務檢討會議：由各負責人及撰稿人分別提出意見，檢討上一期
　　　　　　編、採、寫、廣告、發行、編政、到勤與專業精神等各方面之得
　　　　　　失。報告本期採訪情形，俾能控制稿件之質與量。

2:00PM　　△執行編輯／主編審閱稿件。

4:00PM　　△編輯人（導師）複閱稿件。

6:00PM　　△編輯企劃會議：全體撰稿人（包括美工及攝影等人員）應準時到編
　　　　　　輯室，向執行編輯查詢稿件是否需要補充或重寫。／決定本期報導
　　　　　　方針與編輯原則，各編輯應提供各版採訪線索，線索單並應於下一
　　　　　　次企劃會議時交編輯人（導師）審核後，發回保管並附於實習報告
　　　　　　上。／廣告主任報告本期廣告版面大概。／社論題目及取向之商討。

星 期 二

12:00以前　△編政做好準備工作。

12:30PM　△重寫／補採稿件交稿。

　　　　　△主編／四版編輯作版面初步規畫。

1:00PM　　△廣告主任將各版廣告版位（版樣）送交各版主編。

1:30PM　　△各版編輯將選好之頭、二、三題連同附有稿件，送交編輯人審閱，
　　　　　　作最後取捨。

2:00PM　　△撰寫新聞標題。

3:00PM　　△劃版樣。

5:00PM　　△編輯人審閱各版標題及版樣。

6:00PM　　△編輯工作完結。

（如遇假日，各項工作時序可作彈性調整）

星 期 三

8:30AM △負責送稿排印者，應在 8:30AM 之前，將稿件送交印刷廠排印，
填好並取回印刷廠收稿廻文單。

2:30PM △各版主編與印刷廠負責人聯絡，以明瞭版面檢排情形。

3:30PM △若版面已檢排妥當，該版主編卽應到印刷廠指導拼版（如時間容
許，可作初校）。

星 期 四

〔11:00AM △主編到印刷廠指導其他未完成之拼版。（如時間容許，可作初校。）〕

1:00PM △分版編輯到印刷廠初校。

3:00PM △分版編輯複校。

星 期 五

4:00PM △負責取報者到印刷廠取報。驗收印刷品時應切實抽驗印刷品拾伍份
（例如查看最後一校之校樣，審視是否已經改正過來），然後方予
簽字驗收。如有瑕疵，卽應在驗收單上紀錄在案或拒收。

5:00 以前 △封套、標籤全部貼好。

6:00PM △疊報、發行、郵寄、交採訪日誌。

星 期 六

8:00AM △校內外閱報欄（牌）貼報。
校內外各有關單位派發印刷品。

說明:

1.各刊物應參照本身刊物特點、頁數、日期、和出版期數，將作業時序，作彈
性修正。

2.注意假日的工作延誤。

3.準備每期月刊出版，以 45 日左右，最爲理想。

第二節　雜誌編印作業時序表擧隅

（設新出月刊於 4 月 26～28 日首次出版 5 月號第 1 卷第 1 期創刊號刊號兩萬本）

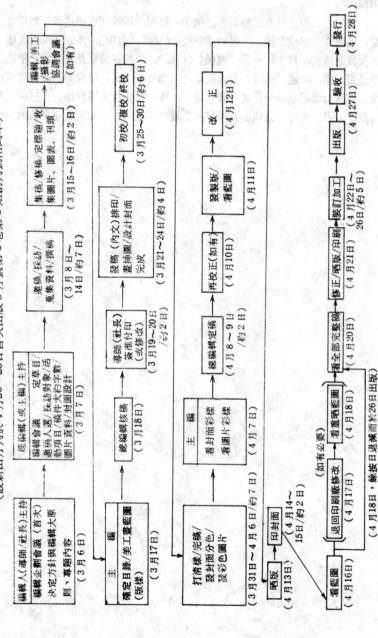

附釋:

　　雜誌之校對一般會比較愼重。例如由校對、編輯（或撰述者）將正文、標題、與照片「二校」後，方開始「三校」（又叫「複校」，亦卽「開版校樣」）。三校後之淸樣，再要印一份「機樣」（校版），以檢視裝版是否有誤，墨色、印壓是否正常，版邊（規線）有否散亂，字面有否不淸，版位是否貼妥等項，而後方連同封面看最後一校之「審核樣」，待一切妥當方簽付印。在三校之前如有缺字，可以先用「複印字」代替，但看審核樣時，一定要看「完整稿」。

第五章　實習報告之寫作方式舉隅

凡參與校園與社區刊物編採之學生，不論其為自願參與，或係選修學分，均應在實習之後，向編輯人（導師）繳交實習報告一份，做為實習期間的一個總檢討，好將點滴的苦樂，串成永恒的記憶。

茲以柵美報導實習報告的寫法為例子，闡說此種報告的寫作內容及方式。

一、每期實習報告內文❶，　字數約在五千字左右（不包括各類剪

---

❶　每期實習報告，應於實習期滿後兩星期內，送交編輯人（導師）評分。評分標準，以下列的比例為依據（暫擬），惟導師對此一準則，有充份權力，作彈性調整——

　　　　　　　專業
　　　　　　　精神 { 40%

　　　稿 { 質（優劣）20%
　　　件 { 量（字數）10%

　　　　　　編校 { 編20%
　　　　　　　　　校10%

　　（十）
　　────────
　　總成績：　　100%
　　廣告優：加分
　　發行優：加分

廣告與發行之優良與否，　由導師據實際業績評核。　另外，　倘若經導師評核，認為專業精神太差，不足以評核分數，則專業精神一項，可作零分以下之負分計算，並飭令此科補考或重修。

報、附件)，裝訂成册，以原稿紙（六百格）直行書寫。條目分明，字要清晰易懂，不得潦草。原稿紙對疊，並編頁數。

二、第一頁應爲封面，亦卽「標題頁」(Title Page)，採中式直寫，其形式如下：

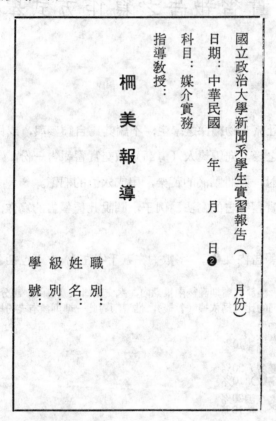

三、第二頁爲空白頁 (Blank Page)

四、以後依次爲：

A. 目次頁 (Table of contents)，包括

a. 各節 (parts) 的標題。除次標題外（如有的話），一律標上頁
數，例如：

目　次

引言（到柵美實習的意義）.............一

一、編輯經驗.............三
　（1）標題的製作
　（2）版面的控制

二、.............五

b. 參考書目 (Bibliognaphy)（如有）

c. 各種附件 (appendix)

B. 正文 (Main Body of the report)：包括

a. 實習月份，期數起迄。所擔任過的職務，工作過程及心得。

b. 探訪的經歷，探訪周記，指派探訪及專線探訪之發稿字數、心
得，傑出的探訪，失敗的探訪，有趣之事，見報字數以及兩者

比率❸, 三欄題以上的新聞有多少次, 與獨家新聞有多少次等。

c. 寫作上之經驗。例如寫作形式的探討, 速度, 認爲寫得最好與最待改進篇目, 並分析原因。

d. 編輯工作的經歷及心得。編得最好的是那一期版次, 失敗的又是那一期版次, 爲何失敗? 圖與文攝製。

e. 校對工作談。有多少錯誤, 錯誤原因何在?

f. 感想與建議 (總檢討)。

C. 註釋 (Footnotes) (如有)。

D. 附件包括——實習剪報, 線索單(並註明有那些線索並沒有達成任務, 原因何在?), 校樣, 到勤表, 以及其他附件。

E. 對柵美貢獻。例如所發的新聞, 爲別家報紙抄襲、引用, 或擔負額外工作之類。

F. 自我專業精神考核。例如: 交稿是否準時? 不準時原因何在? 到勤情形? 有否請假? 如有, 原因何在? 同學相處如何? 送稿, 送報, 取報, 貼報, 貼封套與服務等, 有否一一圓滿達成任務?

G. 廣告客戶名單及剪報。❹

H. 訂戶名單, 簡單地址及款額。

---

❸ 比例計算公式如下:

$$見報字數比率 = \frac{見報字數總量}{發稿字數總量} \times 100\%$$

❹ 參與實習的同學, 最遲應於實習期間內 (最好提前), 完成廣告與訂戶的最低業績要求。此係指導老師評核分數的先決條件。未達此業績, 視作未完成實習的要求論。必侯上述兩項業績達成後, 方于評核分數。倘實習同學未能呈交業績, 或擔擱日期, 侯錯過送分教務處時限, 則實習同學自行負責。

《附錄一》報告中的註釋，應依下述格式爲之❶：

一、在文中的引註——

A. 中文書刊：

徐佳士（民國五五年：六～八）

B. 英文書刊：

宣偉伯（Schramm, 1963）

狄弗勒（De Fleur and Ball-Rokeach 1957:12-13）

二、參考書目的引註

A. 中文部份❷：

(1) 書　　類

徐佳士（民國五五年）：大衆傳播理論。臺北：臺北市記者公會。

(2) 翻譯書刊

宣偉伯、余也魯（一九七七）譯述：傳學概論——傳媒、信息與人。香港：海天書樓。

(3) 編　譯　類

徐佳士（民國六一年）編譯：大衆傳播的未來。臺北：臺北市記者公會。

(4) 論　　文

袁良（民國五一年）：「中美報紙編採制度之比較研究」。（國立政治

---

❶ 註釋有兩種。一種爲補充和解釋內容說明的「內文註釋」(Content Foot-note)；另一種爲說明資料出處的「書目註釋」(Reference Footnote)。此處的簡例，係以書目註釋之常用者爲主，如欲更進一步研討，可查閱各種學術論文規範，研究報告寫作等類手册 (Style Book)。

❷ 參考書目的排列，英文部份按字母的順序，中文部份則按姓名筆劃多寡及年份的先後排列。

大學新聞研究所碩士論文，未發表。）

(5) 報 紙 類

張灝（民國七〇年）：「再認識傳統與現代化」，臺北：中國時報第三版，五月四～五日❸。

(6) 超過一人編、著書類

林啓昌、林俊偉（民國六七年）編著：新聞編印技術。臺北：五洲出版社。

(7) 叢 書 類

江炳倫（民國六二年）：政治發展的理論（人人文庫一八三～四）。臺北：商務印書館。

(8) 論 集

徐佳士（民國五六年）：「麥克魯漢的傳播理論評介」，新聞學研究。臺北：國立政治大學新聞研究所，第一集。

(9) 作者係團體或機關

中央銀行金融業務檢查處編 （民國七十年）， 金融機構業務概況年報。臺北：編者印。

(10)多卷作品

薩孟武，中國社會政治史(民國六五年)，四冊。臺北：三民書局。

---

❸ 著作者不可考，則用如下方式：
「從聯考談教育設施應有之變革」，民眾日報，民國六二年九月二日，第二版，社論。
如係特刊、增刊、或附刊則應用如下方式：
賴光臨，「不必等到公元二千年──談新聞事業的新開創」，聯合報，民國七二年九月十六日，聯合報創刊卅二周年社慶特刊：多元化現代社會，多元化新聞取向，第十五版。
至若作者、出版者、出版地或日期不詳時，可以下逑條目代替：
「作者不詳」，「出版者不詳」，「出版地不詳」，「出版日期不詳」等。

二: 四二。

(11)期　　刊

鄧辛未,「中國大陸人口問題」,東方雜誌復刊第十七卷第一期 (民國七二年七月): 四八～五六。

(12)二手資料之引註

董作賓,「中國文字的起源」,大陸雜誌第五卷第十期 (一九五二年十一月): 三九四。轉引自錢存訓, 中國古代書史 (又名: 書于竹帛) (香港: 中文大學, 一九七五年),頁三七。

B. 英文部份

(1) 書刊類

Schramm, Willur

1964　*Mass Media and National Development*. Stanfond:
　　　　Stanfond University Press.

(2) 同一作者之引註 (以 Schramm 書爲例)

1973　*Men, Messages, Media*. New York: Harper and Row.

(3) 合著書類

Silbert, Freds, Peterson, Theodore, and Schramm, Willur

1956　*Four Theories of the Press*. Urbana: University of
　　　　gllinois Press.

Suedfeld, Peter(ed.)

1972　*Attitude Changes the competing Views*. Chicago:
　　　　Aldine.

(4) 書中之章節

Schramm,　Willur

1965 "Communication in Crisis," in Bradley S. Greenberg Eduin B. Parker(eds.), *The Kennedy Assosination and the American Public: Social Communication in Crisis*. Standford: Stanfond University Press.

(5) 期　刊

Adorno, T. W.

1945 "A social critique of radio Music," *Kenyon Review,* 7:208-217.

Benton, Marc and Jean Frazien

1976 "The agendasetting function of the Mass Media at three levels of information holding", *Communication Research,* 3:261-274.

(6) 二手資料引註

Archer Butler Hulbert, Pontage Paths (Cleveland: Arthur H. Clark,1903), P.181, quoting Jesuit Relation and Allied Documents, Vol.5, n.41.

第六章　工作績效的獎勵

　　幾乎所有媒體，都定有各種獎勵辦法。就報刊雜誌而言，較大規模的機構，不但設有採訪獎與選舉模範記者，即對編輯、校對、編譯與資深職優記者，亦各有獎勵、資助進修等法則。

　　小型周報基於財力所限，自是不能與已具規模的媒體組織看齊。不過，合理而積極的獎勵，不論榮譽或實物，直接或間接，總會提升士氣。因此，擬定公平、合理的獎勵辦法，有其必要。

　　本章是以「柵美報導專業精神獎勵辦法」為例，說明訂定此種獎勵法則的大概內容，並附錄員工考績評核辦法與校對考核辦法，用窺全豹。原則上專業精神獎，是採混合的推選型態，以適應柵美報導社本身的運作系統。其他小型周報，亦可採用彈性內容，擬定不同法則，從而達到鼓勵工作人員的目的。

國立政治大學新聞學系柵美報導獎評審辦法

民國七十三年十一月訂定施行

　　一、國立政治大學新聞系為獎勵柵美報導實習同學勤奮學習，盡責職守，而有特殊表現者，除給予優異成績外，特訂定本辦法。

　　二、本辦法分設團體獎、採訪寫作獎、編輯獎及廣告發行業績獎四

項。

三、各項獎審核標準如下:

甲、團體獎:

(1) 依據實習分組,凡全組成員擔負工作,推動相關活動,任勞任怨,表現優異,由指導老師推薦。

乙、採訪寫作獎:

(1) 報導獨家重大新聞,或獲他報轉載。

(2) 設計、報導某一專題(特稿),特別優異。

(3) 追踪、提供特別新聞線索或重要資料,使報導突出。

(4) 獨家攝得重要新聞照片。

(5) 撰寫有價值新聞、特寫,對改善社區環境,具有重大貢獻。

(6) 撰寫評論專欄,文筆通暢,內容充實。

丙、編輯獎:

(1) 對本刊內容及編輯工作之改進,有具體獨到之建議經採納。

(2) 版面處理有突出表現。

(3) 標題優美、匠心獨運。

(4) 新聞處理妥當,圖片配合良好。

(5) 發現新聞、廣告重大錯誤,或文字語意不當、及時修正。

(6) 在時間極為急迫之下,重要新聞之處理,仍能迅速完美,不影響運作及出版時間。

(7) 寫作文筆優美、適當、流暢而無任何錯誤。

(8) 改寫新聞刊登一版頭題二次以上,或其他各版頭題三次以上。

(9) 每期發稿字數超過要求,而見報率達百分之八十五以上。

(10)所校版面,版頭與標題絕無錯誤,而內文錯誤率不超過千分之一。

丁、廣告、訂戶業績獎:

(1) 廣告業績超過要求五倍以上，且無呆帳。

(2) 介紹大客戶或長期客戶，努力爭取業績。

(3) 訂戶業績，超過要求十倍以上，並繼續致力推廣。

(4) 廣告設計優美。

四、凡申請獎勵之實習同學，應依上述之條件，自行呈送實習作品（包括新聞、特寫、評論），並列明具體之事實，由指導老師簽審後，呈報發行人（系主任），由發行人組織評審委員會評核，每年召開一次。

五、名額: 每年每組各取一名。如無適當人選時，可由指導老師提名推薦，依上項申請辦法，由發行人核獎。

六、獲獎者可得獎狀乙紙及定額獎金。每名獎金暫定□千元，並得視財務狀況，由評審委員提議調整，發行人核定。

七、本法如有未盡之處，可由評審委員會修正。

《附錄一》周報考績評核辦法（試擬）

一、考績分平時考核與年終考績兩種

(一)平日著有特殊勞績， 或工作不力遇事諉卸責任者， 由所屬主管，隨時將其具體事實簽報核辦。

(二)凡編制以內員工， 每屆年終舉行年終考績一次，服務未滿半年者不予考績。

二、考績分特優、優等、平常、劣等四項。九十分以上者為特優，八十分以上未滿九十分者為優等，七十分以上未滿八十分者為平常。

三、考績項目與評分標準如下:

(一)工作佔百分之五十。

例如：擔任本職是否熱忱盡職，能否發揮自動自發及團隊精神，以及工作效率之高低。

(二)學能佔百分之二十五。

例如：其學識、能力是否勝任本職，是否努力學習而卓有績效。

(三)品德佔百分之二十五。

例如：是否誠實不欺、任勞任怨，識大體尊重公益，有無在外招搖撞騙、倨傲不服指揮事實。

《附錄二》周報校對考核辦法（試擬）

一、校對改錯獎金，每人每期定為□元。

二、凡每期錯字（以新五號字為準）三個者，減發當期獎金四分之一，錯字六個者，減發二分之一，錯字十個以上者，不給獎金。

三、標題錯誤未能校正者，按下列標準扣發獎金：五號字□元，四號字□元，三號字□元，二號字□元，一號字□，四行字□元，五行字□元。

四、原稿上明顯錯誤未予校正者，以錯字論，按前項標準減發獎金。如認為錯誤而有疑義，無法作適當之改正時，應轉請各版主編決定。

五、校對時遲到或曠職者，不給獎金。

六、全年每期均工作成績特優者，另行敍獎。

七、校對之考核、呈報，除由相當主管負責外，並可另由發行人指派。

八、發現重大錯誤及時改正或疏失未改者，專案報請獎懲。

第九篇　認識社區環境

第一章　木柵地誌及相關資料

第一節　地　　誌

木柵之開發稍遲於景美，位於臺北市東南郊，東鄰深坑，西毗景美，南臨新店，北界大安區域，屬於景美溪的下游地帶；故區內「河谷平原」，沿景美區作東西帶狀走向分布。木柵北側有南港山脈，南側為伏獅山脈，面積二十五‧六六平方公里，比景美之六‧六二平方公里面積，幾乎大了四分之三。

清乾隆初年，福建泉州移民日眾，因為山胞之侵襲，於是沿溪邊墾地周圍，築木柵以為防範，此即「木柵」一名之由來。

木柵在清光緒二十年（一八九四），屬淡水縣文山堡轄區。日據時期，改隸臺北縣文山堡（光緒二十一年），再由臺北縣景尾辦務署轄管（光緒二十三年），而後則改隸臺北縣新店支廳木柵區文山堡轄域；至民國九年，又再改為臺北縣文山郡深坑庄管轄。民國三十四年臺灣光復後，於同年十二月改屬臺北縣文山區深坑鄉，並作為鄉公所所在地。民國三十九年三月，再由深坑鄉分出為木柵鄉，並於同年撤消文山區署，屬臺北縣木柵鄉。迄民國五十七年七月，劃入為臺北市木柵區。

木柵區計有廿二里，其中大里有九里——

(1) 木柵里：以舊日木柵莊而得名。下轄木柵，渡船頭（地在景美溪岸至臺北大道渡口），打鐵寮（因有打鐵店而得名）三區。

(2) 樟腳里：以舊樟腳莊而得名。下轄港墘（地沿今之景美河岸，昔有舟運可通而泊於此地），新厝（因新闢建莊而得名），樟腳（當時地多樟林）三區。

(3) 興隆里：本因有十一名泉州佃農爲「生番」所殺，草葬田中，而名爲「十一命」。日人據臺後，改稱新興；光復後稱興隆村，再改村爲里。

(4) 指南里：因有指南宮而得名。下轄番子公館（因地當番界，爲番漢交易之所而得名），以及樟湖（多樟樹）、貓空等八莊。

(5) 頭廷里：以舊頭廷溪莊而得名。下轄頭廷溪（因莊前有溪故名頭前溪，日人改名爲頭廷溪或頭廷魁），魚衡子，與猴山坑（地有山其形如猴）三區。

(6) 富德里：以山胞雅麗語立名。下轄象頭埔（初因地多森林，故名爲樹林埔，後因樹林漸少，見地形如象頭，故名），灰窰坑（曾燒製石灰），石壁坑（地有峭壁），蜜婆坑（地多蝙蝠，閩南語呼蝙蝠音似蜜婆），福德坑（因有土地公廟）五區。

(7) 老泉里：以待老坑、阿泉坑二莊而得名。

(8) 博嘉里：原稱抱子腳莊，後以其不雅而改名。下轄抱子腳（產抱子樹），抱子腳坑（以地形得名），軍功坑（爲抗番義勇駐守之處），坡內坑（開陂圳之處），與大竹林（遍地桂竹）五區。

(9) 中興里：下轄下崙尾（因在山岡末端建莊而名），中崙尾（山岡中段建莊），馬明潭（相傳地有大潭，有山胞八人入游，一人溺死，餘人環潭而哭，故名馬能潭，後改爲馬明潭。馬能爲山胞語，卽哭之

意），溝子口（地有山澗，上引馬明潭之水於此出口），埤腹（地有大埤）五區。

第二節　相關資料❶

　　△木柵區男性共計二萬三千二百九十二人，女性計有一萬二千六百一十人。

　　△木柵區農林漁牧狩獵業──男性二千零五十人，女性六百二十五人。

　　△木柵區礦業及土石採取業──男性三百九十七人，女性四十七人。

　　△木柵區製造業──男性三千九百三十九人，女性三千三百四十五人。

　　△木柵區水電煤氣業──男性九百四十四人，女性一百二十二人。

　　△木柵區營造業──男性一千二百六十人，女性一百五十九人。

　　△木柵區商業──男性三千零六十二人，女性二千零四十七人。

　　△木柵區運輸、倉儲及通信業──男性二千五百四十三人，女性四百九十五人。

　　△木柵區金融、保險、不動產及工商服務業──男性六百六十五人，女性四百零三人。

　　△木柵區社會團體及個人服務業──男性八千四百二十九人，女性五千三百六十七人。

　　△木柵區其他不能歸類之行業──男性三人。

---

❶　資料來源：中華民國七十二年臺閩地區人口統計（民七三年十二月）。臺北：內政部。

△木柵區專門性、技術性及有關人員——男性一千七百一十六人，女性九百九十九人。

△木柵區行政及主管人員——男性六百七十四人，女性二百三十六人。

△木柵區監督及佐理人員——男性五千八百二十七人，女性四千一百五十三人。

△木柵區買賣工作人員——男性一千九百七十人，女性一千零二十人。

△木柵區服務工作人員——男性三千零八十人，女性二千二百九十八人。

△木柵區農、林、漁、牧、狩獵工作人員——男性一千九百六十人，女性六百零二人。

△木柵區生產監督及領班；固定引擎及有關設備操作工——男性二千五百八十七人，女性二千八百五十人。

△木柵區礦工、採石工、鑽井工及有關工人——男性二百三十九人，女性十四人。

△木柵區砌磚工、營建木工及其他營建工作者——男性六百七十四人，女性二百四十四人。

△木柵區起重機械操作工及其他營建工作者——男性八十四人。

△木柵區運輸工具操作工——男性一千八百四十四人，女性三十八人。

△木柵區學徒及其他體力工人——男性二百六十七人，女性七十三人。

△木柵區職業不能分類工作者——男性二千三百七十人，女性八十三人。

　　△木柵區臺灣地區縣市間之遷入人口數——男性三千三百七十七人，女性三千三百四十九人；遷出人口數——男性二千四百八十一人，女性二千四百九十五人。

　　△木柵區與同縣市之鄉鎮市區間之遷入人口數——男性三千零九十四人，女性三千一百六十四人；遷出人口數——男性二千零三十二人，女性二千一百五十九人。

　　△木柵區與臺灣地區鄉鎮市區間之遷入人口數——男性六千四百七十一人，女性六千五百一十三人；遷出人口數——男性四千五百一十三人，女性四千六百五十四人；淨遷徙人口數——男性增加一千九百五十八人，女性增加一千八百五十九人。

　　△木柵區同一鄉鎮市區內住址變更——男性二千九百四十五人，女性二千七百二十八人。

　　△木柵區總人口移動人次——男性一萬六千八百七十四人，女性一萬六千六百二十三人。

　　△木柵區與臺灣地區縣市間之遷入率——男性百分之八十一·五，女性百分之八十六·七；遷出率——男性百分之五十九·九，女性百分之六十四·六。

　　△木柵區與同縣市之鄉鎮市區間之遷入率——男性百分之七十四·七，女性百分之八十一·九；遷出率——百分之四十九，女性百分之五十五·九。

　　△木柵區與臺灣地區鄉鎮市區間之遷入率——男百分之一百五十六·二，女性百分之一百六十八·六；遷出率——男性百分之一百零八·九，女性百分之一百二十·五；淨遷徙率——男性增加四十七·二，女性增加四十八·一。

　　△木柵區同一鄉鎮市區內住址變更——男性百分之七十一·一，女

性百分之七十‧六。

　　△木柵區人口總移動率——男性百分之四百零七‧二，女性百分之四百三十‧四。

　　△據統計至民國七十五年元月底，木柵人口約共八萬七千人。

第二章 景美地誌及相關資料

第一節 地　誌

　　景美，原稱「梘尾」，因區內舊地「梘尾街」而得名，位於新店溪之東，蟾蜍山之南，為臺北市郊區的一個細小盆地。區內有三分之一為山坡地，平地面積只占三分之二。「梘」字與「筧」字同義，係以挖空中心之竹或木，橫置河溪之上，作為引水灌溉的工具。故「梘尾」係指「梘」之末端，形成墟市之處。後來因為音近之故，易稱為「景尾」，再易稱為現時的「景美」。

　　逮清光緒二十年（西元一八九五），景美屬淡水縣文山堡；二十一年日軍占領臺灣後，改屬臺北縣文山堡；二十三年改屬臺北縣臺北辦務署，二十七年改屬臺北廳。宣統元年（西元一九〇八），隸臺北廳新店支廳景尾區文山堡，民國九年改為臺北州文山郡深坑庄。三十四年十月廿五日，臺灣光復後，於十二月改隸為臺北縣文山區新店鎮；三十九年三月一日由新店鎮分出，另成景美鎮；同年撤銷文山區署，成為臺北縣景美鎮。五十六年七月一日，劃歸臺北市景美區。

景美原有鐵路「新店線」，北通萬華，光復後拆除，而以辛亥路連貫市區。

目前景美位當臺北市赴新店、木柵、坪林、宜蘭、烏來、深坑等地要衝。從拓展歷程來看，區內大致可細分爲五個主要部份：

(一)萬　盛

萬盛是寓意「萬事興盛」之旨，卽今日景美、景南、景行、景仁、萬盛和萬隆等里一帶，昔日通稱爲「萬盛庄」。日據時代所謂之「深坑庄大字萬盛」，則是溪仔口庄、萬盛庄、梘尾街及公館街之所在。此區東側有新店溪小支河流經。

(二)景　美　街

位於景美溪北岸，新店溪西岸，據有景美、景行兩里的一部份。此街東面有霧裏薛圳(內湖陂)，經後溪口、公館街後流灌臺北。乾隆年間，又有人鑿成「瑠公圳」，將大木梘橫跨新店溪，引水灌漑林口莊及古亭倉頂等田地。所以在清嘉慶初年，此街已因新店流域而成農耕、交通和市集重地，景美亦以此街而顯名。

(三)溪仔口庄

卽今之景美、景南、景行和萬隆等里之一部份，爲景美溪滙流於新店溪溪口地帶，因而得名。

(四)公　館　街

景美溪滙入新店溪的東岸地域至蟾蜍山一帶，亦卽今日萬盛里的一部份。此間由於內湖陂、瑠公圳、大坪林圳之拓建，耕者聚居在沿圳谷地，地主就地築公館以徵收佃戶租穀，其後發展成街肆，故稱公館街。

(五)興　福

今之興德、興福兩里，位於景美溪下游東岸，亦卽在景美街與公館街之南面。地名興福，取其福建人在此興盛之意。

第二節　相關資料❶

　　△景美區男性共計三萬一千九百五十人，女性計有二萬零五百三十二人。

　　△景美區農林漁牧狩獵業——男性九百一十九人，女性四百四十八人。

　　△景美區礦業及土石採取業——男性三百一十五人，女性七十六人。

　　△景美區製造業——男性六千零九十八人，女性四千二百三十八人。

　　△景美區水電煤氣業——男性七百三十二人，女性二百二十六人。

　　△景美區營造業——男性一千九百一十五人，女性三百七十七人。

　　△景美區商業——男性五千九百五十五人，女性五千三百五十三人。

　　△景美區運輸、倉儲及通信業——男性三千二百一十七人，女性九百九十八人。

　　△景美區金融保險、不動產及工商服務業——男性二千一百六十五人，女性一千九百八十七人。

　　△景美區社會團體及個人服務業——男性一萬零六百三十四人，女性六千八百二十九人。

　　△景美區專門性、技術性及有關人員——男性三千三百四十五人，女性二千二百八十七人。

---

　❶　資料來源：中華民國七十二年臺閩地區人口統計（民七三年十二月）。臺北：內政部。

△景美區行政及主管人員——男性一千六百六十一人，女性六百人。

△景美區監督及佐理人員——男性八千零六十五人，女性七千五百八十一人。

△景美區買賣工作人員——男性四千五百二十二人，女性三千零五十九人。

△景美區服務工作人員——男性三千二百零四人，女性三千二百三十九人。

△景美區農、林、漁牧、狩獵工作人員——男性八百三十六人，女性四百二十六人。

△景美區生產監督及領班；固定引擎及有關設備操作工——男性三千五百零三人，女性二千五百三十二人。

△景美區礦工、採石工、鑽井工及有關工人——男性四百二十九人，女性一百五十三人。

△景美區砌磚工、營建木工及其他營建工作者——男性七百三十七人，女性三百八十九人。

△景美區起重機械操作工及碼頭工人——男性一百六十人，女性五十三人。

△景美區運輸工具操作工——男性一千八百一十三人，女性七十四人。

△景美區學徒及其他體力工人——男性二百二十五人，女性二十六人。

△景美區職業不能分類之工作者——男性三千四百五十人，女性一百一十三人。

△景美區與臺灣地區縣市間之遷入人口數——男性四千五百零三

人，女性四千七百三十三人；遷出人口數——男性三千六百八十五人，女性三千六百八十七人。

　　△景美區與同縣市之鄉鎮市區間之遷入人口數——男性三千五百零九人，女性三千六百二十一人；遷出人口數——三千二百五十五人，女性三千三百八十七人。

　　△景美區與臺灣地區鄉鎮市區間之遷入人口數——男性八千零一十二人，女性八千三百五十四人；遷出人口數——男性六千九百四十人，女性七千零七十四人；淨遷徙人口數——男性增加一千零七十二人，女性增加一千二百八十人。

　　△景美區同一鄉鎮市區內住址變更——男性二千五百二十九人，女性二千四百五十二人。

　　△景美區總人口移動人次——男性二萬零一十人，女性二萬零三百三十二人。

　　△景美區與臺灣地區縣市間之遷入率——男性百分之八十二‧七，女性百分之九十一‧九；遷出率——男性百分之六十七‧七，女性百分之七十一‧六。

　　△景美區與同縣市之鄉鎮市區間之遷入率——男性百分之六十四‧四，女性百分之七十‧三；遷出率——男性百分之五十九‧八，女性六十五‧八。

　　△景美區與臺灣地區鄉鎮市區間之遷入率——男性百分之一百四十七‧一，女性百分之一百六十二‧二；遷出率——男性百分之一百二十七‧四，女性百分之一百三十七‧四；淨遷徙率——男性增加百分之十九‧七，女性增加百分之二十四‧八。

　　△景美區同一鄉鎮市區內住址變更——男性百分之四十六‧四，女性百分之四十七‧六。

△景美區人口總移動率 —— 男性百分之三百六十七・四，女性三百
九十四・八。

△據統計，至民國七十五年元月底止，景美區計有三十里，人口數
約十一萬六千人。

附釋：

柵美報導曾利用假日課餘時間，發起實習學生到各區里作推廣工作，效果
十分良好。其過程及準備之體驗亦甚具參考價值。

(一)過程：

5：00PM	集合／勤前教育／分組（選領隊）／分配推廣區域。
6：00PM	出發到各推廣區，在推廣區聯絡地點集合後，以兩人爲一組，分別到各住宅推廣。
8：30PM	在各區聯絡地點集合後，返回雜誌社。
9：00PM	在雜誌社內核對錢數，並將新訂戶名單交給發行科。

(二)勤前教育事項：

(1)闡釋推廣目的及推銷方法。

(2)促醒注意禮貌：(a)簡單扼要表明身份、道出來意，動作要快，心不必急。罵不還嘴，有不利情況，立卽離開現場。

(3)受訪戶訂報，應快迅塡好收據，地址要清楚、錢要點清楚，並送一份上期報刊，說聲謝謝後卽離去，不能叨擾太久。

(4)受訪戶（或空戶，不訂報，亦應禮貌地送報刊一份，留下劃撥單，並說聲謝謝。

(5)若「碰上」受訪戶已是讀者，則可與之略作喧寒，問一下他對本刊意見，並且順便爲雜誌社作點公關。

第 十 篇
信條、法規與附錄彙編（摘要）

第 一 章
社區周報的申辦及變更登記

在校內刊行之刊物，通常由學校當局擔負督查之責。因此若要出版刊物，只要向學校報備，獲得學校同意即可。但若對外發行，例如以社區刊物形式出現，則必須向有關單位辦理登記手續。

要開辦一張社區周報，除了周詳內部作業，充足的應用資本以及妥善的人力安排外，尚得透過法定的手續和程序，取得行政院新聞局發給之登記證，方能出版。其步驟如下：

一、依中華民國現行出版法第九條規定，發行人應於首次發行前，向行政院直轄之市政新聞處(第一科)、省新聞處、或縣（市）政府索取並填妥「新聞紙雜誌或出版業公司登記申請書」一式三份（直轄市所在地只填二份）。其格式如下（表格按例不需費用）：

名稱	發行旨趣	組織概況	資本數額	發行所名稱	印刷所名稱	發行人及編輯人								附註
						姓名	性別	出生年月日	籍貫	學歷	經歷	現職	住所	
刊期				發行所名稱	印刷所名稱	發行人								
				所在地	所在地	編輯人								
考查意見														
複核意見														

新聞紙雜誌或出版業公司登記申請書

　　玆因發行　　　　　謹依出版法第九條及同法施行細則第十二、三條之規定開具上列事項聲請登記謹呈

　　縣（市）政府

　　　　　　　　　　具聲請書　　社發行人　　　　　（蓋章）

中　華　民　國　　　　　年　　　　月　　　　　日

　　說　明

　　一、凡爲新聞紙雜誌或出版業公司書店之發行者，應由發行人向地方主管官署領取此項聲請書依式塡具三份（直轄市所在地聲請者二份）聲請之。

　　二、刊期係指新聞紙之每日或每隔六日，雜誌之周刊，旬刊、月刊、季刊等刊期而言，應於本欄內塡明之。

　　三、發行人指主辦新聞紙雜誌或出版公司書店之人，如有二人以上時，應互推一人具名申請之。

　　四、編輯人指掌管編輯之人，應於本欄內塡明。

　　五、考查意見欄由地方主管官署塡寫，複核意見欄，由省政府塡寫。

二、申請書填妥後，連同發行人及編輯人之學歷、經歷證件影印本，發行人脫帽二寸照片三張，以及「房屋租約證明」一份。備貼登記證用之印花十二元，證照登記工本費新臺幣五元，並「印刷廠商承印證明書」兩份，「印刷工廠登記影印本」二份，送地方主管官署審核。

依「出版法施行細則」第十條規定，開辦社區周報（屬雜誌類）之資本額爲新臺幣拾萬元以上。此項資本總額，應以申請登記機構之專戶存款，或發行人（獨資）的名義，存入銀行或金融機構（以甲、乙種活期存款爲限）；由存款之銀行或金融機構，出具資本額存款證明。申請人應將此一存款證明，影印二份（或三份），一併送呈審查。

上述表格及附件，若經審核與規定相符，直轄市政府新聞處（或省政府新聞處）則於申請書內，簽具審核意見，一份留下查存，一份轉送行政院新聞局，請發給登記證。若係縣（市）政府，則於加簽意見後，以一份申請書及其他附件查存，二份轉陳省政府新聞處複核。省政府新聞處加具複核意見後，將所有申請文件一份存查，一份轉送行政院新聞局，請發給登記證。

一般規定，全部「公文旅行」的時間，最多三十日，如有逾限，卽違反了「出版法」第九條第二項登記手續，「各級政府均應於十日內爲之」的規定。

社區周報如因發行旨趣、刊期、組織概況、資本數目、印刷所之名稱及所在地，編輯人之姓名、性別、年齡、籍貫、經歷、學歷及住所等登記事項有變，而聲請爲變更登記者，其發行人應於事項變更後之七日內，向地方主管官署領取「新聞紙雜誌出版公司書店變更登記聲請書」，依式填具三份（直轄市所在地二份），照登記程序，聲請變更登記，變更登記聲請書如下：

新聞紙雜誌出版業公司書店變更登記聲請書									
原登記情形	名　　稱		聲請變更事項	原記登者現更變者					
	原發行人姓名								
	原登記核准時間								
	原登記證號數及發給時間								
姓　　名		性別	出生年月日	籍貫	學歷	經歷	現職	住　　所	
發行人									
編輯人									
考查意見									
複核意見									

　　茲依出版法第十條第十七條及同法施行細則第十七條之規定開具上
列事項聲請變更登記謹呈

縣（市）政府（局）

　　　　　　　　　　具聲請書人　　社　　　　　　（蓋章）

說　　明

　　凡新聞紙雜誌或出版業公司因登記事項變更，聲請變更者，應由發
行人向地方主管官署領取此項聲請書，依式塡具三份（直轄市所在地聲
請者二份）聲請之。

　　此項變更發行旨趣外，餘皆由行政院新聞局，授權地方主管機關，
逕予批覆後，層轉新聞局備查。

社區周報變更事項之聲請，如是變改名稱、發行人或發行所所在地管轄三項或其中任何一項，均應由發行人於變更前，附繳原領登記證，用「新聞紙或出版公司登記申請書」，按聲請登記程序，重行登記。另外，按「出版法施行細則」第十七條規定，變更發行人之登記，應由原發行人與新任發行人共同聲請。如果原發行人死亡，得由其繼承人檢具合法證明文件，提出聲請；而其組織爲公司型態者，則應由董事會推定新發行人，並檢附會議紀錄爲證。至於機構、學校或團體所發行的周報，於變更發行人之登記時，更要加蓋團體印信及主管的印章。

社區周報獲准登記取得發行權後，應於三個月內發行，不得逾期（如因不可抗拒或其他正當理由而耽擱，可由發行人申請延長）。此外，如社區周報是公司組織者，尚得依「公司法」辦理公司登記；如爲獨資或合夥經營者，則應依「商業登記法」，辦理商業登記。

值得一提的是，社區周報登記證，爲有出版發行權之憑證，如無此憑證，卽喪失周報的發行許可權，故必須妥善保存。若登記證有遺失或損壞，應由發行人登報聲明作廢，並檢具剪報一份，向該管地方主管官署申報，層轉行政院新聞局申請補發。

社區周報如停止發行，則應由發行人繳附原領之登記證，填具「新聞紙雜誌註銷登記聲請書」，按照登記時的程序，自動聲請註銷登記，以後卽不再擔負法律責任。行政院新聞局授權縣市政府，逕行辦理此類周報註銷登記。註銷登記聲請書格式如下：

新聞紙雜誌註銷登記聲請書						
名稱	發行人姓名	原登記核准之年月日	登記證號數及發給之年月日	廢止發行之原因	廢止發行之年月日	附註

茲依出版法第十二條第一項之規定開具上列事項聲請註銷登記

謹呈

　縣（市）政府（局）

說　明

　　凡新聞紙雜誌因廢止發行聲請註銷登記者，應由發行人向地方主管官署領取此項聲請書，依式填具三份（直轄市所在地聲請者二份），連同原領登記證聲請之。

第二章　新聞工作者信條

美國名報人威廉斯（Walter Williams），於一九〇八年，曾擬訂「新聞記者信條」(Journalist, Creed)八條，在世界報業大會中通過，經譯為五十餘種文字。信條第一條即標榜：「新聞事業是一種專業」(Journalism as profession)。

中華民國也訂有報業、電視與廣播道德規範，其中有關報業規範部份是這樣的：

（一）自由報業為自由社會之重要支柱，其主要責任在提高國民文化水準，服務民主政治，保障人民權利，增進公共利益與維護世界和平。

新聞自由為自由報業之靈魂，亦為自由報業之特權；其含義計有出版自由、採訪自由、通訊自由、報導自由與批評自由。此項自由為民主政治所必需，應予保障。惟報紙新聞和意見之傳播速度太快，影響太廣，故應慎重運用此項權利。

（二）摘　　要

（1）新聞採訪

（一）新聞採訪應以正當手段為之，不以恐嚇、誘騙或收買方式蒐集新聞，並拒絕任何餽贈。

(二)新聞採訪應以公正及莊重態度爲之，不得假借採訪，企圖達成個人阿諛、倖進或其他不當之目的。

(三)採訪重大犯罪案件，不得妨碍刑事偵訊工作。

(四)採訪醫院新聞，須得許可，不得妨害重病或緊急救難之治療。

(五)採訪慶典、婚喪、會議、工廠或社會團體新聞，應守秩序。

(2) 新聞報導

(一)新聞報導應以確實、客觀，公正爲第一要義。在未明眞象前，暫緩報導。不誇大渲染，不歪曲、扣壓新聞。新聞中不加入個人意見。

(二)新聞報導不得違反善良風俗，危害社會秩序，誹謗個人名譽，傷害私人權益。

(三)除非與公共利益有關，不得報導個人私生活。

(四)檢舉、揭發或攻訐私人或團體之新聞，應先查證屬實，且與公共利益有關始得報導；並應遵守平衡報導之原則。

(五)新聞報導錯誤，應卽更正；如誹謗名譽，則應提供同等地位及充分篇幅，給予對方申述及答辯之機會。

(六)拒絕接受賄賂或企圖影響新聞報導之任何報酬。

(七)新聞報導應守誠信、莊重之原則，不輕浮刻薄。

(八)標題必須與內容一致，不得誇大或失眞。

(九)新聞來源應守秘密，爲記者之權利。「請勿發表」或「暫緩發表」之新聞，應守協議。

(十)報導國際新聞應遵守平衡與善意之原則，藉以加強文化交流、國際瞭解與維護世界和平。

(十一)對於友邦元首，應抱尊重之態度。

(3) 犯罪新聞

(一)報導犯罪新聞，不得寫出犯罪方法；報導色情新聞，不得描述

細節，以免誘導犯罪。

（二）犯罪案件在法院未判決有罪前，應假定被告爲無罪。

（三）少年犯罪，不刊登姓名、住址，亦不刊佈照片。

（四）一般強暴婦女案件，不予報導。如嚴重影響社會安全或與重大刑案有關時，亦不報導被害人姓名、住址。

（五）自殺、企圖自殺與自殺之方法均不得報導，除非與重大刑案有關而必須說明者。

（六）綁架新聞應以被害人之生命安全爲首要考慮，通常在被害人未脫險前不報導。

（4）新聞評論

（一）新聞評論係基於報社或作者個人對公共事務之忠實信念與認識，並應儘量代表社會大多數人民之利益發言。

（二）新聞評論應力求公正，並具建設性，儘量避免偏見、武斷。

（三）對於審訊中之案件，不得評論。

（四）與公共利益無關之個人私生活，不得評論。

（5）讀者投書

（一）報紙應儘量刊登讀者投書，藉以反映公意，健全輿論。

（二）報紙應提供篇幅，刊登與自己立場不同或相反之意見，藉使報紙眞正成爲大衆意見之論壇。

（6）新聞照片

（一）新聞照片僅代表所攝景物之實況，不得暗示或影射其他意義。

（二）報導兇殺或災禍新聞，不得刊登恐怖照片。

（三）新聞或廣告不得刊登裸體或猥褻照片。

（四）不得僞造或竄改照片。

（7）廣　　告

（一）廣告必須眞實、負責，以免社會受害。

（二）廣告不得以僞裝新聞方式刊出，亦不得以僞裝的介紹產品、座談會記錄、銘謝啓事或讀者來信之方式刊出。

（三）報紙應拒絕刊登僞藥、密醫、詐欺、勒索、誇大不實、妨害家庭、有傷風化、迷信、違反科學與醫治絕症及其他危害社會道德之廣告。

第三章　與出版物有關之法規節要

第一節　出版法

（A）總　則

第　一　條　出版品者，謂用機械、印版，或化學方法所印製而供出售
　　　　　　或散佈之文書、圖書，發音片視爲出版品。

第　三　條　發行人者，謂主辦出版品並有發行權之人。

　　　　　　新聞紙、雜誌及出版業係公司組織或共同經營者，其發行
　　　　　　權應屬於依法設立之公司或從其契約之規定。

第　四　條　著作人者，謂著作文書、圖畫、發音片之人。

　　　　　　筆記他人之演述登載於出版品者，其筆記之人視爲著作
　　　　　　人。但演述人予以承諾者，應同負著作人之責任。

　　　　　　關於著作物之編纂，其編纂人視爲著作人。但原著作人予
　　　　　　以承諾者，應同負著作人之責任。

　　　　　　關於著作物之翻譯，其翻譯人視爲著作人。

　　　　　　關於專用學校、公司、會所或其他團體名義著作之出版品，

其學校、公司、會所或其他團體之代表人視為著作人。

出版品所登載廣告、啟事，以委託登載人為著作人，如委託登載人不明或無負民事責任之能力者，以發行人為著作人。

第 五 條　編輯人者，謂掌管編輯出版品之人。

第 六 條　印刷人者，謂主管印刷出版品之人。

第 七 條　主管官署者，在中央為行政院新聞局，在地方為省（市）政府及縣（市）政府。

第 十 一 條　有下列情形之一者，不得為新聞紙或雜誌之發行人或編輯人：

一、國內無住所者。

二、禁治產者。

三、被處二月以上之刑，在執行中者。

四、褫奪公權尚未復權者。

（註：本法施行細則第十六條規定：新聞紙、雜誌出版業發行人，有出版法第十一條各款所列情事之一，未依同法第十條之規定申請變更發行人登記者，註銷其登記。）

第 十 二 條　新聞紙或雜誌廢止發行者，原發行人應按照登記時之程序，聲請註銷登記。

新聞紙或雜誌獲准登記後滿三個月尚未發行者，或發行中斷新聞紙逾期三個月，雜誌逾期六個月，尚未繼續發行者，註銷其登記。

前項所定限期，如因不可抗力或其他正當事由，發行人得呈請延展。

第 十 三 條　新聞紙或雜誌應記載發行人之姓名、登記證號數、發行年

月日、發行所、印刷所之名稱及所在地。

第 十 四 條　新聞紙及雜誌之發行人，應於每次發行時分送行政院新聞局、地方主管官署及內政部、國立中央圖書館各一份。

第 十 五 條　新聞紙或雜誌登載事項涉及之人或機關要求更正或登載辯駁書者，在日刊之新聞紙，應於接到要求後三日內更正，或登載辯駁書；在非日刊之新聞紙雜誌，應於接到要求時之次期爲之。但其更正或辯駁書之內容顯違法令，或未記明要求人之姓名、住所、或自原登載之日起逾六個月而始行要求者，不在此限。

更正或辯駁書之登載，其版面應與原文所載者相同。

第二十二條　書籍或其他出版品於發行時，應由發行人分別寄送行政院新聞局及國立中央圖書館各一份。

改訂增刪原有之出版品而發行，亦同。但出版品係發音片時，得免予寄送國立中央圖書館。

第二十四條　新聞紙、雜誌、教科書及經政府獎勵之重要學術專門著作之發行。得免徵營業稅。

第二十五條　出版品委託國營交通機構代爲傳遞時，得予優待。

第二十六條　新聞紙或雜誌採訪新聞或徵集資料，政府機關應予以便利。

前項新聞資料之傳遞，準用前條之規定。

第二十七條　出版品所需紙張及其他印刷原料，主管官署得視實際需要情形，計畫供應之。

第二十八條　發行出版品之出版機構或發行人、著作人、編輯人、印刷人之事業進行，遇有侵害情事者，政府應迅速採有效之措施予以保障。

第 三 十 條　出版品因受本法所定之行政處分提起訴願時，其受理官署
　　　　　　應於一個月內予以決定。訴願人如依法提起行政訴訟時，
　　　　　　行政法院應於受理日起一個月內裁決之。

第三十二條　出版品不得爲下列各款之記載：

　　一、觸犯或煽動他人觸犯內亂罪外患罪者。

　　二、觸犯或煽動他人觸犯妨害公務罪、妨害投票罪、或妨
　　　　害秩序罪者。

　　三、觸犯或煽動他人觸犯褻瀆祀典罪，或妨害風化罪者。

第三十三條　出版品對於尚在偵查或審判中之訴訟事件，或承辦該事件
　　　　　　司法人員或與該事件有關之訴訟關係人不得評論。並不得
　　　　　　登載禁止公開訴訟事件之辯論。

第三十四條　戰時或遇有變亂或依憲法爲急速處分時，得依中央政府命
　　　　　　令之所定，禁止或限制出版品關於政治、軍事、外交之機
　　　　　　密或危害地方治安事項之記載。

第三十五條　以更正辯駁書廣告等方式，登載於出版品者，應受第三十
　　　　　　二條至三十四條規定之限制。（惟本法第二十九條規定：
　　　　　　除刑事部份仍依法辦理外，新聞紙或雜誌違反第三十二條
　　　　　　至第三十五條之禁載及限制事項，發行已逾三個月者，不
　　　　　　得再予處分。）

第三十六條　出版品如違反本法規定，主管官署得爲下列行政處分：

　　一、警告。

　　二、罰鍰。

　　三、禁止出售散佈進口或扣押沒入。

　　四、定期停止發行。

　　五、撤銷登記。

第三十七條　出版品違反第三十二條第三款及第三十三條之規定，情節
　　　　　　輕微者得予警告。

第三十八條　出版品有下列情形之一者，得予以罰鍰。

　　　一、違反第十四條或第二十二條之規定，不寄送出版品經
　　　　　催告無效者，處一百元以下罰鍰。

　　　二、不爲第十三條或第二十條所規定之記載或記載不實
　　　　　者，處三百元以下罰鍰。

　　　三、不爲第十五條之更正或已更正而與登載事項涉及之人
　　　　　或機關，要求更正或登載辯駁書之內容不符，經當事
　　　　　人向該主管官署檢舉，並查明屬實者，處五百元以下
　　　　　罰鍰。

第三十九條　出版品有下列情形之一者，得禁止其出售及散佈，必要時
　　　　　　並得予以扣押:

　　　一、不依第九條或第十六條之規定呈准登記，而擅自發行
　　　　　出版品者。

　　　二、出版品違反第二十一條之規定者。

　　　三、出版品之記載違反第三十二條第二款及第三款之規定
　　　　　者。

　　　四、出版品之記載違反第三十三條之規定情節重大者。

　　　五、出版品之記載違反第三十四條之規定者。

　　　依前項規定扣押之出版品，如經發行人之請求，得於刪除
　　　禁載或禁令解除時返還之。

第 四 十 條　出版品有下列情形之一者，得定期停止其發行:

　　　一、出版品就應登記事項爲不實之陳述而發行者。

　　　二、不爲第十條或第十七條之聲請變更登記而發行出版品

　　　　者。

三、出版品之記載違反第三十二條第一款之規定者。

四、出版品之記載違反第三十二條第二款及第三款之規定
　　情節重大者。

五、出版品之記載違反第三十四條之規定情節重大者。

六、出版品經依第三十七條之規定連續三次警告無效者。

前項定期停止發行處分，非經行政院新聞局核定不得執
行，其期間不得超過一年。

違反第一項第三款之規定者得同時扣押其出版品。

第四十一條　出版品有下列情形之一者，由行政院新聞局予以撤銷登
　　　　　　記。

一、出版品之記載觸犯或煽動他人觸犯內亂罪、外患罪，
　　情節重大經依法判決確定者。

二、出版品之記載以觸犯或煽動他人觸犯妨害風化罪為主
　　要內容，經予以三次定期停止發行處分，而繼續違反
　　者。

第四十二條　出版品經依法註銷登記或撤銷登記或予以定期停止發行處
　　　　　　分後，仍繼續發行者，得沒入之。

　　(B) 出版法施行細則

第　六　條　同一新聞紙或雜誌另在他地出版發行者，或出版業另在他
　　　　　　地設立分支機構者，均應依照出版法第九條及第十六條之
　　　　　　規定，先行申請核准登記。

第　八　條　報社、雜誌社發行書籍，應另行辦理出版業登記。但就其
　　　　　　報紙或雜誌已刊載之文章發行單行本者，不在此限。前項

單行本內容有違反出版法第三十二條至第三十五條所規定之禁載或限制事項時，不適用出版法第二十九條之規定。

第 十 二 條　登記聲請書應載明之經歷，如為新聞紙或雜誌之發行人時，以具有下列資格之一並持有合法證明文件者為合格：

一、曾為新聞紙或雜誌之發行人者。

二、在公立或經教育部認可之國內外大學、獨立學院或專科學校畢業者。

三、經高等考試或相當於高等考試之特種考試及格者。

四、有關新聞出版之學術著作，經著作權主管官署核准著作權註冊者。

第 十 三 條　登記聲請書應載明之經歷，如為各類出版業之發行人時，以具有下列資格之一並持有合法證件者為合格：

一、曾任新聞紙、雜誌或出版業之發行人者。

二、在公立或經教育部認可之國內外大學、獨立學院或專科學校畢業者。

三、經普通考試或相當於普通考試之特種考試及格，曾任出版事業編輯工作三年以上，並向地方主管官署報備有案者。

四、有專門著作經著作權主管官署核准著作權註冊者。

第 十 七 條　新聞紙、雜誌或出版業發行人，不得將其登記證租借轉讓他人發行，違者依出版法第四十條第一項第二款規定處分之。

第 十 八 條　新聞紙、雜誌或出版業變更發行人登記者，應由原發行人與新發行人共同聲請之。如原發行人死亡，得由其繼承人檢具合法證明文件聲請之。

前項變更登記之聲請，其為公司組織者，應由董事會推定
新發行人並檢具會議紀錄聲請之。機關、學校或團體之出
版品變更發行人登記案，應加蓋印信及其主管之印章。

第 二 十 條 登記證遺失或損壞時，應由其發行人檢同刊登聲明作廢之
報紙一份，向該管地方主管官署申請，層轉行政院新聞局
補發之。

第二十一條 應寄送之新聞紙、雜誌、書籍或其他出版品，應於下列規
定時間內逕寄之。

一、新聞紙或雜誌於每次發刊時卽刻寄送之。

第二十六條 出版第二十五條規定之出版品，如係新聞紙、雜誌、教科
書委託國營交通機構代為寄遞時，所予之優待，須憑中央
主管官署發給之登記證或審定執照為之。

第二十八條 新聞紙、雜誌內容從事人身攻訐、揭人隱私或藉端斂財
者，以變更發行旨趣論。

第三十二條 新聞紙或雜誌遇有正當理由，不能按期發行者，由發行人
向發行所所在地之地方主管官署申請延展發行，層轉行政
院新聞局核備。但發行中斷已逾法定期限者，不得補行申
請。其因不可抗力而中斷發行者，應於中斷事由消滅後一
個月內，向發行所所在地之主管官署申請延展發行，並層
轉行政院新聞局核備。

第二節　著作權法

(A) 總　則

第　一　條　就下列著作物，依本法註册。專有重製之利益者，爲有著
　　　　　　作權。

　　　　　　一、文字之著譯。

　　　　　　二、美術之製作。

　　　　　　三、樂譜、劇本。

　　　　　　四、發音片、照片及電影片。

　　　　　　就樂譜、劇本、發音片或電影片有著作權者，並得專有公
　　　　　　開演奏或上演之權。

第　二　條　著作物之註册，由內政部掌管之。

　　　　　　內政部對於依法令應受審查之著作物，在未經法定審查機
　　　　　　關審查前不予註册。

第　三　條　著作權得轉讓於他人。

第　四　條　著作權，歸著作人終身享有之，並得於著作人死亡後由繼
　　　　　　承人繼續享有三十年。但另有規定者，不在此限。

第　五　條　著作物係由數人合作者，其著作權歸各著作人共同終身享
　　　　　　有之。著作人中有死亡者，由其繼承人繼續享有其應有之
　　　　　　權利。

　　　　　　前項繼承人，得繼續享有其權利，迄於著作人中最後死亡
　　　　　　者之死亡後三十年。

第　六　條　著作物於著作人死亡後始發行者，其著作權之年限，爲三
　　　　　　十年。

第　七　條　著作物用官署、學校、公司、會所或其他法人或團體名義
　　　　　　者，其著作權之年限爲三十年。

第　八　條　凡用筆名或別號之著作物，於聲請註册時，應呈報眞實姓
　　　　　　名，其著作權之年限與第四條規定者同。

第　九　條 照片、發音片，得由著作人享有著作權十年，但係受他人
報酬而著作者，不在此限。

刊入學術或文藝著作物中之照片，如係特爲該著作物而著
作者，其著作權歸該著作物之著作人享有之。

前項照片著作權，在該學術或文藝等著作物之著作權未消
滅前，繼續存在。電影片，得由著作人享有著作權十年，
但以依法令准演者爲限。

第　十　條 從一種文字著作，以他種文字翻譯成書者，得享有著作權
二十年，但不得禁止他人就原著另譯。

第 十 一 條 著作權之年限，自最初發行之日起算。

第 十 二 條 著作物逐次發行或分數次發行者，應於每次發行時，分別
聲請註冊。

立法院於民國七十四年六月二十八日三讀通過著作權法修正案。同年七月十日
總統令公布修正後之著作權法重要內容如下：

——著作權歸著作人終身享有之。

——數人合作之著作，其著作權歸各著作人共同依前條規定享有，著作人中有
死亡者，由其繼承人繼續享有其應有之權利。

前項繼承人得繼續享有其權利，至著作人中最後死亡者死亡後三十年。

——出資聘人完成之著作，其著作權歸出資人享有之。但當事人間另有約定
者，從其約定。

——著作權自始依法歸機關、學校、公司或其他法人或團體享有者，其期間爲
三十年。

——編輯、電影、錄音、錄影、攝影及電腦程式著作，其著作權期間爲三十
年。

刊入或附屬於著作之電影、錄音、錄影、攝影，爲該著作而作者，其著作權歸該著作之著作權人享有。在該著作之著作權期間未屆滿前，繼續存在。

——文字著述之翻譯，其著作權期間爲三十年。但不得限制他人就原著另譯。語言著作以文字翻譯者亦同。

翻譯本國人之著作，應取得原著之著作權人同意。

文字著述之翻譯，除原著與譯著之著作權屬於同一人或經原著之著作權人同意者外，不得以譯文與原文並列。

——終身享有之著作權，經轉讓或繼承者，由受讓人或繼承人自受讓或繼承之日起，繼續享有三十年。非終身享有之著作權，經轉讓或繼承者，由受讓人或繼承人繼續享足其賸餘之期間。

合著之共同著作人，其部分著作權轉讓與合著人者，受讓部分之著作權期間與其自著部分應享之期間同。

——著作權之期間自著作完成之日起算。著作完成日期不詳者，依該著作最初發行之日起算。

著作經增訂而新增部分性質上可以分割者，該部分視爲新著作；其不能分割或係修訂者，視爲原著作之一部。

——著作權之轉讓、繼承或設立質權，非經註冊，不得對抗第三人。

——演講、演奏、演藝或舞蹈，非經著作權人或著作有關之權利人同意，他人不得筆錄、錄音、錄影或攝影。但新聞報導或專供自己使用者，不在此限。

——揭載於新聞紙、雜誌之著作，經註明不許轉載者，不得轉載或播送。未經註明不許轉載者，得由其他新聞紙、雜誌轉載或由廣播、電視臺播送。但應註明或播送其出處。如爲具名之著作，並應註明或播送著作人姓名。

前項著作，非著作權人不得另行編印單行版本，但經著作權人同意者，不在此限。

——音樂著作，其著作權人自行或供人錄製商用視聽著作，自該視聽著作最初發行之日起滿二年者，他人得以書面載明使用方法及報酬請求使用其音樂著作，另行錄製。

——著作不得冒用他人名義發行。

——下列各款情形，除本法另有規定外，未經著作權人同意或授權者，視爲侵害著作權：

一、用原著作名稱繼續著作者。

二、選輯他人著作或錄原著作加以評註、索引、增補或附錄者。

三、就他人著作之練習問題發行解答書者。

四、重製、公開口述、公開播送、公開上映、公開演奏、公開展示、或出租他人之著作者。

五、用文字、圖解、圖畫、錄音、錄影、攝影或其他方法改作他人之著作者。

六、就他人平面或立體圖行仿製、重製爲立體或平面著作者。

七、出版人出版著作權人之著作，未依約定辦理致損害著作權人之利益者。

前項第三款所稱他人著作爲教育部審定之教科書者，並應得教育部之許可。

——下列各款情形，經註明原著作出處者，不以侵害他人著作權論：

一、節選他人著作，以編輯教育部審定之教科書者。

二、以節錄方式引用他人著作，供自己著作之參證註釋者。

三、爲學術研究複製他人著作，專供自己使用者。

——擅自重製他人之著作者，處六個月以上三年以下有期徒刑，得併科三萬元以下罰金；其代爲重製者亦同。

銷售、出租或意圖銷售、出租而陳列、持有前項著作者，處二年以下有期徒刑，得併科二萬元以下罰金。意圖營利而交付前項著作者亦同。

——仿製他人著作或以其他方法侵害他人之著作權者，處二年以下有期徒刑，得併科二萬元以下罰金；其代爲製作者亦同。

銷售、出租或意圖銷售、出租而陳列、持有前項著作者，處一年以下有期徒刑，得併科一萬元以下罰金。意圖營利而交付前項著作者亦同。

——擅自複製業經製版權註冊之製版者，處一年以下有期徒刑，得併科一萬元以下罰金。

（B）著作權法施行細則

第　一　條　本細則依著作權法（以下簡稱本法）第四十一條訂定之。

第　二　條　本細則所稱出版物及製版權，係指本法第二十二條所規定者而言。

第　三　條　本法第二十二條所稱無著作權之著作物，係指本法第一條第一項各款所列舉之著作物，未依本細則第四條所定期限聲請註冊者及同項各款所未列舉之著作物而言。

　　　　　　所稱著作權年限已滿之著作物，係指已經向內政部註冊之著作物，依本法第四條至第十條所定之著作權年限已滿者而言。

第　四　條　凡著作物未經註冊而已通行二十年以上者，不得依本法聲請註冊享有著作權。其經著作物之原著作人為闡發新理而修訂發行者，其通行期間，自修訂發行之日起算。

第　五　條　依本法以著作物聲請註冊者，應備樣本兩份，並附具申請書，載明下列各款事項：

　　　　　　一、著作物之名稱、件數及定價。

　　　　　　二、著作人、著作權所有人及發行人之姓名、出生年月日、籍貫、住址。

　　　　　　三、最初發行年月日。

　　　　　　四、已受審查之著作物，其審查機關名稱及發證照字號與年月日。

　　　　　　翻譯之著作物，應附送原文本，審查後發還。著作物確實不能具備樣本者，得以著作物詳細說明書或圖書代替之。繼承或受讓業經註冊之著作物聲請註冊者，應附送繼承或

受讓證件，並附繳原著作權註冊執照，毋庸備具樣本。

第 六 條　依前條聲請註冊之著作物，如有本法第二十六條第一項各款所定情事者，應繳附原著作之同意書或著作權已消滅之切結，如有同條第二項所定情事者並應附具教育部之許可證件。

第 七 條　依本法以出版物聲請註冊者，應備樣本兩份並附具申請書，載明下列各款事項：

一、出版物之名稱、件數、定價、及最初發行年月日。

二、原著作物之名稱及原著作人姓名。

三、製版人，製版權所有人及發行人之姓名、出生年月日、籍貫、住址。

四、已受審查之出版物，其審查機關名稱及發給證照字號與年月日。

五、出版物整理排印簡要情形。

繼承或受讓業經註冊之出版物聲請註冊者，應附具繼承或受讓證件並繳附原製版權註冊執照。

第 八 條　出版物依前條聲請註冊時，應附送原著作物，並出具該著作物為無著作權或著作權年限已滿之切結，其原著作物審查後發還。

第 九 條　繼承或受讓未經註冊之著作或出版物聲請註冊者，須附送繼承或受讓證件。

第 十 條　著作物或出版物之所有人，以著作物或出版物委託他人聲請註冊者，應附具委託書聲請之。

第十一條　聲請註冊之著作物或出版物，應依出版法第二十條之規定，記載著作人，發行人之姓名、住所、發行年月日、發

行版次、發行所、印製所之名稱及所在地並標明定價。

出版物並應記載製版人之姓名、住所及製版年月日。

第十二條　著作物或出版物用機關、公司、會所或其他法人或團體名義者，聲請註冊時，應記其名稱及事務所所在地與代表人姓名、住址。

第十三條　著作物或出版物之註冊，由內政部將應登記之各事項，登記於著作物或出版物註冊簿上。

著作物或出版物經註冊後，應由內政部發給執照，並刊登政府公報公布之。

第十四條　凡已註冊之著作物或出版物，應標明某年月日經內政部註冊字樣，並註明執照字號。

第十五條　本細則第十三條第一項註冊簿，不問何人均得請求准其查閱或抄錄之。

第十六條　聲請註冊及請求查閱或抄錄註冊簿等項公費，每件定額如下：

一、著作物或出版物註冊費，照著作物或出版物定價之六倍繳納，有二種以上之定價者，以其最高者為準。經教育部審定之教科書註冊費，照該書定價之三倍繳納。

二、雕刻模型註冊費，照該物最高定價百分之二十繳納。

三、電影片註冊費，每五百公尺三十元，不滿五百公尺以五百公尺計算。

四、繼承或受讓已經註冊之著作物或出版物申請註冊者，其註冊費依第一至第三款之規定減半繳納。

五、執照遺失補領費十元。

六、查閱註冊簿費十五元。

七、抄錄註冊簿費,每百字十五元,未滿百字者以百字計
算。

外國人著作物在中國境內發行版本者,其註冊費,按其中
國版定價,照前項第一款之規定繳納。

第 十 七 條 著作物或出版物之定價過高者,內政部得令發行人酌減之。
前項定價之酌減如係教科書,內政部應會商教育部辦理
之。

第 十 八 條 外國人著作物如無違反中國法令情事,其權利人得依本法
聲請註冊。
前項外國人以其本國承認中國人民得在該國享有著作權者
為限,依本條規定註冊之外文書籍,其著作權之保護,不
包括翻譯同意權。

第 十 九 條 依著作權法第二條及第二十二條審查著作物或出版物,得
支審查費,其款額不得超出該著作物或出版物應繳之註冊
費。

第 二 十 條 本法第三十二條及第三十六條所規定之情事,由當地縣市
政府負責辦理,但沒入及銷燬著作物或沒入出版物及銷燬
其製版,應呈報內政部核定之。

第二十一條 出版物製版權之年限,自其最初製版發行之日起算,出版
物在本法修正前已發行,於本細則修正公布後一年內聲請
註冊者,以本細則公布之日,視為最初發行之日。

第二十二條 本法第二條、第三條、第十三條、第十四條、第十六條、
第三十七條之規定,於出版物之註冊亦適用之。

第二十三條 未依本法註冊取得著作權或製版權之著作物遇有非著作人

以之製版或照相翻印及非製版人之照相翻印者，著作人或製版人得依民法侵權行爲之規定，訴請司法機關辦理。

內政部亦已審查完成著作權法施行細則（聯合報，74、11、27、第二版）。

有關修正重點包括：

——依本法利用他人著作產生之著作，如依法應經同意或授權者，於申請著作權註册時，應附具原著作權人的同意書。

——著作逐次發行或分數次發行申請註册者，應分別申請；數人合作的著作，有少數人或一人不願申請註册者，申請人得就其自作部分申請註册。

——揭載於新聞紙、雜誌或由廣播、電視臺播送的著作，如由著作人申請者，應附具著作權歸屬證明文件或切結書；如由原載或原播送的新聞紙、雜誌或廣播、電視臺申請註册者，應附具著作權歸屬的證明文件。

——界定著作權的範圍以著作人就特定著作之表達或描述方式爲限，明定其著作權利不及於該著作所表達或描述的構想或觀念、步驟或過程、操作方法、原理或發明。

另外施行細則草案中也詳定著作權、製版權註册之申請及各項程序。

第三節　刑法與民法

（A）刑　　法[1]

△對於友邦元首或派至中華民國之外國代表，犯故意傷害、妨害自由罪或妨害名譽罪者，得加重其刑至三分之一——刑法第一百十六條。

△意圖侮辱外國而公然損壞、除去或汚辱外國之國旗、國章者，處一年以下有期徒刑、拘役或三千元以下罰金——刑法第一百十八條。（告

---

[1]　法務部送行政院之刑法及刑法施行法修訂草案，已增加藐視法庭罪及農工商從業人員洩露企業秘密罪規定。（聯合報，民 75,1,1）。

訴乃論）

△偽造、變更文書，足以生損害於公眾或他人者，處五年以下有期徒刑——刑法第二百十條。

△從事業務之人，明知為不實之事項而登載於其業務上作成文書，足以生損害於公眾或他人者，處三年以下有期徒刑、拘役或五百元以下罰金。

△在紙上或物品上之文字、符號，依習慣或特約，足以為表示其用意之證明者，關於本（偽造文書印文罪）章之罪，以文書論——刑法第二百二十條。

△散布或販賣猥藝之文字圖畫及其他物品，或公然陳列或以他法供人觀覽者處一千元以下罰金。意圖販賣而製造、持有前項之文字圖畫及其他物品者亦同——刑法第二百三十五條。

△以文字、圖畫或他法公然介紹墮胎之方法或物品，或公然介紹自己或他人為墮胎之行為者，處一年以下有期徒刑、拘役或併科一千元以下罰金——刑法第二百九十二條。

△以文字、圖畫表示，以加害生命、自由、名譽、財產之事，恐嚇他人致生危害於安全者，處二年以下有期徒刑、拘役或三百元以下罰金——刑法第三百零五條。

△公然侮辱人者，處拘役或三百元以下罰金——刑法第三百零九條第一項。

△意圖散布於眾，而指摘或傳述足以毀損他人名譽之事者，為誹謗罪。處一年以下有期徒刑、拘役或五百元以下罰金。散布文字、圖畫犯前項之罪者處二年以下有期徒刑、拘役或一千元以下罰金。對於所誹謗之事，能證明其為真實者，不罰。但涉於私德而於公共利益無關者，不在此限——刑法第三百十條（誹謗罪）。

△以善意發表言論，而有下列情形之一者，不罰：

一、因自衞、自辯或保護合法之利益者。

二、公務員因職務而報告者。

三、對於可受公評之事而爲適當之評論者。

四、對於中央或地方之議會或法院或公衆集會之記事而爲適當之載述者——刑法第三百十一條。

△對於已死之人，公然侮辱者，處拘役或三百元以下罰金。對已死之人，犯誹謗罪者，處一年以下有期徒刑、拘役或一千元以下罰金——刑法第三百十二條。

△散布流言或以詐術損害他人之信用（名譽）者，處二年以下有期徒刑、拘役或併科一千元以下罰金——刑法第三百十三條。（告訴乃論）

△犯刑法妨害名譽罪者，因被害人或其他有告訴權人之聲請，得令將判決書全部或一部登報。其費用由被告負擔——刑法第三百十五條。

△依法令或契約有保守因業務知悉或持有工商秘密之義務而無故洩漏之者，處一年以下有限徒刑、拘役或一千元以下罰金——刑法第三百十七條。

△煽惑他人避免徵集、召集者，處五年以下有期徒刑——妨害兵役治罪條例。

△少年移付少年法庭之審理，或少年犯罪受刑事追訴之事件，非經少年法庭公告，不得在新聞紙、雜誌、或其他出版品刊登記事或照片，或者由其所登之姓名、年齡、職業、住居所或面貌等，足以知悉其人爲該事件付審理或追訴之人——少年事件處理法第八十三條。

(B) 民　　法

△人格權受侵害時，得請求法院除去其侵害。

前項情形，以法律有特別規定者爲限。得請求賠償或撫慰金——民法第十八條。

△姓名權受侵害時，得請求法院除去其侵害，並得請求賠償——民法第十九條。

△法人對於其董事或其他有代表權之人，因執行職務所加於他人之損害，與該行爲人連帶負賠償之責任——民法第二十八條。

△因故意或過失不法侵害他人權利者負擔賠償責任——民法第一百八十四條前段。

△數人共同不法侵害他人之權利者，連帶負損害賠償責任。不能知其中孰爲加害人者，亦同。

造意人及幫助人視爲共同行爲人——民法第一百八十五條。

△受僱人因執行職務，不法侵害他人之權利者，由僱用人與行爲人連帶負賠償責任。

但選任受僱人及監督其職務之執行，已盡相當之注意或縱加以相當之注意而仍不免發生損害者，僱用人不負賠償責任。

如被害人依前項但書之規定不能受損害賠償時，法院因其聲請，得斟酌僱用人、被害人之經濟狀況，令僱用人爲全部或一部之損害賠償。

僱用人賠償損害時，對於爲侵權行爲之受僱人，有求償權——民法第一百八十八條。

△不法侵害他人之身體、健康、名譽或自由者，被害人雖非財產上之損害，亦得請求賠償相當之金額。其名譽被侵害者，並得請求回復名譽之適當處分——民法第一百九十五條第一項。

△因侵權行爲所生之損害請求權，自請求人知有損害及賠償義務人時起，二年間不行使而消滅。自有侵權行爲時起逾十年者，亦同——民法第一百九十七條第一項。

（C）其他條文

△雜誌封面應使用中文。

△僞塡經歷，以非法手段，取得雜誌登記證者，註銷登記。

△發行權所有人，屬於依法設立之公司，或從其合約之規定，爲合夥人所共有。

△雜誌的名稱、字樣大小順序，應該一致。

△雜誌以中外文對照發行，須經核准。

△雜誌的封面名稱，應與原核准名稱，完全相同。

△雜誌形式並無限制規定，可爲單頁報紙型，亦可爲開數不同的書版型；但名稱不得用「報」、「新聞」、「快訊」或「通訊」等字樣。

△出版品發行人，因僞造文書案，經判處有期徒刑在執行中，註銷登記。

△戒嚴地域內，最高司令官有執行下列事項之權：停止集會、結社及遊行、請願，並取締言論、講學、新聞、雜誌、圖畫、告白、標語暨其他出版物之認爲與軍事有妨害者——戒嚴法第十一條第一項。

△總動員法實施後，政府於必要時，得對報館、通訊社之設立，報紙、通訊稿及其他印刷物之記載，加以限制、停止，或命其爲一定之記載——國家總動員法第二十二條。

△總動員法實施後，政府於必要時，得對人民之言論、出版、著作、通訊、集會、結社，加以限制——國家總動員法第二十三條。

△總動員法實施後，政府對於違反或妨害國家總動員之法令或業務者，得加以懲罰。

前項懲罰，以法律定之——國家總動員法第三十一條。

△以文字、圖書、演說爲利於叛徒之宣傳者，處七年以上有期徒刑

——懲治叛亂條例第七條。

△出版物不得有下列各款情形之一：

一、洩漏有關國防、政治、外交機密者。

二、洩漏未經軍事新聞發布機構公布屬於「軍機種類範圍令」所列之各項軍事消息者。

三、為共匪宣傳者。

四、詆譭國家元首者。

五、違背反共國策者。

六、淆亂視聽，足以影響民心士氣或危害社會治安者。

七、挑撥政府與人民情感者。

八、內容猥褻有悖公序良俗或煽動他人犯罪者。

——臺灣地區戒嚴時期出版物管制辦法第三版。

△凡在本（臺灣）地區印刷或出版發行之出版物，應於印就發行時，檢具樣本一份，送臺灣警備總司令部備查——臺灣地區戒嚴時期出版物管制辦法第五條。

△凡書報雜誌刊印男女裸體照片，除在客觀上能認定純係供藝術性或醫藥上之研究或展覽者外，如(一)未帶乳罩或僅著透明衣飾而赤露乳部之女人裸體照片具有誨淫作用者；(二)未穿三角褲或穿透明衣飾，赤露性器官之男女裸體照片；(三)雖未露出乳部或性器官而姿態淫蕩，在客觀上足以引起他人性慾之女人赤露照片，皆係「妨害風化照片」——內政部「刊印裸體照片處罰標準」。

第四節　新聞記者法

第　一　條　本法所稱新聞記者，謂在日報社或通訊社擔任發行人、撰

述、編輯、採訪或主辦發行及廣告之人。

第　二　條　依本法聲請核准領有新聞記者證書者，得在日報社或通訊社執行新聞記者之職務。

第　三　條　具有下列各款之一者，得聲請給予新聞記者證書：

一、在教育部認可之國內外大學或獨立學院之新聞學系或新聞專科學校畢業，得有證書者。

二、除前款外，在教育部認可之國內外大學獨立學院或專門學校修習文學、教育、社會、政治、經濟或法律各學科畢業，得有證書者。

三、曾在公立或經立案之大學、獨立學院、專門學校，任前二款各學科教授一年以上者。

四、在教育部認可之高級中學或舊制中學畢業，並曾執行新聞記者職務二年以上，有證明文件者。

五、曾執行新聞記者職務三年以上，有證明文件者。

第　四　條　有下列情事之一者，不得給予新聞記者證書。其已領有新聞記者證書者，撤銷其證書：

一、背叛中華民國證據確實者。

二、因違反出版法第二十一條之規定（按：係指民國廿六年公布之出版法），或因貪污，或詐欺行為被處徒刑者。

三、禁治產者。

四、褫奪公權者。

五、受新聞記者公會之會員除名者。

六、國內無住所者。

第　五　條　聲請給予新聞記者證書者，應於聲請書載明下列各款事項，向內政部為之：

一、姓名、性別、年齡、籍貫、現在住址及永久通訊處。

二、學歷、經歷。

三、曾執行新聞記者職務者，其所服務報社或通訊社之名
稱、地址及開始執行職務之年月與其服務期間。

第 六 條　本法施行前在日報社或通訊社執行新聞記者職務，應於本
法施行後一個月內聲請給予證書。在其聲請未被駁回前，
照常執行職務。

第 七 條　新聞記者應加入其執行職務地之新聞記者公會或聯合公
會。其地無公會者應加入其鄰近市縣之新聞記者公會。

第 八 條　市縣新聞記者公會以在該管區域內執行職務之新聞記者十
五人以上之發起組織之。其不滿十五人者，應聯合二以上
之縣或與市，共同發起組織之。

第 九 條　省新聞記者公會得由該省內縣市公會或其聯合公會五個以
上之發起，及全體過半數之同意組織之。其縣市記者公
會及其聯合公會不滿五單位者，得聯合二以上省共同組織
之。

第 十 條　全國新聞記者公會聯合會得由省或其聯合公會或院轄市公
會十一個以上之發起，及全體過半數之同意組織之。

第十一條　在同一區域內同級之新聞記者公會以一個為限。

第十二條　新聞記者公會之任務如下：

一、關於新聞學術及新聞事業之研究與發展事項。

二、關於三民主義之闡發與國策之推進事項。

三、關於宣揚政令與協助政府之宣傳事項。

四、關於社會文化之促進與地方風習之改良事項。

五、關於新聞記者品德之砥礪與風紀之整飭事項。

第 十 三 條　新聞記者公會之主管官署爲各級社會行政機關，其目的事
業並受有關機關之指揮監督。

第 十 四 條　新聞記者公會設理事、監事，其名額如下：

一、縣市公會或其聯合公會，理事三人至九人，監事一人
至三人。

二、省公會或其聯合公會或院轄市公會，理事九人至十七
人，監事三人至五人。

三、全國公會聯合會，理事十一人至二十一人，監事三人
至九人。

前項各款理事監事之任期不得逾三年，連選得連任一次。

第 十 五 條　市縣新聞記者公會或其聯合公會每年開會員大會一次。省
以上之新聞記者公會，每年開會員代表大會一次。必要時
得由理事會之決議，或經全體會員二分之一以上請求，召
開臨時大會。

第 十 六 條　新聞記者公會得向會員徵收入會金及常年會費，有必要時
得經主管官署之核准，籌集事業用費。

新聞記者公會每年度終應將財政狀況轉告主管官署並刊佈
之。

第 十 七 條　新聞記者公會應訂立章程，連同會員名冊及職員簡明履歷
各一份，呈請主管官署立案。

第 十 八 條　市縣新聞記者公會或聯合會之章程應載明下列各項規定：

一、名稱：區域及會所所在地。

二、宗旨：組織任務或事業。

三、會員之入會或出會。

四、理監事名額、權限、任期及其選任解任。

五、會員大會及理事會、監事會會議之規定。

六、會員應遵守公約。

七、經費及會計。

八、章程之修改。

省以上新聞記者公會之章程除准用前項規定外，並應記載會員代表產生之方法。

第 十 九 條　新聞記者公會會員大會或會員代表大會或理事會、監事會之決議，有違背法令者，得由主管官署撤銷之。

第 二 十 條　新聞記者於職務上或風紀上有重大之不正行為，得由所屬公會全體會員三分之二以上之出席，出席會員四分之三以上之同意，於會員大會會議，將其除名。

第二十一條　新聞記者於法律認許之範圍內，得自由發表其言論。

第二十二條　新聞記者不得有違反國策，不利於國家或國族之言論。

第二十三條　新聞記者不得利用其職務為詐欺或恐嚇之行為。

第二十四條　新聞記者於其職務解除前，不得兼任官吏。

第二十五條　新聞記者應於開始執行職務後十日內，將證書及其所加入之新聞記者公會會員證，繳由所服務之日報社或通訊社聲請市縣政府查驗後，轉請登記其變更所服務之日報社或通訊社；或解除職務後而復執行者，亦同。

第二十六條　新聞記者執行職務，於受有查驗證書之命令時，非有正當理由不得拒絕。

第二十七條　未經領有證書而執行新聞記者職務，除停止其職務外，處一百元以下罰鍰。但第六條所定情形不在此限。

第二十八條　新聞記者違反第二十二條至廿四條之規定者，撤銷其證書。

第二十九條　新聞記者違反第二十五條之規定者，處五十元以下罰鍰。

第五節　醫藥、化粧品、食品廣告法規

△醫師對於其業務，不得以自己、他人或醫院、診所名義，登載或散佈虛偽、誇張、妨害風化，或其他不正當之廣告。

△「醫師業務廣告，應以文字或語言為之，不得以圖片表示，其內容以下列為限：

一、醫院診所名稱、醫師姓名、證書及執照字號、地址、電話、交通路線。

二、診療科別、診療時間、特殊醫療設備。

三、執業、遷移、復業、停業年、月、日」。

醫師業務廣告，其內容不得違反下列規定；經核准後不得擅自變更內容：

一、虛偽誇大者。

二、妨害風化者。

三、歪曲事實者。

四、利用公開答問作宣傳者。

五、業務啓事者。

六、假藉他人名義刊登鳴謝啓事者。

七、假藉他人名義刊登推介啓事者。

八、以醫師性別為號召者。

九、以醫師學位為號召者。

十、利用祖傳為號召者。

十一、利用秘方為號召者。

十二、專治癌症者。

十三、專治性病者。

十四、整形美容者」──醫師業務廣告管理辦法第四條。

△「醫師對於因業務而知悉他人秘密，不得無故洩漏」──「醫師法」第二十三條。

△「助產士對於其業務，不得以本人、他人或助產所等名義登載或散布虛偽誇張或其他不正當之廣告」──「助產士法」第二十五條。

△「藥商不得於報紙、刊物、傳單、廣播、電影、電視、幻燈片及其他工具或假借他人名義，登載或宣播藥品及醫療器材之下列各項廣告：

一、使用文字、圖畫，與核准不符者。

二、涉及猥褻，有傷風化者。

三、暗示墮胎者。

四、名稱、製法、效能或性能，虛偽誇張者。

五、使用他人名義保證或暗示方法，使人誤解其效能或性能者。

六、利用非學術性之資料或他人函件，以保證其效能或性能者」──藥物藥商管理法第七十一條第一項。

△「藥物廣告所用之文字圖畫應以中央衛生主管機關所核定之藥物名稱、劑型、處方內容、用量、用法、效能、注意事項、包裝及廠商名稱地址為限」──「藥物藥商管理法施行細則」第六十九條。

△「藥物廣告應將廠商名稱、藥物許可證及廣告核准之文件字號一併登載或宣播」──「藥物藥商管理法施行細則」第七十條。

△「抗生素類、中樞神經（興奮或抑制）類．腎上腺皮質荷爾蒙類、抗結核類藥品、血清疫苗、癌症治療藥物及其他需由醫師處方或限醫事人員使用之藥物，其廣告限在學術性醫藥刊物登載之」──「藥物

藥商管理法施行細則」第七十一條。

△「藥物廣告之內容，具有下列情形之一者，應予刪除或不予核准：

一、涉及男女性方面之效能者。

二、利用容器包裝換裝或所用獎勵方法有助長濫用藥物之虞者。

三、表示使用該藥物而治癒某種疾病或改進某方面體質及健康或捏造虛偽情事，藉以宣揚藥物者。

四、誇張藥物安全性，例如「完全無副作用」、「人畜無害」或「安心使用」等類圖文言詞者。

五、誇張藥物效能，例如「根治」、「完全預防」、「澈底消除」等類圖文言詞者。

六、誇張藥物效力快速，例如「三分鐘奏效」、「立即見效」、「藥到病除」等類圖文言詞者。

七、誇張藥物製法，例如「最高技術」、「最進步製法」、「最新科學」等類圖文言詞者。

八、保證藥物效能，例如「可具保單」、「無效退款」、「效果絕對保證」等類圖文言詞者。

九、故作危言列舉病名、症狀或以痛苦不堪之情態而使視聽者精神不安或發生恐怖，例如「你有這種現象嗎」、「你有某種病」、「某病不服某種藥之嚴重後果」、「發生某種可怕之情形或死亡」等類圖文言詞者。

十、列舉某種人為對象，或列舉某種情形，或環境下需服用某藥物，例如「駕駛汽車者」、「讀書考試者」、「勞動工作者」、「熬夜加班者」，或「生活在緊張社會裏」，抑或「必能金榜題名」、「產生活力」等類圖文言詞者。

十一、引誘一般健康者服用，或哄騙人長期連續服用其藥物者。

十二、高聲呼喊藥物名稱、病名、或連續叫囂，而擾亂安寧，或使人有精神威脅之感覺者。

審查中藥原料藥廣告時，其主治效能之範圍，應以『本草綱目』所載者爲限。但涉及男女性方面者，應依前項規定辦理」——「藥物藥商管理法施行細則」第七十二條。

△含藥化粧品廣告之內容，不得有下列情事：

一、所用文字、圖書與核准不符。

二、涉及猥褻，有傷風化。

三、其名稱、製法、效能或性能有虛僞誇張。

四、使用他人名義保證或以暗示方法使人誤解其效能或性能。

五、利用非學術性之資料或他人函件，以保證其效能或性能。

六、涉及疾病之治療及預防 ——「化粧品衞生管理條例施行細則」。

△「其未含有醫療或毒劇藥品，亦不得於各該工具登載或宣播有醫療效能之廣告」——「化粧品衞生管理條例」第二十四條第二項。

△「含藥化粧品廣告登播時應將核准文件之字號一併登載或宣播」——「化粧品衞生管理條例施行細則」第二十八條第三項。

△「對於食品、食品添加物，不得藉大衆傳播工具或他人名義，播載虛僞、誇張、捏造事實或易生誤解之宣傳或廣告」——「食品衞生管理條例」第十七條。

△「廣告物之文字、圖畫，不得有下列情形：

一、依法令應經主管機關核准而未經核准者。

二、違反法令規定者。

三、妨害善良風俗者。

四、歪曲事實或虛偽宣傳者」——廣告物管理法第三條。

△「廣告物上之文字應使用中文，從右至左，或從上至下排列。如必須註釋外文者，應以中文在上，外文在下；中文在前，外文在後；中文字大，外文字小；中文字所佔面積不得小於五分之三」——「廣告物管理法」第五條。

△所有各公司、行號、工廠、及公私機關、團體或私人印製之貨品、包裝紙、紙袋、紙盒、商標、統一發票、日曆、月曆、香煙盒、火柴盒、信紙、信封、戲票、入場券、說明、傳單、日記簿、新聞紙、雜誌、各類圖書封面紙、紙扇、招貼廣告及其他印製品，一律加印反共抗俄宣傳標語。各種印製品加印反共抗俄宣傳標語之多少及字體之大小，視其面積，由印刷商或承製商與交印或交製人洽商決定。宣傳標語字體一律限用漢文楷書，不得用美術字；如須橫寫應一律自右而左。宣傳標語由內政部統一規定。——「印製品加印反共抗俄宣傳標語辦法」一至五條。

附錄：其他醫藥食品廣告的條文規定

㈠醫師業務廣告：①醫師業務廣告應報經所在地直轄市或縣（市）衛生主管機關許可。②申請醫師業務廣告之許可，應由負責醫師填具申請書檢齊有關證明文件連同廣告文字內容二份（直轄市一份），送請所在地直轄市或縣（市）衛生主管機關審查。③直轄市或縣（市）衛生主管機關對於前項申請應於三日內核發廣告許可證。縣（市）衛生主管機關並應將廣告文字內容一份送省衛生主管機關備查。④醫師業務廣告經核准後，其內容不得擅自變更。⑤經核准之醫師業務廣告於刊登或傳播時，應註明許可證年、月、日及字號。⑥醫師業務廣告許可證有效期間

為六個月，期滿失效。（按：可再申請）。⑦醫師之業務廣告有下列情形之一者，除由所在地直轄市或縣（市）衛生主管機關依法處以罰鍰外，並移付懲戒：

一、虛偽誇大者。

二、妨害風化者。

三、歪曲事實者。

四、利用公開問答作宣傳者。

五、業務啟事者。

六、假藉他人名義刊登鳴謝啟事者。

七、假藉他人名義刊登推介啟事者。

八、以醫師性別為號召者。

九、以醫師學位為號召者。

十、利用祖傳為號召者。

十一、利用秘方為號召者。

十二、專治癌症者。

十三、專治性病者。

十四、整形美容者。

㈡藥物藥商廣告：①藥商（限領有該藥物許可證者）登載或宣播廣告時，應於事前將所有文字、畫面或言詞，申請省（市）衛生主管機關核准，並向傳播機構繳驗核准之證明文件。②核准之藥物廣告，其有效期間為六個月，自核發證明文件之日起算。期滿仍需繼續廣告者，得申請原核准之衛生主管機關核定展延之；每次核准展延之期間不得超過六個月。其有效期間應記明於核准該廣告之證明文件。

㈢化粧品廣告：①化粧品廣告，無論為含藥化粧品或一般化粧品均須先向省市衛生主管機關申請核准後，始得登載或宣播。②經核准之含

藥化粧品廣告，其有效期間爲六個月，自核發證明文件之日起算，期滿仍需繼續廣告者，得申請原核准之衞生主管機關展延之，每次核准展延之期間不得超過六個月。③前項有效期間應記明於核准該廣告之證明文件。④含藥化粧品廣告登播時應將核准文件之字號一併登載或宣播。

第六節　國立編譯館連環圖畫審查標準

「爲維護國民身心健康，防止不良影響」，連環圖畫不得以下列各款之一爲主題或內容：

一、對國家方面：

1.違反國家之政策法令者。

2.損害民族情感者。

3.妨害國際之正常關係者。

4.宣揚專制極權學說，忽視基本人權者。

二、對社會方面：

1.違背善良風俗，破壞倫理道德者。

2.描寫淫穢色情，妨害風化者。

3.描寫低級趣味，損害高尚情操者。

4.強調暴力，蔑視法紀，宣揚仇恨與報復心理，描寫犯罪與殘酷行爲，或侈言顛覆政府、征服世界等妨害社會安寧秩序者。

5.以特殊事例概論全體，破壞人羣之正常關係者。

6.虛構本不存在或不可能發生之情節，使人陷於迷亂，發生恐懼或動搖生活信念者。

三、對個人生活方面：

1.否定生活意義或生存價值，使人喪失信心或希望者。

2.降低生活情趣或使人脫離生活正軌者。

3.誇大人性的弱點或社會的缺陷，使個人對他人或社會喪失信心者。

4.誇大仇恨報復，讚譽機巧變詐，稱美反常活動，以及描寫一切足以養成偏激情感、狂妄思想、極端行為，妨害正常發展者。

5.宣揚個人英雄主義，抹煞集體力量，損害平等精神者。

6.介紹醫藥或日用器物不正確，易生危險者。

四、對個人心智方面：

1.描寫神怪，宣傳迷信，使人脫離現實生活，產生錯誤觀念者。

2.違背常情常理或學術上之現有成就，或抹煞真實事物虛構無可能性之故事，使人遊心虛幻之境，造成思想不切實際，行為不務實際，妨害正確知識與正常行為者。

3.違背理則，歪曲事實，以偏概全，顛倒因果，以偶然為必然，混應然為實然，妨害正確思想者。

4.時間空間關係錯亂者。

5.描寫罪惡與黑暗，引人犯罪，使人頹喪，助長悲觀失望及仇恨心理者。

6.傳布悲觀頹廢思想，貶低人生價值及生活意義，阻抑上進心者。

五、對國家、社會及個人有其他不良影響者。

為提高國民之知識及道德水準，發揮積極的教育作用，連環圖畫應以下列各款之一為主題：

一、培養國民道德：指培養國民四維八德等基本道德，介紹生活規範衛生習慣等生活法則，目的在培養現代公民生活所必需之道德觀念及優良習慣。

二、介紹基本知識者：指探討自然的祕奧、人生的真相、人羣活動

的相互關係，及民主自由平等博愛的思想，介紹求眞求是的科學方法與科學態度，說明其解決問題的實際功用等。目的在認識環境、改造環境，以提高現代國民應有之生活水準。

三、發展天賦能力者：指培養學習研究興趣、自立與合作精神、思考與特別能力、欣賞與創造能力、自尊心與自信心、責任感與榮譽感、深厚的感情與堅強的意志力等。目的在揭露人性的眞相，顯示天賦的極限，使人人能各盡其性，發展潛能，達於至善。

爲達成上述的目標，連環圖畫之內容，宜根據兒童及社會大衆之興趣、經驗與理解能力，取下列各項之一爲題材：

一、史地知識：包括歷史事蹟、先賢傳記、民情風俗及天文地理等。編寫此類故事，旨在使讀者認識人類的生活環境，及過去現在各種不同的生活方式、文化成就，以爲改善今後生活的依據。

二、公民知識：包括現代思潮、國際形勢、國家政令、社會風習、人情世態、倫理道德、生活規範、衛生習慣、醫藥常識等。編寫此類故事，旨在指導思想與行爲，使讀者明瞭現代國民應有之生活態度，與行爲方式，確認個人在人羣中的地位及當前努力的方向，破除舊觀念，建立新生活。使能各就其性之所近，發展天賦才能，實現生活的意義，創造生命的價值。

三、學術性故事：包括自然科學與社會科學上之成就、宗敎與哲學上之發展等。編寫此類故事，旨在增廣知識，開拓心智的領域，應用知識，充實生活的內容。

四、文藝作品：無論其形式爲小說、戲劇、神話、童話、寓言、筆記、或雜誌等，無論其內容在紋述人類過去或現在的生活，編寫此類故事，均旨在描寫現實的人情世態，指陳時代利弊，揭示人生正道，或運用推理與想像，淨化美化人所實有的思想、情感，增加生活情趣，提高

生命價值。

第七節　中華民國新聞事業廣告規約

「中華民國新聞事業廣告規約」，於民國六十五年九月一日起施行。

一、總　則

㈠新聞事業所刊播之廣告，應以增進人類社會福祉爲目標。廣告之製作，應求眞、求善、求美、求新。

㈡新聞事業所刊播之廣告，應維護中華文化傳統，不違背國家民族獨立自強精神。

㈢新聞事業所刊播之廣告，不可影響元首尊嚴，暨不可有損任何自然人或法人之名譽與私權。

㈣新聞事業所刊播之廣告，不可以描繪人生前途渺茫，缺乏樂趣與誇大社會上各種缺憾、悲慘、殘忍等情事，以逢其廣告目的。

㈤新聞事業所刊播之廣告，不可影響新聞事業之立場，亦不可模做新聞報導或使人誤解係由新聞事業所推介。

㈥新聞事業所刊播之廣告，其廣告目的必須在法律允許範圍以內，內容明確，並不作誇大、虛僞之宣傳。

㈦新聞事業所刊播之廣告，其委託者必須證明身份，並有負擔所刊播廣告之責任能力。

㈧新聞事業刊播非自行製作之廣告，應與自行製作者同樣負責。

二、分　類

甲、政治事務類：

一、政黨刊播政治性啓事，應以不違背憲法所訂自由之範圍，委登時須有政黨之文件證明，必要時查閱與登記送刊人身分證。

二、各級政府機關或各種社團刊播廣告，須有機關社團公文證明。

三、凡惡意攻訐政府、政黨、社團、或公務員、公職人員之廣告（包括各種選舉時候選人委託刊播者）均不予接受。

四、呼籲、請願性質之廣告，須包括具體事實，刊播人並須提出足資證明此項事實之文件，與其身分證。

乙、聲明啓事類：

一、各種聲明與啓事，須有事實根據，合乎法律、情理，凡影射攻訐或藉以散佈不利於社會安寧與秩序者，不予刊播。

二、招尋人物之啓事，附有懸賞者，應以自行走失或遺失者爲限。

三、鳴謝、慶祝，與悼念、追思等廣告，送刊播者均須提出身分證明，必要時須有相當證明文件。

四、學校、補習班、技藝傳習所刊播招生啓事，以經過政府立案者爲限，仍須有學校、班、所之正式文件委託。啓事內容，不得誇大宣傳教學成績。

五、結婚、離婚啓事，須有雙方當事人簽名蓋章並提出身分證明。

六、徵婚啓事必須徵婚者本人提出身分證明，如廣告內容所提出徵婚者本人身分與身分證不符，拒絕刊播。

丙、人　事　類：

一、廣告招考、招聘、招雇職工，或徵求合作經營事業，均以正當職業爲限，委託刊播者須提出與廣告招考招聘單位或個人相符之證明文件。

二、職業介紹所刊播廣告，以經政府登記有案能提出證明者爲限，所刊播介紹之項目，並須與核准經營之項目相符合。

丁、服　務　類：

一、旅遊服務之廣告，委託刊播者必須爲政府登記有案之旅遊業，

並有正式文件委託。

二、一般服務之廣告，其刊播服務者單位或個人名稱者，必須提出與所刊服務者名稱相符之證明。

戊、藥物食品化粧品與醫療類：

一、藥物、食品、化粧品與醫療之廣告，其刊播之內容，須符合衛生機構認可之範圍，如衛生機構規定必須事前審定者，非經審定不予刊播。

二、鳴謝醫療痊癒之廣告，必須由鳴謝者本人提出身分證明簽章委託刊播，如係由被謝者代為提出，一律不予接受。

己、買　賣　類：

一、刊播買賣廣告，其買賣標的物以合法之商品與動產不動產暨其他權益為限，出售與徵求者係屬法人時，應提出法人之合法證明，出售或徵求之標的物，其價值與數量顯與委託刊播廣告者身分及業務性質不合者，應拒絕接受。

二、書刊之內容違反政府法令或敗壞社會風俗者，其推銷廣告不予刊播。

三、預約書刊或商品之廣告，委託刊播者必須提出與廣告相符之身分證明。

四、預售與預約即將建築或建築中之房屋廣告，須附加說明建築執照字號，並提出出售者合法之公司登記證明。

五、一般商品之推銷廣告，對其品質之優異有超越常情之宣傳，無法提出可靠證明者，不予接受刊播。

庚、宗　敎　類：

一、宗敎性廣告如有排斥其他宗敎，並敎唆或暗示信徒不遵守政府法冊規章，危害社會秩序者，不予接受刊播。

二、宗教性廣告如有影響民衆對國家社會前途信心者，不予接受刊播。

辛、附　則：

（一）本規約未能備載事項，由報業、無線電廣播業、電視業各視需要，自行另訂補充辦法付諸實施。

（二）本規約各新聞單位執行情形，由各該業新聞團體（臺北市報業公會、臺灣省報紙事業協會、中華民國廣播事業協會、中華民國電視學會）隨時加以檢討，並提出改進意見，建議各有關機關及新聞單位改進。

壬、臺北市報業公會，於民國六十七年四月二十一日，舉行第十二屆第二次全體理監事聯席會議時通過：「臺北市報業公會對中華民國新聞事業廣告規約補充事項」三條：

（1）凡買賣、租賃電影及器材之廣告，須係合法經營該項業務之公私行號，否則拒絕刊登。

（2）凡有關「性」的書刊，借藝術名義之圖片廣告，應予拒刊。

（3）凡以徵求「舞女」、「指壓小姐」、「女服務生」、「女理髮師」、「女伴遊」等廣告而在文字中有影射色情，或有影射善良風俗者，應予拒絕刊登。

本會第十二屆第二次全體理監事聯席會議，並通過建議，今後凡經治安單位、司法機關查明有犯罪事實，應予拒刊之廣告，即請各該單位、機關隨時函知新聞局轉知各報遵照辦理。

第八節　新聞紙類印刷物郵遞規定（摘錄）

第二十一條　出版法所稱之新聞紙或雜誌以報導或評論政治、經濟、科

學、文化或其他公益事項為目的，經中央主管新聞行政機關登記者，得向郵政機關申請登記按新聞紙類交寄。

政府或民意機關發行之公報得比照新聞紙或雜誌之規定（免附登記證）向郵政機關申請登記為新聞紙類交寄。

已向郵局登記之新聞紙或雜誌，如其內容非以報導或評論政治、經濟、科學、文化為主，經中央主管新聞行政機關認定係屬商業性廣告宣傳品或公司行號發行專為本身業務宣傳之雜誌，不得享受新聞紙類資費之優待者，郵局即據以撤銷新聞紙或雜誌交寄之登記。

第二十二條　新聞紙或雜誌申請交寄登記，應由發行人填具登記申請書，檢附中央主管新聞行政機關發給之出版事業登記證正本及影印本（正本驗畢發還）暨最近發行之該新聞紙或雜誌二份，並指定交寄之郵局，向發行所在地郵區管理局辦理登記，核發執照。

前項檢附之新聞紙或雜誌，須與檢送新聞行政主管機關者完全相同。以後每期交寄之新聞紙或雜誌及應檢送交寄郵局之一份，亦應與每期檢送新聞行政主管機關者完全相同。已登記之新聞紙或雜誌，其向郵局登記事項如有變更，依出版法之規定，應辦理變更登記者，應於新聞行政主管機關核准變更登記後十日內，向郵局申請交寄變更登記。

第二十三條　經郵政機關登記之新聞紙或雜誌，應於其名稱之下或封面、封底之明顯位置刊明「中華郵政某字第某號執照登記為新聞紙交寄」或「中華郵政某字第某號執照登記為雜誌交寄」字樣。交寄時應在封套正面註明「新聞紙類」字

樣，寄往國外者，以國際郵務通用之法文或英文註明之。

第二十四條　新聞紙得由派報處所憑報社委託經銷之證明，向其所在地郵局申請指定一處郵局交寄。

第二十五條　新聞紙、雜誌每件重量不得逾二公斤。其最大或最小尺寸限度與信函之規定同。

第二十六條　已經登記之新聞紙或雜誌發行散張、小冊或圖畫增刊，如在新聞紙或雜誌本刊版面明顯處刊有「附贈某某增刊若干張或若干冊」字樣者，得附同本刊，按新聞紙或雜誌付費交寄。但所附增刊之名稱、張數或冊數與本刊所註不符，或增刊之發行人姓名住址與該新聞紙或雜誌之發行人不同者，應全件按印刷物付費。

前項散張、小冊或圖畫增刊，含有商業性質者，如目錄、傳單、市價單等，應按印刷物付費。

第二十七條　新聞紙或雜誌，有下列情形之一者，應按印刷物付費：

一、非經登記之報社或其派報處所或雜誌社交寄者。

二、非向指定之郵局窗口交寄者。

三、廣告篇幅超過主管新聞行政機關規定者。

四、內頁頁數或版面不全者。

五、非當期之雜誌。但零星補寄訂戶，並於封面註明「補寄」字樣者不在此限。

前項情形，於交寄後發現或事後獲主管新聞行政機關通知者，寄件人均應按印刷物資費補付差額，並限於接到通知後五日內付清。未付清前，不得再作新聞紙類交寄。

第二十八條　下列各件均得作印刷物交寄：

一、書籍、小冊以及其他印刷之出版品。

二、已印字之名片、各種印刷圖畫、照片及貼有照片之簿冊。

三、各種印刷之圖樣、輿圖、供剪裁用之樣本、貨物價目單冊，通啓、傳單、公告等。

四、不具通信性質之文件或表報之影印本。

五、手寫之著作或新聞稿。

六、樂譜或手抄之散頁樂譜。

七、學生作業之原文或經批改而未加註作業以外之任何評語者。

八、附有原稿或未附原稿之校對文件。

九、字畫。

十、印刷之學生成績單、在學證明書、請柬、喜帖、訃文、謝卡、開會通知等，雖經填寫，而在國內互寄者。

十一、印刷、油印或影印文件，具有上、下款，其下款係逐件簽名或蓋章，在國內互寄，一次在郵局窗口交寄二十件以上而內容完全相同者。

十二、其他用紙張或通常可用於印刷之材料予以印刷或油印之件。

第二十九條　下列各件均不得作印刷物交寄：

一、壓字機、打字機或手用戳記打出或印出之件。

二、紙張上雖印有文字、圖案，表格而其印刷部分非占該件之主要部分者，如信封、信紙、表冊、單式、帳簿、日記簿、練習簿等。

三、具有代表銀錢價值效力之印刷物。

四、鑽孔樂譜用於自然發音之樂器者。

五、字畫嵌入鏡框或係浮貼、織成、繡成者。

第 三 十 條　印刷物本身或封面上不得添註任何文字，如註有各種符號，足以構成隱語或將印刷原文更改者，均不得作印刷物交寄。但下列情形不在此限：

一、寄件人及收件人之姓名地址、郵遞區號、職業、發寄日期、電話號碼、電報掛號號碼、郵局或銀行之存款帳號暨關於該寄件之文檔號碼。

二、印刷錯誤之校正及字句章節之刪除、標註或劃線。

三、畫片、名片、致賀或慰唁卡片上，得書寫禮節慣用語句，以十字為限。但寄往國外者，以五字為限。

四、印刷校對文件或原稿上標註關於校正、體裁及印刷方面之更改或增加事項，書寫「准付印」、「閱訖，准付印」或關於印製之其他類似字樣。如本件上無餘隙可加註時，得於另紙書寫。

五、印刷之文藝及美術著作上，書寫表示敬意之簡單慣用題辭，但以不具通信性質者為限。

六、報紙及定期刊物剪下之件，加註相關報刊之名稱、日期、號數及發行地址。

七、各項出版物、書籍、小冊、新聞紙、雜誌，雕版圖畫及樂譜等有關之訂單、預約單或售貨單內，書寫出版物名稱、訂購或出售份數、價格及有關價格要點之說明、付款辦法、版別、著作者及發行者之姓名、目錄號數以及「平裝」或「精裝」字樣。

八、圖書館所用之借閱書籍單內，填寫著作之名稱、請借

　　　　　或寄發之冊數、著作者及發行者之姓名、目錄號數、
　　　　　准許借閱日數及借書者之姓名。

　　九、更改地址之通知單上，書寫新舊地址及其更改日期。

第三十一條　印刷物封裝方法，應以足資保護內件及易於查驗爲準，視
　　　　　其性質得分別用襯木棍、護夾板、兩端開露之匣筒或露口
　　　　　封套，其封套上用安全鈕扣封口或用繩捆束者，以易於開
　　　　　拆者爲限。印刷物爲硬紙片者，得不加封套寄遞，摺疊
　　　　　者，務使不能自行展開，以免夾入其他郵件。

第三十二條　印刷每件重量不得逾二公斤。單本寄遞之書籍得展至三公
　　　　　斤。但寄往國外之書籍得展至五公斤。其尺寸限度與信函
　　　　　之規定同。

　　　　　印刷物應於封面註明「印刷物」字樣。寄往國外者，以國
　　　　　際郵務通用之法文或英文註明之。

第三十三條　招領之印刷物自投遞局寄發招領通知之次日起算，存局期
　　　　　間以十五日爲限，逾限者應交付逾期保管費。

第三十四條　寄往國外同一地址同一收件人之多件印刷物，得裝袋作印
　　　　　刷物專袋交寄。每袋重量不得少於十公斤或超過二十五公
　　　　　斤。

第十一篇　編印、廣告英辭中釋

A

Absorption　吸墨性

AC作者改正 (Author's Correction)

Author's Alteration(AA)，作者易稿。

Accent face　特號字體

Account Executive(AE)

廣告客戶主管負責客戶廣告一切接洽

Account supervision

廣告客戶主管監督，多由廣告公司襄理和協理擔任。

Achromatic　消色（黑、灰、白非彩色之謂也）。

Action picture　動態照片（例如跑步）

Ad (advertisement)　廣告

Add　續稿

Ad alley　廣告排版房

Adless newspaper　不刊廣告的報紙

美報人費爾德三世 (marshall Field Ⅲ)，於買下「下午報」(PM)後，試行「不登廣告政策」(the non-advertising policy)，結果虧蝕不堪。「廣告充斥」之報刊，稱爲 "tight paper"，而「少廣告」的報刊，則稱爲 "wide open paper"。

Advertiser　廣告主

Advertising agency　廣告代理商

Advertising appropriation　廣告經費預算

Advertising contract　廣告合約

Advertising cutoff

將廣告與新聞、廣告與廣告分隔的特別欄線。一般分欄線則稱爲 "cutoff rule"。

Advertising manager　廣告經理

"Afghanistanism"　「阿富汗主義」

此係 1948 年，杜沙論壇報 (The Tulsa Tribune) 總編輯瓊斯 (Jenkin Lloyd Jones) 所說的一個名詞，意指評論內容不著邊際，只在小題目做文章。

Agate line

瑪瑙行。美報刊廣告版面之計算單位，一行爲 5.5 點，約 1/14 吋。

Agency commission　廣告代理商佣金

Agency of record　爲廣告商代購廣告版面之商人

A head　短欄

AIDBA (AIDCA)

廣告傳播之歷程: 注意 (Attention)→興趣(Interest)→慾望(Desire)→相信 (Belief) →行動 (Action)。另一說法則將相信改爲「說服」

(Conviction)。

Air, Fresh　留白

Airbells　報紙照片上因冲洗不當而顯現之氣泡

Alive　尚可使用之已寫好、或排好文稿。

Alley　行鉛

A lift　　（最大）裁紙量

All in hand　所有稿件皆已送排，"All up"則係版已排妥。

Allocation　版面（平均）分配

"All other" circulation　　（報紙）其他地區發行量

Allowance　廣告優待價

Alphanumeric (alphameric)

版面字母（alpha）及數字（numeric）的容量

A. M. (morning paper)

早報（中午以前出版）。晚報爲 P. M. (Afternoon paper)。

A-matter　要預先排妥備用之版面主要內容

Ampersand　卽 "&"

Anchor　以闢欄或大號字體「拉角」

Angle　新聞報導之角度

Annual

年報（year book 多譯作年鑑），「半年刊」爲 "semi-annual"。

Annual discount　廣告一年期折扣

Appeal　廣告活動中所謂之「訴求」

Armpit　較小號之附題（以配主題）

Arrears　期刊到期而未續訂的訂戶

Art　美工／圖片 (illustrations)

Art director(AD)　美工指導（主任）

ASA speed (American Standards Association)
底片（如柯達）感光速度

Assignment book　採訪主任之工作分配簿

Association subscription　團體訂閱

Asterisk　星標

Astorisher　通欄大標題／感嘆號（！）

Attention compeller　醒目之花飾、字號

At-will (Run-if/space spot/standby space)
視版面情況，而隨時挿刊之補白小型刊頭廣告

Author's proof　作者校樣

Autofocusing　自動調整焦距

Average net paid circulation　報刊某一時段內的淨平均發行數

B

Back copies (back issues)　過期期刊

Back light　背光

Back of book　一期刊主文章後所「塡補」的圖文或廣告

Back-up space
因爲要刊登一幅挿頁廣告，致使挿頁的背面版面亦須一併購買（通常按
黑白頁價錢）。

Back break
英文字之排列，不按音節而斷音，而將段之最後一字作爲另欄（頁）之
開始，又稱爲 "rombie"；或文稿轉欄（頁）不當屬之。

Bait advertising

釣餌廣告。廣告中所暗示的格比價實際購買時爲低，屬欺騙行爲。

Banner(streamer) 通八欄大標題

Barline 單行標題

Barter 俗稱交換廣告（以商品而非廣告費來交換廣告刊登）

Basis weight （美）每令紙(500張)之總重量，磅數越重，紙張越厚。

Bastard size 不合乎期刊標準規格的廣告版面

Bastard type 不合規格的字體

Bay mortise 把照片截去一角

Beaten proof 打樣

B copy 先寫新聞內文備用之稿件（導言往後再加）

Believability 對廣告內容之相信程度

Bible paper (India paper)

印刷用之聖經紙。另外，Book paper 爲印書紙，Bond paper 爲高級
書寫紙，Art (coated) paper爲粉（銅版）紙，Chromo paper 爲
上等粉紙（玻璃紙），Imitation art paper 爲充粉紙，Wood-Free
paper 爲書紙（道林紙、模造紙），Mechanical Printing 爲充書紙，
Litho paper 爲石印紙，Offset printing paper 爲柯式紙，Photo-
gravurer paper 爲景寫版紙（凹版紙）。彩色印刷因爲油墨的滲透力
強，故要用重磅紙。

Billboarded 標題過小，空白過大毛病。

Billing 廣告總費用／媒體實收廣告費（扣去佣金）

Bi-monthly 雙月刊 (bi-weekly，雙周刊)

Binding (stapling) 訂裝。裝釘所爲 "bindery"。

Bite off 在排版時，因爲版面關係，故把新聞最後一段取出不排

Black and white (B/W, B&W)　黑白印刷

Black sheet (dupe)　複寫頁

Blanket contract

廣告主將所有商品廣告，直接與媒體簽訂，而不透過所涉及的廣告公司來進行。

Blanket head　專題（版／頁）大標題

Bleed (shootoff)　印刷作「出血」(跨界)處理

Blind interview　不透露受訪者姓名的訪問

Blind offer (buried/hidden offer)

在廣告中只隱晦地告訴讀者廣告上產品，將有特價或折扣優待（以測試讀者對廣告的注意力）。

Blotter

報刊經理紀錄報刊送報、分銷人員記事部／警察記事部（記者線索來源之一）。

Blowup (enlarge)　將報刊原稿面積放大

Blue print (Blueline/Blue key)

藍圖。（照片之校樣則為 "Brownprint"）。

Blur　印刷模糊

Blurb　讀者來書（或聲明文件）

Boild down　縮小

Borax　廣告版位一片雜亂

Border　分隔線（如直線／波線之類）

Boxall　將標題、內文、圖片等全部放在闊欄裏。

Bourges sheet　美工紙

Bourgeois　九點（五號）字體

Break　換（轉）行／立刻報導之新聞（如 news break）

Break head　三號字（十四點）以上附題

Breakline　標題將整欄填得滿滿的

Break-off rule　分欄線

Break over (carryover)　分版刊登，亦叫 "break page"。

Bridge (spread)　跨頁刊印

Bright　幽默短評

Brightener　特寫之標題或精彩之提要，以吸引讀者。

Brightness　光澤

Broadsheet　全頁廣告（15″×22″）

Broadside　單面郵寄傳單

Brochure (pamphlet)　廣告之小冊

Bromide (cliché)　陳腐語句

Broken line　點線

Buckeye　粗製濫作之廣告

Bulk circulation　大宗發行

Bulldog　報刊第一次版。"latest/sun set" 為「最後一次版」。

Bulletin　簡要新聞／宣傳紙張

Bullets　大圓點●（排在文字開頭）。（小句點‧則排在文字旁邊）。

Buried advertisement　四周為其他廣告所包圍之期刊廣告

Burn in　用美工將照片某部份塗黑

Burned up　曝光過度

Business papers/publication　工商刊物

Business reply mail　商業回函

Butted lines　將兩行文字併成一行，以便多排一些字。

C

Cable editor　電訊編輯，"Cablese" 電訊稿。

Calligraphy　手稿

Call report (conference/contact report)
廣告代理商與廣告主之會議紀錄

Cancellation date　廣告停登日期

Canned copy (release/advance/handout/packaged news/publicity)　現成新聞稿。但預發而指定發布時日的現成新聞稿，則稱為「限期新聞稿」(release copy)。

Canon of Journalism
美報紙編輯人協會於 1923 年所訂之新聞守則：責任、新聞自由、獨立、誠實、公正、公平與莊重。

Canon 35
美律師公會所訂「司法倫理信條」(the conons of Judicial Ethics) 之第 35 條，大略為：攝影記者不得在審訊期間在法庭拍攝。

Canopy 通欄標題跨過本文、圖片，甚而鄰近之新聞。

Contributing editor (Cortributor)　特約撰述

Card rate (gross/open/base rate)　廣告單上訂價

Caricature　風趣漫畫

Carrier (route carrier)　送報生

Cartoonist　漫畫作家

Cash refund offer　退款優待
顧客將商品標籤寄給廠商，便獲得部份退款優待 (作為折扣)。

Center spreed　兩報刊版面拼成一個（不留中縫）／跨頁廣告

Chain of newspaper　報團

Check up　核稿

Chief editorial writer

寫評論之總主筆。主筆為 "editorial/leader writer"。

Chimney (tower)

同大小之標題、圖片排叠在一起成為「烟囱」狀之毛病。

Clean proof (galley proof)　清樣

Closed format　用欄框分欄的版型

Circular　廣告傳單

Circulation　發行總數。"paid circulation" 為訂閱發行數。

City desk　採訪組。"city editor" 為採訪主任。

Claim　廣告說詞

Class magazine　高級雜誌

Clear (copy)　定稿／廣告中獲准使用之圖文

Closing date　廣告簽約最後日期

Closure　訂購廣告函件上商品的讀者

Clubbing offer　合購雜誌的優待

Code number

（商店）兌換券代號碼，用以識別該兌換券原來所刊登之刊物。

Coin-edge　作欄框之雙行幼點線

Collage　合拼之照片、圖畫。

Color proof　彩色稿樣

Combination (Combo)　將照片作叠合處理

Comic strip　連環圖畫

Comp (Complimentary)

贈閱報刊又名為 "controlled circulation/free publication/gift subscription"。「交換報刊」則為 "exchange"。

Competitive-parity method

了解競爭對手的作法，而定自己廣告策略的做法。

Competitive separation

將同類而具競爭性之廣告分開排列，使之不在同一個版面上，或靠得太近，而互相抵銷了效果。

Compiler 編撰

Comsumer advertising 消費者廣告

Comsumer magazine 普通雜誌

Concentric circles 同心圓網點

Condensed type

英文窄體字。寬體字為 "expanded/extended type"。

Confidentiality 機密文件

Consolidation (newspaper merging) 報業兼併

Constants 報頭等一類經常不改變之印刷內容

Continuity 指報刊定期而又不斷地出版／廣告主題的持續

Copy approach (copy slant) 廣告文案重點

Copy chief (creative director) 文案主管

Copy cutter 排字房分稿給技工檢排之工頭

Copy desk 編輯部

Copy editing 編輯工作

Copy fitting

為在「準備版面」(Copy preparation)時之「版面預估」，將排列的決

定寫在樣版上，使檢排者依法排版，則稱爲 "markup"。

Copypaper 稿紙

Copy platform 撰寫文案時的準則

Copy reader 核稿編輯，改寫編輯（寫手）則爲 "rewriter"。

Copywriter 文案撰寫員

Corner card

印有宣傳字句之信封套，如「重要文件，請即拆閱」之類。

Corrective advertising 矯正告白

Correspondent

通訊員。"stringer report"（stringer）爲「特約記者」，"foreign correspondent" 爲「駐外記者」，(special correspondent)爲「特派員」，但也有稱爲"correspondent"。

Cost effeciency

廣告成本效率，通常以「每千人成本」(cost per thousand) 計算。

Cost per order

每件郵購成本。"cost per return" 爲每件回收成本。

Cost ratio 報刊廣告成本比率

Counter sales 櫃枱零售（報刊）。"street sales" 爲街頭零售。

Country copy 國內地方通訊稿

Cover① 採訪

Cover② (first cover/outside front cover)

雜誌封面。「封面裏」爲 "inside front cover/second cover, 2C"，「封底」爲 "fourth cover/outside back cover/back cover"，「封底裏」爲 "third cover, 3C/inside back cover, I.B.C."。"cover story" 爲「封面故事」。「目錄頁」則爲 "frontispiece"。

Coverage　報導範圍／發行範圍

Cq　已校無誤 (correct)

Creative　廣告作品

Creative strategy　廣告創作策略

Credit line　報導或圖片的來源說明

Cross/register marks　十字線。為彩色或套印的基準。

Cursive type　類似手寫體之鉛字

Cut　插圖／刪稿

Cutline/Underline (caption for a cut)

置於圖片 (cut)「下方」的說明。"caption" 係置於圖片「旁邊」之說明，"overline" 則是置於圖片「上方」的說明。

Daily rate　週日以外之報紙版面廣告費

Day-after recall　廣告翌日回憶其內容的測定方法

Decorative rule　裝飾用欄線

Department loge　分欄刊頭

Desk chief　專刊主編

Desk editor　副編輯組長

Digest magazine　文摘雜誌（如讀者文摘）

Digest-sized page　讀者文摘式廣告版面，寬五吋，高七吋。

Dinky dash　短破折號（通常只佔一格）

Discrepancy

廣告賬目不符／媒體處理廣告之瑕疵（如將具有競爭性之產品排在一起）

Display

電腦之顯像／報刊以大標題、大號內文字體、大幅圖片來強調某項報導。

Display reeders　新聞式廣告

Distortion

新聞報導曲解事實／將廣告版樣的高（長）度變更

Districtman

國內地方駐在記者，通常爲 legman。某一地區之發行組長（或主任）。

Divider　三號字（14 點）以上之附題。

Division label　分類廣告之刊頭

D-notice　將秘密新聞以口頭通知，並要求暫勿披露。

Dog watch (late watch/lobster shift)

報社值夜人員，惟上「晚班」稱爲 "night side"，「日班」則爲 "day side"，但大多採「輪班制」(swing shift)。

Double leading　行距空兩個字身

Dominant head　內頁最大之標題

Downstairs　一、二版之下半部

Double pyramid

報刊兩邊排廣告，中間排新聞之形式。如 |廣告|新聞|廣告|。

Double truck　跨頁排印

Doublet (doubleton)　同一排印錯誤連犯兩次

Draw

除去贈報和推廣報紙，報社間「分銷者」(distributor)實際收費報份。

Dual kicker　雙行引（肩）題

Dupe 兩則完全一樣的報導，出現在同一版面上。

Droplines (step lines) 標題排列成梯形形狀

Dutch wrap (run over) 題短文長（如題三文四）之形式

E

Editing 刊物之文字改寫、標題製作與版面設計之過程。

Edition 刊物之版次

Editorial authority

刊物之「權威性」，由此推知其「廣告效果」(effect/impact)。

Editorial enviornment 刊物內容風格

Editorialize (puff) 報導滲雜主觀意見

Editorial matter (editorial/editorial content)

除廣告以外的期刊文稿

Editorial page

歐美報紙的評論版（頁）。如有兩頁，第二頁稱「評論對版」（The opposite editorial page, op. ed.）。 我國報章則習慣將評論和報導混合在同一個版面上。英人則習稱社論為 "leading article"。

Editor-in-chief (chief editor)

總編輯。下轄「執行編輯」(Managing Editor, M. E.)與「副執行編輯」(the associate managing editor)。但如報社出版多種刊物(例如星期版)，則會在總編輯上，另設一位「執行總編輯」(executive editor)，以負統籌責任。"news editor" 則為一般新聞的「編輯主任」。惟各報社組織不同，職銜名稱亦異。

E. O. D.

隔日刊登 (Every other day)。隔週刊登爲 "E. O. W." (Every other week)。

Evergreen (timematter)

不受時間限制之稿件。另外，凡註有 "CGO" (can go over)之稿件，則表示如有需要，翌日尚可使用之意。"leftover matter" 爲檢排時剩下來之一般備用稿，又稱 "overset matter" 或 "over matter"。

Expiration　刊物訂閱期滿

Extension　延長收件期限

Extra　號外

Extract　摘要報導

F

Facing text matter　要求期刊廣告刊登在文字頁的對頁

Fact reporting

事實報導，亦卽「客觀性報導」(objectivity)。「僞做新聞」則係 "fake" (hoax)。

Farm out　將承印之刊物，轉托其他印刷廠印刷。

Fat head　標題過濶

Feltside　用以印刷的那一邊紙面

15 and 2　百分之十五廣告佣金與百分之二現金折扣

Filler (short/squib)　「補白」短稿

Fill-in　將「直接函件」(Direct Mail, DM) 塡上收件人姓名、地址。

Film master/strip　照相排字之字幕

Final/foundry proof　清樣

Fingernails　括弧「（　）」的俗稱。

Flash　新聞提要

Flashback (tie-up)

報導「續發新聞」(follow-up)時，將所報導之事實，再作重述。

Flat　圖片濃淡之間不夠突出

Flex-form advertisement　彈性外形廣告（如刊頭排出血）

Float　廣告代理商已收客戶，而未支付其應付的費用的款項。

Floating accent　字旁附有拼音符號的鉛字

Floor man　組版技工

Flow plane　編輯作業流程圖

Fold　報紙中央摺疊處

Folder　摺頁

Follow copy　附在稿件上，列序說明的附頁。

Folio　頁或頁碼

Folo　follow　之簡寫。

Form　已在組版盤排好之「版」

Fotog　照片 photographer 之簡寫

4-across-5　在五欄之版面上通四欄

Fractional page space　廣告版面只佔整個版面的一部份

Frame makeup

英文報刊將頭版之第一欄與最後一欄排滿短行，而成「圍版」形式。此
法並不可取。

Free page　內文與圖片作水平式排列

Free standing insert　隨報附送之夾報

Frequency/quantity/time discount　刊登多期次之廣告折扣

Front offic　社區報紙之編輯與經理部門合稱

Front page　報紙頭版。"front page story"「頭條新聞」。

Fudge (stop the press)　抽版之最後消息

Full box　四面加框

Full line　內文短行排成「頂天立地」

Full run　刊登全日版次之廣告

Future　探訪線索部

FYI (for your information)　參考消息

G

Geographic split run

地區性分版廣告。只稱「廣告分版」，則係 "marriage split"。

Ghost writer　代筆（捉刀）者

Glancer (at-a-glance feature)　內文提要

Gobblygook (gobble-de-gook)　冗句贅語（搞不得嘅！）

Good night　「夠稿了！」——日報截稿之代用語。

Graf　「段」(paragraph) 簡寫

Grayout (grayness)　版面因「一片字海」而呈現灰色

Gray scale　灰色濃度色調表

Green proof　錯誤校樣

Gross billing　廣告費支出毛額／廣告經費毛額／每次廣告金額

Gross cost　廣告代理商所收服務費總額

Gross less　扣除折扣後之實收廣告費

Guideline 新聞類別提要

H

Half stick 英文報之半欄寬

Hairline 鉛排之纖細框線

Hand composition/setting/stuck 鉛字手排

Head① 標題

Head② 天線外空白。地線外空白稱為 "foot"。

Head bust 標題出錯

Headlining 做標題。head, headline, heading 均作標題解。

Headline schedule 標題字體、字號。

Head-of-desk 主編／小組召集人

Hen-and-chicks 以較圖片環繞較大的主圖片的圖式排列方式

H. I. (human interest story) 人情味故事

Hi-fi insert (continuous roll insert/preprint)
全張彩色廣告插頁

Hint 新聞線索

Hold for release (hold) 稿件暫不發排 (緩發)

Hold presses (hold the paper) 「停印」以待抽版之最後消息
Hole
除去廣告、必登新聞之後的新聞版面 (news hole)／新聞不夠 「開天
窗」。

Home delivery 報刊按戶派送

Horizontal half-page

期刊橫半頁廣告版位。「直半頁廣告版位」則爲 "vertical half-page"。

Hotel copies　　（批售之）旅館報份

House/internal house organ

公司出版內部刊物。　如用作對外宣傳，　則稱爲　"external house organ"。

H. T. C. (Head to Come, Hed to Cun, HTK)　標題後補

I

Identification-and-exposition line

先將照片中人物指認出，再加以敍述、解釋的一種「說明」方式。

Ident line　排於圖片下，指認照片內人名的說明。

Idiot tope　未定編排形式的打字「條稿」

Illustration　報刊圖片。「畫報」稱爲"the illustrated newspaper。

Imposition　上印機前將頁次等排妥之組版工作

Impression

印刷機印數，亦卽「印報量」（press run）。　每小時印報稱爲 "impression per hour, IPH"。「少量印刷」爲 "short-run"，「大量印刷」爲 "long-run"。

Imprint　廣告文案加註（如地址之類）

Incremental spending　追加廣告經費

Indicia　報頭上敍明爲「第□類新聞紙」之類，可獲郵費優待之資料。

Incumbent　享有優惠特權

Indent①　行頭或行末留空

Indent②

內文某些段落用與基本字體不同之字體或字號排列，並在行頭、行末留空。

Independent carrier (little merchant) 獨立送報生

Index (news summary) 新聞索引（提要）

Indexed file organization 索引式資料檔案

Initial letter 起首字母

Inlooker 閱讀已過期期刊的讀者

Inquiry 廣告詢問函

Insert

在文稿中插入文字，如 Insert A, Insert B／期刊廣告插頁，亦稱之為「夾頁」(pull out)。

Insertion 加插新聞／報刊廣告

Insertion order 有詳細說明的「廣告託刊單」

Inside story 內幕新聞

Institutional/corporate/corporate image advertising

企業形象廣告，但「公共設施廣告」則為 "institutions advertising"。

Interim statement 期刊「號稱」銷數量

Interlocking mortise 將兩幀照片各截去部份，而後拼成一幀照片。

Island position 四邊完全被文稿包圍的報紙「插版」廣告

Issue life 期刊生命期。周刊為五星期，月刊為三個月。

Italic 斜體字

J

Job printing 零星印件生意。印這些小量印件之機器名為 "jobber"。

Journal　日刊

Jump

跳頁。跳接時應加上「跳頁標題」「Jump head)，並註明：「下接第□頁」，("continued on page□")，與「上接第□頁」("continued from page□")的說明 (jump line)。但若雜誌稿由上一頁「轉頁」(turn)至下一頁之 "turn story/run over"，可不用加上跳頁標題。

Jump the gutter　將中縫空白排上字文，以彌補空間不足。

Junion unit　只具一種規格的雜誌廣告

K

Kerning　拉近字距。如由電腦控制則稱爲 autokerning。

Key account　主要廣告客戶

Keyline drawing　撰寫照片簡單說明

Key page　不設廣告，或廣告版位作齊整的四方形劃割的版面。

Kickback　退佣

Kicker (overline)　引題

Kill (spike)　刪去全部或部份內容／將已排之版面銷燬

Kill copy　保留作資料用之期刊

L

Label head　綜合標示性標題

Lacquer　蓋在印刷品上之覆紙，以保護印刷品。

Layout

雜誌之類有圖片之劃樣。「劃樣紙」為 "layout paper"。報紙文字稿之劃樣為 "dummy"。／廣告布局。

Lay the ads　把廣告排貼在版樣上

Leaks　洩密新聞

Leg

英文報刊變化欄之一欄。例如四欄改二欄，則每兩欄為一 "leg"。

Leg man

採訪新聞後，向改寫記者敍述的人（並由改寫記者執筆報導）。

Lettering　手寫字體，若係手寫字的印刷體，則為 (script)。

Letterspacing　拉大字母間距離

Library (morgue)　資料室

Ligature　兩個以上字母，複合為一字。如 fi, ffi。

Line cut　以線條而非半色調構成圖片之「鋅版」

Line gauge　編輯尺

Line drawing　以線條描繪而不用陰影的報刊廣告圖

List broker

出售可能成為顧客名單 (mailing list) 的掮客（經紀）。

Live matter　字架上之鉛字

Local advertising

地方廣告，其廣告價格稱為「地方價格」(local rate)。

Lockup　把拼好待印之版面紮（鎖）好

Machine composition

機械編排。「機械排字」則稱爲 "machine setting"（如用電腦排文）。

Magazine placement

英文報刊社論版兩旁（或一邊），垂直排貼上廣告之一種版式。

Magazine plan　雜誌地區版廣告計畫

Magazine supplement　每逢節日報紙附贈之雜誌

Mail editior　郵寄刊物

Mailer　發報員工

Makegood　（免費）更正廣告

Makeup restriction　廣告版面之編排限制

Make over (replate)　改版

Makeready　準備版面上機印刷

Maximum (max) format　盡量使版面容納最多欄數之版型

Measure　行高

Merchantile newspapers　商業性報紙

Mill　打字員俗稱

Minion　七點鉛字

More　文稿待續發

Mug shot (thumbnail)

人頭照片，半欄高之人頭照，則稱之爲 "Porkchop"。

Must

必用稿。另外，"business-office must, BOM" 則爲廣告工商部門上
之人情稿。

N

Naked column

欄之頂端，沒有標題或其他刊頭、飾線等物。

Net controlled circulation　有費及無費之實際發行量

Net cost (net/net plus)　扣除折扣（但包括佣金）之廣告費率

New lead (new top)

以新導言代替原已寫就之導言，但內文不改。

News peg　新聞依據

Newsstand circulation　報刊零售發行量

No-change rate　若廣告內容沒有更動，依舊價刊登。

Nonpareil　鉛字六點字體，即 ½ Pica。

Obit (obituary news)　訃聞

Off its feet　鉛活字鬆脫，凸出版面，以致弄得不清楚。

OK W. C. (okey with corrections)　「改正後付印」之類的簽署

One-daily city　一報城市

Opaque　除去底片上之污點雜物

Open format　版面抽去欄線

Optical center

視覺中心。約在版面中心之上10％左右的位置。

Optimum format　減少欄數，增高加行的版型。

Order letter

廣告初步訂購函，達成協議時，則應填具「標準託刊單」(standard order blank)。

Oriented layout　傳統、穩定、少變化之版型。

Original purchase unit　實際訂閱者

Overlapping circulation　訂有兩份（或以上）報紙的訂戶

Overplay　報導、編排誇張。若「手法保留」則爲 "underplay"。

Overprinting (double printing)　疊印

Overrun　多印之報份，通常不能超過10％。

Overset　稿件太多排不下，稿件太少則爲 "underset"。

Over-the-roof (over-title/skyline)　額題（報頭上之標題）

Oxford rule　一粗一細之文武（正反）線

P

Pad　加長文稿

Page proof　大樣（開機校樣）

Paid-on-delivery subscription　出版後，送到付款之訂閱方式。

Parallel line　平行網線

Pass-along audience/readers/circulation(secondary readership)
看「二手報」的讀者

Personal　社區人物動態欄，亦稱爲 "local"。

Pi　沒有歸還字架的「亂字」

Pick up①
加插的文稿，通常加一標題 (pick up line)，以解說此段加插文字，
係新加入者。

Pick up (Pick up matter)②　可供其他媒體使用之現成廣告材料

Plate　印版

Play　透過版位、字號、字體等整體組合，表現新聞之重要程度。

Policy story　表明報社立場之報導

Political advertising

政治廣告。「政治性報紙」則爲 "political newspapers"。

Pony unit (junior unit)　標準廣告的縮小版

Pool　照片庫。"item pool" 則爲「題庫」。

Pork

剩稿，但先行準備，以作時效上配合之稿件 (time copy)，亦可以此語稱之。

Precede (preseed)

引文，又稱「先導新聞」；卽引內文數行（通常爲五行上下），作爲「破題」。

Predate　提前刊行

Preemptive claim　搶先使用之廣告詞句

Preferred position

指定的特別廣告版位，故要付出「特定的版面價格」(premium, premium price)。

Prepack　預先製版備用之文稿、廣告或刊頭

Prep house　製版房

Preprint　預先印好之廣告品

Pressman　機房技工

Prestigeous newspapers (elite press/high brow)　權威型報紙

Primary circulation

訂戶與報攤合算之「基本發行量」，「基本訂戶」則爲 "primary household"，而其中的「閱讀者」則爲 "primary reader"。

Primary marketing area　報刊基本銷售區域

Process camera　製版照相機

Product copy　商品文案

Production manager　印刷廠廠長／出版部經理

Professional magazine　專業雜誌

Profile　人物事蹟的描述

Progressive proof (progressive, progs)　彩色分色版樣

Pseudo-event

公衆人物 (public figure) 所蓄意製造之「新聞」事件。

Public service advertising　公益廣告

Puff　爲個人吹噓之稿件

Puffery　虛誇廣告

Pull a proof　打樣。"proof press" 爲樣張

Pulp　紙張粗劣之雜誌

Punch words　重要新聞的標示字眼（如搶刼），提請編輯注意。

Put to bed　上機開印

Q

Quadrant makeup

如中文報紙副刊常用之座標式分割版面，而每一象限各有其獨立主題。

Query　特約記者寫的計酬限字稿件

Quire　一刀（叠）紙

R

Railroad　未仔細編好就急著趕送廠檢排的「趕稿」

Rate difference　廣告費率差別

Rate holder

在「優待價格」(rate proteclion) 下，廣告主所刊登之廣告

RC paper (resin-coated)　感光紙

Reader response　讀者反應

Readers per copy　每份報刊讀者數

Reader traffic　讀者注意力之轉移型態

Reading days of issue exposure　某期報刊受閱讀之日數

Reading notice

凡採用「新聞式廣告」，應在文稿上註明「廣告」兩字

Reading time　平均閱讀時間

Readout　通數欄之大標題

Readprint　已印好廣告、特寫之新聞紙內頁

Rebate　廣告回扣

Regional edition　地區版

Reminder advertising

作用在於提醒讀者，敦促其注意、採購的廣告

Remnant space　區域雜誌常用之「削價版面」

Renewal　續訂報刊

Reprint　再版／廣告加印本

Retail advertising　爲促進地方零售的廣告

Retouch　照相製版時，對印版的整修

Return card　回郵卡

Returns

報販退回的報刊份數，分為「全退」(fully returnable) 與「限數退回」(limited returnable) 兩種。退時亦可只退封面或頭版即可

Returns per thousand circulation

廣告印發後，每千份發行額之回收率

Reverse reading

「反讀字」，即在印版上「反向」鉛字。"right reading" 為「正讀字」

Revise　修訂

Ring bank　排字房中的「改錯柸」

Rolling split

在報刊「星期增刊」上 (the Sunday supplement)，分購不同發行區域的廣告版面。

Roto. (rotogravure/gravure)

凹版照相印刷術／報刊上刊登照相版的版位

Run in　將數短段（行），排成一段（行）

Run of paper　套色（紅）／劃樣廣告

Scared cow　報社自身宣傳稿

Scared head　聾人聽聞之大標題

Sample copies　贈閱之樣報（刊）

SAP (Soon as possible)

越快刊出越好。"Sappest"「十萬火急」

Saturation　廣告滿檔

Scaling copy　量度圖片，以獲知其在版面之實際大小版位。

Schedule (sked)

廣告刊登排期／稿件規劃，而 "space schedule" 則是指刊登廣告版面的一切計劃。／採訪主任工作登記部。

Schlock　篇幅雖大，但卻不引人注目的廣告。

Scoop (exclusive story)　獨家新聞

Second front page (split page)

處理重大新聞時，另外加編一個「頭版」；而將原已編就之「頭版」移後一版，因而名之爲「第二個頭版」。

Section

報刊集性質相同的報導頁次爲一叠，稱爲「版」。如言論部版，婦女版之類。

Section logo　分版刊頭

Sectional magazine　地區性雜誌

Sectional story　分若干「小段」(take) 檢排的稿件

See copy　注意原稿改正之處

Send down/out　從編輯部送稿到排字房

Selective clubbing

出版多種刊物，若挑選其中若干種訂閱，則給予優待價。

Self-cover　可以撕下，內容與封面用同樣紙張印刷的「別冊」。

Self-mailer　免信封直接函件

Sell　廣告重點

Semi-monthly　半月刊

Senior editor　資深編輯

Sensationalism

報刊所採之「激情主義」，但「貧民窟報業」(gutter journalism) 更爲誨淫低級。

Series　系列報導

Set tight/solid　（抽鉛條）密排

Service fee/charge　（特別）服務費

Shading sheet　網底紙

Sheet-writer　與報刊有契約之分銷處。"sheet" 爲報刊俗稱

Shirttail　在一則稿件之後，以破折號附添資料或說明之按語

Shoehorn　在廣告上，臨時加添圖片、文字。

Shoot down　縮版

Short rate

因未購買足夠版面或期次，致使「版面折扣」(space discount) 改變，而要多付之廣告費用。

Short-term subscription　短期訂閱者

Shotgun head

兩主題排列在一起，但卻表達兩則不同新聞。這種形式標題，最好不用

Sidebar (side/suplementary story/with story)

排在主新聞旁之增飾性報導

Signature①　已印未裁的報份

Signature②　(sig cut)　廣告中商號名字

Silhouette (Blocking out)

只突出主體，而將背景全部刪去之半色調技法。

Sit in man　代理主編

Skeletonize　刪稿

Slant　報導上作「斷章取義」

slot

馬蹄形 (horseshoe-shaped) 編輯枱，坐在 U 字缺口上者為「主編」 (slotman/copy desk chief)，此枱之周邊則稱為 "rim"，為同組編輯所在。此種編輯枱，現時已不多見。

Sob stories　痌人落淚之報導

Soc. (society page)　社交版

Spectaculor　豪華型彩色廣告

Spending split　廣告行銷費用分配

Spill-in circulation　外來報紙在本區發行量

Split　不該斷而斷之標題，俗稱「腰斬」。

Split run circulation　分版發行量

Sponsored subscription　獲有長期優惠的團體訂戶

Spot drawing　手繪報刊小插圖

Spread

對重大新聞之大篇幅處理／圖片多於文字的廣告設計。若圖片橫跨兩頁，則稱為 "double spread"。

Staff writers　由報社聘請之撰述者

Staggered schedule　廣告作間隔刊登

Standard colors　廣告主指定廣告所使用顏色

Standing head　經常使用而不變之標題。例如:「臺北一周」專欄。

Standing type　已用過之印版，不予拆除，保留備用。

State editor　美報刊之國內版主編

Stone (bank)　印刷所的排版枱

Street vendor　街頭零售報販

String　貼報資料／一名記者在一定時間內的稿量

Studhorse　用特號字、粗框線所組成之版面或部份版面

Sub　換稿

Subhead　短欄標題

Subscription　「訂戶」(subscriber)「訂閱」報刊

Subtractive color　減色光，指黑（無光）、紅光、綠光、與藍光。因為如黑光是由白光減紅光、綠光、與藍光而得。

Suburban newspaper　郊區報紙

Sunday newspaper　專門在星期日發行之「星期報」

Superior letter (numeral)

報刊註解符號，例如「劍號」(dagger)，中文報刊甚少採用

Symmetrical　對稱式版面

Symposium interview　綜合訪問

T

Tearsheet

報刊撕下來之頁次，送給廣告主作為廣告已刊登的證明。／撕下來有錯誤的頁次，以備下次改正。

Text/body type　內文文字

Think piece　背景說明或意見表達之文稿

Tie back　報導中追溯前事之部份

Tie in　報導中與其他重大新聞相關連之部份

Till forid (T. F.)　此廣告暫時停止刊登

Tintlaying　半色調處理

Tint screen　半色調網

Title (topic)　社論之類「題目」

Tombstone　頂題／專業小廣告（如醫療機構）。

Top heads　標題首行

Total circulation　全部發行量

Total net paid　收費總報份

Trade advertising

行業廣告。"trade magazine"為「行業雜誌」, "trade paper/public-ation"為「行業報紙」。 行業雜誌、行業報業又可通稱為「專門業界出版品」 (vertical publication)。

Transposition (tr.)　字句對調

Trial magazine　雜誌試刊號

Trial subscription　試銷報刊

Trim marks　裁切處記號

Type library　字房

Typo　「手民之誤」(Typographical error) 的俗語

Typositor　排字技工

U

Undate story　不標明消息來源之綜合報導

Under-dash matter

已準備好，可以隨時加入文稿之「樣版內容」。例如訃聞。

Underground newspaper　美國地下小報

Universal desk

除了專門類別（如體育）的版外，其他版面「一腳踢」的編輯組。

Unpaid copy　免費贈閱報刊

Updating　檔案更新／運用已有資料配合卽時報導

Verse style　文字作詩式排列

Vertical make up

垂直式傳統版面，此種版面在英文報刊中，第四、五欄爲通欄

Vertical half page　英文報刊之半頁（垂直）廣告版面

Wait order　廣告候刊訂單

White space　空白

Widow　寡行

Wild　內文亂轉頁而又不加說明

Word space　鉛字字距

Work-and-turn imposition

指報刊（兩版）或雜誌（八版）併合印刷，然後再行裁切的過程。

Workup　空鉛跳脫，以致印在紙上

Wrap　走欄

Wrap in　兩文稿內文混雜在一起

Wrap up　報導完整／全部稿已發排

Wrong font (wf)　錯排字體

Xerography　靜電版印刷（施樂／全錄影印）

X-correct

附有「更改稿件」的校對稿，指示排版技工如何更改稿件

Z

Z-page (section page)　頭版後之各類分版首頁

參　考　書　目

一、中文書籍部份：

① 丁廼庶等（民六七）：出版技術大全。臺北：五洲出版社。

② 于衡（民五九）：新聞採訪。臺北：臺北市新聞記者公會。

③ 王民（民七十）：新聞評論寫作，再版。臺北：聯合報社。

④ 方同生（民六七）：非書資料管理，增修三版。臺北：弘道文化事業公司。

⑤ 程之行（民六六）：「新聞照片的編輯」，編輯理論與實務。臺北：學生書局。

⑥ 王洪鈞等（民五六）：新聞寫作分論。臺北：臺北市記者公會。

⑦ ＿＿主編（民五六）：大眾傳播學術論集。臺北：國立政治大學新聞學系。

⑧ ＿＿編著（民七一）：新聞採訪學，十三版。臺北：正中書局。

⑨ ＿＿編著（民七二）：公共關係。臺北：中華出版社。

⑩ 尤英夫（民五九）：報紙審判之研究。臺北：中國學術著作獎助委員會。

⑪ 王韶生（民七一）：懷冰隨筆。臺北：文鏡文化公司。

⑫ 王惕吾（民七十）：聯合報三十年的發展。臺北：聯經出版公司。

⑬ 王德馨編著（民六八）：廣告學，增訂十四版。臺北：國立中興大學企業管理學系。

⑭ 出版及大眾傳播法令彙編（民七一）。臺北：臺北市政府新聞處。

⑮ 中華民國七十三年出版年鑑。臺北：中國出版公司。

⑯ 朱立（民七三）：傳播拼盤。臺北：時報文化出版事業公司。

⑰ 羊汝德（民五九）：新聞常用字之整理。臺北：臺北市記者公會。

⑱ 羊汝德主編（民六六）：採訪與報導。臺北：臺灣學生書局。

⑲ 朱信譯（民六六）：「圖片與新聞」，編輯理論與實務。臺北：學生書局。

⑳ 全電腦自動排版系統中文輸出樣本（無出版日期）。臺北：紀元電腦排版股份公司。

㉑ 余也魯（一九八〇）：雜誌編輯學，香港新訂版。香港：海天書樓。

㉒ 余成添（一九七六）：凸版製版手冊。香港：世界圖書公司。

㉓ 呂光等（民五十）：中國新聞法規概論，三版。臺北：正中書局。

㉔ ＿＿（民五七）：新聞事業行政概論，臺二版。臺北：臺灣商務印書館。

㉕ ___編纂（民七十）：大衆傳播與法律。臺北：臺灣商務印書館。
㉖ 李天任編譯（民七一）：照相平版印刷。臺北：徐氏基金會。
㉗ 成舍我（民四五）：報學雜著。臺北：中央文物供應社。
㉘ 李玲玲（民七二）：新聞資料研究。臺北：黎明文化事業公司。
㉙ 李金銓（民七一）：大衆傳播學。臺北：國立政治大學新聞研究所。
㉚ 李炳炎（民六四）：新聞法規與道德。臺北：中華書局。
㉛ 李茂政譯（民七四）：新聞傳播事業的基本問題。臺北：國立政治大學新聞研究所。（原著：Dennis, Everette E. & Merrill, Johnc.）
㉜ 李崇壁譯（民六八）：現代廣告學。臺北：希代出版有限公司。
㉝ 李槐三譯（民六九）：照相平版印刷原理，五版。臺北：徐氏基金會。
㉞ 李煒佳等（一九八三）：編輯手册，增訂六版。香港：著者。
㉟ 李誥譯（一九六九）：你的報紙。香港：今日世界出版社。（原著 Duane Bradley）。
㊱ 杜陵（民五七）：民意測驗學。臺北：經緯市場調查研究所。
㊲ 宋楚瑜（民六九）：如何寫學術論文，再版。臺北：三民書局。
㊳ ___（民七十）：學術論文規範，二版。臺北：正中書局。
㊴ 李瞻（民六一）：我國報業制度。臺北：幼獅出版社。
㊵ ___（民六四）：我國新聞政策。臺北：臺北市新聞記者公會。
㊶ ___（民六六）：世界新聞史，增訂五版。臺北。國立政治大學新聞研究所。
㊷ ___（民七三）：新聞理論與實務。臺北：國立政治大學新聞研究所。
㊸ ___主編（民七三）：新聞採訪學。臺北：國立政治大學新聞研究所。
㊹ 林大椿（民六十七）：新聞評論學。臺北：臺灣學生書局。
㊺ 吳恕（民六四）：「隱私權與大衆傳播」，新聞法律問題。臺北：臺灣學生書局。
㊻ 林啓昌等（一九七七）：文字製版綜論。香港：世界圖書公司。
㊼ ___等編著（民六七）：新聞編印技術。臺北：五洲出版社。
㊽ ___等（一九七九）：照相凹版技術手册。香港：東亞圖書公司。
㊾ ___編著（民七一）：怎樣企劃我們的刊物。臺北：五洲出版社。
㊿ ___（無出版年份）：平版印刷手册。臺北：五洲出版社。
(51) 林瑞衞（民六四）：資料處理。臺北：聯經出版公司。
(52) 季薇（胡兆奇）（民六九）：新聞・文學。臺北：水芙蓉出版社。
(53) 邵定康（民五九）：各國憲法與新聞自由。臺北：臺北市新聞記者公會。
(54) 馬克任（民六五）：新聞學論集。臺北：華岡出版有限公司。

(55) 姚朋（彭歌）(民五四)：新聞文學。臺北：臺北市新聞記者公會。
(56) 施長安（民六六）：傳播道上。臺北：臺灣中華書局。
(57) 胡殷（一九七三）：新聞學新論，再版。香港：文教事業社。
(58) 徐佳士（民五五）：大衆傳播理論。臺北：臺北市記者公會。
(59) ____（一九八三）：模糊的線。臺北：經濟與生活出版事業公司。
(60) 柳閩生（民六九）：雜誌的編輯設計。臺北：天工書局。
(61) ____（民七三）：編輯藝術。臺北：天工書局。
(62) 胡傳厚（民五七）：新聞編輯。臺北：臺北市新聞記者公會。
(63) ____（民六六）：編輯理論與實務。臺北：學生書局。
(64) 馬驥伸（民六八）：新聞寫作語文的特性。臺北：臺北市新聞記者公會。
(65) ____（民七三）：雜誌。臺北：允晨文化公司。
(66) 高正義（無出版年份）：網目照相。香港：世界圖書公司。
(67) 張宗棟（民六七）：新聞傳播法規。臺北：三民書局。
(68) 英漢大衆傳播辭典（民七二）。編著者：英漢大衆傳播辭典編輯委員會。臺北：臺北市記者公會。
(69) 徐昶（民七三）：新聞編輯學。臺北：三民書局。
(70) 徐詠平（民七一）：新聞法律與新聞道德。臺北：世界書局。
(71) 秦鳳棲（民五八）：報紙的彩色印刷。臺北：臺北市新聞記者公會。
(72) 「接刊廣告的注意事項」(民六四)，經濟日報社的規章。臺北：經濟日報社。
(73) 「開創中文報業電腦化的新紀元」（民七一），聯合報系中文編排電腦化系統作業簡介。臺北：聯合報資訊公司。
(74) 那福忠（一九八二）：中文電腦排字原理與實用，世界中文報業協會第十五屆年會專題報告。
(75) 荊溪人（民六七）：新聞編輯學。臺北：臺灣商務印書館。
(76) 張志宏編著（民六七）：新聞寫作實用手册。臺北：耕莘文教亞洲基金會。
(77) 崔寶瑛（民五五）：公共關係學概論。臺北：臺北市新聞記者公會。
(78) 程之行（民五七）：新聞原論。臺北：國立政治大學新聞研究所。
(79) ____（民七十）新聞寫作。臺北：商務印書館。
(80) 黃宣威（民五六）新聞來源的保密問題。臺北：臺北市新聞記者公會。
(81) 曾虛白（民六二）：中國新聞史，三版。臺北：國立政治大學新聞研究所。
(82) 張培姝（民七十）：印刷半色調照相法。臺北：徐氏基金會。
(83) 程滄波（民六一）：新聞圖片佳作選。臺北：臺北市新聞記者公會。
(84) ____等（民六五）評論寫作。臺北：臺北市新聞記者公會。
(85) 曹漢俊編著（民七十）：研究報告寫作手册，三版。臺北：聯經出版事業

公司。

㊋ 楊孝濚 (民六七)：社區報紙之功能與實務。臺北：著者。

㊌ ＿＿ (民七二)：傳播社會學，二版。臺北：臺灣商務印書館。

㊍ 新聞自由與國家安全 (民六二)。臺北：臺北市新聞評議會。

㊎ 新聞行政實務 (民六五)。臺灣：臺灣省新聞處。

㊏ 新聞學的新境界 (民七一)。中國文化大學政研所新聞組主編。臺北：國立編譯館。

㊐ 新聞業務手冊 (民七二)。臺灣：臺灣省新聞處。

㊑ 趙玉明 (一九八四)：中文電腦新聞編排執行經驗。香港： 世界中文報業協會第十七屆年會專題報告。

㊒ 華岡廣告手冊 (民六七)。臺北：中國文化大學新聞學系。

㊓ 趙俊邁 (民七一)：媒介實務。臺北：三民書局。

㊔ 漆敬堯 (民七十)：「十年來報業發展」，中華民國新聞年鑑。臺北：臺北市記者公會。

㊕ 維霖譯 (一九六九)： 報業先驅。香港：今日世界出版社 。(原著：G. P. Meyer)。

㊖ 劉一樵 (民五七)： 報業發行。臺北：臺北市新聞記者同業公會。

㊗ ＿＿ (民六一)： 報業行政學，再版。臺北：大中國圖書公司。

㊀ 陳石安 (民六七)： 新聞編輯學，增訂六版。臺北：著者。

⑩ 陳世敏 (民七二)：大衆傳播與社會變遷。臺北：三民書局。

⑩ 陳世琪 (民五七)：英文書刊編輯學。臺北：中國出版公司。

⑩ 陳行健編著 (民六五)：照相製版手冊。臺北：五洲出版社。

⑩ 賴光臨 (民六七)：中國新聞傳播史。臺北：三民書局。

⑩ ＿＿ (民七十)：七十來年中國報業史。臺北：中央日報。

⑩ 潘家慶 (民七二)：傳播與國家發展。臺北：國立政治大學新聞研究所。

⑩ ＿＿ (民七三)：新聞媒介、社會責任。臺北：商務印書館。

⑩ 葉建麗 (民七一)：新聞採訪與寫作。臺北：臺灣新生報出版部。

⑩ 陳喜棠譯 (民六八)：彩色印刷，三版。臺北：徐氏基金會。

⑩ 郭鳳蘭 (民六三)：開發中傳播問題之研究。臺北：華岡書局。

⑩ 歐陽醇等譯 (一九六八)：新聞採訪與寫作。香港：碧塔出版社。(著者：John Hohenberg)。

⑪ ＿＿等譯 (一九七七)： 新聞實務與原則，十二版。香港：今日世界出版社。

⑫ ＿＿＿ (民七一)：採訪寫作。臺北：三民書局。

⑬　劉顯聲譯（民六八）：製版印刷技術總論，三版。臺北：徐氏基金會。

⑭　＿＿（民七三）：報紙。臺北：允晨文化公司。

⑮　錢存棠（民五六）：報紙廣告。臺北：臺北市新聞記者公會。

⑯　錢震（民六十）：新聞評論上、下冊。臺北：中央日報。

⑰　聯合報系編採手冊（民七二），修訂再版。臺北：聯合報社。

⑱　蔣金龍（民六七）：新聞資料管理。臺北：幼獅文化事業公司。

⑲　謝然之等（民五四）：報學論集。臺北：中華大典編印會。

⑳　顏伯勤（民六六）：廣告的經營管理。臺北：臺北市新聞記者公會。

㉑　鄭貞銘（民六六）：新聞採訪的理論與實際，四版。臺北：臺灣商務印書館。

㉒　＿＿（民六九）：言論自由的潮流。臺北：遠景出版公司。

㉓　＿＿（民七十）：新聞學與大衆傳播學，再版。臺北：三民書局。

㉔　羅敬典（民四四）：新聞紙之發行與印刷。臺南：中華印刷廠。

㉕　羅福林、李輿材著（民七二）：印刷工業概論，增訂四版。臺北：中國文化大學出版部。

二、中文期刊部份：

①　王石番譯（民六一）：「美國的社區報紙」，新聞學研究，第九集。臺北：國立政治大學新聞研究所。

②　尹雪曼（民六六）：「理想中的地方報紙的地方新聞」，編輯理論與實務。臺北：學生書局。

③　余正民（民七三）：「一個老編在編輯實務方面的嘮叨話」，報學，第七卷第三期。臺北：中華民國新聞編輯人協會。

④　成舍我（民四一）：「小型報紙的遠景」，新聞天地周刊（六月二日、七月五日兩期）。香港：新聞天地社。

⑤　汪琪（一九八三）：「誰來關心資訊體系」，天下雜誌（十月號）。臺北：天下雜誌社。

⑥　＿＿（民七三）：「雜誌的明日發展」，中國論壇第十七卷第八期(元月號)。臺北：中國論壇社。

⑦　＿＿（民七三）：「科技、文化與人類的未來」，東方雜誌，復刊第十八卷第五期（十一月）。臺北：東方雜誌社。

⑧　＿＿（民七三）：「有線視訊的時代，姍姍來遲」，報學，第七卷第三期（十二月）。臺北：中華民國新聞編輯人協會。

⑨　李銓(民七三)：「試論國內政論性雜誌之發行與讀者傾向的關係」，報學，

第七卷第三期（十二月）。臺北：中華民國新聞編輯人協會。

⑩ 李瞻（民六七）：「三民主義新聞政策之研究」，三民主義專刊(三)。臺北：國立政治大學三民主義研究所。

⑪ 周平（民五九）：「一些檢討一點建議——學生新聞的發展方向」，新聞學人第二期（一月）。臺北：國立政治大學新聞學會。

⑫ 周簡殷：「早期上海的小報」，華僑日報，民七十四年十月二十六日，「僑樂村版」。

⑬ 姚朋（民四六）：「論鄉村的報紙——反攻後我國報業努力的一個方向」，報學，創刊號（六月）。臺北：中華民國新聞編輯人協會。

⑭ 紀惠容策劃（民七三）：「走馬全省看社區報」，時報雜誌，二六四期（九月號）。臺北：時報雜誌社。

⑮ 高一飛（一九六九）：「也來談校對和錯別字」，報學第四卷第三期。（十二月）臺北：中華民國新聞編輯人協會。

⑯ 徐佳士（民六二）：「從一個實驗談起——社區報紙能在臺灣生存嗎？」。聯合報，十一月廿五日。

⑰ ＿＿（民五七）「報紙版面應怎樣變」，報學，第四卷第一期（十二月）。臺北：中華民國新聞編輯人協會。

⑱ 徐詠平（民五五）：「報紙廣告與法律限制」，報學，第三卷第六期(六月)。臺北：中華民國編輯人協會。

⑲ ＿＿（民五五）：「報紙版面錯誤研究」，報學，第三卷第七期（十二月）。臺北：中華民國編輯人協會。

⑳ ＿＿（一九七〇）：「新聞引子與標題引題」，報學，第四卷第四期（六月）。臺北：中華民國新聞編輯人協會。

㉑ 草根（民六五）：「對栅美報導的一些建議和感想」，新聞學人第四卷第二期。臺北：國立政治大學新聞學系。

㉒ 彭家發（一九八二）：「導言類變舉隅」，珠海初鳴雙月刊，第三期。香港：珠海書院新聞系系刊。

㉓ 黃森松（民六二）：「社區報紙與社區發展」，報學，第五卷第一期（十二月）。臺北：中華民國新聞編輯人協會。

㉔ ＿＿（民六三）：鄉村社區報紙與鄉村社區發展——彙論小衆媒介能否在鄉間生存。臺北：國立政治大學新聞研究所碩士論文，摘要發表於報學，第五卷第五期（十二月）。

㉕ 楊肅民（民七三）：限證政策下我國報業問題研究。臺北：國立政治大學新聞研究所論文，未發表。

㉖ 楊樹清（民七十）：「社區報何去何從」，自立晚報（三月一日）。

㉗ ＿＿（民七十）：「全國社區報紙聯誼建言」。自立晚報（九月一日）。

㉘ 程慶華（民四一）：「小報學術化」，報學，第一卷第二期（一月）。臺北：中華民國新聞編輯人協會。

㉙ 黃麗飛（民四一）：「論特寫標題之運用」，報學，第一卷第三期（一月）。臺北：中華民國新聞編輯人協會。

㉚ 鈕撫民（民五五）：「社會新聞標題製作研究」，報學，第三卷第六期（六月）。臺北：中華民國新聞編輯人協會。

㉛ 楊藍君（民七十一）：「社區報紙對促進社區發展功能效果的研究」，報學，第六卷第八期（六月）。臺北：中華民國新聞編輯人協會。

㉜ 潘家慶（民五五）：「美國的地方報紙」，報學，第三卷第六期（六月）。臺北：中華民國新聞編輯人協會。

㉝ ＿＿（民五六）：「地方報紙的特性與功能——並檢討中國地方報紙發展的困擾」，報學，第三卷第八期（六月）。臺北：中華民國新聞編輯人協會。

㉞ ＿＿（民五六）：「中國地方報紙的設計」，報學，第三卷第九期（十二月）。臺北：中華民國新聞編輯人協會。

㉟ 劉一樵（民六三）：「社區小型報的經營」，報學，第五卷第二期（六月）。臺北：中華民國新聞編輯人協會。

㊱ 陸崇仁（民六六）：「地方通訊版綜論」，編輯理論與實務。臺北：學生書局。

㊲ 曉青（民六五）：「職掌柵美報導經濟命脈」，新聞學人，第四卷第二期（五月）。臺北：國立政治大學新聞系。

㊳ 慶祝柵美報導十周年紀念特刊（民七二），柵美報導第〇四九三號（十二月三日）。臺北：柵美報導社。

㊴ 葛晉良（民七一）：「談報紙新聞標題的行數、字體及頭條」，報學，第六卷第八期（六月）。臺北：中華民國新聞編輯人協會。

㊵ 戴華山（民七四）：「新聞標題析賞」，新聞尖兵，第十五期（元月號）。臺北：新聞尖兵社。

㊶ 應鎮國（民六六）：「地方新聞的採訪」，採訪與報導。臺北：學生書局。

㊷ 曠湘霞（民七三）：「公共關係與新聞記者」，時報雜誌，第一八四期。臺北：時報雜誌社，頁五三。

㊸ 鄭瑞城（民七十）：「報紙新聞報導之正確性研究」。臺北：國建會專題報告。

三、英文書刊部份：

(1) Arnold, Edmund C.

　　1969 *Modern Newspaper Design.* N. Y.: Harper &Row Publishers.

(2) Bond, F. Fraser

　　1954 *An Introduction to Journalism.* N.Y.:The MacMillian Co.

(3) Byerly, Renneth

　　1961 *Community Journalism.* N. Y.: Chilton.

(4) Crowell, Alfred A.

　　1975 *Creative News Editing, 2nd* Edition. Iowa: WM. C. Brown Co. Publishers.

(5) Gilmore, Gere & Root, Robert

　　1971 *Modern Newspaper Editing.* Berkeley, California: The Glendessary Press.

(6) Hohenberg, John

　　1978 *The Professional Journalism,* 4th Edition. N. Y.: Holt, Rinehart and Winston Inc.

(7) Kennedy, Bruce M.

　　1977 *Community Journalism.* Iowa: The Iowa State University.

(8) Mandell, Mawrice I.

　　1974 *Advertising,* 2nd Edition. N. J.:Prentice-Hall Inc.

(9) McQuail, Denis

　　1983 *Mass Communication Theory-An Introduction.* London: Sage Publication.

(10)Ryan, Michel & Tankard, James W. Jr.

　　1977 *Basic News Reporting.* California: Mayfield Publishing.

(11)Romano. Frank J.

　　1973 *How to Build a Profitable Newspaper.* Penn.: North American Publishing.

(12)Rucker. F. W. & Williams H. Lee

  1955 *Newspaper Organization and Management.* Iowa: The Iowa State College Press.

(13)Rucker Frank W.

  1958 *Newspaper Circulation.* Iowa: The Iowa State College Press.

(14)Siebert, Fred S. (etc.)

  1956 *Four Theories of the Press.* Urbana: University of Illinois.

(15)Sim, John C.

  1969 *America Community Newspaper.* Ames, Iowa: The Iowa State University Press.

(16)Taylor, H. B. & Scher

  1959 *Copy Reading And News Editing, 6nd* Printing. N. J.: Prentice-Hall, Inc.

(17)Thayer, Frank

  1954 *Newspaper Business Management.* N. Y. Prentice-Hall, Inc.

(18)Tichenor, Phillip (etc.)

  1980 *Community Conflict & the Press.* Beverly Hills, California: Sage Publications.

(19)The Texas Circulation Managers Association

  1948 *Newspaper Circulation.* Texas: The Steck Co.

(20)Westley, Bruce H.

  1972 *News Editing, 2nd* Edition. N. Y.: Honghton-Mifflin Co.

(21)Williams, Walter

  1924 *Practice of Journalism.* Columbia,Mo: Lucas Brother.

(22)Wolseley Rolond E.

  1973 *The Changing Magazine.* N. Y.: Hasting House.

(23)Yu, Frederick T. C. (etc.)

  1978 *Get it Right, Write it Tight, The Beginning Journalistes Handbook.* Honolulu: East-West Communication Institute.

三民大專用書書目——教育

書名	作者		服務機關
教育哲學	賈馥茗	著	臺灣師大
教育哲學	葉學志	著	彰化師大
教育原理	賈馥茗	著	臺灣師大
教育計畫	林文達	著	政治大學
普通教學法	方炳林	著	臺灣師大
各國教育制度	雷國鼎	著	臺灣師大
清末留學教育	瞿立鶴	著	
教育心理學	溫世頌	著	傑克遜州立大學
教育心理學	胡秉正	著	政治大學
教育社會學	陳奎憙	著	臺灣師大
教育行政學	林文達	著	政治大學
教育行政原理	黃昆輝	主譯	內政部
教育經濟學	蓋浙生	著	臺灣師大
教育經濟學	林文達	著	政治大學
教育財政學	林文達	著	政治大學
工業教育學	袁立錕	著	彰化師大
技術職業教育行政與視導	張天津	著	臺北技術學院校長
技職教育測量與評鑑	李大偉	著	臺灣師大
高科技與技職教育	楊啓棟	著	臺灣師大
工業職業技術教育	陳昭雄	著	臺灣師大
技術職業教育教學法	陳昭雄	著	臺灣師大
技術職業教育辭典	楊朝祥	編著	臺灣師大
技術職業教育理論與實務	楊朝祥	著	臺灣師大
工業安全衛生	羅文基	著	高雄師大
人力發展理論與實施	彭台臨	著	臺灣師大
職業教育師資培育	周談輝	著	臺灣師大
家庭教育	張振宇	著	淡江大學
教育與人生	李建興	著	臺灣師大
教育即奉獻	劉　眞	著	臺灣師大
人文教育十二講	陳立夫等	著	國策顧問
當代教育思潮	徐南號	著	臺灣大學
西洋教育思想史	林玉体	著	臺灣師大
心理與教育統計學	余民寧	著	政治大學
教育理念與教育問題	李錫津	著	松山商職校長
比較國民教育	雷國鼎	著	臺灣師大

中等教育　　　　　　　　　　　　　　司　　琦　著　　政　治　大　學

中國教育史　　　　　　　　　　　　　胡　美　琦　著　　文　化　大　學

中國現代教育史　　　　　　　　　　　鄭　世　興　著　　臺　灣　師　大

中國大學教育發展史　　　　　　　　　伍　振　鷟　著　　臺　灣　師　大

中國職業教育發展史　　　　　　　　　周　談　輝　著　　臺　灣　師　大

社會教育新論　　　　　　　　　　　　李　建　興　著　　臺　灣　師　大

中國社會教育發展史　　　　　　　　　李　建　興　著　　臺　灣　師　大

中國國民教育發展史　　　　　　　　　司　　琦　著　　政　治　大　學

中國體育發展史　　　　　　　　　　　吳　文　忠　著　　臺　灣　師　大

中小學人文及社會學科教育目標研究報告

　　　　　教育部人文及社會學科教育指導委員會　主編

中小學人文學科教育目標研究報告

　　　　　教育部人文及社會學科教育指導委員會　主編

中小學社會學科教育目標研究報告

　　　　　教育部人文及社會學科教育指導委員會　主編

教育專題研究　第一輯

　　　　　教育部人文及社會學科教育指導委員會　主編

教育專題研究　第二輯

　　　　　教育部人文及社會學科教育指導委員會　主編

教育專題研究　第三輯

　　　　　教育部人文及社會學科教育指導委員會　主編

選文研究——中小學國語文選文之評價與定位問題

　　　　　教育部人文及社會學科教育指導委員會　主編

英國小學社會科課程之分析　　　　　張　玉　成　著　　教育部人指會

　　　　　教育部人文及社會學科教育指導委員會　主編

如何寫學術論文　　　　　　　　　　宋　楚　瑜　著　　省　政　府

論文寫作研究　　　　段家鋒、孫正豐、張世賢主編　　政　治　大　學

美育與文化　　　　　　　　　　　黃　昆　輝主編　　內　政　部

三民大專用書書目——新聞

書名	著者		機構
基礎新聞學	彭家發	著	政 治 大 學
新聞論	彭家發	著	政 治 大 學
傳播研究方法總論	楊孝濚	著	東 吳 大 學
傳播研究調查法	蘇 蘅	著	輔 仁 大 學
傳播原理	方蘭生	著	文 化 大 學
行銷傳播學	羅文坤	著	政 治 大 學
國際傳播	李 瞻	著	政 治 大 學
國際傳播與科技	彭 芸	著	輔 仁 大 學
廣播與電視	何貽謀	著	輔 仁 大 學
廣播原理與製作	于洪海	著	中 廣
電影原理與製作	梅長齡	著	文 化 大 學
新聞學與大眾傳播學	鄭貞銘	著	文 化 大 學
新聞採訪與編輯	鄭貞銘	著	文 化 大 學
新聞編輯學	徐 旭	著	新 生 報
採訪寫作	歐陽醇	著	臺 灣 師 大
評論寫作	程之行	著	紐 約 日 報
新聞英文寫作	朱耀龍	著	文 化 大 學
小型報刊實務	彭家發	著	政 治 大 學
媒介實務	趙俊邁	著	東 吳 大 學
中國新聞傳播史	賴光臨	著	政 治 大 學
中國新聞史	曾虛白	主編	前 國 策 顧 問
世界新聞史	李 瞻	著	政 治 大 學
新聞學	李 瞻	著	政 治 大 學
新聞採訪學	李 瞻	著	政 治 大 學
新聞道德	李 瞻	著	政 治 大 學
電視制度	李 瞻	著	政 治 大 學
電視新聞	張 勤	著	中視文化公司
電視與觀眾	曠湘霞	著	政 治 大 學
大眾傳播理論	李金銓	著	香港中文大學
大眾傳播新論	李茂政	著	政 治 大 學
大眾傳播理論與實證	翁秀琪	著	政 治 大 學
大眾傳播與社會變遷	陳世敏	著	政 治 大 學
組織傳播	鄭瑞城	著	政 治 大 學
政治傳播學	祝基瀅	著	國民黨中央黨部
文化與傳播	汪 琪	著	政 治 大 學
電視導播與製作	徐鉅昌	著	臺 灣 師 大

三民大專用書書目——心理學

書名	作者		服務機構
心理學（修訂版）	劉安彥	著	傑克遜州立大學
心理學	張春興、楊國樞	著	臺灣師大
怎樣研究心理學	王書林	著	淡江大學
人事心理學	黃天中	著	中興大學
人事心理學	傅肅良	著	臺中師院
心理測驗	葉重新	著	臺中師院
青年心理學	劉安彥、陳英豪	著	傑克遜州立大學、省政府

三民大專用書書目——美術・廣告

書名	作者		服務機構
廣告學	顏伯勤	著	輔仁大學
展示設計	黃世輝、吳瑞楓	著	成功大學
基本造型學	林書堯	著	臺灣國立藝專
色彩認識論	林書堯	著	臺灣國立藝專
造形（一）	林銘泉	著	成功大學
造形（二）	林振陽	著	成功大學
畢業製作	賴新喜	編	成功大學
設計圖法	林振陽	著	成功大學
廣告設計	管倖生	著	成功大學